Collection

Alexandre Dumas

1802 - 1870

58 - *Le Vicomte de Bragelonne*

Tome II

© Éditions Ararauna, 2022

ISBN : 978-2-37884-702-9

Éditions Ararauna, 34400 Lunel, France

Dépôt légal : Mai 2022

TABLE DES MATIÈRES

I. *La première apparition de Colbert* .... p. 9

II. *Le premier jour de la royauté de Louis XIV* .... p. 17

III. *Une passion* .... p. 22

IV. *La leçon de M. d'Artagnan* .... p. 29

V. *Le roi* .... p. 36

VI. *Les maisons de M. Fouquet* .... p. 54

VII. *L'abbé Fouquet* .... p. 65

VIII. *Le vin de M. de La Fontaine* .... p. 72

IX. *La galerie de Saint-Mandé* .... p. 76

X. *Les épicuriens* .... p. 81

XI. *Un quart d'heure de retard* .... p. 86

XII. *Plan de bataille* .... p. 92

XIII. *Le cabaret de l'Image-de-Notre-Dame* .... p. 97

XIV. *Vive Colbert !* .... p. 105

XV. *Comment le diamant de M. d'Emerys passa entre les mains de d'Artagnan* .... p. 112

XVI. *De la différence notable que d'Artagnan trouva entre M. l'intendant et Mgr le surintendant* .... p. 120

XVII. *Philosophie du cœur et de l'esprit* .... *p. 127*

XVIII. *Voyage* .... *p. 131*

XIX. *Comment d'Artagnan fit connaissance d'un poète qui s'était fait imprimeur pour que ses vers fussent imprimés* .... *p. 136*

XX. *D'Artagnan continue ses investigations* .... *p. 145*

XXI. *Où le lecteur sera sans doute aussi étonné que le fut d'Artagnan de retrouver une ancienne connaissance* .... *p. 153*

XXII. *Où les idées de d'Artagnan, d'abord fort troublées, commencent à s'éclaircir un peu* .... *p. 160*

XXIII. *Une procession à Vannes* .... *p. 169*

XXIV. *La grandeur de l'évêque de Vannes* .... *p. 176*

XXV. *Où Porthos commence à être fâché d'être venu avec d'Artagnan* .... *p. 186*

XXVI. *Où d'Artagnan court, où Porthos ronfle, où Aramis conseille* .... *p. 199*

XXVII. *Où M. Fouquet agit* .... *p. 206*

XXVIII. *Où d'Artagnan finit par mettre enfin la main sur son brevet de capitaine* .... *p. 215*

XXIX. *Un amoureux et une maîtresse* .... *p. 222*

XXX. *Où l'on voit enfin reparaître la véritable héroïne de cette histoire* .... *p. 229*

XXXI. *Malicorne et Manicamp* .... *p. 237*

XXXII. *Manicamp et Malicorne* .... *p. 242*

XXXIII. *La cour de l'hôtel Grammont* .... p. 251

XXXIV. *Le portrait de Madame* .... p. 260

XXXV. *Au Havre* .... p. 267

XXXVI. *En mer* .... p. 273

XXXVII. *Les tentes* .... p. 280

XXXVIII. *La nuit* .... p. 290

XXXIX. *Du Havre à Paris* .... p. 295

XL. *Ce que le chevalier de Lorraine pensait de Madame* .... p. 304

XLI. *La surprise de mademoiselle de Montalais* .... p. 313

XLII. *Le consentement d'Athos* .... p. 322

XLIII. *Monsieur est jaloux du duc de Buckingham* .... p. 327

XLIV. *For ever !* .... p. 336

XLV. *Où sa Majesté Louis XIV ne trouve Mlle de La Vallière ni assez riche, ni assez jolie pour un gentilhomme du rang du vicomte de Bragelonne* .... p. 343

I

La première apparition de Colbert

Tout la nuit se passa en angoisses communes, au mourant et au roi.

Le mourant attendait sa délivrance.

Le roi attendait sa liberté.

Louis ne se coucha point. Une heure après sa sortie de la chambre du cardinal, il sut que le mourant, reprenant un peu de forces, s'était fait habiller, farder, peigner, et qu'il avait voulu recevoir les ambassadeurs.

Pareil à Auguste, il considérait sans doute le monde comme un grand théâtre, et voulait jouer proprement le dernier acte de sa comédie.

Anne d'Autriche ne reparut plus chez le cardinal, elle n'avait plus rien à y faire. Les convenances furent un prétexte à son absence.

Au reste, le cardinal ne s'enquit point d'elle : le conseil que la reine avait donné à son fils lui était resté sur le cœur.

Vers minuit, encore tout fardé, Mazarin entra en agonie. Il avait revu son testament et comme ce testament était l'expression exacte de sa volonté, et qu'il craignait qu'une influence intéressée ne profitât de sa faiblesse pour faire changer quelque chose à ce testament, il avait donné le mot d'ordre à Colbert, lequel se promenait dans le corridor qui conduisait à la chambre à coucher du cardinal, comme la plus vigilante des sentinelles.

Le roi, renfermé chez lui, dépêchait toutes les heures sa nourrice vers l'appartement de Mazarin, avec ordre de lui rapporter le bulletin exact de la santé du cardinal.

Après avoir appris que Mazarin s'était fait habiller, farder, peigner et avait reçu les ambassadeurs, Louis apprit que l'on commençait pour le cardinal les prières des agonisants.

À une heure du matin, Guénaud avait essayé le dernier remède, dit remède héroïque. C'était un reste des vieilles habitudes de ce temps d'escrime, qui allait disparaître pour faire place à un autre temps, que de croire que l'on pouvait garder contre la mort quelque bonne botte secrète.

Mazarin, après avoir pris le remède, respira pendant près de dix minutes.

Aussitôt, il donna l'ordre que l'on répandît en tout lieu et tout de suite le bruit d'une crise heureuse.

Le roi, à cette nouvelle, sentit passer comme une sueur froide sur son front : il avait entrevu le jour de la liberté, l'esclavage lui paraissait plus sombre, et moins acceptable que jamais.

Mais le bulletin qui suivit changea entièrement la face des choses.

Mazarin ne respirait plus du tout, et suivait à peine les prières que le curé de Saint-Nicolas-des-Champs récitait auprès de lui.

Le roi se remit à marcher avec agitation dans sa chambre, et à consulter, tout en marchant, plusieurs papiers tirés d'une cassette, dont seul il avait la clef.

Une troisième fois la nourrice retourna.

M. de Mazarin venait de faire un jeu de mots et d'ordonner que l'on revernît sa *Flore* du Titien.

Enfin, vers deux heures et demie du matin, le roi ne put résister à l'accablement ; depuis vingt-quatre heures, il ne dormait pas.

Le sommeil, si puissant à son âge, s'empara donc de lui et le terrassa pendant une heure environ.

Mais il ne se coucha point pendant cette heure ; il dormit sur son fauteuil.

Vers quatre heures, la nourrice, en rentrant dans la chambre, le réveilla.

– Eh bien ? demanda le roi.

– Eh bien ! mon cher sire, dit la nourrice en joignant les mains avec un air de commisération, eh bien ! il est mort.

Le roi se leva d'un seul coup et comme si un ressort d'acier l'eût mis sur ses jambes.

– Mort ! s'écria-t-il.

– Hélas ! oui.

– Est-ce donc bien sûr ?

– Oui.

– Officiel ?

– Oui.

– La nouvelle en est-elle donnée ?

– Pas encore.

– Mais qui t'a dit, à toi, que le cardinal était mort ?

– M. Colbert.

– M. Colbert ?

– Oui.

– Et lui-même était sûr de ce qu'il disait ?

– Il sortait de la chambre et avait tenu, pendant quelques minutes, une glace devant les lèvres du cardinal.

– Ah ! fit le roi ; et qu'est-il devenu, M. Colbert ?

– Il vient de quitter la chambre de Son Éminence.

– Pour aller où ?

– Pour me suivre.

– De sorte qu'il est... ?

– Là, mon cher sire, attendant à votre porte que votre bon plaisir soit de le recevoir.

Louis courut à la porte, l'ouvrit lui-même et aperçut dans le couloir Colbert debout et attendant.

Le roi tressaillit à l'aspect de cette statue toute vêtue de noir.

Colbert, saluant avec un profond respect, fit deux pas vers Sa Majesté.

Louis rentra dans la chambre, en faisant à Colbert signe de le suivre.

Colbert entra. Louis congédia la nourrice qui ferma la porte en sortant.

Colbert se tint modestement debout près de cette porte.

– Que venez-vous m'annoncer, monsieur ? dit Louis, fort troublé d'être ainsi surpris dans sa pensée intime qu'il ne pouvait complètement cacher.

– Que M. le cardinal vient de trépasser, sire, et que je vous apporte son dernier adieu.

Le roi demeura un instant pensif.

Pendant cet instant, il regardait attentivement Colbert ; il était évident que la dernière pensée du cardinal lui revenait à l'esprit.

– C'est vous qui êtes M. Colbert ? demanda-t-il.

– Oui, sire.

– Fidèle serviteur de Son Éminence, à ce que Son Éminence m'a dit elle-même ?

– Oui, sire.

– Dépositaire d'une partie de ses secrets ?

– De tous.

– Les amis et les serviteurs de Son Éminence défunte me seront chers, monsieur, et j'aurai soin que vous soyez placé dans mes bureaux.

Colbert s'inclina.

– Vous êtes financier, monsieur, je crois.

– Oui, sire.

– Et M. le cardinal vous employait à son économat ?

– J'ai eu cet honneur, sire.

– Jamais vous ne fîtes personnellement rien pour ma maison, je crois.

– Pardon, sire ; c'est moi qui eus le bonheur de donner à M. le cardinal l'idée d'une économie qui met trois cent mille livres par an dans les coffres de Sa Majesté.

– Quelle économie, monsieur ? demanda Louis XIV.

– Votre Majesté sait que les cent-suisses ont des dentelles d'argent de chaque côté de leurs rubans ?

– Sans doute.

– Eh bien ! sire, c'est moi qui ai proposé que l'on mit à ces rubans des dentelles d'argent faux. Cela ne paraît point et cent mille écus font la nourriture d'un régiment pendant le semestre ou le prix de dix mille bons mousquets, ou la valeur d'une flûte de dix canons prête à prendre la mer.

– C'est vrai, dit Louis XIV en considérant plus attentivement le personnage, et voilà, par ma foi, une économie bien placée ; d'ailleurs, il était ridicule que des soldats portassent la même dentelle que portent des seigneurs.

– Je suis heureux d'être approuvé par Sa Majesté, dit Colbert.

– Est-ce là le seul emploi que vous teniez près du cardinal ? demanda le roi.

– C'est moi que Son Éminence avait chargé d'examiner les comptes de la surintendance, sire.

– Ah ! fit Louis XIV qui s'apprêtait à renvoyer Colbert et que ce mot arrêta ; ah ! c'est vous que Son Éminence avait chargé de contrôler M. Fouquet. Et le résultat du contrôle ?

– Est qu'il y a déficit, sire ; mais si Votre Majesté daigne me permettre...

– Parlez, monsieur Colbert.

– Je dois donner à Votre Majesté quelques explications.

– Point du tout, monsieur ; c'est vous qui avez contrôlé ces comptes, donnez-m'en le relevé.

– Ce sera facile, sire. Vide partout, argent nulle part.

– Prenez-y garde, monsieur ; vous attaquez rudement la gestion de M. Fouquet, lequel, à ce que j'ai entendu dire cependant, est un habile homme.

Colbert rougit, puis pâlit, car il sentit que, de ce moment, il entrait en lutte avec un homme dont la puissance balançait presque la puissance de celui qui venait de mourir.

– Oui, sire, un très habile homme, répéta Colbert en s'inclinant.

– Mais si M. Fouquet est un habile homme et que, malgré cette habileté, l'argent manque, à qui la faute ?

– Je n'accuse pas, sire, je constate.

– C'est bien ; faites vos comptes et présentez-les-moi. Il y a déficit, dites-vous ? Un déficit peut être passager, le crédit revient, les fonds rentrent.

Colbert secoua sa grosse tête.

– Qu'est-ce donc ? dit le roi ; les revenus de l'État sont-ils donc obérés à ce point qu'ils ne soient plus des revenus ?

– Oui, sire, à ce point.

Le roi fit un mouvement.

– Expliquez-moi cela, monsieur Colbert.

– Que Votre Majesté formule clairement sa pensée, et me dise ce qu'elle désire que je lui explique.

– Vous avez raison. La clarté, n'est-ce pas ?

– Oui, sire, la clarté. Dieu est Dieu surtout parce qu'il a fait la lumière.

– Eh bien, par exemple, reprit Louis XIV, si aujourd'hui que M. le cardinal est mort et que me voilà roi, si je voulais avoir de l'argent ?

– Votre Majesté n'en aurait pas.

– Oh ! voilà qui est étrange, monsieur ; comment, mon surintendant ne me trouverait point d'argent ?

– Non, sire.

– Sur cette année peut-être, je comprends cela ; mais sur l'an prochain ?

– L'an prochain, sire, est mangé aussi ras que l'an qui court.

– Mais l'an d'après alors ?

– Comme l'an prochain.

– Que me dites-vous là, monsieur Colbert ?

– Je dis qu'il y a quatre années engagées d'avance.

– On fera un emprunt, alors.

– On en a fait trois, sire.

– Je créerai des offices pour les faire résigner et l'on encaissera l'argent des charges.

– Impossible, sire, car il y a déjà eu créations sur créations d'offices dont les provisions sont livrées en blanc, en sorte que les acquéreurs en jouissent sans les remplir. Voilà pourquoi Votre Majesté ne peut résigner. De plus, sur chaque traité, M. le surintendant a donné un tiers de remise, en sorte que les peuples sont foulés sans que Votre Majesté en profite.

Le roi fronça le sourcil.

– Soit, dit-il ; j'assemblerai les ordonnances pour obtenir des porteurs un dégrèvement, une liquidation à bon marché.

– Impossible, car les ordonnances ont été converties en billets, lesquels billets, pour commodité de rapport et facilité de transaction, sont coupés en tant de parts que l'on ne peut plus reconnaître l'original.

Louis, fort agité, se promenait de long en large, le sourcil toujours froncé.

– Mais si cela était comme vous le dites, monsieur Colbert, fit-il en s'arrêtant tout d'un coup, je serais ruiné avant même de régner ?

– Vous l'êtes en effet, sire, repartit l'impassible aligneur de chiffres.

– Mais cependant, monsieur, l'argent est quelque part ?

– Oui, sire, et même pour commencer, j'apporte à Votre Majesté une note de fonds que M. le cardinal Mazarin n'a pas voulu relater dans son testament, ni dans aucun acte quelconque ; mais qu'il m'avait confiés, à moi.

– À vous ?

– Oui, sire, avec injonction de les remettre à Votre Majesté.

– Comment ! outre les quarante millions du testament ?

– Oui, sire.

– M. de Mazarin avait encore d'autres fonds ?

Colbert s'inclina.

– Mais c'était donc un gouffre que cet homme ! murmura le roi. M. de Mazarin d'un côté, M. Fouquet de l'autre ; plus de cent millions peut-être pour eux deux ! Cela ne m'étonne point que mes coffres soient vides.

Colbert attendait sans bouger.

– Et la somme que vous m'apportez en vaut-elle la peine ? demanda le roi.

– Oui, sire ; la somme est assez ronde.

– Elle s'élève ?

– À treize millions de livres, sire.

– Treize millions ! s'écria Louis XIV en frissonnant de joie. Vous dites treize millions, monsieur Colbert.

– J'ai dit treize millions, oui, Votre Majesté.

– Que tout le monde ignore ?

– Que tout le monde ignore.

– Qui sont entre vos mains ?

– En mes mains, oui, sire.

– Et que je puis avoir ?

– Dans deux heures.

– Mais où sont-ils donc ?

– Dans la cave d'une maison que M. le cardinal possédait en ville et qu'il veut bien me laisser par une clause particulière de son testament.

– Vous connaissez donc le testament du cardinal ?

– J'en ai un double signé de sa main.

– Un double ?

– Oui, sire, et le voici.

Colbert tira simplement l'acte de sa poche et le montra au roi.

Le roi lut l'article relatif à la donation de cette maison.

– Mais, dit-il, il n'est question ici que de la maison et nulle part l'argent n'est mentionné.

– Pardon, sire, il l'est dans ma conscience.

– Et M. de Mazarin s'en est rapporté à vous ?

– Pourquoi pas, sire ?

– Lui, l'homme défiant par excellence ?

– Il ne l'était pas pour moi, sire, comme Votre Majesté peut le voir.

Louis arrêta avec admiration son regard sur cette tête vulgaire, mais expressive.

– Vous êtes un honnête homme, monsieur Colbert, dit le roi.

– Ce n'est pas une vertu, sire, c'est un devoir, répondit froidement Colbert.

– Mais, ajouta Louis XIV, cet argent n'est-il pas à la famille ?

– Si cet argent était à la famille, il serait porté au testament du cardinal comme le reste de sa fortune. Si cet argent était à la famille, moi qui ai rédigé l'acte de donation fait en faveur de Votre Majesté, j'eusse ajouté la somme de treize millions à celle de quarante millions qu'on vous offrait déjà.

– Comment ! s'écria Louis XIV, c'est vous qui avez rédigé la donation, monsieur Colbert ?

– Oui, sire.

– Et le cardinal vous aimait ? ajouta naïvement le roi.

– J'avais répondu à Son Éminence que Votre Majesté n'accepterait point, dit Colbert de ce même ton tranquille que nous avons dit et qui, même dans les habitudes de la vie, avait quelque chose de solennel.

Louis passa une main sur son front :

« Oh ! que je suis jeune, murmura-t-il tout bas, pour commander aux hommes ! »

Colbert attendait la fin de ce monologue intérieur.

Il vit Louis relever la tête.

– À quelle heure enverrai-je l'argent à Votre Majesté ? demanda-t-il.

– Cette nuit, à onze heures. Je désire que personne ne sache que je possède cet argent.

Colbert ne répondit pas plus que si la chose n'avait point été dite pour lui.

– Cette somme est-elle en lingots ou en or monnayé ?

– En or monnayé, sire.

– Bien.

– Où l'enverrai-je ?

– Au Louvre. Merci, monsieur Colbert.

Colbert s'inclina et sortit.

– Treize millions ! s'écria Louis XIV lorsqu'il fut seul ; mais c'est un rêve !

Puis il laissa tomber son front dans ses mains, comme s'il dormait effectivement.

Mais, au bout d'un instant, il releva le front, secoua sa belle chevelure, se leva, et, ouvrant violemment la fenêtre, il baigna son front brûlant dans l'air vif du matin qui lui apportait l'âcre senteur des arbres et le doux parfum des fleurs.

Une resplendissante aurore se levait à l'horizon et les premiers rayons du soleil inondèrent de flamme le front du jeune roi.

– Cette aurore est celle de mon règne, murmura Louis XIV, et est-ce un présage que vous m'envoyez, Dieu tout-puissant ?...

II

*Le premier jour de la royauté
de Louis XIV*

Le matin, la mort du cardinal se répandit dans le château, et du château dans la ville.

Les ministres Fouquet, Lyonne et Letellier entrèrent dans la salle des séances pour tenir conseil.

Le roi les fit mander aussitôt.

– Messieurs, dit-il, M. le cardinal a vécu. Je l'ai laissé gouverner mes affaires ; mais à présent, j'entends les gouverner moi-même. Vous me donnerez vos avis quand je vous les demanderai. Allez !

Les ministres se regardèrent avec surprise. S'ils dissimulèrent un sourire, ce fut un grand effort, car ils savaient que le prince, élevé dans une ignorance absolue des affaires, se chargeait là, par amour-propre, d'un fardeau trop lourd pour ses forces.

Fouquet prit congé de ses collègues sur l'escalier en leur disant :

– Messieurs, voilà bien de la besogne de moins pour nous.

Et il monta tout joyeux dans son carrosse.

Les autres, un peu inquiets de la tournure que prendraient les événements, s'en retournèrent ensemble à Paris.

Le roi, vers les dix heures, passa chez sa mère, avec laquelle il eut un entretien fort particulier ; puis, après le dîner, il monta en voiture fermée et se rendit tout droit au Louvre. Là il reçut beaucoup de monde, et prit un certain plaisir à remarquer l'hésitation de tous et la curiosité de chacun.

Vers le soir, il commanda que les portes du Louvre fussent fermées, à l'exception d'une seule, de celle qui donnait sur le quai. Il mit en sentinelle à cet endroit deux cent-suisses qui ne parlaient pas un mot de français, avec consigne de laisser entrer tout ce qui serait ballot, mais rien autre chose, et de ne laisser rien sortir.

À onze heures précises, il entendit le roulement d'un pesant chariot sous la voûte, puis d'un autre, puis d'un troisième. Après quoi, la grille roula sourdement sur ses gonds pour se refermer.

Bientôt quelqu'un gratta de l'ongle à la porte du cabinet. Le roi alla ouvrir lui-même, et il vit Colbert, dont le premier mot fut celui-ci :

– L'argent est dans la cave de Votre Majesté.

Louis descendit alors et alla visiter lui-même les barriques d'espèces, or et argent, que, par les soins de Colbert, quatre hommes à lui venaient de rouler dans un caveau dont le roi avait fait passer la clef à Colbert le matin même. Cette revue achevée, Louis rentra chez lui, suivi de Colbert, qui n'avait pas réchauffé son immobile froideur du moindre rayon de satisfaction personnelle.

– Monsieur, lui dit le roi, que voulez-vous que je vous donne en récompense de ce dévouement et de cette probité ?

– Rien absolument, sire.

– Comment, rien ? pas même l'occasion de me servir ?

– Votre Majesté ne me fournirait pas cette occasion que je ne la servirais pas moins. Il m'est impossible de n'être pas le meilleur serviteur du roi.

– Vous serez intendant des finances, monsieur Colbert.

– Mais il y a un surintendant, sire ?

– Justement.

– Sire, le surintendant est l'homme le plus puissant du royaume.

– Ah ! s'écria Louis en rougissant, vous croyez ?

– Il me broiera en huit jours, sire ; car enfin, Votre Majesté me donne un contrôle pour lequel la force est indispensable. Intendant sous un surintendant, c'est l'infériorité.

– Vous voulez des appuis... vous ne faites pas fond sur moi ?

– J'ai eu l'honneur de dire à Votre Majesté que M. Fouquet, du vivant de M. Mazarin, était le second personnage du royaume ; mais voilà M. Mazarin mort, et M. Fouquet est devenu le premier.

– Monsieur, je consens à ce que vous me disiez toutes choses aujourd'hui encore ; mais demain, songez-y, je ne le souffrirai plus.

– Alors je serai inutile à Votre Majesté ?

– Vous l'êtes déjà, puisque vous craignez de vous compromettre en me servant.

– Je crains seulement d'être mis hors d'état de vous servir.

– Que voulez-vous alors ?

– Je veux que Votre Majesté me donne des aides dans le travail de l'intendance.

– La place perd de sa valeur ?

– Elle gagne de la sûreté.

– Choisissez vos collègues.

– MM. Breteuil, Marin, Hervard.

– Demain, l'ordonnance paraîtra.

– Sire, merci !

– C'est tout ce que vous demandez ?

– Non, sire ; encore une chose...

– Laquelle ?

– Laissez-moi composer une Chambre de justice.

– Pour quoi faire, cette Chambre de justice ?

– Pour juger les traitants et les partisans qui, depuis dix ans, ont mal versé.

– Mais... que leur fera-t-on ?

– On en pendra trois, ce qui fera rendre gorge aux autres.

– Je ne puis cependant commencer mon règne par des exécutions, monsieur Colbert.

– Au contraire, sire, afin de ne pas le finir par des supplices.

Le roi ne répondit pas.

– Votre Majesté consent-elle ? dit Colbert.

– Je réfléchirai, monsieur.

– Il sera trop tard quand la réflexion sera faite.

– Pourquoi ?

– Parce que nous avons affaire à des gens plus forts que nous, s'ils sont avertis.

– Composez cette Chambre de justice, monsieur.

– Je la composerai.

– Est-ce tout ?

– Non, sire ; il y a encore une chose importante... Quels droits attache Votre Majesté à cette intendance ?

– Mais... je ne sais... il y a des usages...

– Sire, j'ai besoin qu'à cette intendance soit dévolu le droit de lire la correspondance avec l'Angleterre.

– Impossible, monsieur, car cette correspondance se dépouille au conseil ; M. le cardinal lui-même le faisait.

– Je croyais que Votre Majesté avait déclaré ce matin qu'elle n'aurait plus de conseil.

– Oui, je l'ai déclaré.

– Que Votre Majesté alors veuille bien lire elle-même et toute seule ses lettres, surtout celles d'Angleterre ; je tiens particulièrement à ce point.

– Monsieur, vous aurez cette correspondance et m'en rendrez compte.

– Maintenant, sire, qu'aurai-je à faire des finances ?

– Tout ce que M. Fouquet ne fera pas.

– C'est là ce que je demandais à Votre Majesté. Merci, je pars tranquille.

Il partit en effet sur ces mots. Louis le regarda partir. Colbert n'était pas encore à cent pas du Louvre que le roi reçut un courrier d'Angleterre. Après avoir regardé, sondé l'enveloppe, le roi la décacheta précipitamment, et trouva tout d'abord une lettre du roi Charles II. Voici ce que le prince anglais écrivait à son royal frère :

Votre Majesté doit être fort inquiète de la maladie de M. le cardinal Mazarin ; mais l'excès du danger ne peut que vous servir. Le cardinal est condamné par son médecin. Je vous remercie de la gracieuse réponse que vous avez faite à ma communication touchant lady Henriette Stuart, ma sœur, et dans huit jours la princesse partira pour Paris avec sa cour.

Il est doux pour moi de reconnaître la paternelle amitié que vous m'avez témoignée, et de vous appeler plus justement encore mon frère. Il m'est doux, surtout, de prouver à Votre Majesté combien je m'occupe de ce qui peut lui plaire. Vous faites sourdement fortifier Belle-Île-en-Mer. C'est un tort. Jamais nous n'aurons la guerre ensemble. Cette mesure ne m'inquiète pas ; elle m'attriste... Vous dépensez là des millions inutiles, dites-le bien à vos ministres, et croyez que ma police est bien informée ; rendez-moi, mon frère, les mêmes services, le cas échéant.

Le roi sonna violemment, et son valet de chambre parut.

– M. Colbert sort d'ici et ne peut être loin... Qu'on l'appelle ! s'écria-t-il.

Le valet de chambre allait exécuter l'ordre, le roi l'arrêta.

– Non, dit-il, non... Je vois toute la trame de cet homme. Belle-Île est à M. Fouquet ; Belle-Île fortifiée, c'est une conspiration de M. Fouquet... La découverte de cette conspiration, c'est la ruine du surintendant, et cette découverte résulte de la correspondance d'Angleterre ; voilà pourquoi Colbert voulait avoir cette correspondance. Oh ! je ne puis cependant mettre toute ma force sur cet homme ; il n'est que la tête, il me faut le bras.

Louis poussa tout à coup un cri joyeux.

– J'avais, dit-il au valet de chambre, un lieutenant de mousquetaires ?

– Oui, sire ; M. d'Artagnan.

– Il a quitté momentanément mon service ?

– Oui, sire.

– Qu'on me le trouve, et que demain il soit ici à mon lever.

Le valet de chambre s'inclina et sortit.

– Treize millions dans ma cave, dit alors le roi ; Colbert tenant ma bourse et d'Artagnan portant mon épée : je suis roi !

III

Une passion

Le jour même de son arrivée, en revenant du Palais-Royal, Athos, comme nous l'avons vu, rentra en son hôtel de la rue Saint-Honoré.

Il y trouva le vicomte de Bragelonne qui l'attendait dans sa chambre en faisant la conversation avec Grimaud.

Ce n'était pas une chose aisée que de causer avec le vieux serviteur ; deux hommes seulement possédaient ce secret : Athos et d'Artagnan. Le premier y réussissait, parce que Grimaud cherchait à le faire parler lui-même ; d'Artagnan, au contraire, parce qu'il savait faire causer Grimaud.

Raoul était occupé à se faire raconter le voyage d'Angleterre, et Grimaud l'avait conté dans tous ses détails avec un certain nombre de gestes et huit mots, ni plus ni moins.

Il avait d'abord indiqué, par un mouvement onduleux de la main, que son maître et lui avaient traversé la mer.

– Pour quelque expédition ? avait demandé Raoul.

Grimaud, baissant la tête, avait répondu : Oui.

– Où M. le comte courut des dangers ? interrogea Raoul.

Grimaud haussa légèrement les épaules comme pour dire : « Ni trop ni trop peu. »

– Mais encore, quels dangers ! insista Raoul.

Grimaud montra l'épée, il montra le feu et un mousquet pendu au mur.

– M. le comte avait donc là-bas un ennemi ? s'écria Raoul.

– Monck, répliqua Grimaud.

– Il est étrange, continua Raoul, que M. le comte persiste à me regarder comme un novice et à ne pas me faire partager l'honneur ou le danger de ces rencontres.

Grimaud sourit.

C'est à ce moment que revint Athos.

L'hôte lui éclairait l'escalier, et Grimaud, reconnaissant le pas de son maître, courut à sa rencontre, ce qui coupa court à l'entretien.

Mais Raoul était lancé ; en voie d'interrogation, il ne s'arrêta pas, et, prenant les deux mains du comte avec une tendresse vive, mais respectueuse :

– Comment se fait-il, monsieur, dit-il, que vous partiez pour un voyage dangereux sans me dire adieu, sans me demander l'aide de mon épée, à moi qui dois être pour vous un soutien, depuis que j'ai de la force ; à moi, que vous avez élevé comme un homme ? Ah ! monsieur, voulez-vous donc m'exposer à cette cruelle épreuve de ne plus vous revoir jamais ?

– Qui vous a dit, Raoul, que mon voyage fut dangereux ? répliqua le comte en déposant son manteau et son chapeau dans les mains de Grimaud, qui venait de lui dégrafer l'épée.

– Moi, dit Grimaud.

– Et pourquoi cela ? fit sévèrement Athos.

Grimaud s'embarrassait ; Raoul le prévint en répondant pour lui.

– Il est naturel, monsieur, que ce bon Grimaud me dise la vérité sur ce qui vous concerne. Par qui serez-vous aimé, soutenu, si ce n'est par moi ?

Athos ne répliqua point. Il fit un geste amical qui éloigna Grimaud, puis s'assit dans un fauteuil, tandis que Raoul demeurait debout devant lui.

– Toujours est-il, continua Raoul, que votre voyage était une expédition.,. et que le fer, le feu vous ont menacé.

– Ne parlons plus de cela, vicomte, dit doucement Athos ; je suis parti vite, c'est vrai ; mais le service du roi Charles II exigeait ce prompt départ. Quant à votre inquiétude, je vous en remercie, et je sais que je puis compter sur vous... Vous n'avez manqué de rien, vicomte, en mon absence ?

– Non, monsieur, merci.

– J'avais ordonné à Blaisois de vous faire compter cent pistoles au premier besoin d'argent.

– Monsieur, je n'ai pas vu Blaisois.

– Vous vous êtes passé d'argent, alors !

– Monsieur, il me restait trente pistoles de la vente des chevaux que je pris lors de ma dernière campagne, et M. le prince avait eu la bonté de me faire gagner deux cents pistoles à son jeu, il y a trois mois.

– Vous jouez ?... Je n'aime pas cela, Raoul.

– Je ne joue jamais, monsieur ; c'est M. le prince qui m'a ordonné de tenir ses cartes à Chantilly... un soir qu'il était venu un courrier du roi. J'ai obéi ; le gain de la partie, M. le prince m'a commandé de le prendre.

– Est-ce que c'est une habitude de la maison, Raoul ? dit Athos en fronçant le sourcil.

– Oui, monsieur ; chaque semaine, M. le prince fait, sur une cause ou sur une autre, un avantage pareil à l'un de ses gentilshommes. Il y a cinquante gentilshommes chez Son Altesse ; mon tour s'est rencontré cette fois.

– Bien ! vous allâtes donc en Espagne ?

– Oui, monsieur, je fis un fort beau voyage, et fort intéressant.

– Voilà un mois que vous êtes revenu ?

– Oui, monsieur.

– Et depuis ce mois ?

– Depuis ce mois...

– Qu'avez-vous fait ?

– Mon service, monsieur.

– Vous n'avez point été chez moi, à La Fère ?

Raoul rougit.

Athos le regarda de son œil fixe et tranquille.

– Vous auriez tort de ne pas me croire, dit Raoul, je rougis et je le sens bien ; c'est malgré moi. La question que vous me faites l'honneur de m'adresser est de nature à soulever en moi beaucoup d'émotions ; je rougis donc, parce que je suis ému, non parce que je mens.

– Je sais, Raoul, que vous ne mentez jamais.

– Non, monsieur.

– D'ailleurs, mon ami, vous auriez tort, ce que je voulais vous dire...

– Je le sais bien, monsieur ; vous voulez me demander si je n'ai pas été à Blois.

– Précisément.

– Je n'y suis pas allé ; je n'ai même pas aperçu la personne dont vous voulez me parler.

La voix de Raoul tremblait en prononçant ces paroles.

Athos, souverain juge en toute délicatesse, ajouta aussitôt :

– Raoul, vous répondez avec un sentiment pénible ; vous souffrez.

– Beaucoup, monsieur ; vous m'avez défendu d'aller à Blois et de revoir Mlle de La Vallière.

Ici le jeune homme s'arrêta. Ce doux nom, si charmant à prononcer, déchirait son cœur en caressant ses lèvres.

– Et j'ai bien fait, Raoul, se hâta de dire Athos. Je ne suis pas un père barbare ni injuste ; je respecte l'amour vrai ; mais je pense pour vous à un avenir... à un immense avenir. Un règne nouveau va luire comme une aurore ; la guerre appelle le jeune roi plein d'esprit chevaresque. Ce qu'il faut à cette ardeur héroïque, c'est un bataillon de lieutenants jeunes et libres, qui courent aux coups avec enthousiasme et tombent en criant : « Vive le roi ! » au lieu de crier : « Adieu, ma femme !... » Vous comprenez cela, Raoul. Tout brutal que paraisse être mon raisonnement, je vous adjure donc de me croire et de détourner vos regards de ces premiers jours de jeunesse où vous prîtes l'habitude d'aimer, jours de molle insouciance qui attendrissent le cœur et le rendent incapable de contenir ces fortes liqueurs amères qu'on appelle la gloire et l'adversité. Ainsi, Raoul, je vous le répète, voyez dans mon conseil le seul désir de vous être utile, la seule ambition de vous voir prospérer. Je vous crois capable de devenir un homme remarquable ; marchez seul, vous marcherez mieux et plus vite.

– Vous avez commandé, monsieur, répliqua Raoul, j'obéis.

– Commandé ! s'écria Athos. Est-ce ainsi que vous me répondez ! Je vous ai commandé ! Oh ! vous détournez mes paroles, comme vous méconnaissez mes intentions ! je n'ai pas commandé, j'ai prié.

– Non pas, monsieur, vous avez commandé, dit Raoul avec opiniâtreté... mais n'eussiez-vous fait qu'une prière, votre prière est encore plus efficace qu'un ordre. Je n'ai pas revu Mlle de La Vallière.

– Mais vous souffrez ! vous souffrez ! insista Athos.

Raoul ne répondit pas.

– Je vous trouve pâli, je vous trouve attristé... Ce sentiment est donc bien fort !

– C'est une passion, répliqua Raoul.

– Non... une habitude.

– Monsieur, vous savez que j'ai voyagé beaucoup, que j'ai passé deux ans loin d'elle... Toute habitude se peut rompre en deux années, je crois... Eh bien ! au retour, j'aimais, non pas plus, c'est impossible, mais autant. Mlle de La Vallière est pour moi la compagne par excellence ; mais vous êtes pour moi Dieu sur la terre... À vous je sacrifierai tout.

– Vous auriez tort, dit Athos ; je n'ai plus aucun droit sur vous. L'âge vous a émancipé ; vous n'avez plus même besoin de mon consentement. D'ailleurs, le consentement, je ne le refuserai pas, après tout ce que vous venez de me dire. Épousez Mlle de La Vallière, si vous le voulez.

Raoul fit un mouvement, puis soudain :

– Vous êtes bon, monsieur, dit-il, et votre concession me pénètre de reconnaissance ; mais je n'accepterai pas.

– Voilà que vous refusez, à présent ?

– Oui, monsieur.

– Je ne vous en témoignerai rien, Raoul.

– Mais vous avez au fond du cœur une idée contre ce mariage. Vous ne me l'avez pas choisi.

– C'est vrai.

– Il suffit pour que je ne persiste pas : j'attendrai.

– Prenez-y garde, Raoul ! ce que vous dites est sérieux.

– Je le sais bien, monsieur ; j'attendrai, vous dis-je.

– Quoi ! que je meure ? fit Athos très ému.

– Oh ! monsieur ! s'écria Raoul avec des larmes dans la voix, est-il possible que vous me déchiriez le cœur ainsi, à moi qui ne vous ai pas donné un sujet de plainte ?

– Cher enfant, c'est vrai, murmura Athos en serrant violemment ses lèvres pour comprimer l'émotion dont il n'allait plus être maître. Non, je ne veux point vous affliger ; seulement, je ne comprends pas ce que vous attendrez... Attendrez-vous que vous n'aimiez plus ?

– Ah ! pour cela, non, monsieur ; j'attendrai que vous changiez d'avis.

– Je veux faire une épreuve, Raoul ; je veux voir si Mlle de La Vallière attendra comme vous.

– Je l'espère, monsieur.

– Mais, prenez garde, Raoul ! si elle n'attendait pas ! Ah ! vous êtes si jeune, si confiant, si loyal... les femmes sont changeantes.

– Vous ne m'avez jamais dit de mal des femmes, monsieur ; jamais vous n'avez eu à vous en plaindre ; pourquoi vous en plaindre à moi, à propos de Mlle de La Vallière ?

– C'est vrai, dit Athos en baissant les yeux... jamais je ne vous ai dit de mal des femmes ; jamais je n'ai eu à me plaindre d'elles ; jamais Mlle de La Vallière n'a motivé un soupçon ; mais quand on prévoit, il faut aller jusqu'aux exceptions, jusqu'aux improbabilités ! Si, dis-je, Mlle de La Vallière ne vous attendait pas ?

– Comment cela, monsieur ?

– Si elle tournait ses vues d'un autre côté ?

– Ses regards sur un autre homme, voulez-vous dire ? fit Raoul pâle d'angoisse.

– C'est cela.

– Eh bien ! monsieur, je tuerais cet homme, dit simplement Raoul, et tous les hommes que Mlle de La Vallière choisirait, jusqu'à ce qu'un d'entre eux m'eût tué ou jusqu'à ce que Mlle de La Vallière m'eût rendu son cœur.

Athos tressaillit.

– Je croyais, reprit-il d'une voix sourde, que vous m'appeliez tout à l'heure votre dieu, votre loi en ce monde ?

– Oh ! dit Raoul tremblant, vous me défendriez le duel ?

– Si je le défendais, Raoul ?

– Vous me défendriez d'espérer, monsieur, et, par conséquent, vous ne me défendriez pas de mourir.

Athos leva les yeux sur le vicomte.

Il avait prononcé ces mots avec une sombre inflexion, qu'accompagnait le plus sombre regard.

– Assez, dit Athos après un long silence, assez sur ce triste sujet, où tous deux nous exagérons. Vivez au jour le jour, Raoul ; faites votre service, aimez Mlle de La Vallière, en un mot, agissez comme un homme, puisque vous avez l'âge d'homme ; seulement, n'oubliez pas que je vous aime tendrement et que vous prétendez m'aimer.

– Ah ! monsieur le comte ! s'écria Raoul en pressant la main d'Athos sur son cœur.

– Bien, cher enfant ; laissez-moi, j'ai besoin de repos. À propos, M. d'Artagnan est revenu d'Angleterre avec moi ; vous lui devez une visite.

– J'irai la lui rendre, monsieur, avec une bien grande joie ; j'aime tant M. d'Artagnan !

– Vous avez raison : c'est un honnête homme et un brave cavalier.

– Qui vous aime ! dit Raoul.

– J'en suis sûr... Savez-vous son adresse ?

– Mais au Louvre, au Palais-Royal, partout où est le roi. Ne commande-t-il pas les mousquetaires ?

– Non, pour le moment, M. d'Artagnan est en congé ; il se repose... Ne le cherchez donc pas aux postes de son service. Vous aurez de ses nouvelles chez un certain M. Planchet.

– Son ancien laquais ?

– Précisément, devenu épicier.

– Je sais ; rue des Lombards ?

– Quelque chose comme cela... Ou rue des Arcis.

– Je trouverai, monsieur, je trouverai.

– Vous lui direz mille choses tendres de ma part et l'amènerez dîner avec moi avant mon départ pour La Fère.

– Oui, monsieur.

– Bonsoir, Raoul !

– Monsieur, je vous vois un ordre que je ne vous connaissais pas ; recevez mes compliments.

– La Toison ?... c'est vrai... Hochet, mon fils... qui n'amuse même plus un vieil enfant comme moi... Bonsoir, Raoul !

IV

La leçon de M. d'Artagnan

Raoul ne trouva pas le lendemain M. d'Artagnan, comme il l'avait espéré. Il ne rencontra que Planchet, dont la joie fut vive en revoyant ce jeune homme, et qui sut lui faire deux ou trois compliments guerriers qui ne sentaient pas du tout l'épicerie. Mais comme Raoul revenait de Vincennes, le lendemain, ramenant cinquante dragons que lui avait confiés M. le prince, il aperçut, sur la place Baudoyer, un homme qui, le nez en l'air, regardait une maison comme on regarde un cheval qu'on a envie d'acheter.

Cet homme, vêtu d'un costume bourgeois boutonné comme un pourpoint de militaire, coiffé d'un tout petit chapeau, et portant au côté une longue épée garnie de chagrin, tourna la tête aussitôt qu'il entendit le pas des chevaux, et cessa de regarder la maison pour voir les dragons.

C'était tout simplement M. d'Artagnan ; M. d'Artagnan à pied ; d'Artagnan les mains derrière le dos, qui passait une petite revue des dragons après avoir passé une revue des édifices. Pas un homme, pas une aiguillette, pas un sabot de cheval n'échappa à son inspection.

Raoul marchait sur les flancs de sa troupe ; d'Artagnan l'aperçut le dernier.

– Eh ! fit-il, eh ! mordioux !

– Je ne me trompe pas ? dit Raoul en poussant son cheval.

– Non, tu ne te trompes pas ; bonjour ! répliqua l'ancien mousquetaire.

Et Raoul vint serrer avec effusion la main de son vieil ami.

– Prends garde, Raoul, dit d'Artagnan, le deuxième cheval du cinquième rang sera déferré avant le pont Marie ; il n'a plus que deux clous au pied de devant hors montoir.

– Attendez-moi, dit Raoul, je reviens.

– Tu quittes ton détachement ?

– Le cornette est là pour me remplacer.

– Tu viens dîner avec moi ?

– Très volontiers, monsieur d'Artagnan.

– Alors fais vite, quitte ton cheval ou fais-m'en donner un.

– J'aime mieux revenir à pied avec vous.

Raoul se hâta d'aller prévenir le cornette, qui prit rang à sa place ; puis il mit pied à terre, donna son cheval à l'un des dragons, et, tout joyeux, prit le bras de M. d'Artagnan, qui le considérait depuis toutes ces évolutions avec la satisfaction d'un connaisseur.

– Et tu viens de Vincennes ? dit-il d'abord.

– Oui, monsieur le chevalier.

– Le cardinal ?...

– Est bien malade ; on dit même qu'il est mort.

– Es-tu bien avec M. Fouquet ? demanda d'Artagnan, montrant, par un dédaigneux mouvement d'épaules, que cette mort de Mazarin ne l'affectait pas outre mesure.

– Avec M. Fouquet ? dit Raoul. Je ne le connais pas.

– Tant pis, tant pis, car un nouveau roi cherche toujours à se faire des créatures.

– Oh ! le roi ne me veut pas de mal, répondit le jeune homme.

– Je ne parle pas de la couronne, dit d'Artagnan, mais du roi... Le roi, c'est M. Fouquet, à présent que le cardinal est mort. Il s'agit d'être très bien avec M. Fouquet, si tu ne veux pas moisir toute ta vie comme j'ai moisi... Il est vrai que tu as d'autres protecteurs, fort heureusement.

– M. le prince, d'abord.

– Usé, usé, mon ami.

– M. le comte de La Fère.

– Athos ? oh ! c'est différent ; oui, Athos... et si tu veux faire un bon chemin en Angleterre, tu ne peux mieux t'adresser. Je te dirai même, sans trop de vanité, que moi-même j'ai quelque crédit à la cour de Charles II. Voilà un roi, à la bonne heure !

– Ah ! fit Raoul avec la curiosité naïve des jeunes gens bien nés qui entendent parler l'expérience et la valeur.

– Oui, un roi qui s'amuse, c'est vrai, mais qui a su mettre l'épée à la main et apprécier les hommes utiles. Athos est bien avec Charles II. Prends-moi du service par là, et laisse un peu les cuistres de traitants qui volent aussi bien avec des mains françaises qu'avec des doigts italiens ; laisse le petit pleurard de roi, qui va nous donner un règne de François II. Sais-tu l'histoire, Raoul ?

– Oui, monsieur le chevalier.

– Tu sais que François II avait toujours mal aux oreilles, alors ?

– Non, je ne le savais pas.

– Que Charles IX avait toujours mal à la tête ?

– Ah !

– Et Henri III toujours mal au ventre ?

Raoul se mit à rire.

– Eh bien ! mon cher ami, Louis XIV a toujours mal au cœur ; c'est déplorable à voir, qu'un roi soupire du soir au matin, et ne dise pas une fois dans la journée : « Ventre-saint-gris ! » ou « Corne de bœuf ! », quelque chose qui réveille, enfin.

– C'est pour cela, monsieur le chevalier, que vous avez quitté le service ? demanda Raoul.

– Oui.

– Mais vous-même, cher monsieur d'Artagnan, vous jetez le manche après la cognée ; vous ne ferez pas fortune.

– Oh ! moi, répliqua d'Artagnan d'un ton léger, je suis fixé. J'avais quelque bien de ma famille.

Raoul le regarda. La pauvreté de d'Artagnan était proverbiale. Gascon, il enchérissait, par le guignon, sur toutes les gasconnades de France et de Navarre ; Raoul, cent fois, avait entendu nommer Job et d'Artagnan, comme on nomme les jumeaux Romulus et Rémus.

D'Artagnan surprit ce regard d'étonnement.

– Et puis ton père t'aura dit que j'avais été en Angleterre ?

– Oui, monsieur le chevalier.

– Et que j'avais fait là une heureuse rencontre ?

– Non, monsieur, j'ignorais cela.

– Oui, un de mes bons amis, un très grand seigneur, le vice-roi d'Écosse et d'Irlande, m'a fait retrouver un héritage.

– Un héritage ?

– Assez rond.

– En sorte que vous êtes riche ?

– Peuh !...

– Recevez mes bien sincères compliments.

– Merci... Tiens, voici ma maison.

– Place de Grève ?

– Oui ; tu n'aimes pas ce quartier ?

– Au contraire : l'eau est belle à voir... Oh ! la jolie maison antique !

– L'Image-de-Notre-Dame, c'est un vieux cabaret que j'ai transformé en maison depuis deux jours.

– Mais le cabaret est toujours ouvert ?

– Pardieu !

– Et vous, où logez-vous ?

– Moi, je loge chez Planchet.

– Vous m'avez dit tout à l'heure : « Voici ma maison ! »

– Je l'ai dit parce que c'est ma maison en effet... j'ai acheté cette maison.

– Ah ! fit Raoul.

– Le denier dix, mon cher Raoul ; une affaire superbe !... J'ai acheté la maison trente mille livres : elle a un jardin sur la rue de la Mortellerie ; le cabaret se loue mille livres avec le premier étage ; le grenier, ou second étage, cinq cents livres.

– Allons donc !

– Sans doute.

– Un grenier cinq cents livres ? Mais ce n'est pas habitable.

– Aussi ne l'habite-t-on pas ; seulement, tu vois que ce grenier a deux fenêtres sur la place.

– Oui, monsieur.

– Eh bien ! chaque fois qu'on roue, qu'on pend, qu'on écartèle ou qu'on brûle, les deux fenêtres se louent jusqu'à vingt pistoles.

– Oh ! fit Raoul avec horreur.

– C'est dégoûtant, n'est-ce pas ? dit d'Artagnan.

– Oh ! répéta Raoul.

– C'est dégoûtant, mais c'est comme cela... Ces badauds de Parisiens sont parfois de véritables anthropophages. Je ne conçois pas que des hommes, des chrétiens, puissent faire de pareilles spéculations.

– C'est vrai.

– Quant à moi, continua d'Artagnan, si j'habitais cette maison, je fermerais, les jours d'exécution, jusqu'aux trous de serrures ; mais je ne l'habite pas.

– Et vous louez cinq cents livres ce grenier ?

– Au féroce cabaretier qui le sous-loue lui-même... Je disais donc quinze cents livres.

– L'intérêt naturel de l'argent, dit Raoul, au denier cinq.

– Juste. Il me reste le corps de logis du fond : magasins, logements et caves inondées chaque hiver, deux cents livres, et le jardin, qui est très beau, très bien planté, très enfoui sous les murs et sous l'ombre du portail de Saint Gervais et Saint-Protais, treize cents livres.

– Treize cents livres ! mais c'est royal.

– Voici l'histoire. Je soupçonne fort un chanoine quelconque de la paroisse (ces chanoines sont des Crésus), je le soupçonne donc d'avoir loué ce jardin pour y prendre ses ébats. Le locataire a donné pour nom M. Godard... C'est un faux nom ou un vrai nom ; s'il est vrai, c'est un chanoine ; s'il est faux, c'est quelque inconnu ; pourquoi le connaîtrais-je ? Il paie toujours d'avance. Aussi j'avais cette idée tout à l'heure, quand je t'ai rencontré, d'acheter, place Baudoyer, une maison dont les derrières se joindraient à mon jardin, et feraient une magnifique propriété. Tes dragons m'ont distrait de mon idée. Tiens, prenons la rue de la Vannerie : nous allons droit chez maître Planchet.

D'Artagnan pressa le pas et amena en effet Raoul chez Planchet, dans une chambre que l'épicier avait cédée à son ancien maître. Planchet était sorti, mais le dîner était servi. Il y avait chez cet épicier un reste de la régularité, de la ponctualité militaire.

D'Artagnan remit Raoul sur le chapitre de son avenir.

– Ton père te tient sévèrement ? dit-il.

– Justement, monsieur le chevalier.

– Oh ! je sais qu'Athos est juste, mais serré, peut-être ?

– Une main royale, monsieur d'Artagnan.

– Ne te gêne pas, garçon, si jamais tu as besoin de quelques pistoles, le vieux mousquetaire est là.

– Cher monsieur d'Artagnan...

– Tu joues bien un peu ?

– Jamais.

– Heureux en femmes, alors ?... Tu rougis... Oh ! petit Aramis, va ! Mon cher, cela coûte encore plus cher que le jeu. Il est vrai qu'on se bat quand on a perdu, c'est une compensation. Bah ! le petit pleurard de roi fait payer l'amende aux gens qui dégainent. Quel règne, mon pauvre Raoul, quel règne ! Quand on pense que de mon temps on assiégeait les mousquetaires dans les maisons, comme Hector et Priam dans la ville de Troie ; et alors les femmes pleuraient, et alors les murailles riaient, et alors cinq cents gredins battaient des mains et criaient : « Tue ! Tue ! » quand il ne s'agissait pas d'un mousquetaire ! Mordioux ! vous ne verrez pas cela, vous autres.

– Vous tenez rigueur au roi, cher monsieur d'Artagnan, et vous le connaissez à peine.

– Moi ? Écoute, Raoul : jour par jour, heure par heure, prends bien note de mes paroles, je te prédis ce qu'il fera. Le cardinal mort, il pleurera ; bien : c'est ce qu'il fera de moins niais, surtout s'il n'en pense pas une larme.

– Ensuite ?

– Ensuite, il se fera faire une pension par M. Fouquet et s'en ira composer des vers à Fontainebleau pour des Mancini quelconques à qui la reine arrachera les yeux. Elle est espagnole, vois-tu, la reine, et elle a pour belle-mère Mme Anne d'Autriche. Je connais cela, moi, les Espagnoles de la maison d'Autriche.

– Ensuite ?

– Ensuite, après avoir fait arracher les galons d'argent de ses Suisses parce que la broderie coûte trop cher, il mettra les mousquetaires à pied, parce que l'avoine et le foin du cheval coûtent cinq sols par jour.

– Oh ! ne dites pas cela.

– Que m'importe ! je ne suis plus mousquetaire, n'est-ce pas ? Qu'on soit à cheval, à pied, qu'on porte une lardoire, une broche, une épée ou rien, que m'importe ?

– Cher monsieur d'Artagnan, je vous en supplie, ne me dites plus de mal du roi... Je suis presque à son service, et mon père m'en voudrait beaucoup d'avoir entendu, même de votre bouche, des paroles offensantes pour Sa Majesté.

– Ton père ?... Eh ! c'est un chevalier de toute cause véreuse. Pardieu ! oui, ton père est un brave, un César, c'est vrai ; mais un homme sans coup d'œil.

– Allons, bon ! chevalier, dit Raoul en riant, voilà que vous allez dire du mal de mon père, de celui que vous appeliez le grand Athos ; vous êtes en veine méchante aujourd'hui, et la richesse vous rend aigre, comme les autres la pauvreté.

– Tu as, pardieu, raison ; je suis un bélître, et je radote ; je suis un malheureux vieilli, une corde à fourrage effilée, une cuirasse percée, une botte sans semelle, un éperon sans molette ; mais fais-moi un plaisir, dis-moi une seule chose.

– Quelle chose, cher monsieur d'Artagnan ?

– Dis-moi ceci : « Mazarin était un croquant. »

– Il est peut-être mort.

– Raison de plus ; je dis *était ;* si je n'espérais pas qu'il fût mort, je te prierais de dire : « Mazarin est un croquant. » Dis, voyons, dis, pour l'amour de moi.

– Allons, je le veux bien.

– Dis !

– Mazarin était un croquant, dit Raoul en souriant au mousquetaire, qui s'épanouissait comme en ses beaux jours.

– Un moment, fit celui-ci. Tu as dit la première proposition ; voici la conclusion. Répète, Raoul, répète : « Mais je regretterais Mazarin. »

– Chevalier !

– Tu ne veux pas le dire, je vais le dire deux fois pour toi... Mais tu regretterais Mazarin.

Ils riaient encore et discutaient cette rédaction d'une profession de principes, quand un des garçons épiciers entra.

– Une lettre, monsieur, dit-il, pour M. d'Artagnan.

– Merci... Tiens !... s'écria le mousquetaire.

– L'écriture de M. le comte, dit Raoul.

– Oui, oui.

Et d'Artagnan décacheta.

Cher ami, disait Athos, *on vient de me prier de la part du roi de vous faire chercher...*

– Moi ? dit d'Artagnan, laissant tomber le papier sous la table.

Raoul le ramassa et continua de lire tout haut :

Hâtez-vous... Sa Majesté a grand besoin de vous parler, et vous attend au Louvre.

– Moi ? répéta encore le mousquetaire.

– Hé ! hé ! dit Raoul.

– Oh ! oh ! répondit d'Artagnan. Qu'est-ce que cela veut dire ?

V

Le roi

Le premier mouvement de surprise passé, d'Artagnan relut encore le billet d'Athos.

– C'est étrange, dit-il, que le roi me fasse appeler.

– Pourquoi, dit Raoul, ne croyez-vous pas, monsieur, que le roi doive regretter un serviteur tel que vous ?

– Oh ! oh ! s'écria l'officier en riant du bout des dents, vous me la donnez belle, maître Raoul. Si le roi m'eût regretté, il ne m'eût pas laissé partir. Non, non, je vois là quelque chose de mieux, ou de pis, si vous voulez.

– De pis ! Quoi donc, monsieur le chevalier ?

– Tu es jeune, tu es confiant, tu es admirable... Comme je voudrais être encore où tu en es ! Avoir vingt-quatre ans, le front uni ou le cerveau vide de tout, si ce n'est de femmes, d'amour ou de bonnes intentions... Oh ! Raoul ! tant que tu n'auras pas reçu les sourires des rois et les confidences des reines ; tant que tu n'auras pas eu deux cardinaux tués sous toi, l'un tigre, l'autre renard ; tant que tu n'auras pas... Mais à quoi bon toutes ces niaiseries ? Il faut nous quitter, Raoul !

– Comme vous me dites cela ! Quel air grave !

– Eh ! mais la chose en vaut la peine... Écoute-moi : j'ai une belle recommandation à te faire.

– J'écoute, cher monsieur d'Artagnan.

– Tu vas prévenir ton père de mon départ.

– Vous partez ?

– Pardieu !... Tu lui diras que je suis passé en Angleterre et que j'habite ma petite maison de plaisance.

– En Angleterre, vous !... Et les ordres du roi ?

– Je te trouve de plus en plus naïf : tu te figures que je vais comme cela me rendre au Louvre et me remettre à la disposition de ce petit louveteau couronné ?

– Louveteau ! le roi ? Mais, monsieur le chevalier, vous êtes fou.

– Je ne fus jamais si sage, au contraire. Tu ne sais donc pas ce qu'il veut faire de moi, ce digne fils de Louis le Juste ?... Mais, mordioux ! c'est de la politique... Il veut me faire embastiller purement et simplement, vois-tu.

– À quel propos ? s'écria Raoul effaré de ce qu'il entendait.

– À propos de ce que je lui ai dit un certain jour à Blois... J'ai été vif ; il s'en souvient.

– Vous lui avez dit ?

– Qu'il était un ladre, un polisson, un niais.

– Ah ! mon Dieu !... dit Raoul ; est-il possible que de pareils mots soient sortis de votre bouche ?

– Peut-être que je ne te donne pas la lettre de mon discours, mais au moins je t'en donne le sens.

– Mais le roi vous eût fait arrêter tout de suite !

– Par qui ? C'était moi qui commandais les mousquetaires : il eût fallu me commander à moi-même de me conduire en prison ; je n'y eusse jamais consenti ; je me fusse résisté à moi-même... Et puis j'ai passé en Angleterre... plus de d'Artagnan... Aujourd'hui, le cardinal est mort ou à peu près : on me sait à Paris ; on met la main sur moi.

– Le cardinal était donc votre protecteur ?

– Le cardinal me connaissait ; il savait de moi certaines particularités ; j'en savais de lui certaines aussi : nous nous apprécions mutuellement... Et puis, en rendant son âme au diable, il aura conseillé à Anne d'Autriche de me faire habiter en lieu sûr. Va donc trouver ton père, conte-lui le fait, et adieu !

– Mon cher monsieur d'Artagnan, dit Raoul tout ému après avoir regardé par la fenêtre, vous ne pouvez pas même fuir.

– Pourquoi donc ?

– Parce qu'il y a en bas un officier des Suisses qui vous attend.

– Eh bien ?

– Eh bien ! il vous arrêtera.

D'Artagnan partit d'un éclat de rire homérique.

– Oh ! je sais bien que vous lui résisterez, que vous le combattrez même ; je sais bien que vous serez vainqueur ; mais c'est de la rébellion, cela, et vous êtes officier vous-même, sachant ce que c'est que la discipline.

– Diable d'enfant ! comme c'est élevé, comme c'est logique ! grommela d'Artagnan.

– Vous m'approuvez, n'est-ce pas ?

– Oui. Au lieu de passer par la rue où ce benêt m'attend, je vais m'esquiver simplement par les derrières. J'ai un cheval à l'écurie ; il est bon ; je le crèverai, mes moyens me le permettent, et, de cheval crevé en cheval crevé, j'arriverai à Boulogne en onze heures ; je sais le chemin... Ne dis plus qu'une chose à ton père.

– Laquelle ?

– C'est que... ce qu'il sait bien est placé chez Planchet, sauf un cinquième, et que...

– Mais, mon cher monsieur d'Artagnan, prenez bien garde ; si vous fuyez, on va dire deux choses.

– Lesquelles, cher ami ?

– D'abord, que vous avez eu peur.

– Oh ! qui donc dira cela ?

– Le roi tout le premier.

– Eh bien ! mais... il dira la vérité. J'ai peur.

– La seconde, c'est que vous vous sentiez coupable.

– Coupable de quoi ?

– Mais des crimes que l'on voudra bien vous imputer.

– C'est encore vrai... Et alors tu me conseilles d'aller me faire embastiller ?

– M. le comte de La Fère vous le conseillerait comme moi.

– Je le sais pardieu bien ! dit d'Artagnan rêveur ; tu as raison, je ne me sauverai pas. Mais si l'on me jette à la Bastille ?

– Nous vous en tirerons, dit Raoul d'un air tranquille et calme.

– Mordioux ! s'écria d'Artagnan en lui prenant la main, tu as dit cela d'une brave façon, Raoul ; c'est de l'Athos tout pur. Eh bien ! je pars. N'oublie pas mon dernier mot.

– Sauf un cinquième, dit Raoul.

– Oui, tu es un joli garçon, et je veux que tu ajoutes une chose à cette dernière.

– Parlez !

– C'est que, si vous ne me tirez pas de la Bastille et que j'y meure... Oh ! cela s'est vu... et je serais un détestable prisonnier, moi qui fus un homme passable... en ce cas, je donne trois cinquièmes à toi et le quatrième à ton père.

– Chevalier !

– Mordioux ! si vous voulez m'en faire dire, des messes, vous êtes libres.

Cela dit, d'Artagnan décrocha son baudrier, ceignit son épée, prit un chapeau dont la plume était fraîche, et tendit la main à Raoul, qui se jeta dans ses bras.

Une fois dans la boutique, il lança un coup d'œil sur les garçons, qui considéraient la scène avec un orgueil mêlé de quelque inquiétude ; puis plongeant la main dans une caisse de petits raisins secs de Corinthe, il poussa vers l'officier, qui attendait philosophiquement devant la porte de la boutique.

– Ces traits !... C'être vous, monsieur de Friedisch ! s'écria gaiement le mousquetaire. Eh ! eh ! nous arrêtons donc nos amis ?

– Arrêter ! firent entre eux les garçons.

– C'est moi, dit le Suisse. Ponchour, monsir d'Artagnan.

– Faut-il vous donner mon épée ? Je vous préviens qu'elle est longue et lourde. Laissez-la-moi jusqu'au Louvre ; je suis tout bête quand je n'ai pas d'épée par les rues, et vous seriez encore plus bête que moi d'en avoir deux.

– Le roi n'afre bas dit, répliqua le Suisse, cartez tonc votre épée.

– Eh bien ! c'est fort gentil de la part du roi. Partons vite.

M. de Friedisch n'était pas causeur, et d'Artagnan avait beaucoup trop à penser pour l'être. De la boutique de Planchet au Louvre, il n'y avait pas loin ; on arriva en dix minutes. Il faisait nuit alors.

M. de Friedisch voulut entrer par le guichet.

– Non, dit d'Artagnan, vous perdrez du temps par là : prenez le petit escalier.

Le Suisse fit ce que lui recommandait d'Artagnan et le conduisit au vestibule du cabinet de Louis XIV. Arrivé là, il salua son prisonnier, et, sans rien dire, retourna à son poste.

D'Artagnan n'avait pas eu le temps de se demander pourquoi on ne lui ôtait pas son épée, que la porte du cabinet s'ouvrit et qu'un valet de chambre appela :

– Monsieur d'Artagnan !

Le mousquetaire prit sa tenue de parade et entra, l'œil grand ouvert, le front calme, la moustache roide.

Le roi était assis devant sa table et écrivait.

Il ne se dérangea point quand le pas du mousquetaire retentit sur le parquet ; il ne tourna même pas la tête. D'Artagnan s'avança jusqu'au milieu de la salle, et voyant que le roi ne faisait pas attention à lui, comprenant d'ailleurs fort bien que c'était de l'affectation, sorte de préambule fâcheux pour l'explication qui se préparait, il tourna le dos au prince et se mit à regarder de tous ses yeux les fresques de la corniche et les lézardes du plafond. Cette manœuvre fut accompagnée de ce petit monologue tacite : « Ah ! tu veux m'humilier, toi que j'ai vu tout petit, toi que j'ai sauvé comme mon enfant, toi que j'ai servi comme mon Dieu, c'est-à-dire pour rien... Attends, attends ; tu vas voir ce que peut faire un homme qui a siffloté l'air du branle des Huguenots à la barbe de M. le cardinal, le vrai cardinal ! »

Louis XIV se retourna en ce moment.

– Vous êtes là, monsieur d'Artagnan ? dit-il.

D'Artagnan vit le mouvement et l'imita.

– Oui, sire, dit-il.

– Bien, veuillez attendre que j'aie additionné.

D'Artagnan ne répondit rien ; seulement il s'inclina.

« C'est assez poli, pensa-t-il, et je n'ai rien à dire. »

Louis fit un trait de plume violent et jeta sa plume avec colère.

« Va, fâche-toi pour te mettre en train, pensa le mousquetaire, tu me mettras à mon aise : aussi bien, je n'ai pas l'autre jour, à Blois, vidé le fond du sac. »

Louis se leva, passa une main sur son front ; puis, s'arrêtant vis-à-vis de d'Artagnan, il le regarda d'un air impérieux et bienveillant tout à la fois.

« Que me veut-il ? Voyons, qu'il finisse », pensa le mousquetaire.

– Monsieur, dit le roi, vous savez sans doute que M. le cardinal est mort ?

– Je m'en doute, sire.

– Vous savez par conséquent que je suis maître chez moi ?

– Ce n'est pas une chose qui date de la mort du cardinal, sire ; on est toujours maître chez soi quand on veut.

– Oui ; mais vous vous rappelez tout ce que vous m'avez dit à Blois ?

« Nous y voici, pensa d'Artagnan ; je ne m'étais pas trompé. Allons, tant mieux ! c'est signe que j'ai le flair assez fin encore. »

– Vous ne me répondez pas ? dit Louis.

– Sire, je crois me souvenir...

– Vous croyez seulement ?

– Il y a longtemps.

– Si vous ne vous rappelez pas, je me souviens, moi. Voici ce que vous m'avez dit ; écoutez avec attention.

– Oh ! j'écoute de toutes mes oreilles, sire ; car vraisemblablement la conversation tournera d'une façon intéressante pour moi.

Louis regarda encore une fois le mousquetaire. Celui-ci caressa la plume de son chapeau, puis sa moustache, et attendit intrépidement.

Louis XIV continua :

– Vous avez quitté mon service, monsieur, après m'avoir dit toute la vérité ?

– Oui, sire.

– C'est-à-dire après m'avoir déclaré tout ce que vous croyiez être vrai sur ma façon de penser et d'agir. C'est toujours un mérite. Vous commençâtes par me dire que vous serviez ma famille depuis trente-quatre ans, et que vous étiez fatigué.

– Je l'ai dit, oui, sire.

– Et vous avez avoué ensuite que cette fatigue était un prétexte, que le mécontentement était la cause réelle.

– J'étais mécontent, en effet ; mais ce mécontentement ne s'est trahi nulle part, que je sache, et si comme un homme de cœur, j'ai parlé haut devant Votre Majesté, je n'ai pas même pensé en face de quelqu'un autre.

– Ne vous excusez pas, d'Artagnan, et continuez de m'écouter. En me faisant le reproche que vous étiez mécontent, vous reçûtes pour réponse une promesse ; je vous dis : « Attendez. » Est-ce vrai ?

– Oui, sire, vrai comme ce que je vous disais.

– Vous me répondîtes : « Plus tard ? Non pas ; tout de suite, à la bonne heure !... » Ne vous excusez pas, vous dis-je... C'était naturel ; mais vous n'aviez pas de charité pour votre prince, monsieur d'Artagnan.

– Sire... de la charité !... pour un roi, de la part d'un pauvre soldat !

– Vous me comprenez bien ; vous savez bien que j'en avais besoin ; vous savez bien que je n'étais pas le maître ; vous savez bien que j'avais l'avenir en espérance. Or, vous me répondîtes, quand je parlai de cet avenir : « Mon congé... tout de suite ! »

D'Artagnan mordit sa moustache.

– C'est vrai, murmura-t-il.

– Vous ne m'avez pas flatté quand j'étais dans la détresse, ajouta Louis XIV.

– Mais, dit d'Artagnan relevant la tête avec noblesse, je n'ai pas flatté Votre Majesté pauvre, je ne l'ai point trahie non plus. J'ai versé mon sang pour rien ; j'ai veillé comme un chien à la porte, sachant bien qu'on ne me jetterait ni pain, ni os. Pauvre aussi, moi, je n'ai rien demandé que le congé dont Votre Majesté parle.

– Je sais que vous êtes un brave homme ; mais j'étais un jeune homme, vous deviez me ménager... Qu'aviez-vous à reprocher au roi ? qu'il laissait Charles II sans secours ?... disons plus... qu'il n'épousait point Mlle de Mancini ?

En disant ce mot, le roi fixa sur le mousquetaire un regard profond.

« Ah ! ah ! pensa ce dernier, il fait plus que se souvenir, il devine... Diable ! »

– Votre jugement, continua Louis XIV, tombait sur le roi et tombait sur l'homme... Mais, monsieur d'Artagnan... cette faiblesse, car vous regardiez cela comme une faiblesse...

D'Artagnan ne répondit pas.

– Vous me la reprochiez aussi à l'égard de M. le cardinal défunt ; car M. le cardinal ne m'a-t-il pas élevé, soutenu ?... en s'élevant, en se soutenant lui-même, je le sais bien ; mais enfin, le bienfait demeure acquis. Ingrat, égoïste, vous m'eussiez donc plus aimé, mieux servi ?

– Sire...

– Ne parlons plus de cela, monsieur : ce serait causer à vous trop de regrets, à moi trop de peine.

D'Artagnan n'était pas convaincu. Le jeune roi, en reprenant avec lui un ton de hauteur, n'avançait pas dans les affaires.

– Vous avez réfléchi depuis ? reprit Louis XIV.

– À quoi, sire ? demanda poliment d'Artagnan.

– Mais à tout ce que je vous dis, monsieur.

– Oui, sire, sans doute...

– Et vous n'avez attendu qu'une occasion de revenir sur vos paroles ?

– Sire...

– Vous hésitez, ce me semble...

– Je ne comprends pas bien ce que Votre Majesté me fait l'honneur de me dire.

Louis fronça le sourcil.

– Veuillez m'excuser, sire ; j'ai l'esprit particulièrement épais... les choses n'y pénètrent qu'avec difficulté ; il est vrai qu'une fois entrées, elles y restent.

– Oui, vous me semblez avoir de la mémoire.

– Presque autant que Votre Majesté.

– Alors, donnez-moi vite une solution... Mon temps est cher. Que faites-vous depuis votre congé ?

– Ma fortune, sire.

– Le mot est dur, monsieur d'Artagnan.

– Votre Majesté le prend en mauvaise part, certainement. Je n'ai pour le roi qu'un profond respect, et, fussé-je impoli, ce qui peut s'excuser par ma longue habitude des camps et des casernes, Sa Majesté est trop au-dessus de moi pour s'offenser d'un mot échappé innocemment à un soldat.

– En effet, je sais que vous avez fait une action d'éclat en Angleterre, monsieur. Je regrette seulement que vous ayez manqué à votre promesse.

– Moi ? s'écria d'Artagnan.

– Sans doute... Vous m'aviez engagé votre foi de ne servir aucun prince en quittant mon service... Or, c'est pour le roi Charles II que vous avez travaillé à l'enlèvement merveilleux de M. Monck.

– Pardonnez-moi, sire, c'est pour moi.

– Cela vous a réussi ?

– Comme aux capitaines du XVe siècle les coups de main et les aventures.

– Qu'appelez-vous réussite ? une fortune ?

– Cent mille écus, sire, que je possède : c'est, en une semaine, le triple de tout ce que j'avais eu d'argent en cinquante années.

– La somme est belle... mais vous êtes ambitieux, je crois ?

– Moi, sire ? Le quart me semblait un trésor, et je vous jure que je ne pense pas à l'augmenter.

– Ah ! vous comptez demeurer oisif ?

– Oui, sire.

– Quitter l'épée ?

– C'est fait déjà.

– Impossible, monsieur d'Artagnan, dit Louis avec résolution.

– Mais, sire...

– Eh bien ?

– Pourquoi ?

– Parce que je ne le veux pas ! dit le jeune prince d'une voix tellement grave et impérieuse, que d'Artagnan fit un mouvement de surprise, d'inquiétude même.

– Votre Majesté me permettra-t-elle un mot de réponse ? demanda-t-il.

– Dites.

– Cette résolution, je l'avais prise étant pauvre et dénué.

– Soit. Après ?

– Or, aujourd'hui que, par mon industrie, j'ai acquis un bien-être assuré, Votre Majesté me dépouillerait de ma liberté, Votre Majesté me condamnerait au moins lorsque j'ai bien gagné le plus.

– Qui vous a permis, monsieur, de sonder mes desseins et de compter avec moi ? reprit Louis d'une voix presque courroucée ; qui vous a dit ce que je ferai, ce que vous ferez vous-même ?

– Sire, dit tranquillement le mousquetaire, la franchise, à ce que je vois, n'est plus à l'ordre de la conversation, comme le jour où nous nous expliquâmes à Blois.

– Non, monsieur, tout est changé.

– J'en fais à Votre Majesté mes sincères compliments ; mais...

– Mais vous n'y croyez pas ?

– Je ne suis pas un grand homme d'État, cependant j'ai mon coup d'œil pour les affaires ; il ne manque pas de sûreté ; or, je ne vois pas tout à fait comme Votre Majesté, sire. Le règne de Mazarin est fini, mais celui des financiers commence. Ils ont l'argent : Votre Majesté ne doit pas en voir souvent. Vivre sous la patte de ces loups affamés, c'est dur pour un homme qui comptait sur l'indépendance.

À ce moment quelqu'un gratta à la porte du cabinet ; le roi leva la tête orgueilleusement.

– Pardon, monsieur d'Artagnan, dit-il ; c'est M. Colbert qui vient me faire un rapport. Entrez, monsieur Colbert.

D'Artagnan s'effaça. Colbert entra, des papiers à la main, et vint au-devant du roi.

Il va sans dire que le Gascon ne perdit pas l'occasion d'appliquer son coup d'œil si fin et si vif sur la nouvelle figure qui se présentait.

– L'instruction est donc faite ? demanda le roi à Colbert.

– Oui, sire.

– Et l'avis des instructeurs ?

– Est que les accusés ont mérité la confiscation et la mort.

– Ah ! ah ! fit le roi sans sourciller, en jetant un regard oblique à d'Artagnan... Et votre avis à vous, monsieur Colbert ? dit le roi.

Colbert regarda d'Artagnan à son tour. Cette figure gênante arrêtait la parole sur ses lèvres. Louis XIV comprit.

– Ne vous inquiétez pas, dit-il, c'est M. d'Artagnan ; ne reconnaissez-vous pas M. d'Artagnan ?

Ces deux hommes se regardèrent alors ; d'Artagnan, l'œil ouvert et flamboyant ; Colbert, l'œil à demi couvert et nuageux. La franche intrépidité de l'un déplut à l'autre ; la cauteleuse circonspection du financier déplut au soldat.

– Ah ! ah ! c'est Monsieur qui a fait ce beau coup en Angleterre, dit Colbert.

Et il salua légèrement d'Artagnan.

– Ah ! ah ! dit le Gascon, c'est Monsieur qui a rogné l'argent des galons des Suisses... Louable économie !

Et il salua profondément.

Le financier avait cru embarrasser le mousquetaire ; mais le mousquetaire perçait à jour le financier.

– Monsieur d'Artagnan, reprit le roi, qui n'avait pas remarqué toutes les nuances dont Mazarin n'eût pas laissé échapper une seule, il s'agit de traitants qui m'ont volé, que je fais prendre, et dont je vais signer l'arrêt de mort.

D'Artagnan tressaillit.

– Oh ! oh ! fit-il.

– Vous dites ?

– Rien, sire ; ce ne sont pas mes affaires.

Le roi tenait déjà la plume et l'approchait du papier.

– Sire, dit à demi-voix Colbert, je préviens Votre Majesté que si un exemple est nécessaire, cet exemple peut soulever quelques difficultés dans l'exécution.

– Plaît-il ? dit Louis XIV.

– Ne vous dissimulez pas, continua tranquillement Colbert, que toucher aux traitants, c'est toucher à la surintendance. Les deux malheureux, les deux coupables dont il s'agit sont des amis particuliers d'un puissant personnage, et le jour du supplice, que d'ailleurs on peut étouffer dans le Châtelet, des troubles s'élèveront, à n'en pas douter.

Louis rougit et se retourna vers d'Artagnan, qui rongeait doucement sa moustache, non sans un sourire de pitié pour le financier, comme aussi pour le roi, qui l'écoutait si longtemps.

Alors Louis XIV saisit la plume et, d'un mouvement si rapide que la main lui trembla, apposa ses deux signatures au bas des pièces présentées par Colbert ; puis, regardant ce dernier en face :

– Monsieur Colbert, dit-il, quand vous me parlerez affaires, effacez souvent le mot difficulté de vos raisonnements et de vos avis ; quant au mot impossibilité, ne le prononcez jamais.

Colbert s'inclina, très humilié d'avoir subi cette leçon devant le mousquetaire ; puis il allait sortir ; mais, jaloux de réparer son échec :

– J'oubliais d'annoncer à Votre Majesté, dit-il, que les confiscations s'élèvent à la somme de cinq millions de livres.

« C'est gentil », pensa d'Artagnan.

– Ce qui fait en mes coffres ? dit le roi.

– Dix-huit millions de livres, sire, répliqua Colbert en s'inclinant.

– Mordioux ! grommela d'Artagnan, c'est beau !

– Monsieur Colbert, ajouta le roi, vous traverserez, je vous prie, la galerie où M. de Lyonne attend, et vous lui direz d'apporter ce qu'il a rédigé... par mon ordre.

– À l'instant même, sire. Votre Majesté n'a plus besoin de moi ce soir ?

– Non, monsieur ; adieu !

« Revenons à notre affaire, monsieur d'Artagnan, reprit Louis XIV, comme si rien ne s'était passé. Vous voyez que, quant à l'argent, il y a déjà un changement notable. »

– Comme de zéro à dix-huit, répliqua gaiement le mousquetaire. Ah ! voilà ce qu'il eût fallu à Votre Majesté, le jour où Sa Majesté Charles II vint à Blois. Les deux États ne seraient point en brouille aujourd'hui, car, il faut bien que je le dise, là aussi je vois une pierre d'achoppement.

– Et d'abord, riposta Louis, vous êtes injuste, monsieur ; car si la Providence m'eût permis de donner ce jour-là le million à mon frère, vous n'eussiez pas quitté mon service, et, par conséquent, vous n'eussiez pas fait votre fortune... comme vous disiez tout à l'heure... Mais, outre ce bonheur, j'en ai un autre, et ma brouille avec la Grande-Bretagne ne doit pas vous étonner.

Un valet de chambre interrompit le roi et annonça M. de Lyonne.

– Entrez, monsieur, dit le roi ; vous êtes exact, c'est d'un bon serviteur. Voyons votre lettre à mon frère Charles II.

D'Artagnan dressa l'oreille.

– Un moment, monsieur, dit négligemment Louis au Gascon ; il faut que j'expédie à Londres le consentement au mariage de mon frère, M. le duc d'Orléans, avec lady Henriette Stuart.

– Il me bat, ce me semble, murmura d'Artagnan, tandis que le roi signait cette lettre et congédiait M. de Lyonne ; mais, ma foi, je l'avoue, plus je serai battu, plus je serai content.

Le roi suivit des yeux M. de Lyonne jusqu'à ce que la porte fût bien refermée derrière lui ; il fit même trois pas, comme s'il eût voulu suivre son ministre. Mais, après ces trois pas, s'arrêtant, faisant une pause et revenant sur le mousquetaire :

– Maintenant, monsieur, dit-il ; hâtons-nous de terminer. Vous me disiez l'autre jour à Blois que vous n'étiez pas riche ?

– Je le suis à présent, sire.

– Oui, mais cela ne me regarde pas ; vous avez votre argent, non le mien ; ce n'est pas mon compte.

– Je n'entends pas très bien ce que dit Votre Majesté.

– Alors, au lieu de vous laisser tirer les paroles, parlez spontanément. Aurez-vous assez de vingt mille livres par an, argent fixe ?

– Mais, sire... dit d'Artagnan ouvrant de grands yeux.

– Aurez-vous assez de quatre chevaux entretenus et fournis, et d'un supplément de fonds tel que vous le demanderez, selon les occasions et les nécessités ; ou bien préférez-vous un fixe qui serait, par exemple, de quarante mille livres ? Répondez.

– Sire, Votre Majesté...

– Oui, vous êtes surpris, c'est tout naturel, et je m'y attendais ; répondez, voyons, ou je croirai que vous n'avez plus cette rapidité de jugement que j'ai toujours appréciée en vous.

– Il est certain, sire, que vingt mille livres par an sont une belle somme ; mais...

– Pas de mais. Oui ou non ; est-ce une indemnité honorable ?

– Oh ! certes...

– Vous vous en contenterez alors ! C'est très bien. Il vaut mieux, d'ailleurs, vous compter à part les faux frais ; vous vous arrangerez de cela avec Colbert ; maintenant, passons à quelque chose de plus important.

– Mais, sire, j'avais dit à Votre Majesté...

– Que vous vouliez vous reposer, je le sais bien ; seulement, je vous ai répondu que je ne le voulais pas... Je suis le maître, je pense ?

– Oui, sire.

– À la bonne heure ! Vous étiez en veine de devenir autrefois capitaine de mousquetaires ?

– Oui, sire.

– Eh bien ! voici votre brevet signé. Je le mets dans le tiroir. Le jour où vous reviendrez de certaine expédition que j'ai à vous confier, ce jour-là vous prendrez vous-même ce brevet dans le tiroir.

D'Artagnan hésitait encore et tenait la tête baissée.

– Allons, monsieur, dit le roi, on croirait à vous voir que vous ne savez pas qu'à la cour du roi très chrétien le capitaine général des mousquetaires a le pas sur les maréchaux de France ?

– Sire, je le sais.

– Alors, on dirait que vous ne vous fiez pas à ma parole ?

– Oh ! sire, jamais... ne croyez pas de telles choses.

– J'ai voulu vous prouver que vous, si bon serviteur vous aviez perdu un bon maître : suis-je un peu le maître qu'il vous faut ?

– Je commence à penser que oui, sire.

– Alors, monsieur, vous allez entrer en fonctions. Votre compagnie est toute désorganisée depuis votre départ, et les hommes s'en vont flânant et heurtant les cabarets où l'on se bat, malgré mes édits et ceux de mon père. Vous réorganiserez le service au plus vite.

– Oui, sire.

– Vous ne quitterez plus ma personne.

– Bien.

– Et vous marcherez avec moi à l'armée, où vous camperez autour de ma tente.

– Alors, sire, dit d'Artagnan, si c'est pour m'imposer un service comme celui-là, Votre Majesté n'a pas besoin de me donner vingt mille livres que je ne gagnerai pas.

– Je veux que vous ayez un état de maison ; je veux que vous teniez table ; je veux que mon capitaine de mousquetaires soit un personnage.

– Et moi, dit brusquement d'Artagnan, je n'aime pas l'argent trouvé ; je veux l'argent gagné ! Votre Majesté me donne un métier de paresseux, que le premier venu fera pour quatre mille livres.

– Vous êtes un fin Gascon, monsieur d'Artagnan ; vous me tirez mon secret du cœur.

– Bah ! Votre Majesté a donc un secret ?

– Oui, monsieur.

– Eh bien ! alors, j'accepte les vingt mille livres, car je garderai ce secret, et la discrétion, cela n'a pas de prix par le temps qui court. Votre Majesté veut-elle parler à présent ?

– Vous allez vous botter, monsieur d'Artagnan, et monter à cheval.

– Tout de suite ?

– Sous deux jours.

– À la bonne heure, sire ; car j'ai mes affaires à régler avant le départ, surtout s'il y a des coups à recevoir.

– Cela peut se présenter.

– On le prendra. Mais, sire, vous avez parlé à l'avarice, à l'ambition ; vous avez parlé au cœur de M. d'Artagnan ; vous avez oublié une chose.

– Laquelle ?

– Vous n'avez pas parlé à la vanité : quand serai-je chevalier des ordres du roi ?

– Cela vous occupe ?

– Mais, oui. J'ai mon ami Athos qui est tout chamarré, cela m'offusque.

– Vous serez chevalier de mes ordres un mois après avoir pris le brevet de capitaine.

– Ah ! ah ! dit l'officier rêveur, après l'expédition ?

– Précisément.

– Où m'envoie Votre Majesté, alors ?

– Connaissez-vous la Bretagne ?

– Non, sire.

– Y avez-vous des amis ?

– En Bretagne ? Non, ma foi !

– Tant mieux. Vous connaissez-vous en fortifications ?

D'Artagnan sourit.

– Je crois que oui sire.

– C'est-à-dire que vous pouvez bien distinguer une forteresse d'avec une simple fortification comme on en permet aux châtelains, nos vassaux ?

– Je distingue un fort d'avec un rempart, comme on distingue une cuirasse d'avec une croûte de pâté, sire. Est-ce suffisant ?

– Oui, monsieur. Vous allez donc partir.

– Pour la Bretagne ?

– Oui.

– Seul ?

– Absolument seul. C'est-à-dire que vous ne pourrez même emmener un laquais.

– Puis-je demander à Votre Majesté pour quelle raison ?

– Parce que, monsieur, vous ferez bien de vous travestir vous-même quelquefois en valet de bonne maison. Votre visage est fort connu en France, monsieur d'Artagnan.

– Et puis, sire ?

– Et puis vous vous promènerez par la Bretagne, et vous examinerez soigneusement les fortifications de ce pays.

– Les côtes ?

– Aussi les îles.

– Ah !

– Vous commencerez par Belle-Île-en-Mer.

– Qui est à M. Fouquet ? dit d'Artagnan d'un ton sérieux, en levant sur Louis XIV son œil intelligent.

– Je crois que vous avez raison, monsieur, et que Belle-Île est, en effet, à M. Fouquet.

– Alors Votre Majesté veut que je sache si Belle-Île est une bonne place ?

– Oui.

– Si les fortifications en sont neuves ou vieilles ?

– Précisément.

– Si par hasard les vassaux de M. le surintendant sont assez nombreux pour former garnison ?

– Voilà ce que je vous demande, monsieur ; vous avez mis le doigt sur la question.

– Et si l'on ne fortifie pas, sire ?

– Vous vous promènerez dans la Bretagne, écoutant et jugeant.

D'Artagnan se chatouilla la moustache.

– Je suis espion du roi, dit-il tout net.

– Non, monsieur.

– Pardon, sire, puisque j'épie pour le compte de Votre Majesté.

– Vous allez à la découverte, monsieur. Est-ce que si vous marchiez à la tête de mes mousquetaires, l'épée au poing, pour éclairer un lieu quelconque ou une position de l'ennemi...

À ce mot, d'Artagnan tressaillit invisiblement.

– ... Est-ce que, continua le roi, vous vous croiriez un espion ?

– Non, non ! dit d'Artagnan pensif ; la chose change de face quand on éclaire l'ennemi ; on n'est qu'un soldat... Et si l'on fortifie Belle-Île ? ajouta-t-il aussitôt.

– Vous prendrez un plan exact de la fortification.

– On me laissera entrer ?

– Cela ne me regarde pas, ce sont vos affaires. Vous n'avez donc pas entendu que je vous réservais un supplément de vingt mille livres par an, si vous vouliez ?

– Si fait, sire ; mais si l'on ne fortifie pas ?

– Vous reviendrez tranquillement, sans fatiguer votre cheval.

– Sire, je suis prêt.

– Vous débuterez demain par aller chez M. le surintendant toucher le premier quartier de la pension que je vous fais. Connaissez-vous M. Fouquet ?

– Fort peu, sire ; mais je ferai observer à Votre Majesté qu'il n'est pas très urgent que je le connaisse.

– Je vous demande pardon, monsieur ; car il vous refusera l'argent que je veux vous faire toucher, et c'est ce refus que j'attends.

– Ah ! fit d'Artagnan. Après, sire ?

– L'argent refusé, vous irez le chercher près de M. Colbert. À propos, avez-vous un bon cheval ?

– Un excellent, sire.

– Combien le payâtes-vous ?

– Cent cinquante pistoles.

– Je vous l'achète. Voici un bon de deux cents pistoles.

– Mais il me faut un cheval pour voyager, sire ?

– Eh bien ?

– Eh bien ! vous me prenez le mien.

– Pas du tout ; je vous le donne, au contraire. Seulement, comme il est à moi et non plus à vous, je suis sûr que vous ne le ménagerez pas.

– Votre Majesté est donc pressée ?

– Beaucoup.

– Alors qui me force d'attendre deux jours ?

– Deux raisons à moi connues.

– C'est différent. Le cheval peut rattraper ces deux jours sur les huit qu'il a à faire ; et puis il y a la poste.

– Non, non, la poste compromet assez, monsieur d'Artagnan. Allez et n'oubliez pas que vous êtes à moi.

– Sire, ce n'est pas moi qui l'ai jamais oublié ! À quelle heure prendrai-je congé de Votre Majesté après-demain ?

– Où logez-vous ?

– Je dois loger désormais au Louvre.

– Je ne le veux pas. Vous garderez votre logement en ville, je le paierai. Pour le départ, je le fixe à la nuit, attendu que vous devez partir sans être vu de personne, ou si vous êtes vu, sans qu'on sache que vous êtes à moi... Bouche close, monsieur.

– Votre Majesté gâte tout ce qu'elle a dit par ce seul mot.

– Je vous demandais où vous logez, car je ne puis vous envoyer chercher toujours chez M. le comte de La Fère.

– Je loge chez M. Planchet, épicier, rue des Lombards, à l'enseigne du Pilon-d'Or.

– Sortez peu, montrez-vous moins encore et attendez mes ordres.

– Il faut que j'aille toucher cependant, sire.

– C'est vrai ; mais pour aller à la surintendance, où vont tant de gens, vous vous mêlerez à la foule.

– Il me manque les bons pour toucher, sire.

– Les voici.

Le roi signa.

D'Artagnan regarda pour s'assurer de la régularité.

– C'est de l'argent, dit-il, et l'argent se lit ou se compte.

– Adieu, monsieur d'Artagnan, ajouta le roi ; je pense que vous m'avez bien compris ?

– Moi, j'ai compris que Votre Majesté m'envoie à Belle-Île-en-Mer, voilà tout.

– Pour savoir ?...

– Pour savoir comment vont les travaux de M. Fouquet ; voilà tout.

– Bien ; j'admets que vous soyez pris ?

– Moi, je ne l'admets pas, répliqua hardiment le Gascon.

– J'admets que vous soyez tué ? poursuivit le roi.

– Ce n'est pas probable, sire.

– Dans le premier cas, vous ne parlez pas ; dans le second, aucun papier ne parle sur vous.

D'Artagnan haussa les épaules sans cérémonie, et prit congé du roi en se disant : « La pluie d'Angleterre continue ! restons sous la gouttière ».

VI

Les maisons de M. Fouquet

Tandis que d'Artagnan revenait chez Planchet, la tête bourrelée et alourdie par tout ce qui venait de lui arriver, il se passait une scène d'un tout autre genre et qui cependant n'était pas étrangère à la conversation que notre mousquetaire venait d'avoir avec le roi. Seulement, cette scène avait lieu hors Paris, dans une maison que possédait le surintendant Fouquet dans le village de Saint-Mandé.

Le ministre venait d'arriver à cette maison de campagne, suivi de son premier commis, lequel portait un énorme portefeuille plein de papiers à examiner et d'actes attendant la signature.

Comme il pouvait être cinq heures du soir, les maîtres avaient dîné, le souper se préparait pour vingt convives subalternes.

Le surintendant ne s'arrêta point, en descendant de voiture. Il franchit du même bond le seuil de la porte, traversa les appartements et gagna son cabinet, où il déclara qu'il s'enfermait pour travailler, défendant qu'on le dérangeât pour quelque chose que ce fût, excepté pour ordre du roi.

En effet, aussitôt cet ordre donné, Fouquet s'enferma, et deux valets de pied furent placés en sentinelle à sa porte. Alors Fouquet poussa un verrou, lequel déplaçait un panneau qui murait l'entrée, et qui empêchait que rien de ce qui se passait dans ce cabinet fût vu ou entendu. Mais contre toute probabilité, c'était bien pour s'enfermer que Fouquet s'enfermait ainsi ; car il alla droit à son bureau, s'y assit, ouvrit le portefeuille et se mit à faire un choix dans la masse énorme de papiers qu'il renfermait.

Il n'y avait pas dix minutes qu'il était entré, et que toutes les précautions que nous avons dites avaient été prises, quand le bruit répété de plusieurs petits coups égaux frappa son oreille, et parut appeler toute son attention.

Fouquet redressa la tête, tendit l'oreille et écouta.

Les petits coups continuèrent. Alors le travailleur se leva avec un léger mouvement d'impatience, et marcha droit à une glace derrière laquelle les coups étaient frappés par une main ou par un mécanisme invisible.

C'était une grande glace prise dans un panneau. Trois autres glaces absolument pareilles complétaient la symétrie de l'appartement.

Rien ne distinguait celle-là des autres.

À n'en pas douter, ces petits coups réitérés étaient un signal ; car au moment où Fouquet approchait de la glace en écoutant, le même bruit se renouvela et dans la même mesure.

– Oh ! oh ! murmura le surintendant avec surprise ; qui donc est là-bas ? Je n'attendais personne aujourd'hui.

Et, sans doute pour répondre au signal qui avait été fait, le surintendant tira un clou doré dans cette même glace et l'agita trois fois.

Puis, revenant à sa place et se rasseyant :

– Ma foi, qu'on attende, dit-il.

Et se replongeant dans l'océan de papier déroulé devant lui, il ne parut songer plus qu'au travail. En effet, avec une rapidité incroyable, une lucidité merveilleuse, Fouquet déchiffrait les papiers les plus longs, les écritures les plus compliquées, les corrigeant, les annotant d'une plume emportée comme par la fièvre, et l'ouvrage fondait entre ses doigts, les signatures, les chiffres, les renvois se multipliaient comme si dix commis, c'est-à-dire cent doigts et dix cerveaux, eussent fonctionné, au lieu de cinq doigts et du seul esprit de cet homme.

De temps en temps seulement, Fouquet, abîmé dans ce travail, levait la tête pour jeter un coup d'œil furtif sur une horloge placée en face de lui.

C'est que Fouquet se donnait sa tâche ; c'est que, cette tâche une fois donnée, en une heure de travail il faisait, lui, ce qu'un autre n'eût point accompli dans sa journée : toujours certain, par conséquent, pourvu qu'il ne fût point dérangé, d'arriver au but dans le délai que son activité dévorante avait fixé. Mais, au milieu de ce travail ardent, les coups secs du petit timbre placé derrière la glace retentirent encore une fois, plus pressés, et par conséquent plus instants.

– Allons, il paraît que la dame s'impatiente, dit Fouquet ; voyons, voyons, du calme, ce doit être la comtesse ; mais non, la comtesse est à Rambouillet pour trois jours. La présidente, alors. Oh ! la présidente ne prendrait point de ces grands airs ; elle sonnerait bien humblement, puis elle attendrait mon bon plaisir. Le plus clair de tout cela, c'est que je ne puis savoir qui cela peut être, mais que je sais bien qui cela n'est pas. Et puisque ce n'est pas vous, marquise, puisque ce ne peut être vous, foin de tout autre !

Et il poursuivit sa besogne, malgré les appels réitérés du timbre. Cependant, au bout d'un quart d'heure, l'impatience gagna Fouquet à son tour ; il brûla plutôt qu'il n'acheva le reste de son ouvrage, repoussa les papiers dans le portefeuille, et donnant un coup d'œil à son miroir, tandis que les petits coups continuaient plus pressés que jamais :

– Oh ! oh ! dit-il, d'où vient cette fougue ? Qu'est-il arrivé, et quelle est l'Ariane qui m'attend avec une pareille impatience ? Voyons.

Alors il appuya le bout de son doigt sur le clou parallèle à celui qu'il avait tiré. Aussitôt la glace joua comme le battant d'une porte et découvrit un placard assez profond, dans lequel le surintendant disparut comme dans une vaste boîte. Là, il poussa un nouveau ressort, qui ouvrit, non pas une planche, mais un bloc de muraille, et sortit par cette tranchée, laissant la porte se refermer d'elle-même.

Alors Fouquet descendit une vingtaine de marches qui s'enfonçaient en tournoyant sous la terre, et trouva un long souterrain dallé et éclairé par des meurtrières imperceptibles. Les parois de ce souterrain étaient couvertes de nattes, et le sol de tapis. Ce souterrain passait sous la rue même qui séparait la maison de Fouquet du parc de Vincennes. Au bout du souterrain tournoyait un escalier parallèle à celui par lequel Fouquet était descendu. Il monta cet autre escalier, entra par le moyen d'un ressort pareil dans un placard semblable à celui de son cabinet, et, de ce placard, il passa dans une chambre absolument vide, quoique meublée avec une suprême élégance.

Une fois entré, il examina soigneusement si la glace fermait sans laisser de trace, et, content sans doute de son observation, il alla ouvrir, à l'aide d'une petite clé de vermeil, les triples tours d'une porte située en face de lui.

Cette fois, la porte ouvrait sur un beau cabinet meublé somptueusement et dans lequel se tenait assise sur des coussins une femme d'une beauté suprême, qui, au bruit des verrous, se précipita vers Fouquet.

– Ah ! mon Dieu ! s'écria celui-ci reculant d'étonnement : madame la marquise de Bellière, vous, vous ici !

– Oui, murmura la marquise ; oui, moi, monsieur.

– Marquise, chère marquise, ajouta Fouquet prêt à se prosterner. Ah ! mon Dieu ! mais comment donc êtes-vous venue ? Et moi qui vous ai fait attendre !

– Bien longtemps, monsieur, oh ! oui, bien longtemps.

– Je suis assez heureux pour que cette attente vous ait duré, marquise ?

– Une éternité, monsieur ; oh ! j'ai sonné plus de vingt fois ; n'entendiez-vous pas ?

– Marquise, vous êtes pâle, vous êtes tremblante.

– N'entendiez-vous donc pas qu'on vous appelait ?

– Oh ! si fait, j'entendais bien, madame ; mais je ne pouvais venir. Comment supposer que ce fût vous, après vos rigueurs, après vos refus ? Si j'avais pu soupçonner le bonheur qui m'attendait, croyez-le bien, marquise, j'eusse tout quitté pour venir tomber à vos genoux, comme je le fais en ce moment.

La marquise regarda autour d'elle.

– Sommes-nous bien seuls, monsieur ? demanda-t-elle.

– Oh ! oui, madame, je vous en réponds.

– En effet, dit la marquise tristement.

– Vous soupirez ?

– Que de mystères, que de précautions, dit la marquise avec une légère amertume et comme on voit que vous craignez de laisser soupçonner vos amours !

– Aimeriez-vous mieux que je les affichasse ?

– Oh ! non, et c'est d'un homme délicat, dit la marquise en souriant.

– Voyons, voyons, marquise, pas de reproches, je vous en supplie !

– Des reproches, ai-je le droit de vous en faire ?

– Non, malheureusement non ; mais, dites-moi, vous, que depuis un an j'aime sans retour et sans espoir...

– Vous vous trompez : sans espoir, c'est vrai ; mais sans retour, non.

– Oh ! pour moi, à l'amour, il n'y a qu'une preuve, et cette preuve, je l'attends encore.

– Je viens vous l'apporter, monsieur.

Fouquet voulut entourer la marquise de ses bras, mais elle se dégagea d'un geste.

– Vous tromperez-vous donc toujours, monsieur, et n'accepterez-vous pas de moi la seule chose que je veuille vous donner, le dévouement ?

– Ah ! vous ne m'aimez pas, alors ; le dévouement n'est qu'une vertu, l'amour est une passion.

– Écoutez-moi, monsieur, je vous en supplie ; je ne serais pas venue ici sans un motif grave, vous le comprenez bien.

– Peu m'importe le motif, puisque vous voilà, puisque je vous parle, puisque je vous vois.

– Oui, vous avez raison, le principal est que j'y sois, sans que personne m'ait vue, et que je puisse vous parler.

Fouquet se laissa tomber à deux genoux.

– Parlez, parlez, madame, dit-il, je vous écoute.

La marquise regardait Fouquet à ses genoux, et il y avait dans les regards de cette femme une étrange expression d'amour et de mélancolie.

– Oh ! murmura-t-elle enfin, que je voudrais être celle qui a le droit de vous voir à chaque minute, de vous parler à chaque instant ! Que je voudrais être celle qui veille sur vous, celle qui n'a pas besoin de mystérieux ressorts pour appeler, pour faire apparaître comme un sylphe l'homme qu'elle aime, pour le regarder une heure, et puis le voir disparaître dans les ténèbres, d'un mystère encore plus étrange à sa sortie qu'il n'était à son arrivée. Oh !... c'est une femme bien heureuse.

– Par hasard, marquise, dit Fouquet en souriant, parleriez-vous de ma femme ?

– Oui, certes, j'en parle.

– Eh bien ! n'enviez pas son sort, marquise ; de toutes les femmes avec lesquelles je suis en relations, Mme Fouquet est celle qui me voit le moins, qui me parle le moins et qui a le moins de confidences avec moi.

– Au moins, monsieur, n'en est-elle pas réduite à appuyer, comme je l'ai fait, la main sur un ornement de glace pour vous faire venir ; au moins ne lui répondez-vous pas par ce bruit mystérieux, effrayant, d'un timbre dont le ressort vient je ne sais d'où ; au moins ne lui avez-vous jamais défendu de chercher à percer le secret de ces communications, sous peine de voir se rompre à jamais votre liaison avec elle, comme vous le défendez à celles qui sont venues ici avant moi et qui y viendront après moi.

– Ah ! chère marquise, que vous êtes injuste et que vous savez peu ce que vous faites en récriminant contre le mystère ! c'est avec le mystère seulement que l'on peut aimer sans trouble, c'est avec l'amour sans trouble qu'on peut être heureux. Mais revenons à vous, à ce dévouement dont vous me parliez, ou plutôt trompez-moi, marquise, et me laissez croire que ce dévouement, c'est de l'amour.

– Tout à l'heure, reprit la marquise en passant sur ses yeux cette main modelée sur les plus suaves contours de l'antiquité, tout à l'heure j'étais prête à parler, mes idées étaient nettes, hardies ; maintenant, je suis tout interdite, toute troublée, toute tremblante ; je crains de venir vous apporter une mauvaise nouvelle.

– Si c'est à cette mauvaise nouvelle que je dois votre présence, marquise, que cette mauvaise nouvelle soit la bienvenue ; ou plutôt, marquise, puisque vous voilà, puisque vous m'avouez que je ne vous suis pas tout à fait indifférent, laissons de côté cette mauvaise nouvelle, et ne parlons que de vous.

– Non, non, au contraire, demandez-la-moi ; exigez que je vous la dise à l'instant, que je ne me laisse détourner par aucun sentiment ; Fouquet, mon ami, il y va d'un intérêt immense.

– Vous m'étonnez, marquise ; je dirai même plus, vous me faites presque peur, vous, si sérieuse, si réfléchie, vous qui connaissez si bien le monde où nous vivons. C'est donc grave.

– Oh ! très grave, écoutez !

– D'abord, comment êtes-vous venue ici ?

– Vous le saurez tout à l'heure ; mais, d'abord, au plus pressé.

– Dites, marquise, dites ! Seulement je vous en supplie, prenez en pitié mon impatience.

– Vous savez que M. Colbert est nommé intendant des finances ?

– Bah ! Colbert, le petit Colbert ?

– Oui, Colbert, le petit Colbert.

– Le factotum de M. de Mazarin ?

– Justement.

– Eh bien ! que voyez-vous là d'effrayant, chère marquise ? Ce petit cuistre intendant, c'est étonnant, j'en conviens, mais ce n'est pas terrible.

– Croyez-vous que le roi ait donné, sans motifs pressants, une pareille place à celui que vous appelez un petit cuistre ?

– D'abord, est-ce bien vrai que le roi la lui ait donnée.

– On le dit.

– Qui le dit ?

– Tout le monde.

– Tout le monde, ce n'est personne ; citez-moi quelqu'un qui puisse être bien informé et qui le dise.

– Mme Vanel.

– Ah ! vous commencez à m'effrayer, en effet, dit Fouquet en riant ; le fait est que si quelqu'un est bien renseigné, ou doit être bien renseigné, c'est la personne que vous nommez.

– Ne dites pas de mal de la pauvre Marguerite, monsieur Fouquet, car elle vous aime toujours.

– Bah ! vraiment ? C'est à ne pas croire. Je pensais que ce petit Colbert, comme vous disiez tout à l'heure, avait passé par-dessus cet amour-là et l'avait empreint d'une tache d'encre ou d'une couche de crasse.

– Fouquet, Fouquet, voilà donc comme vous êtes pour celles que vous abandonnez ?

– Allons, n'allez-vous pas prendre la défense de Mme Vanel, marquise ?

– Oui, je la prendrai ; car, je vous le répète, elle vous aime toujours, et la preuve, c'est qu'elle vous sauve.

– Par votre entremise, marquise ; c'est adroit à elle. Nul ange ne pourrait m'être plus agréable, et me mener plus sûrement au salut. Mais d'abord, comment connaissez-vous Marguerite ?

– C'est mon amie de couvent.

– Et vous dites donc qu'elle vous a annoncé que M. Colbert était nommé intendant ?

– Oui.

– Eh bien ! éclairez-moi, marquise ; voilà M. Colbert intendant, soit. En quoi un intendant, c'est-à-dire mon subordonné, mon commis, peut-il me porter ombrage ou préjudice, fût-ce M. Colbert ?

– Vous ne réfléchissez pas, monsieur, à ce qu'il paraît, répondit la marquise.

– À quoi ?

– À ceci : que M. Colbert vous hait.

– Moi ! s'écria Fouquet. Eh ! mon Dieu ! marquise, d'où sortez-vous donc ? Mais, tout le monde me hait, celui-là comme les autres.

– Celui-là plus que les autres.

– Plus que les autres, soit.

– Il est ambitieux.

– Qui ne l'est pas, marquise ?

– Oui ; mais à lui son ambition n'a pas de borne.

– Je le vois bien, puisqu'il a tendu à me succéder près de Mme Vanel.

– Et qu'il a réussi ; prenez-y garde.

– Voudriez-vous dire qu'il a la prétention de passer d'intendant surintendant ?

– N'en avez-vous pas eu déjà la crainte ?

– Oh ! oh ! fit Fouquet, me succéder près de Mme Vanel, soit ; mais près du roi, c'est autre chose. La France ne s'achète pas si facilement que la femme d'un maître des comptes.

– Eh ! monsieur, tout s'achète ; quand ce n'est point par l'or, c'est par l'intrigue.

– Vous savez bien le contraire, vous, madame, vous à qui j'ai offert des millions.

– Il fallait, au lieu de ces millions, Fouquet, m'offrir un amour vrai, unique, absolu ; j'eusse accepté. Vous voyez bien que tout s'achète, si ce n'est pas d'une façon, c'est de l'autre.

– Ainsi M. Colbert, à votre avis, est en train de marchander ma place de surintendant ? Allons, allons, marquise, tranquillisez-vous, il n'est pas encore assez riche pour l'acheter.

– Mais s'il vous la vole ?

– Ah ! ceci est autre chose. Malheureusement, avant que d'arriver à moi, c'est-à-dire au corps de la place, il faut détruire, il faut battre en brèche les ouvrages avancés, et je suis diablement bien fortifié, marquise.

– Et ce que vous appelez vos ouvrages avancés, ce sont vos créatures, n'est-ce pas, ce sont vos amis ?

– Justement.

– Et M. d'Emerys est-il de vos créatures ?

– Oui.

– M. Lyodot est-il de vos amis ?

– Certainement.

– M. de Varins ?

– Oh ! M. de Varins, qu'on en fasse ce que l'on voudra, mais...

– Mais ?...

– Mais qu'on ne touche pas aux autres.

– Eh bien ! si vous voulez qu'on ne touche point à MM. d'Emerys et Lyodot, il est temps de vous y prendre.

– Qui les menace ?

– Voulez-vous m'entendre maintenant ?

– Toujours, marquise.

– Sans m'interrompre ?

– Parlez.

– Eh bien ! ce matin, Marguerite m'a envoyé chercher.

– Ah !

– Oui.

– Et que vous voulait-elle ?

– « Je n'ose voir M. Fouquet moi-même », m'a-t-elle dit.

– Bah ! pourquoi ? pense-t-elle que je lui eusse fait des reproches ? Pauvre femme, elle se trompe bien, mon Dieu !

– « Voyez-le, vous, et dites-lui qu'il se garde de M. de Colbert. »

– Comment, elle me fait prévenir de me garder de son amant ?

– Je vous ai dit qu'elle vous aime toujours.

– Après, marquise ?

– « M. de Colbert, a-t-elle ajouté, est venu il y a deux heures m'annoncer qu'il était intendant. »

– Je vous ai déjà dit, marquise, que M. de Colbert n'en serait que mieux sous ma main.

– Oui, mais ce n'est pas le tout : Marguerite est liée, comme vous savez, avec Mme d'Emerys et Mme Lyodot.

– Oui.

– Eh bien ! M. de Colbert lui a fait de grandes questions sur la fortune de ces deux messieurs, sur le degré de dévouement qu'ils vous portent.

– Oh ! quant à ces deux-là, je réponds d'eux ; il faudra les tuer pour qu'ils ne soient plus à moi.

– Puis, comme Mme Vanel a été obligée, pour recevoir une visite, de quitter un instant M. Colbert, et que M. Colbert est un travailleur, à peine le nouvel intendant est-il resté seul, qu'il a tiré un crayon de sa poche, et, comme il y avait du papier sur une table, s'est mis à crayonner des notes.

– Des notes sur Emerys et Lyodot ?

– Justement.

– Je serais curieux de savoir ce que disaient ces notes.

– C'est justement ce que je viens vous apporter.

– Mme Vanel a pris les notes de Colbert et me les envoie ?

– Non, mais, par un hasard qui ressemble à un miracle, elle a un double de ces notes.

– Comment cela ?

– Écoutez. Je vous ai dit que Colbert avait trouvé du papier sur une table ?

– Oui.

– Qu'il avait tiré un crayon de sa poche ?

– Oui.

– Et avait écrit sur ce papier ?

– Oui.

– Eh bien ! ce crayon était de mine de plomb, dur par conséquent : il a marqué en noir sur la première feuille et, sur la seconde, a tracé son empreinte en blanc.

– Après ?

– Colbert, en déchirant la première feuille, n'a pas songé à la seconde.

– Eh bien ?

– Eh bien ! sur la seconde on pouvait lire ce qui avait été écrit sur la première ; Mme Vanel l'a lu et m'a envoyé chercher.

– Ah !

– Puis, quand elle s'est assurée que j'étais pour vous une amie dévouée, elle m'a donné le papier et m'a dit le secret de cette maison.

– Et ce papier ? dit Fouquet en se troublant quelque peu.

– Le voilà, monsieur ; lisez, dit la marquise.

Fouquet lut :

Noms des traitants à faire condamner par la Chambre de justice : d'Emerys, ami de M. F. ; Lyodot, ami de M. F. ; de Varins, indif.

– D'Emerys ! Lyodot ! s'écria Fouquet en relisant.

– Amis de M. F., indiqua du doigt la marquise.

– Mais que veulent dire ces mots : « À faire condamner par la Chambre de justice » ?

– Dame ! fit la marquise, c'est clair, ce me semble. D'ailleurs, vous n'êtes pas au bout. Lisez, lisez.

Fouquet continua :

Les deux premiers, à mort, le troisième à renvoyer, avec MM. d'Hautemont et de La Valette, dont les biens seront seulement confisqués.

– Grand Dieu ! s'écria Fouquet, à mort, à mort, Lyodot et d'Emerys ! Mais, quand même la Chambre de justice les condamnerait à mort, le roi ne ratifiera pas leur condamnation, et l'on n'exécute pas sans la signature du roi.

– Le roi a fait M. Colbert intendant.

– Oh ! s'écria Fouquet, comme s'il entrevoyait sous ses pieds un abîme inaperçu, impossible ! impossible ! Mais qui a passé un crayon sur les traces de celui de M. Colbert.

– Moi. J'avais peur que le premier trait ne s'effaçât.

– Oh ! je saurai tout.

– Vous ne saurez rien, monsieur ; vous méprisez trop votre ennemi pour cela.

– Pardonnez-moi, chère marquise, excusez-moi ; oui, M. Colbert est mon ennemi, je le crois ; oui, M. Colbert est un homme à craindre, je l'avoue. Mais... mais, j'ai le temps, et puisque vous voilà, puisque vous m'avez assuré de votre dévouement, puisque vous m'avez laissé entrevoir votre amour, puisque nous sommes seuls...

– Je suis venue pour vous sauver, monsieur Fouquet, et non pour me perdre, dit la marquise en se relevant ; ainsi, gardez-vous...

– Marquise, en vérité, vous vous effrayez par trop, et à moins que cet effroi ne soit un prétexte...

– C'est un cœur profond que ce M. Colbert ! gardez-vous...

Fouquet se redressa à son tour.

– Et moi ? demanda-t-il.

– Oh ! vous, vous n'êtes qu'un noble cœur. Gardez-vous ! gardez-vous !

– Ainsi ?

– J'ai fait ce que je devais faire, mon ami, au risque de me perdre de réputation. Adieu !

– Non pas adieu, au revoir !

– Peut-être, dit la marquise.

Et, donnant sa main à baiser à Fouquet, elle s'avança si résolument vers la porte que Fouquet n'osa lui barrer le passage.

Quant à Fouquet, il reprit, la tête inclinée et avec un nuage au front, la route de ce souterrain le long duquel couraient les fils de métal qui communiquaient d'une maison à l'autre, transmettant, au revers des deux glaces, les désirs et les appels des deux correspondants.

VII

L'abbé Fouquet

Fouquet se hâta de repasser chez lui par le souterrain et de faire jouer le ressort du miroir. À peine fut-il dans son cabinet, qu'il entendit heurter à la porte ; en même temps une voix bien connue criait :

– Ouvrez, monseigneur, je vous prie, ouvrez.

Fouquet, par un mouvement rapide, rendit un peu d'ordre à tout ce qui pouvait déceler son agitation et son absence ; il éparpilla les papiers sur le bureau, prit une plume dans sa main, et à travers la porte, pour gagner du temps :

– Qui êtes-vous ? demanda-t-il.

– Quoi ! Monseigneur ne me reconnaît pas ? répondit la voix.

« Si fait, dit en lui-même Fouquet, si fait, mon ami, je te reconnais à merveille ! »

Et tout haut :

– N'êtes-vous pas Gourville ?

– Mais oui, monseigneur.

Fouquet se leva, jeta un dernier regard sur une de ses glaces, alla à la porte, poussa le verrou, et Gourville entra.

– Ah ! monseigneur, monseigneur, dit-il, quelle cruauté !

– Pourquoi ?

– Voilà un quart d'heure que je vous supplie d'ouvrir et que vous ne me répondez même pas.

– Une fois pour toutes, vous savez bien que je ne veux pas être dérangé lorsque je travaille. Or, bien que vous fassiez exception, Gourville, je veux, pour les autres, que ma consigne soit respectée.

– Monseigneur, en ce moment, consignes, portes, verrous et murailles, j'eusse tout brisé, renversé, enfoncé.

– Ah ! ah ! il s'agit donc d'un grand événement ? demanda Fouquet.

– Oh ! je vous en réponds, monseigneur ! dit Gourville.

– Et quel est cet événement ? reprit Fouquet un peu ému du trouble de son plus intime confident.

– Il y a une Chambre de justice secrète, monseigneur.

– Je le sais bien ; mais s'assemble-t-elle, Gourville ?

– Non seulement elle s'assemble, mais encore elle a rendu un arrêt... monseigneur.

– Un arrêt ! fit le surintendant avec un frissonnement et une pâleur qu'il ne put cacher. Un arrêt ! Et contre qui ?

– Contre deux de vos amis.

– Lyodot, d'Emerys, n'est-ce pas ?

– Oui, monseigneur.

– Mais arrêt de quoi ?

– Arrêt de mort.

– Rendu ! Oh ! vous vous trompez, Gourville, et c'est impossible.

– Voici la copie de cet arrêt que le roi doit signer aujourd'hui, si toutefois il ne l'a point signé déjà.

Fouquet saisit avidement le papier, le lut et le rendit à Gourville.

– Le roi ne signera pas, dit-il.

Gourville secoua la tête.

– Monseigneur, M. Colbert est un hardi conseiller ; ne vous y fiez pas.

– Encore M. Colbert ! s'écria Fouquet ; çà ! pourquoi ce nom vient-il à tout propos tourmenter depuis deux ou trois jours mes oreilles ? C'est par trop d'importance, Gourville, pour un sujet si mince. Que M. Colbert paraisse, je le regarderai ; qu'il lève la tête, je l'écraserai ; mais vous comprenez qu'il me faut au moins une aspérité pour que mon regard s'arrête, une surface pour que mon pied se pose.

– Patience, monseigneur ; car vous ne savez pas ce que vaut Colbert... Étudiez-le vite ; il en est de ce sombre financier comme des météores que l'œil ne voit jamais complètement avant leur invasion désastreuse ; quand on les sent, on est mort.

– Oh ! Gourville, c'est beaucoup, répliqua Fouquet en souriant ; permettez-moi, mon ami, de ne pas m'épouvanter avec cette facilité ; météore, M. Colbert ! Corbleu ! nous entendrons le météore... Voyons, des actes, et non des mots. Qu'a-t-il fait ?

– Il a commandé deux potences chez l'exécuteur de Paris, répondit simplement Gourville.

Fouquet leva la tête, et un éclair passa dans ses yeux.

– Vous êtes sûr de ce que vous dites ? s'écria-t-il.

– Voici la preuve, monseigneur.

Et Gourville tendit au surintendant une note communiquée par l'un des secrétaires de l'Hôtel de Ville, qui était à Fouquet.

– Oui, c'est vrai, murmura le ministre, l'échafaud se dresse... mais le roi n'a pas signé, Gourville, le roi ne signera pas.

– Je le saurai tantôt, dit Gourville.

– Comment cela ?

– Si le roi a signé, les potences seront expédiées ce soir à l'Hôtel de Ville, afin d'être tout à fait dressées demain matin.

– Mais non, non ! s'écria encore une fois Fouquet ; vous vous trompez tous, et me trompez à mon tour ; avant-hier matin, Lyodot me vint voir ; il y a trois jours je reçus un envoi de vin de Syracuse de ce pauvre d'Emerys.

– Qu'est-ce que cela prouve ? répliqua Gourville, sinon que la Chambre de justice s'est assemblée secrètement, a délibéré en l'absence des accusés, et que toute la procédure était faite quand on les a arrêtés.

– Mais ils sont donc arrêtés ?

– Sans doute.

– Mais où, quand, comment ont-ils été arrêtés ?

– Lyodot, hier au point du jour ; d'Emerys, avant-hier au soir, comme il revenait de chez sa maîtresse ; leur disparition n'avait inquiété personne ; mais tout à coup Colbert a levé le masque et fait publier la chose ; on le crie à son de trompe en ce moment dans les rues de Paris, et, en vérité, monseigneur, il n'y a plus guère que vous qui ne connaissiez pas l'événement.

Fouquet se mit à marcher dans la chambre avec une inquiétude de plus en plus douloureuse.

– Que décidez-vous, monseigneur ? dit Gourville.

– S'il en était ainsi, j'irais chez le roi, s'écria Fouquet. Mais, pour aller au Louvre, je veux passer auparavant à l'Hôtel de Ville. Si l'arrêt a été signé, nous verrons !

Gourville haussa les épaules.

– Incrédulité ! dit-il, tu es la peste de tous les grands esprits !

– Gourville !

– Oui, continua-t-il, et tu les perds, comme la contagion tue les santés les plus robustes, c'est-à-dire en un instant.

– Partons, s'écria Fouquet ; faites ouvrir, Gourville.

– Prenez garde, dit celui-ci, M. l'abbé Fouquet est là.

– Ah ! mon frère, répliqua Fouquet d'un ton chagrin, il est là ? il sait donc quelque mauvaise nouvelle qu'il est tout joyeux de m'apporter, comme à son habitude ? Diable ! si mon frère est là, mes affaires vont mal, Gourville ; que ne me disiez-vous cela plus tôt, je me fusse plus facilement laissé convaincre.

– Monseigneur le calomnie, dit Gourville en riant ; s'il vient, ce n'est pas dans une mauvaise intention.

– Allons, voilà que vous l'excusez, s'écria Fouquet ; un garçon sans cœur, sans suite d'idées, un mangeur de tous biens.

– Il vous sait riche.

– Et il veut ma ruine.

– Non ; il veut votre bourse. Voilà tout.

– Assez ! Assez ! Cent mille écus par mois pendant deux ans ! Corbleu ! c'est moi qui paie, Gourville, et je sais mes chiffres.

Gourville se mit à rire d'un air silencieux et fin.

– Oui, vous voulez dire que c'est le roi, fit le surintendant ; ah ! Gourville, voilà une vilaine plaisanterie ; ce n'est pas le lieu.

– Monseigneur, ne vous fâchez pas.

– Allons donc ! Qu'on renvoie l'abbé Fouquet, je n'ai pas le sou.

Gourville fit un pas vers la porte.

– Il est resté un mois sans me voir, continua Fouquet ; pourquoi ne resterait-il pas deux mois ?

– C'est qu'il se repent de vivre en mauvaise compagnie, dit Gourville, et qu'il vous préfère à tous ses bandits.

– Merci de la préférence. Vous faites un étrange avocat, Gourville, aujourd'hui... avocat de l'abbé Fouquet !

– Eh ! mais toute chose et tout homme ont leur bon côté, leur côté utile, monseigneur.

– Les bandits que l'abbé solde et grise ont leur côté utile ? Prouvez-le-moi donc.

– Vienne la circonstance, monseigneur, et vous serez bien heureux de trouver ces bandits sous votre main.

– Alors tu me conseilles de me réconcilier avec M. l'abbé ? dit ironiquement Fouquet.

– Je vous conseille, monseigneur, de ne pas vous brouiller avec cent ou cent vingt garnements qui, en mettant leurs rapières bout à bout, feraient un cordon d'acier capable d'enfermer trois mille hommes.

Fouquet lança un coup d'œil profond à Gourville, et passant devant lui :

– C'est bien ; qu'on introduise M. l'abbé Fouquet, dit-il aux valets de pied. Vous avez raison, Gourville.

Deux minutes après, l'abbé parut avec de grandes révérences sur le seuil de la porte.

C'était un homme de quarante à quarante-cinq ans, moitié homme d'Église, moitié homme de guerre, un spadassin greffé sur un abbé ; on voyait qu'il n'avait pas d'épée au côté, mais on sentait qu'il avait des pistolets. Fouquet le salua en frère aîné, moins qu'en ministre.

– Qu'y a-t-il pour votre service, dit-il, monsieur l'abbé ?

– Oh ! oh ! comme vous dites cela, mon frère !

– Je vous dis cela comme un homme pressé, monsieur.

L'abbé regarda malicieusement Gourville, anxieusement Fouquet, et dit :

– J'ai trois cents pistoles à payer à M. de Bregi ce soir... Dette de jeu, dette sacrée.

– Après ? dit Fouquet bravement, car il comprenait que l'abbé Fouquet ne l'eût point dérangé pour une pareille misère.

– Mille à mon boucher, qui ne veut plus fournir.

– Après ?

– Douze cents au tailleur d'habits... continua l'abbé : le drôle m'a fait reprendre sept habits de mes gens, ce qui fait que mes livrées sont compromises, et que ma maîtresse parle de me remplacer par un traitant, ce qui serait humiliant pour l'Église.

– Qu'y a-t-il encore ? dit Fouquet.

– Vous remarquerez, monsieur, dit humblement l'abbé, que je n'ai rien demandé pour moi.

– C'est délicat, monsieur, répliqua Fouquet ; aussi, comme vous voyez, j'attends.

– Et je ne demande rien ; oh ! non... Ce n'est pas faute pourtant de chômer... je vous en réponds.

Le ministre réfléchit un moment.

– Douze cents pistoles au tailleur d'habits, dit-il ; ce sont bien des habits, ce me semble ?

– J'entretiens cent hommes ! dit fièrement l'abbé ; c'est une charge, je crois.

– Pourquoi cent hommes ? dit Fouquet ; est-ce que vous êtes un Richelieu ou un Mazarin pour avoir cent hommes de garde ? À quoi vous servent ces cent hommes ? Parlez, dites !

– Vous me le demandez ? s'écria l'abbé Fouquet ; ah ! comment pouvez-vous faire une question pareille, pourquoi j'entretiens cent hommes ? Ah !

– Mais oui, je vous fais cette question. Qu'avez-vous à faire de cent hommes ? Répondez !

– Ingrat ! continua l'abbé s'affectant de plus en plus.

– Expliquez-vous.

– Mais, monsieur le surintendant, je n'ai besoin que d'un valet de chambre, moi, et encore, si j'étais seul, me servirais-je moi-même ; mais vous, vous qui avez tant d'ennemis... cent hommes ne me suffisent pas pour vous défendre. Cent hommes !... il en faudrait dix mille. J'entretiens donc tout cela pour que dans les endroits publics, pour que dans les assemblées, nul n'élève la voix contre vous ; et sans cela, monsieur, vous seriez chargé d'imprécations, vous seriez déchiré à belles dents, vous ne dureriez pas huit jours, non, pas huit jours, entendez-vous ?

– Ah ! je ne savais pas que vous me fussiez un pareil champion, monsieur l'abbé.

– Vous en doutez ! s'écria l'abbé. Écoutez donc ce qui est arrivé. Pas plus tard qu'hier, rue de la Huchette, un homme marchandait un poulet.

– Eh bien ! en quoi cela me nuisait-il, l'abbé ?

– En ceci. Le poulet n'était pas gras. L'acheteur refusa d'en donner dix-huit sous, en disant qu'il ne pouvait payer dix-huit sous la peau d'un poulet dont M. Fouquet avait pris toute la graisse.

– Après ?

– Le propos fit rire, continua l'abbé, rire à vos dépens, mort de tous les diables ! et la canaille s'amassa. Le rieur ajouta ces mots : « Donnez-moi un poulet nourri par M. Colbert, à la bonne heure ! et je le paierai ce que vous voudrez. » Et aussitôt l'on battit des mains. Scandale affreux ! vous comprenez ; scandale qui force un frère à se voiler le visage.

Fouquet rougit.

– Et vous vous le voilâtes ? dit le surintendant.

– Non ; car justement, continua l'abbé, j'avais un de mes hommes dans la foule ; une nouvelle recrue qui vient de province, un M. de Menneville que j'affectionne. Il fendit la presse, en disant au rieur :

« – Mille barbes ! monsieur le mauvais plaisant, tope un coup d'épée au Colbert !

« – Tope et tingue au Fouquet ! répliqua le rieur.

« Sur quoi ils dégainèrent devant la boutique du rôtisseur, avec une haie de curieux autour d'eux et cinq cents curieux aux fenêtres.

– Eh bien ? dit Fouquet.

– Eh bien ! monsieur, mon Menneville embrocha le rieur au grand ébahissement de l'assistance, et dit au rôtisseur :

« – Prenez ce dindon, mon ami, il est plus gras que votre poulet.

« Voilà, monsieur, acheva l'abbé triomphalement, à quoi je dépense mes revenus ; je soutiens l'honneur de la famille, monsieur.

Fouquet baissa la tête.

– Et j'en ai cent comme cela, poursuivit l'abbé.

– Bien, dit Fouquet ; donnez votre addition à Gourville et restez ici ce soir, chez moi.

– On soupe ?

– On soupe.

– Mais la caisse est fermée ?

– Gourville vous l'ouvrira. Allez, monsieur l'abbé, allez.

L'abbé fit une révérence.

– Alors nous voilà amis ? dit-il.

– Oui, amis. Venez, Gourville.

– Vous sortez ? Vous ne soupez donc pas ?

– Je serai ici dans une heure, soyez tranquille.

Puis tout bas à Gourville :

– Qu'on attelle mes chevaux anglais, dit-il, et qu'on touche à l'Hôtel de Ville de Paris.

VIII

Le vin de M. de La Fontaine

Les carrosses amenaient déjà les convives de Fouquet à Saint-Mandé ; déjà toute la maison s'échauffait des apprêts du souper, quand le surintendant lança sur la route de Paris ses chevaux rapides, et, prenant par les quais pour trouver moins de monde sur sa route, gagna l'Hôtel de Ville. Il était huit heures moins un quart. Fouquet descendit au coin de la rue du Long-Pont, se dirigea vers la place de Grève, à pied, avec Gourville.

Au détour de la place, ils virent un homme vêtu de noir et de violet d'une bonne mine, qui s'apprêtait à monter dans un carrosse de louage et disait au cocher de toucher à Vincennes. Il avait devant lui un grand panier plein de bouteilles qu'il venait d'acheter au cabaret de l'Image-de-Notre-Dame.

– Eh ! mais c'est Vatel, mon maître d'hôtel ! dit Fouquet à Gourville.

– Oui, monseigneur, répliqua celui-ci.

– Que vient-il faire à l'Image-de-Notre-Dame ?

– Acheter du vin sans doute.

– Comment, on achète pour moi du vin au cabaret ? dit Fouquet. Ma cave est donc bien misérable !

Et il s'avança vers le maître d'hôtel, qui faisait ranger son vin dans le carrosse avec un soin minutieux.

– Holà ! Vatel ! dit-il d'une voix de maître.

– Prenez garde, monseigneur, dit Gourville, vous allez être reconnu.

– Bon !... que m'importe ? Vatel !

L'homme vêtu de noir et de violet se retourna.

C'était une bonne et douce figure sans expression, une figure de mathématicien, moins l'orgueil. Un certain feu brillait dans les yeux de ce personnage, un sourire assez fin voltigeait sur ses lèvres ; mais l'observateur eût remarqué bien vite que ce feu, que ce sourire ne s'appliquaient à rien et n'éclairaient rien.

Vatel riait comme un distrait, ou s'occupait comme un enfant.

Au son de la voix qui l'interpellait, il se retourna.

– Oh ! fit-il, monseigneur ?

– Oui, moi. Que diable faites-vous là, Vatel ?... Du vin ! vous achetez du vin dans un cabaret de la place de Grève ! Passe encore pour la Pomme-de-Pin ou les Barreaux-Verts.

– Mais, monseigneur, dit Vatel tranquillement, après avoir lancé un regard hostile à Gourville, de quoi se mêle-t-on ici ?... Est-ce que ma cave est mal tenue ?

– Non, certes, Vatel, non ; mais...

– Quoi ! mais ?... répliqua Vatel.

Gourville toucha le coude du surintendant.

– Ne vous fâchez pas, Vatel ; je croyais ma cave, votre cave assez bien garnie pour que je pusse me dispenser de recourir à l'Image-de-Notre-Dame.

– Eh ! monsieur, dit Vatel, tombant du monseigneur au monsieur, avec un certain dédain, votre cave est si bien garnie que, lorsque certains de vos convives vont dîner chez vous, ils ne boivent pas.

Fouquet, surpris, regarda Gourville, puis Vatel.

– Que dites-vous là ?

– Je dis que votre sommelier n'avait pas de vins pour tous les goûts, monsieur, et que M. de La Fontaine, M. Pellisson et M. Conrart ne boivent pas quand ils viennent à la maison. Ces messieurs n'aiment pas le grand vin : que voulez-vous y faire ?

– Et alors ?

– Alors, j'ai ici un vin de Joigny qu'ils affectionnent. Je sais qu'ils le viennent boire à l'Image-de-Notre-Dame une fois par semaine. Voilà pourquoi je fais ma provision.

Fouquet n'avait plus rien à dire... Il était presque ému.

Vatel, lui, avait encore beaucoup à dire sans doute, et l'on vit bien qu'il s'échauffait.

– C'est comme si vous me reprochiez, monseigneur, d'aller rue Planche-Mibray chercher moi-même le cidre que boit M. Loret quand il vient dîner à la maison.

– Loret boit du cidre chez moi ? s'écria Fouquet en riant.

– Eh ! oui, monsieur, eh ! oui, voilà pourquoi il dîne chez vous avec plaisir.

– Vatel, s'écria Fouquet en serrant la main de son maître d'hôtel, vous êtes un homme ! Je vous remercie, Vatel, d'avoir compris que chez moi M. de La Fontaine, M. Conrart et M. Loret sont autant que des ducs et des pairs, autant que des princes, plus que moi. Vatel, vous êtes un bon serviteur, et je double vos honoraires.

Vatel ne remercia même pas ; il haussa légèrement les épaules en murmurant ce mot superbe :

– Être remercié pour avoir fait son devoir, c'est humiliant.

– Il a raison, dit Gourville en attirant l'attention de Fouquet sur un autre point par un seul geste.

Il lui montrait en effet un chariot de forme basse, traîné par deux chevaux, sur lequel s'agitaient deux potences toutes ferrées, liées l'une à l'autre et dos à dos par des chaînes ; tandis qu'un archer, assis sur l'épaisseur de la poutre, soutenait, tant bien que mal, la mine un peu basse, les commentaires d'une centaine de vagabonds qui flairaient la destination de ces potences et les escortaient jusqu'à l'Hôtel de Ville.

Fouquet tressaillit.

– C'est décidé, voyez-vous, dit Gourville.

– Mais ce n'est pas fait, répliqua Fouquet.

– Oh ! ne vous abusez pas, monseigneur ; si l'on a ainsi endormi votre amitié, votre défiance, si les choses en sont là, vous ne déferez rien.

– Mais je n'ai pas ratifié, moi.

– M. de Lyonne aura ratifié pour vous.

– Je vais au Louvre.

– Vous n'irez pas.

– Vous me conseilleriez cette lâcheté ! s'écria Fouquet, vous me conseilleriez d'abandonner mes amis, vous me conseilleriez, pouvant combattre, de jeter à terre les armes que j'ai dans la main ?

– Je ne vous conseille rien de tout cela, monseigneur ; pouvez-vous quitter la surintendance en ce moment ?

– Non.

– Eh bien ! si le roi nous veut remplacer cependant ?

– Il me remplacera de loin comme de près.

– Oui, mais vous ne l'aurez jamais blessé.

– Oui, mais j'aurai été lâche ; or, je ne veux pas que mes amis meurent, et ils ne mourront pas.

– Pour cela, il est nécessaire que vous alliez au Louvre ?

– Gourville !

– Prenez garde... une fois au Louvre, ou vous serez forcé de défendre tout haut vos amis, c'est-à-dire de faire une profession de foi, ou vous serez forcé de les abandonner sans retour possible.

– Jamais !

– Pardonnez-moi... le roi vous proposera forcément l'alternative, ou bien vous la lui proposerez vous-même.

– C'est juste.

– Voilà pourquoi il ne faut pas de conflit... Retournons à Saint-Mandé, monseigneur.

– Gourville, je ne bougerai pas de cette place où doit s'accomplir le crime, où doit s'accomplir ma honte ; je ne bougerai pas, dis-je, que je n'aie trouvé un moyen de combattre mes ennemis.

– Monseigneur, répliqua Gourville, vous me feriez pitié si je ne savais que vous êtes un des bons esprits de ce monde. Vous possédez cent cinquante millions, vous êtes autant que le roi par la position, cent cinquante fois plus par l'argent. M. Colbert n'a pas eu même l'esprit de faire accepter le testament de Mazarin. Or, quand on est le plus riche d'un royaume et qu'on veut se donner la peine de dépenser de l'argent, si l'on ne fait pas ce qu'on veut, c'est qu'on est un pauvre homme. Retournons, vous dis-je, à Saint-Mandé.

– Pour consulter Pellisson ? Oui.

– Non, monseigneur, pour compter votre argent.

– Allons ! dit Fouquet les yeux enflammés ; oui ! oui ! à Saint-Mandé !

Il remonta dans son carrosse, et Gourville avec lui. Sur la route, au bout du faubourg Saint-Antoine, ils rencontrèrent le petit équipage de Vatel, qui voiturait tranquillement son vin de Joigny.

Les chevaux noirs, lancés à toute bride, épouvantèrent en passant le timide cheval du maître d'hôtel, qui, mettant la tête à la portière, cria, effaré :

– Gare à mes bouteilles !

IX

La galerie de Saint-Mandé

Cinquante personnes attendaient le surintendant. Il ne prit même pas le temps de se confier un moment à son valet de chambre, et du perron passa dans le premier salon. Là ses amis étaient rassemblés et causaient. L'intendant s'apprêtait à faire servir le souper ; mais, par-dessus tout, l'abbé Fouquet guettait le retour de son frère et s'étudiait à faire les honneurs de la maison en son absence.

Ce fut à l'arrivée du surintendant un murmure de joie et de tendresse : Fouquet, plein d'affabilité et de bonne humeur, de munificence, était aimé de ses poètes, de ses artistes et de ses gens d'affaires. Son front, sur lequel sa petite cour lisait, comme sur celui d'un dieu, tous les mouvements de son âme, pour en faire des règles de conduite, son front que les affaires ne ridaient jamais, était ce soir-là plus pâle que de coutume, et plus d'un œil ami remarqua cette pâleur. Fouquet se mit au centre de la table et présida gaiement le souper. Il raconta l'expédition de Vatel à La Fontaine.

Il raconta l'histoire de Menneville et du poulet maigre à Pellisson, de telle façon que toute la table l'entendit.

Ce fut alors une tempête de rires et de railleries qui ne s'arrêta que sur un geste grave et triste de Pellisson.

L'abbé Fouquet, ne sachant pas à quel propos son frère avait engagé la conversation sur ce sujet, écoutait de toutes ses oreilles et cherchait sur le visage de Gourville ou sur celui du surintendant une explication que rien ne lui donnait.

Pellisson prit la parole.

– On parle donc de M. Colbert ? dit-il.

– Pourquoi non, répliqua Fouquet, s'il est vrai, comme on le dit, que le roi l'ait fait son intendant ?

À peine Fouquet eut-il laissé échapper cette parole, prononcée avec une intention marquée, que l'explosion se fit entendre parmi les convives.

– Un avare ! dit l'un.

– Un croquant ! dit l'autre.

– Un hypocrite ! dit un troisième.

Pellisson échangea un regard profond avec Fouquet.

– Messieurs, dit-il, en vérité, nous maltraitons là un homme que nul ne connaît : ce n'est ni charitable, ni raisonnable, et voilà M. le surintendant qui, j'en suis sûr, est de cet avis.

– Entièrement, répliqua Fouquet. Laissons les poulets gras de M. Colbert, il ne s'agit aujourd'hui que des faisans truffés de M. Vatel.

Ces mots arrêtèrent le nuage sombre qui précipitait sa marche au-dessus des convives.

Gourville anima si bien les poètes avec le vin de Joigny ; l'abbé, intelligent comme un homme qui a besoin des écus d'autrui, anima si bien les financiers et les gens d'épée, que, dans les brouillards de cette joie et les rumeurs de la conversation, l'objet des inquiétudes disparut complètement.

Le testament du cardinal Mazarin fut le texte de la conversation au second service et au dessert ; puis Fouquet commanda qu'on portât les bassins de confiture et les fontaines de liqueurs dans le salon attenant à la galerie. Il s'y rendit, menant par la main une femme, reine, ce soir-là, par sa préférence.

Puis les violons soupèrent, et les promenades dans la galerie, dans le jardin commencèrent, par un ciel de printemps doux et parfumé.

Pellisson vint alors auprès du surintendant et lui dit :

– Monseigneur a un chagrin ?

– Un grand, répondit le ministre ; faites-vous conter cela par Gourville.

Pellisson, en se retournant, trouva La Fontaine qui lui marchait sur les deux pieds. Il lui fallut écouter un vers latin que le poète avait composé sur Vatel.

La Fontaine, depuis une heure, scandait ce vers dans tous les coins et lui cherchait un placement avantageux.

Il crut tenir Pellisson, mais celui-ci lui échappa.

Il se retourna sur Loret, qui, lui, venait de composer un quatrain en l'honneur du souper et de l'amphitryon.

La Fontaine voulut en vain placer son vers ; Loret voulait placer son quatrain.

Il fut obligé de rétrograder devant M. le comte de Charost, à qui Fouquet venait de prendre le bras.

L'abbé Fouquet sentit que le poète, distrait comme toujours, allait suivre les deux causeurs : il intervint.

La Fontaine se cramponna aussitôt et récita son vers.

L'abbé, qui ne savait pas le latin, balançait la tête en cadence, à chaque mouvement de roulis que La Fontaine imprimait à son corps, selon les ondulations des dactyles ou des spondées.

Pendant ce temps, derrière les bassins de confiture, Fouquet racontait l'événement à M. de Charost, son gendre.

– Il faut envoyer les inutiles au feu d'artifice, dit Pellisson à Gourville, tandis que nous causerons ici.

– Soit, répliqua Gourville, qui dit quatre mots à Vatel.

Alors on vit ce dernier emmener vers les jardins la majeure partie des muguets, des dames et des babillards, tandis que les hommes se promenaient dans la galerie, éclairée de trois cents bougies de cire, au vu de tous les amateurs du feu d'artifice, occupés à courir le jardin.

Gourville s'approcha de Fouquet. Alors, il lui dit :

– Monsieur, nous sommes tous ici.

– Tous ? dit Fouquet.

– Oui, comptez.

Le surintendant se retourna et compta. Il y avait huit personnes.

Pellisson et Gourville marchaient en se tenant par le bras, comme s'ils causaient de sujets vagues et légers.

Loret et deux officiers les imitaient en sens inverse.

L'abbé Fouquet se promenait seul.

Fouquet, avec M. de Charost, marchait aussi comme s'il eût été absorbé par la conversation de son gendre.

– Messieurs, dit-il, que personne de vous ne lève la tête en marchant et ne paraisse faire attention à moi ; continuez de marcher, nous sommes seuls, écoutez-moi.

Un grand silence se fit, troublé seulement par les cris lointains des joyeux convives qui prenaient place dans les bosquets pour mieux voir les fusées.

C'était un bizarre spectacle que celui de ces hommes marchant comme par groupes, comme occupés chacun à quelque chose, et pourtant attentifs à la parole d'un seul d'entre eux, qui, lui-même, ne semblait parler qu'à son voisin.

– Messieurs, dit Fouquet, vous avez remarqué, sans doute, que deux de nos amis manquaient ce soir à la réunion du mercredi... Pour Dieu ! l'abbé, ne vous arrêtez pas, ce n'est pas nécessaire pour écouter ; marchez, de grâce, avec vos airs de tête les plus naturels, et comme vous avez la vue perçante, mettez-vous à la fenêtre ouverte, et si quelqu'un revient vers la galerie, prévenez-nous en toussant.

L'abbé obéit.

— Je n'ai pas remarqué les absents, dit Pellisson, qui, à ce moment, tournait absolument le dos à Fouquet et marchait en sens inverse.

— Moi, dit Loret, je ne vois pas M. Lyodot, qui me fait ma pension.

— Et moi, dit l'abbé, à la fenêtre, je ne vois pas mon cher d'Emerys, qui me doit onze cents livres de notre dernier brelan.

— Loret, continua Fouquet en marchant sombre et incliné, vous ne toucherez plus la pension de Lyodot ; et vous, l'abbé, vous ne toucherez jamais vos onze cents livres d'Emerys, car l'un et l'autre vont mourir.

— Mourir ? s'écria l'assemblée, arrêtée malgré elle dans son jeu de scène par le mot terrible.

— Remettez-vous, messieurs, dit Fouquet, car on nous épie peut-être... J'ai dit : mourir.

— Mourir ! répéta Pellisson, ces hommes que j'ai vus, il n'y a pas six jours, pleins de santé, de gaieté, d'avenir. Qu'est-ce donc que l'homme, bon Dieu ! pour qu'une maladie le jette en bas tout d'un coup ?

— Ce n'est pas la maladie, dit Fouquet.

— Alors, il y a du remède, dit Loret.

— Aucun remède. MM. de Lyodot et d'Emerys sont à la veille de leur dernier jour.

— De quoi ces messieurs meurent-ils, alors ? s'écria un officier.

— Demandez à celui qui les tue, répliqua Fouquet.

— Qui les tue ! On les tue ? s'écria le chœur épouvanté.

— On fait mieux encore. On les pend ! murmura Fouquet d'une voix sinistre qui retentit comme un glas funèbre dans cette riche galerie, tout étincelante de tableaux, de fleurs, de velours et d'or.

Involontairement chacun s'arrêta ; l'abbé quitta sa fenêtre ; les premières fusées du feu d'artifice commençaient à monter par-dessus la cime des arbres.

Un long cri, parti des jardins, appela le surintendant à jouir du coup d'œil.

Il s'approcha d'une fenêtre, et, derrière lui, se placèrent ses amis, attentifs à ses moindres désirs.

— Messieurs, dit-il, M. Colbert a fait arrêter, juger et fera exécuter à mort mes deux amis : que convient-il que je fasse ?

– Mordieu ! dit l'abbé le premier, il faut faire éventrer M. Colbert.

– Monseigneur, dit Pellisson, il faut parler à Sa Majesté.

– Le roi, mon cher Pellisson, a signé l'ordre d'exécution.

– Eh bien ! dit le comte de Charost, il faut que l'exécution n'ait pas lieu, voilà tout.

– Impossible, dit Gourville, à moins que l'on ne corrompe les geôliers.

– Ou le gouverneur, dit Fouquet.

– Cette nuit, l'on peut faire évader les prisonniers.

– Qui de vous se charge de la transaction ?

– Moi, dit l'abbé, je porterai l'argent.

– Moi, dit Pellisson, je porterai la parole.

– La parole et l'argent, dit Fouquet, cinq cent mille livres au gouverneur de la Conciergerie, c'est assez ; cependant on mettra un million s'il le faut.

– Un million ! s'écria l'abbé ; mais pour la moitié moins je ferais mettre à sac la moitié de Paris.

– Pas de désordre, dit Pellisson ; le gouverneur étant gagné, les deux prisonniers s'évadent ; une fois hors de cause, ils ameutent les ennemis de Colbert et prouvent au roi que sa jeune justice n'est pas infaillible, comme toutes les exagérations.

– Allez donc à Paris, Pellisson, dit Fouquet, et ramenez les deux victimes ; demain, nous verrons. Gourville, donnez les cinq cent mille livres à Pellisson.

– Prenez garde que le vent ne vous emporte, dit l'abbé ; quelle responsabilité, peste ! Laissez-moi vous aider un peu.

– Silence ! dit Fouquet ; on s'approche. Ah ! le feu d'artifice est d'un effet magique !

À ce moment, une pluie d'étincelles tomba, ruisselante, dans les branchages du bois voisin.

Pellisson et Gourville sortirent ensemble par la porte de la galerie ; Fouquet descendit au jardin avec les cinq derniers conjurés.

X

Les épicuriens

Comme Fouquet donnait ou paraissait donner toute son attention aux illuminations brillantes, à la musique langoureuse des violons et des hautbois, aux gerbes étincelantes des artifices qui, embrasant le ciel de fauves reflets, accentuaient, derrière les arbres, la sombre silhouette du donjon de Vincennes ; comme, disons-nous, le surintendant souriait aux dames et aux poètes, la fête ne fut pas moins gaie qu'à l'ordinaire, et Vatel, dont le regard inquiet, jaloux même, interrogeait avec insistance le regard de Fouquet, ne se montra pas mécontent de l'accueil fait à l'ordonnance de la soirée.

Le feu tiré, la société se dispersa dans les jardins et sous les portiques de marbre, avec cette molle liberté qui décèle, chez le maître de la maison, tant d'oubli de la grandeur, tant de courtoise hospitalité, tant de magnifique insouciance.

Les poètes s'égarèrent, bras dessus, bras dessous, dans les bosquets ; quelques-uns s'étendirent sur des lits de mousse, au grand désastre des habits de velours et des frisures, dans lesquelles s'introduisaient les petites feuilles sèches et les brins de verdure.

Les dames, en petit nombre, écoutèrent les chants des artistes et les vers des poètes ; d'autres écoutèrent la prose que disaient, avec beaucoup d'art, des hommes qui n'étaient ni comédiens ni poètes, mais à qui la jeunesse et la solitude donnaient une éloquence inaccoutumée qui leur paraissait être la préférable de toutes.

– Pourquoi, dit La Fontaine, notre maître Épicure n'est-il pas descendu au jardin ? Jamais Épicure n'abandonnait ses disciples, le maître a tort.

– Monsieur, lui dit Conrart, vous avez bien tort de persister à vous décorer du nom d'épicurien ; en vérité, rien ici ne rappelle la doctrine du philosophe de Gargette.

– Bah ! répliqua La Fontaine, n'est-il pas écrit qu'Épicure acheta un grand jardin et y vécut tranquillement avec ses amis ?

– C'est vrai.

– Eh bien ! M. Fouquet n'a-t-il pas acheté un grand jardin à Saint-Mandé, et n'y vivons-nous pas, fort tranquillement, avec lui et nos amis ?

– Oui, sans doute ; malheureusement ce n'est ni le jardin ni les amis qui peuvent faire la ressemblance. Or, où est la ressemblance de la doctrine de M. Fouquet avec celle d'Épicure ?

– La voici : « Le plaisir donne le bonheur. »

– Après ?

– Eh bien ?

– Je ne crois pas que nous nous trouvions malheureux, moi, du moins. Un bon repas, du vin de Joigny qu'on a la délicatesse d'aller chercher pour moi à mon cabaret favori ; pas une ineptie dans tout un souper d'une heure, malgré dix millionnaires et vingt poètes.

– Je vous arrête là. Vous avez parlé de vin de Joigny et d'un bon repas ; persistez-vous ?

– Je persiste, *antecho*, comme on dit à Port-Royal.

– Alors, rappelez-vous que le grand Épicure vivait et faisait vivre ses disciples de pain, de légumes et d'eau claire.

– Cela n'est pas certain, dit La Fontaine, et vous pourriez bien confondre Épicure avec Pythagore, mon cher Conrart.

– Souvenez-vous aussi que le philosophe ancien était un assez mauvais ami des dieux et des magistrats.

– Oh ! voilà ce que je ne puis souffrir, répliqua La Fontaine, Épicure comme M. Fouquet.

– Ne le comparez pas à M. le surintendant, dit Conrart, d'une voix émue, sinon vous accréditeriez les bruits qui courent déjà sur lui et sur nous.

– Quels bruits ?

– Que nous sommes de mauvais Français, tièdes au monarque, sourds à la loi.

– J'en reviens donc à mon texte, alors, dit La Fontaine. Écoutez, Conrart, voici la morale d'Épicure... lequel, d'ailleurs, je considère, s'il faut que je vous le dise, comme un mythe. Tout ce qu'il y a d'un peu tranché dans l'Antiquité est mythe. Jupiter, si l'on veut bien y faire attention, c'est la vie, Alcide, c'est la force. Les mots sont là pour me donner raison : Zeus, c'est *zèn*, vivre ; Alcide, c'est *alcé*, vigueur. Eh bien ! Épicure, c'est la douce surveillance, c'est la protection ; or, qui surveille mieux l'État et qui protège mieux les individus que M. Fouquet ?

– Vous me parlez étymologie, mais non pas morale : je dis que, nous autres épicuriens modernes, nous sommes de fâcheux citoyens.

– Oh ! s'écria La Fontaine, si nous devenons de fâcheux citoyens, ce ne sera pas en suivant les maximes du maître. Écoutez un de ses principaux aphorismes.

– J'écoute.

– « Souhaitez de bons chefs. »

– Eh bien ?

– Eh bien ! que nous dit M. Fouquet tous les jours ? « Quand donc serons-nous gouvernés ? » Le dit-il ? Voyons, Conrart, soyez franc !

– Il le dit, c'est vrai.

– Eh bien ! doctrine d'Épicure.

– Oui, mais c'est un peu séditieux, cela.

– Comment ! c'est séditieux de vouloir être gouverné par de bons chefs ?

– Certainement, quand ceux qui gouvernent sont mauvais.

– Patience ! j'ai réponse à tout.

– Même à ce que je viens de vous dire ?

– Écoutez : « Soumettez-vous à ceux qui gouvernent mal... » Oh ! c'est écrit : *Cacos politeuousi...* Vous m'accordez le texte ?

– Pardieu ! je le crois bien. Savez-vous que vous parlez grec comme Ésope, mon cher La Fontaine ?

– Est-ce une méchanceté, mon cher Conrart ?

– Dieu m'en garde !

– Alors, revenons à M. Fouquet. Que nous répétait-il toute la journée ? N'est-ce pas ceci : « Quel cuistre que ce Mazarin ! quel âne ! quelle sangsue ! Il faut pourtant obéir à ce drôle !... » Voyons, Conrart, le disait-il ou ne le disait-il pas ?

– J'avoue qu'il le disait, et même peut-être un peu trop.

– Comme Épicure, mon ami, toujours comme Épicure ; je le répète, nous sommes épicuriens, et c'est fort amusant.

– Oui, mais j'ai peur qu'il ne s'élève, à côté de nous, une secte comme celle d'Épictète ; vous savez bien, le philosophe d'Hiérapolis, celui qui appelait le pain du luxe, les légumes de la prodigalité et l'eau claire de l'ivrognerie ; celui qui, battu par son maître, lui disait en grognant un peu, c'est vrai, mais sans se fâcher autrement : « Gageons que vous m'avez cassé la jambe ? » et qui gagnait son pari.

– C'était un oison que cet Épictète.

— Soit ; mais il pourrait bien revenir à la mode en changeant seulement son nom en celui de Colbert.

— Bah ! répliqua La Fontaine, c'est impossible ; jamais vous ne trouverez Colbert dans Épictète.

— Vous avez raison, j'y trouverai... Coluber, tout au plus.

— Ah ! vous êtes battu, Conrart ; vous vous réfugiez dans le jeu de mots. M. Arnault prétend que je n'ai pas de logique... j'en ai plus que M. Nicolle.

— Oui, riposta Conrart, vous avez de la logique, mais vous êtes janséniste.

Cette péroraison fut accueillie par un immense éclat de rire. Peu à peu, les promeneurs avaient été attirés par les exclamations des deux ergoteurs autour du bosquet sous lequel ils péroraient. Toute la discussion avait été religieusement écoutée, et Fouquet lui-même, se contenant à peine, avait donné l'exemple de la modération.

Mais le dénouement de la scène le jeta hors de toute mesure ; il éclata. Tout le monde éclata comme lui, et les deux philosophes furent salués par des félicitations unanimes.

Cependant La Fontaine fut déclaré vainqueur, à cause de son érudition profonde et de son irréfragable logique.

Conrart obtint les dédommagements dus à un combattant malheureux ; on le loua sur la loyauté de ses intentions et la pureté de sa conscience.

Au moment où cette joie se manifestait par les plus vives démonstrations ; au moment où les dames reprochaient aux deux adversaires de n'avoir pas fait entrer les femmes dans le système du bonheur épicurien, on vit Gourville venir de l'autre bout du jardin, s'approcher de Fouquet, qui le couvait des yeux, et, par sa seule présence, le détacher du groupe.

Le surintendant conserva sur son visage le rire et tous les caractères de l'insouciance ; mais à peine hors de vue, il quitta le masque.

— Eh bien ! dit-il vivement, où est Pellisson ? que fait Pellisson ?

— Pellisson revient de Paris.

— A-t-il ramené les prisonniers ?

— Il n'a pas seulement pu voir le concierge de la prison.

— Quoi ! n'a-t-il pas dit qu'il venait de ma part ?

— Il l'a dit ; mais le concierge a fait répondre ceci : « Si l'on vient de la part de M. Fouquet, on doit avoir une lettre de M. Fouquet. »

— Oh ! s'écria celui-ci, s'il ne s'agit que de lui donner une lettre...

— Jamais, répliqua Pellisson, qui se montra au coin du petit bois, jamais, monseigneur... Allez vous-même et parlez en votre nom.

– Oui, vous avez raison ; je rentre chez moi comme pour travailler ; laissez les chevaux attelés, Pellisson. Retenez mes amis, Gourville.

– Un dernier avis, monseigneur, répondit celui-ci.

– Parlez, Gourville.

– N'allez chez le concierge qu'au dernier moment ; c'est brave, mais ce n'est pas adroit. Excusez-moi, monsieur Pellisson, si je suis d'un autre avis que vous ; mais croyez-moi, monseigneur, envoyez encore porter des paroles à ce concierge, c'est un galant homme ; mais ne les portez pas vous-même.

– J'aviserai, dit Fouquet ; d'ailleurs, nous avons la nuit tout entière.

– Ne comptez pas trop sur le temps, ce temps fût-il double de celui que nous avons, répliqua Pellisson ; ce n'est jamais une faute d'arriver trop tôt.

– Adieu, dit le surintendant ; venez avec moi, Pellisson. Gourville, je vous recommande mes convives.

Et il partit.

Les épicuriens ne s'aperçurent pas que le chef de l'école avait disparu ; les violons allèrent toute la nuit.

XI

Un quart d'heure de retard

Fouquet, hors de sa maison pour la deuxième fois dans cette journée, se sentit moins lourd et moins troublé qu'on n'eût pu le croire.

Il se tourna vers Pellisson, qui gravement méditait dans son coin de carrosse quelque bonne argumentation contre les emportements de Colbert.

– Mon cher Pellisson, dit alors Fouquet, c'est bien dommage que vous ne soyez pas une femme.

– Je crois que c'est bien heureux, au contraire, répliqua Pellisson ; car, enfin, monseigneur, je suis excessivement laid.

– Pellisson ! Pellisson ! dit le surintendant en riant, vous répétez trop que vous êtes laid pour ne pas laisser croire que cela vous fait beaucoup de peine.

– Beaucoup, en effet, monseigneur ; il n'y a pas d'homme plus malheureux que moi ; j'étais beau, la petite vérole m'a rendu hideux ; je suis privé d'un grand moyen de séduction ; or, je suis votre premier commis ou à peu près ; j'ai affaire de vos intérêts, et si, en ce moment, j'étais une jolie femme, je vous rendrais un important service.

– Lequel ?

– J'irais trouver le concierge du palais, je le séduirais, car c'est un galant homme et un galantin ; puis j'emmènerais nos deux prisonniers.

– J'espère bien encore le pouvoir moi-même, quoique je ne sois pas une jolie femme, répliqua Fouquet.

– D'accord, monseigneur ; mais vous vous compromettez beaucoup.

– Oh ! s'écria soudain Fouquet, avec un de ces transports secrets comme en possède dans le cœur le sang généreux de la jeunesse ou le souvenir de quelque douce émotion ; oh ! je connais une femme qui fera près du lieutenant gouverneur de la Conciergerie le personnage dont nous avons besoin.

– Moi, j'en connais cinquante, monseigneur, cinquante trompettes qui instruiront l'univers de votre générosité, de votre dévouement à vos amis, et par conséquent vous perdront tôt ou tard en se perdant.

– Je ne parle pas de ces femmes, Pellisson ; je parle d'une noble et belle créature qui joint à l'esprit de son sexe la valeur et le sang-froid du nôtre ; je parle d'une femme assez belle pour que les murs de la prison s'inclinent pour la saluer, d'une femme assez discrète pour que nul ne soupçonne par qui elle aura été envoyée.

– Un trésor, dit Pellisson ; vous feriez là un fameux cadeau à M. le gouverneur de la Conciergerie. Peste ! monseigneur, on lui couperait la tête, cela peut arriver, mais il aurait eu avant de mourir une bonne fortune, telle que jamais homme ne l'aurait rencontrée avant lui.

– Et j'ajoute, dit Fouquet, que le concierge du palais n'aurait pas la tête coupée, car il recevrait de moi mes chevaux pour se sauver, et cinq cent mille livres pour vivre honorablement en Angleterre ; j'ajoute que la femme, mon ami, ne lui donnerait que les chevaux et l'argent. Allons trouver cette femme, Pellisson.

Le surintendant étendit la main vers le cordon de soie et d'or placé à l'intérieur de son carrosse. Pellisson l'arrêta.

– Monseigneur, dit-il, vous allez perdre à chercher cette femme autant de temps que Colomb en mit à trouver le Nouveau Monde. Or, nous n'avons que deux heures à peine pour réussir ; le concierge une fois couché, comment pénétrer chez lui sans de grands éclats ? le jour une fois venu, comment cacher nos démarches ? Allez, allez, monseigneur, allez vous-même, et ne cherchez ni ange ni femme pour cette nuit.

– Mais, cher Pellisson, nous voilà devant sa porte.

– Devant la porte de l'ange.

– Eh oui !

– C'est l'hôtel de Mme de Bellière, cela.

– Chut !

– Ah ! mon Dieu ! s'écria Pellisson.

– Qu'avez-vous à dire contre elle ? demanda Fouquet.

– Rien, hélas ! c'est ce qui me désespère. Rien, absolument rien... Que ne puis-je vous dire, au contraire, assez de mal pour vous empêcher de monter chez elle !

Mais déjà Fouquet avait donné l'ordre d'arrêter ; le carrosse était immobile.

– M'empêcher ! dit Fouquet ; nulle puissance au monde ne m'empêcherait, vois-tu, de dire un compliment à Mme du Plessis-Bellière ; d'ailleurs, qui sait si nous n'aurons pas besoin d'elle ! Montez-vous avec moi ?

– Non, monseigneur, non.

– Mais je ne veux pas que vous m'attendiez, Pellisson, répliqua Fouquet avec une courtoisie sincère.

– Raison de plus, monseigneur ; sachant que vous me faites attendre, vous resterez moins longtemps là-haut... Prenez garde ! vous voyez un carrosse dans la cour ; elle a quelqu'un chez elle !

Fouquet se pencha vers le marchepied du carrosse.

– Encore un mot, s'écria Pellisson : n'allez chez cette dame qu'en revenant de la Conciergerie, par grâce !

– Eh ! cinq minutes, Pellisson, répliqua Fouquet en descendant au perron même de l'hôtel.

Pellisson demeura au fond du carrosse, le sourcil froncé.

Fouquet monta chez la marquise, dit son nom au valet, ce qui excita un empressement et des respects qui témoignaient de l'habitude que la maîtresse de la maison avait prise de faire respecter et aimer ce nom chez elle.

– Monsieur le surintendant ! s'écria la marquise en s'avançant fort pâle au-devant de Fouquet. Quel honneur ! quel imprévu ! dit-elle.

Puis tout bas :

– Prenez garde ! ajouta la marquise, Marguerite Vanel est chez moi.

– Madame, répondit Fouquet troublé, je venais pour affaires... Un seul mot pressant.

Et il entra dans le salon.

Mme Vanel s'était levée plus pâle, plus livide que l'Envie elle-même. Fouquet lui adressa vainement un salut des plus charmants, des plus pacifiques ; elle n'y répondit que par un coup d'œil terrible, lancé sur la marquise et sur Fouquet. Ce regard acéré d'une femme jalouse est un stylet qui trouve le défaut de toutes les cuirasses ; Marguerite Vanel plongea du coup dans le cœur des deux confidents. Elle fit une révérence à son amie, une plus profonde à Fouquet, et prit congé, en prétextant un grand nombre de visites à faire avant que la marquise, interdite, ni Fouquet, saisi d'inquiétude, eussent songé à la retenir.

À peine fut-elle partie, que Fouquet, resté seul avec la marquise, se mit à ses genoux sans dire un mot.

– Je vous attendais, répondit la marquise avec un doux sourire.

– Oh ! non, dit-il, car vous eussiez renvoyé cette femme.

– Elle arrive depuis un quart d'heure à peine, et je ne pouvais soupçonner qu'elle dût venir ce soir.

– Vous m'aimez donc un peu, marquise ?

– Ce n'est pas de cela qu'il s'agit, monsieur, c'est de vos dangers ; où en sont vos affaires ?

– Je vais ce soir arracher mes amis aux prisons du palais.

– Comment cela ?

– En achetant, en séduisant le gouverneur.

– Il est de mes amis ; puis-je vous aider sans vous nuire ?

– Oh ! marquise, ce serait un signalé service ; mais comment vous employer sans vous compromettre ? Or, jamais ni ma vie, ni ma puissance, ni ma liberté même, ne seront rachetées, s'il faut qu'une larme tombe de vos yeux, s'il faut qu'une douleur obscurcisse votre front.

– Monseigneur, ne me dites plus de ces mots qui m'enivrent ; je suis coupable d'avoir voulu vous servir, sans calculer la portée de ma démarche. Je vous aime, en effet, comme une tendre amie, et, comme amie, je vous suis reconnaissante de votre délicatesse mais, hélas !... hélas ! jamais vous ne trouverez en moi une maîtresse.

– Marquise !... s'écria Fouquet d'une voix désespérée, pourquoi ?

– Parce que vous êtes trop aimé, dit tout bas la jeune femme, parce que vous l'êtes de trop de gens... parce que l'éclat de la gloire et de la fortune blesse mes yeux, tandis que la sombre douleur les attire ; parce qu'enfin, moi qui vous ai repoussé dans vos fastueuses magnificences, moi qui vous ai à peine regardé lorsque vous resplendissiez, j'ai été, comme une femme égarée, me jeter, pour ainsi dire, dans vos bras lorsque je vis un malheur planer sur votre tête... Vous me comprenez maintenant, monseigneur... Redevenez heureux pour que je redevienne chaste de cœur et de pensée : votre infortune me perdrait.

– Oh ! madame, dit Fouquet avec une émotion qu'il n'avait jamais ressentie, dussé-je tomber au dernier degré de la misère humaine, j'entendrai de votre bouche ce mot que vous me refusez, et ce jour-là, madame, vous vous serez abusée dans votre noble égoïsme ; ce jour-là, vous croirez consoler le plus malheureux des hommes, et vous aurez dit : « Je t'aime ! » au plus illustre, au plus souriant, au plus triomphant des heureux de ce monde !

Il était encore à ses pieds, lui baisant la main, lorsque Pellisson entra précipitamment en s'écriant avec humeur :

– Monseigneur ! madame ! par grâce, madame ! veuillez m'excuser... Monseigneur, il y a une demi-heure que vous êtes ici... Oh ! ne me regardez pas ainsi tous deux d'un air de reproche... madame, je vous prie, qui est cette dame qui est sortie de chez vous à l'entrée de Monseigneur ?

– Mme Vanel, dit Fouquet.

– Là ! s'écria Pellisson, j'en étais sûr !

– Eh bien ! quoi ?

– Eh bien ! elle est montée, toute pâle, dans son carrosse.

– Que m'importe ! dit Fouquet.

– Oui, mais ce qui vous importe, c'est ce qu'elle a dit à son cocher.

– Quoi donc, mon Dieu ? s'écria la marquise.

– « Chez M. Colbert ! » dit Pellisson d'une voix rauque.

– Grand Dieu ! partez ! partez, monseigneur ! répondit la marquise en poussant Fouquet hors du salon, tandis que Pellisson l'entraînait par la main.

– En vérité, dit le surintendant, suis-je un enfant à qui l'on fasse peur d'une ombre ?

– Vous êtes un géant, dit la marquise, qu'une vipère cherche à mordre au talon.

Pellisson continua d'entraîner Fouquet jusqu'au carrosse.

– Au palais, ventre à terre ! cria Pellisson au cocher.

Les chevaux partirent comme l'éclair ; nul obstacle ne ralentit leur marche un seul instant. Seulement, à l'arcade Saint-Jean, lorsqu'ils allaient déboucher sur la place de Grève, une longue file de cavaliers, barrant le passage étroit, arrêta le carrosse du surintendant. Nul moyen de forcer cette barrière ; il fallut attendre que les archers du guet à cheval, car c'étaient eux, fussent passés, avec le chariot massif qu'ils escortaient et qui remontait rapidement vers la place Baudoyer.

Fouquet et Pellisson ne prirent garde à cet événement que pour déplorer la minute de retard qu'ils eurent à subir. Ils entrèrent chez le concierge du palais cinq minutes après.

Cet officier se promenait encore dans la première cour.

Au nom de Fouquet, prononcé à son oreille par Pellisson, le gouverneur s'approcha du carrosse avec empressement, et, le chapeau à la main, multiplia les révérences.

– Quel honneur pour moi, monseigneur ! dit-il.

– Un mot, monsieur le gouverneur. Voulez-vous prendre la peine d'entrer dans mon carrosse ?

L'officier vint s'asseoir en face de Fouquet dans la lourde voiture.

– Monsieur, dit Fouquet, j'ai un service à vous demander.

– Parlez, monseigneur.

– Service compromettant pour vous, monsieur, mais qui vous assure à jamais ma protection et mon amitié.

– Fallût-il me jeter au feu pour vous, monseigneur, je le ferais.

– Bien, dit Fouquet ; ce que je vous demande est plus simple.

– Ceci fait, monseigneur, alors ; de quoi s'agit-il ?

– De me conduire aux chambres de MM. Lyodot et d'Emerys.

– Monseigneur veut-il m'expliquer pourquoi ?

– Je vous le dirai en leur présence, monsieur, en même temps que je vous donnerai tous les moyens de pallier cette évasion.

– Évasion ! Mais Monseigneur ne sait donc pas ?

– Quoi ?

– MM. Lyodot et d'Emerys ne sont plus ici.

– Depuis quand ? s'écria Fouquet tremblant.

– Depuis un quart d'heure.

– Où sont-ils donc ?

– À Vincennes, au donjon.

– Qui les a tirés d'ici ?

– Un ordre du roi.

– Malheur ! s'écria Fouquet en se frappant le front, malheur !

Et, sans dire un seul mot de plus au gouverneur, il regagna son carrosse, le désespoir dans l'âme, la mort sur le visage.

– Eh bien ? fit Pellisson avec anxiété.

– Eh bien ! nos amis sont perdus ! Colbert les emmène au donjon. Ce sont eux qui nous ont croisés sous l'arcade Saint-Jean.

Pellisson, frappé comme d'un coup de foudre, ne répliqua pas. D'un reproche, il eût tué son maître.

– Où va Monseigneur ? demanda le valet de pied.

– Chez moi, à Paris ; vous, Pellisson, retournez à Saint-Mandé, ramenez-moi l'abbé Fouquet sous une heure. Allez !

XII

Plan de bataille

La nuit était déjà avancée quand l'abbé Fouquet arriva près de son frère.

Gourville l'avait accompagné. Ces trois hommes, pâles des événements futurs, ressemblaient moins à trois puissants du jour qu'à trois conspirateurs unis par une même pensée de violence.

Fouquet se promena longtemps, l'œil fixé sur le parquet, les mains froissées l'une contre l'autre.

Enfin, prenant son courage au milieu d'un grand soupir :

– L'abbé, dit-il, vous m'avez parlé aujourd'hui même de certaines gens que vous entretenez ?

– Oui, monsieur, répliqua l'abbé.

– Au juste, qui sont ces gens ?

L'abbé hésitait.

– Voyons ! pas de crainte, je ne menace pas ; pas de forfanterie, je ne plaisante pas.

– Puisque vous demandez la vérité, monsieur, la voici : j'ai cent vingt amis ou compagnons de plaisir qui sont voués à moi comme les larrons à la potence.

– Et vous pouvez compter sur eux ?

– En tout.

– Et vous ne serez pas compromis ?

– Je ne figurerai même pas.

– Et ce sont des gens de résolution ?

– Ils brûleront Paris si je leur promets qu'ils ne seront pas brûlés.

– La chose que je vous demande, l'abbé, dit Fouquet en essuyant la sueur qui tombait de son visage, c'est de lancer vos cent vingt hommes sur les gens que je vous désignerai, à un certain moment donné... Est-ce possible ?

– Ce n'est pas la première fois que pareille chose leur sera arrivée, monsieur.

– Bien ; mais ces bandits attaqueront-ils... la force armée ?

– C'est leur habitude.

– Alors, rassemblez vos cent vingt hommes, l'abbé.

– Bien ! Où cela ?

– Sur le chemin de Vincennes, demain, à deux heures précises.

– Pour enlever Lyodot et d'Emerys ?... Il y a des coups à gagner ?

– De nombreux. Avez-vous peur ?

– Pas pour moi, mais pour vous.

– Vos hommes sauront donc ce qu'ils font ?

– Ils sont trop intelligents pour ne pas le deviner. Or, un ministre qui fait émeute contre son roi... s'expose.

– Que vous importe, si je paie ?... D'ailleurs, si je tombe, vous tombez avec moi.

– Il serait alors plus prudent, monsieur, de ne pas remuer, de laisser le roi prendre cette petite satisfaction.

– Pensez bien à ceci, l'abbé, que Lyodot et d'Emerys à Vincennes sont un prélude de ruine pour ma maison. Je le répète, moi arrêté, vous serez emprisonné ; moi emprisonné, vous serez exilé.

– Monsieur, je suis à vos ordres. En avez-vous à me donner ?

– Ce que j'ai dit : je veux que demain les deux financiers que l'on cherche à rendre victimes, quand il y a tant de criminels impunis, soient arrachés à la fureur de mes ennemis. Prenez vos mesures en conséquence. Est-ce possible ?

– C'est possible.

– Indiquez-moi votre plan.

– Il est d'une riche simplicité. La garde ordinaire aux exécutions est de douze archers.

– Il y en aura cent demain.

– J'y compte ; je dis plus, il y en aura deux cents.

– Alors, vous n'avez pas assez de cent vingt hommes ?

– Pardonnez-moi. Dans toute foule composée de cent mille spectateurs, il y a dix mille bandits ou coupeurs de bourse ; seulement, ils n'osent pas prendre d'initiative.

– Eh bien ?

– Il y aura donc demain sur la place de Grève, que je choisis pour terrain, dix mille auxiliaires à mes cent vingt hommes. L'attaque commencée par ceux-ci, les autres l'achèveront.

– Bien ! mais que fera-t-on des prisonniers sur la place de Grève ?

– Voici : on les fera entrer dans une maison quelconque de la place ; là, il faudra un siège pour qu'on puisse les enlever... Et, tenez, autre idée, plus sublime encore : certaines maisons ont deux issues, l'une sur la place, l'autre sur la rue de la Mortellerie, ou de la Vannerie, ou de la Tixeranderie. Les prisonniers, entrés par l'une, sortiront par l'autre.

– Mais dites quelque chose de positif.

– Je cherche.

– Et moi, s'écria Fouquet, je trouve. Écoutez bien ce qui me vient en ce moment.

– J'écoute.

Fouquet fit un signe à Gourville qui parut comprendre.

– Un de mes amis me prête parfois les clefs d'une maison qu'il loue rue Baudoyer, et dont les jardins spacieux s'étendent derrière certaine maison de la place de Grève.

– Voilà notre affaire, dit l'abbé. Quelle maison ?

– Un cabaret assez achalandé, dont l'enseigne représente l'image de Notre-Dame.

– Je le connais, dit l'abbé.

– Ce cabaret a des fenêtres sur la place, une sortie sur une cour, laquelle doit aboutir aux jardins de mon ami par une porte de communication.

– Bon !

– Entrez par le cabaret, faites entrer les prisonniers, défendez la porte pendant que vous les ferez fuir par le jardin de la place Baudoyer.

– C'est vrai, monsieur, vous feriez un général excellent, comme M. le prince.

– Avez-vous compris ?

– Parfaitement.

– Combien vous faut-il pour griser vos bandits avec du vin et les satisfaire avec de l'or ?

– Oh ! monsieur, quelle expression ! Oh ! monsieur, s'ils vous entendaient ! Quelques-uns parmi eux sont très susceptibles.

– Je veux dire qu'on doit les amener à ne plus reconnaître le ciel d'avec la terre, car je lutterai demain contre le roi, et quand je lutte, je veux vaincre, entendez-vous ?

– Ce sera fait, monsieur... Donnez-moi, monsieur, vos autres idées.

– Cela vous regarde.

– Alors donnez-moi votre bourse.

– Gourville, comptez cent mille livres à l'abbé.

– Bon... et ne ménageons rien, n'est-ce pas ?

– Rien.

– À la bonne heure !

– Monseigneur, objecta Gourville, si cela est su, nous y perdons la tête.

– Eh ! Gourville, répliqua Fouquet, pourpre de colère, vous me faites pitié ; parlez donc pour vous, mon cher. Mais ma tête à moi ne branle pas comme cela sur mes épaules. Voyons, l'abbé, est-ce dit ?

– C'est dit.

– À deux heures, demain ?

– À midi, parce qu'il faut maintenant préparer d'une manière secrète nos auxiliaires.

– C'est vrai : ne ménagez pas le vin du cabaretier.

– Je ne ménagerai ni son vin ni sa maison, repartit l'abbé en ricanant. J'ai mon plan, vous dis-je ; laissez-moi me mettre à l'œuvre, et vous verrez.

– Où vous tiendrez-vous ?

– Partout, et nulle part.

– Et comment serai-je informé ?

– Par un courrier dont le cheval se tiendra dans le jardin même de votre ami. À propos, le nom de cet ami ?

Fouquet regarda encore Gourville. Celui-ci vint au secours du maître en disant :

– Accompagnez M. l'abbé pour plusieurs raisons ; seulement, la maison est reconnaissable : l'image de Notre-Dame par-devant, un jardin, le seul du quartier, par-derrière.

– Bon, bon. Je vais prévenir mes soldats.

– Accompagnez-le, Gourville, dit Fouquet, et lui comptez l'argent. Un moment, l'abbé... un moment, Gourville... Quelle tournure donne-t-on à cet enlèvement ?

– Une bien naturelle, monsieur... L'émeute.

– L'émeute à propos de quoi ? Car enfin, si jamais le peuple de Paris est disposé à faire sa cour au roi, c'est quand il fait pendre des financiers.

– J'arrangerai cela... dit l'abbé.

– Oui, mais vous l'arrangerez mal et l'on devinera.

– Non pas, non pas... j'ai encore une idée.

– Dites.

– Mes hommes crieront : « Colbert ! Vive Colbert ! » et se jetteront sur les prisonniers comme pour les mettre en pièces et les arracher à la potence, supplice trop doux.

– Ah ! voilà une idée, en effet, dit Gourville. Peste, monsieur l'abbé, quelle imagination !

– Monsieur, on est digne de la famille, riposta fièrement l'abbé.

– Drôle ! murmura Fouquet.

Puis il ajouta :

– C'est ingénieux ! Faites et ne versez pas de sang.

Gourville et l'abbé partirent ensemble fort affairés.

Le surintendant se coucha sur des coussins, moitié veillant aux sinistres projets du lendemain, moitié rêvant d'amour.

XIII

Le cabaret de l'Image-de-Notre-Dame

À deux heures, le lendemain, cinquante mille spectateurs avaient pris position sur la place autour de deux potences que l'on avait élevées en Grève entre le quai de la Grève et le quai Pelletier, l'une auprès de l'autre, adossées au parapet de la rivière.

Le matin aussi, tous les crieurs jurés de la bonne ville de Paris avaient parcouru les quartiers de la cité, surtout les halles et les faubourgs, annonçant de leurs voix rauques et infatigables la grande justice faite par le roi sur deux prévaricateurs, deux larrons affameurs du peuple. Et ce peuple dont on prenait si chaudement les intérêts, pour ne pas manquer de respect à son roi, quittait boutique, étaux, ateliers, afin d'aller témoigner un peu de reconnaissance à Louis XIV, absolument comme feraient des invités qui craindraient de faire une impolitesse en ne se rendant pas chez celui qui les aurait conviés.

Selon la teneur de l'arrêt, que lisaient haut et mal les crieurs, deux traitants, accapareurs d'argent, dilapidateurs des deniers royaux, concussionnaires et faussaires, allaient subir la peine capitale en place de Grève, « leurs noms affichés sur leurs têtes », disait l'arrêt.

Quant à ces noms, l'arrêt n'en faisait pas mention.

La curiosité des Parisiens était à son comble, et, ainsi que nous l'avons dit, une foule immense attendait avec une impatience fébrile l'heure fixée pour l'exécution. La nouvelle s'était déjà répandue que les prisonniers, transférés au château de Vincennes, seraient conduits de cette prison à la place de Grève. Aussi le faubourg et la rue Saint-Antoine étaient-ils encombrés, car la population de Paris, dans ces jours de grande exécution, se divise en deux catégories : ceux qui veulent voir passer les condamnés, ceux-là sont les cœurs timides et doux, mais curieux de philosophie, et ceux qui veulent voir les condamnés mourir, ceux-là sont les cœurs avides d'émotions.

Ce jour-là, M. d'Artagnan, ayant reçu ses dernières instructions du roi et fait ses adieux à ses amis, et pour le moment le nombre en était réduit à Planchet, se traça le plan de sa journée comme doit le faire tout homme occupé et dont les instants sont comptés, parce qu'il apprécie leur importance.

– Le départ est, dit-il, fixé au point du jour, trois heures du matin ; j'ai donc quinze heures devant moi. Ôtons-en les six heures de sommeil qui me sont indispensables, six ; une heure de repas, sept ; une heure de visite à Athos, huit ; deux heures pour l'imprévu. Total : dix.

« Restent donc cinq heures.

« Une heure pour toucher, c'est-à-dire pour me faire refuser l'argent chez M. Fouquet ; une autre pour aller chercher cet argent chez M. Colbert et recevoir ses questions et ses grimaces ; une heure pour surveiller mes armes, mes habits et faire graisser mes bottes. Il me reste encore deux heures. Mordioux ! que je suis riche !

Et ce disant, d'Artagnan sentit une joie étrange, une joie de jeunesse, un parfum de ces belles et heureuses années d'autrefois monter à sa tête et l'enivrer.

– Pendant ces deux heures, j'irai, dit le mousquetaire, toucher mon quartier de loyer de l'Image-de-Notre-Dame. Ce sera réjouissant. Trois cent soixante-quinze livres ! Mordioux ! que c'est étonnant ! Si le pauvre qui n'a qu'une livre dans sa poche avait une livre et douze deniers, ce serait justice, ce serait excellent ; mais jamais pareille aubaine n'arrive au pauvre. Le riche, au contraire, se fait des revenus avec son argent, auquel il ne touche pas... Voilà trois cent soixante-quinze livres qui me tombent du ciel.

« J'irai donc à l'Image-de-Notre-Dame, et je boirai avec mon locataire un verre de vin d'Espagne qu'il ne manquera pas de m'offrir.

« Mais il faut de l'ordre, monsieur d'Artagnan, il faut de l'ordre.

« Organisons donc notre temps et répartissons-en l'emploi.

« Article premier. Athos.

« Art. 2. L'Image-de-Notre-Dame.

« Art. 3. M. Fouquet.

« Art. 4. M. Colbert.

« Art. 5. Souper.

« Art. 6. Habits, bottes, chevaux, portemanteau.

« Art. 7 et dernier. Le sommeil.

En conséquence de cette disposition, d'Artagnan s'en alla tout droit chez le comte de La Fère auquel modestement et naïvement il raconta une partie de ses bonnes aventures.

Athos n'était pas sans inquiétude depuis la veille au sujet de cette visite de d'Artagnan au roi ; mais quatre mots lui suffirent comme explications. Athos devina que Louis avait chargé d'Artagnan de quelque mission importante et n'essaya pas même de lui faire avouer le secret. Il lui recommanda de se ménager, lui offrit discrètement de l'accompagner si la chose était possible.

– Mais, cher ami, dit d'Artagnan, je ne pars point.

– Comment ! vous venez me dire adieu et vous ne partez point ?

– Oh ! si fait, si fait, répliqua d'Artagnan en rougissant un peu, je pars pour faire une acquisition.

– C'est autre chose. Alors, je change ma formule. Au lieu de : « Ne vous faites pas tuer », je dirai : « Ne vous faites pas voler. »

– Mon ami, je vous ferai prévenir si j'arrête mon idée sur quelque propriété ; puis vous voudrez bien me rendre le service de me conseiller.

– Oui, oui, dit Athos, trop délicat pour se permettre la compensation d'un sourire.

Raoul imitait la réserve paternelle. D'Artagnan comprit qu'il était par trop mystérieux de quitter des amis sous un prétexte sans leur dire même la route qu'on prenait.

– J'ai choisi Le Mans, dit-il à Athos. Est-ce pas un bon pays ?

– Excellent, mon ami, répliqua le comte sans lui faire remarquer que Le Mans était dans la même direction que la Touraine, et qu'en attendant deux jours au plus il pourrait faire route avec un ami.

Mais d'Artagnan, plus embarrassé que le comte, creusait à chaque explication nouvelle le bourbier dans lequel il s'enfonçait peu à peu.

– Je partirai demain au point du jour, dit-il enfin. Jusque-là, Raoul, veux-tu venir avec moi ?

– Oui, monsieur le chevalier, dit le jeune homme, si M. le comte n'a pas affaire de moi.

– Non, Raoul ; j'ai audience aujourd'hui de Monsieur, frère du roi, voilà tout.

Raoul demanda son épée à Grimaud, qui la lui apporta sur-le-champ.

– Alors, ajouta d'Artagnan ouvrant ses deux bras à Athos, adieu, cher ami !

Athos l'embrassa longuement, et le mousquetaire, qui comprit bien sa discrétion, lui glissa à l'oreille :

– Affaire d'État !

Ce à quoi Athos ne répondit que par un serrement de main plus significatif encore.

Alors ils se séparèrent. Raoul prit le bras de son vieil ami, qui l'emmena par la rue Saint-Honoré.

– Je te conduis chez le dieu Plutus, dit d'Artagnan au jeune homme ; prépare-toi ; toute la journée tu verras empiler des écus. Suis-je changé, mon Dieu !

– Oh ! oh ! voilà bien du monde dans la rue, dit Raoul.

– Est-ce procession, aujourd'hui ? demanda d'Artagnan à un flâneur.

– Monsieur, c'est pendaison, répliqua le passant.

– Comment ! pendaison, fit d'Artagnan, en Grève ?

– Oui, monsieur.

– Diable soit du maraud qui se fait pendre le jour où j'ai besoin d'aller toucher mon terme de loyer ! s'écria d'Artagnan. Raoul, as-tu vu pendre ?

– Jamais, monsieur... Dieu merci !

– Voilà bien la jeunesse... Si tu étais de garde à la tranchée, comme je le fus, et qu'un espion... Mais, vois-tu, pardonne, Raoul, je radote... Tu as raison, c'est hideux de voir pendre... À quelle heure pendra-t-on, monsieur, s'il vous plaît ?

– Monsieur, reprit le flâneur avec déférence, charmé qu'il était de lier conversation avec deux hommes d'épée, ce doit être pour trois heures.

– Oh ! il n'est qu'une heure et demie, allongeons les jambes, nous arriverons à temps pour toucher mes trois cent soixante-quinze livres et repartir avant l'arrivée du patient.

– Des patients, monsieur, continua le bourgeois, car ils sont deux.

– Monsieur, je vous rends mille grâces, dit d'Artagnan, qui, en vieillissant, était devenu d'une politesse raffinée.

En entraînant Raoul, il se dirigea rapidement vers le quartier de la Grève.

Sans cette grande habitude que le mousquetaire avait de la foule et le poignet irrésistible auquel se joignait une souplesse peu commune des épaules, ni l'un ni l'autre des deux voyageurs ne fût arrivé à destination.

Ils suivaient le quai qu'ils avaient gagné en quittant la rue Saint-Honoré, dans laquelle ils s'étaient engagés après avoir pris congé d'Athos.

D'Artagnan marchait le premier : son coude, son poignet, son épaule, formaient trois coins qu'il savait enfoncer avec art dans les groupes pour les faire éclater et se disjoindre comme des morceaux de bois.

Souvent il usait comme renfort de la poignée en fer de son épée. Il l'introduisait entre des côtes trop rebelles, et la faisant jouer, en guise de levier ou de pince, séparait à propos l'époux de l'épouse, l'oncle du neveu, le frère du frère. Tout cela si naturellement et avec de si gracieux sourires, qu'il eût fallu avoir des côtes de bronze pour ne pas crier merci quand la poignée faisait son jeu, ou des cœurs de diamant pour ne pas être enchanté quand le sourire s'épanouissait sur les lèvres du mousquetaire.

Raoul, suivant son ami, ménageait les femmes, qui admiraient sa beauté, contenait les hommes, qui sentaient la rigidité de ses muscles, et tous deux fendaient, grâce à cette manœuvre, l'onde un peu compacte et un peu bourbeuse du populaire.

Ils arrivèrent en vue des deux potences, et Raoul détourna les yeux avec dégoût. Pour d'Artagnan, il ne les vit même pas ; sa maison au pignon dentelé, aux fenêtres pleines de curieux, attirait, absorbait même toute l'attention dont il était capable.

Il distingua dans la place et autour des maisons bon nombre de mousquetaires en congé, qui, les uns avec des femmes, les autres avec des amis, attendaient l'instant de la cérémonie.

Ce qui le réjouit par-dessus tout, ce fut de voir que le cabaretier, son locataire, ne savait auquel entendre.

Trois garçons ne pouvaient suffire à servir les buveurs. Il y en avait dans la boutique, dans les chambres, dans la cour même.

D'Artagnan fit observer cette affluence à Raoul et ajouta :

– Le drôle n'aura pas d'excuse pour ne pas payer son terme. Vois tous ces buveurs, Raoul, on dirait des gens de bonne compagnie. Mordioux ! mais on n'a pas de place ici.

Cependant d'Artagnan réussit à attraper le patron par le coin de son tablier et à se faire reconnaître de lui.

– Ah ! monsieur le chevalier, dit le cabaretier à moitié fou, une minute, de grâce ! J'ai ici cent enragés qui mettent ma cave sens dessus dessous.

– La cave, bon, mais non le coffre-fort.

– Oh ! monsieur, vos trente-sept pistoles et demie sont là-haut toutes comptées dans ma chambre ; mais il y a dans cette chambre trente compagnons qui sucent les douves d'un petit baril de porto que j'ai défoncé ce matin pour eux... Donnez-moi une minute, rien qu'une minute.

– Soit, soit.

– Je m'en vais, dit Raoul bas à d'Artagnan ; cette joie est ignoble.

– Monsieur, répliqua sévèrement d'Artagnan, vous allez me faire le plaisir de rester ici. Le soldat doit se familiariser avec tous les spectacles. Il y a dans l'œil, quand il est jeune, des fibres qu'il faut savoir endurcir, et l'on n'est vraiment généreux et bon que du moment où l'œil est devenu dur et le cœur resté tendre. D'ailleurs, mon petit Raoul, veux-tu me laisser seul ici ? Ce serait mal à toi. Tiens, il y a la cour là-bas, et un arbre dans cette cour ; viens à l'ombre, nous respirerons mieux que dans cette atmosphère chaude de vins répandus.

De l'endroit où s'étaient placés les deux nouveaux hôtes de l'Image-de-Notre-Darne, ils entendaient le murmure toujours grossissant des flots du peuple, et ne perdaient ni un cri ni un geste des buveurs attablés dans le cabaret ou disséminés dans les chambres.

D'Artagnan eût voulu se placer en vedette pour une expédition, qu'il n'eût pas mieux réussi.

L'arbre sous lequel Raoul et lui étaient assis les couvrait d'un feuillage déjà épais. C'était un marronnier trapu, aux branches inclinées, qui versait son ombre sur une table tellement brisée, que les buveurs avaient dû renoncer à s'en servir.

Nous disons que de ce poste d'Artagnan voyait tout. Il observait, en effet, les allées et venues des garçons, l'arrivée des nouveaux buveurs, l'accueil tantôt amical, tantôt hostile, qui était fait à certains arrivants par certains installés. Il observait pour passer le temps, car les trente-sept pistoles et demie tardaient beaucoup à arriver.

Raoul le lui fit remarquer.

– Monsieur, lui dit-il, vous ne pressez pas votre locataire, et tout à l'heure les patients vont arriver. Il y aura une telle presse en ce moment, que nous ne pourrons plus sortir.

– Tu as raison, dit le mousquetaire. Holà ! oh ! quelqu'un, mordioux !

Mais il eut beau crier, frapper sur les débris de la table, qui tombèrent en poussière sous son poing, nul ne vint.

D'Artagnan se préparait à aller trouver lui-même le cabaretier pour le forcer à une explication définitive, lorsque la porte de la cour dans laquelle il se trouvait avec Raoul, porte qui communiquait au jardin situé derrière, s'ouvrit en criant péniblement sur ses gonds rouillés, et un homme vêtu en cavalier sortit de ce jardin l'épée au fourreau, mais non à la ceinture, traversa la cour sans refermer la porte, et ayant jeté un regard oblique sur d'Artagnan et son compagnon, se dirigea vers le cabaret même en promenant partout ses yeux qui semblaient percer les murs et les consciences.

« Tiens, se dit d'Artagnan, mes locataires communiquent... Ah ! c'est sans doute encore quelque curieux de pendaison. »

Au même moment, les cris et le vacarme des buveurs cessèrent dans les chambres supérieures. Le silence, en pareille circonstance, surprend comme un redoublement de bruit. D'Artagnan voulut voir quelle était la cause de ce silence subit.

Il vit alors que cet homme, en habit de cavalier, venait d'entrer dans la chambre principale et qu'il haranguait les buveurs, qui tous l'écoutaient avec une attention minutieuse. Son allocution, d'Artagnan l'eût entendue peut-être sans le bruit dominant des clameurs populaires qui faisait un formidable accompagnement à la harangue de l'orateur. Mais elle finit bientôt, et tous les gens que contenait le cabaret sortirent les uns après les autres par petits groupes ; de telle sorte, cependant, qu'il n'en demeura que six dans la chambre : l'un de ces six, l'homme à l'épée, prit à part le cabaretier, l'occupant par des discours plus ou moins sérieux, tandis que les autres allumaient un grand feu dans l'âtre : chose assez étrange par le beau temps et la chaleur.

— C'est singulier, dit d'Artagnan à Raoul ; mais je connais ces figures-là.

— Ne trouvez-vous pas, dit Raoul, que cela sent la fumée ici ?

— Je trouve plutôt que cela sent la conspiration, répliqua d'Artagnan.

Il n'avait pas achevé que quatre de ces hommes étaient descendus dans la cour, et, sans apparence de mauvais desseins, montaient la garde aux environs de la porte de communication, en lançant par intervalles à d'Artagnan des regards qui signifiaient beaucoup de choses.

— Mordioux ! dit tout bas d'Artagnan à Raoul, il y a quelque chose. Es-tu curieux, toi, Raoul ?

— C'est selon, monsieur le chevalier.

— Moi, je suis curieux comme une vieille femme. Viens un peu sur le devant, nous verrons le coup d'œil de la place. Il y a gros à parier que ce coup d'œil va être curieux.

— Mais vous savez, monsieur le chevalier, que je ne veux pas me faire le spectateur passif et indifférent de la mort de deux pauvres diables.

— Et moi donc, crois-tu que je sois un sauvage ? Nous rentrerons quand il sera temps de rentrer. Viens !

Ils s'acheminèrent donc vers le corps de logis et se placèrent près de la fenêtre, qui, chose plus étrange encore que le reste, était demeurée inoccupée.

Les deux derniers buveurs, au lieu de regarder par cette fenêtre, entretenaient le feu.

En voyant entrer d'Artagnan et son ami :

— Ah ! ah ! du renfort, murmurèrent-ils.

D'Artagnan poussa le coude à Raoul.

— Oui, mes braves, du renfort, dit-il ; cordieu ! voilà un fameux feu... Qui voulez-vous donc faire cuire ?

Les deux hommes poussèrent un éclat de rire jovial, et, au lieu de répondre, ajoutèrent du bois au feu.

D'Artagnan ne pouvait se lasser de les regarder.

– Voyons, dit un des chauffeurs, on vous a envoyés pour nous dire le moment, n'est-ce pas ?

– Sans doute, dit d'Artagnan, qui voulait savoir à quoi s'en tenir. Pourquoi serais-je donc ici, si ce n'était pour cela ?

– Alors, mettez-vous à la fenêtre, s'il vous plaît.

D'Artagnan sourit dans sa moustache, fit signe à Raoul et se mit complaisamment à la fenêtre.

XIV

Vive Colbert !

C'était un effrayant spectacle que celui que présentait la Grève en ce moment. Les têtes, nivelées par la perspective, s'étendaient au loin, drues et mouvantes comme les épis dans une grande plaine. De temps en temps, un bruit inconnu, une rumeur lointaine, faisait osciller les têtes et flamboyer des milliers d'yeux.

Parfois il y avait de grands refoulements. Tous ces épis se courbaient et devenaient des vagues plus mouvantes que celles de l'océan, qui roulaient des extrémités au centre, et allaient battre, comme des marées, la haie d'archers qui entouraient les potences.

Alors les manches des hallebardes s'abaissaient sur la tête ou les épaules des téméraires envahisseurs ; parfois aussi c'était le fer au lieu du bois, et, dans ce cas, il se faisait un large cercle vide autour de la garde : espace conquis aux dépens des extrémités, qui subissaient à leur tour l'oppression de ce refoulement subit qui les repoussait contre les parapets de la Seine.

Du haut de sa fenêtre, qui dominait toute la place, d'Artagnan vit, avec une satisfaction intérieure, que ceux des mousquetaires et des gardes qui se trouvaient pris dans la foule savaient, à coups de poing et de pommeaux d'épée, se faire place. Il remarqua même qu'ils avaient réussi, par suite de cet esprit de corps qui double les forces du soldat, à se réunir en un groupe d'à peu près cinquante hommes ; et que, sauf une douzaine d'égarés qu'il voyait encore rouler çà et là, le noyau était complet et à la portée de la voix. Mais ce n'étaient pas seulement les mousquetaires et les gardes qui attireraient l'attention de d'Artagnan. Autour des potences, et surtout aux abords de l'arcade Saint-Jean, s'agitait un tourbillon bruyant, brouillon, affairé ; des figures hardies, des mines résolues se dessinaient çà et là au milieu des figures niaises et des mines indifférentes ; des signaux s'échangeaient, des mains se touchaient. D'Artagnan remarqua dans les groupes, et même dans les groupes les plus animés, la figure du cavalier qu'il avait vu entrer par la porte de communication de son jardin et qui était monté au premier pour haranguer les buveurs. Cet homme organisait des escouades et distribuait des ordres.

– Mordioux ! s'écria d'Artagnan, je ne me trompais pas, je connais cet homme, c'est Menneville. Que diable fait-il ici ?

Un murmure sourd et qui s'accentuait par degrés arrêta sa réflexion et attira ses regards d'un autre côté. Ce murmure était occasionné par l'arrivée des patients ; un fort piquet d'archers les précédait et parut à l'angle de l'arcade. La foule tout entière se mit à pousser des cris. Tous ces cris formèrent un hurlement immense.

D'Artagnan vit Raoul pâlir ; il lui frappa rudement sur l'épaule.

Les chauffeurs, à ce grand cri, se retournèrent et demandèrent où l'on en était.

– Les condamnés arrivent, dit d'Artagnan.

– Bien, répondirent-ils en avivant la flamme de la cheminée.

D'Artagnan les regarda avec inquiétude ; il était évident que ces hommes qui faisaient un pareil feu, sans utilité aucune, avaient d'étranges intentions.

Les condamnés parurent sur la place. Ils marchaient à pied, le bourreau devant eux ; cinquante archers se tenaient en haie à leur droite et à leur gauche. Tous deux étaient vêtus de noir, pâles mais résolus.

Ils regardaient impatiemment au-dessus des têtes en se haussant à chaque pas.

D'Artagnan remarqua ce mouvement.

– Mordioux ! dit-il, ils sont bien pressés de voir la potence.

Raoul se reculait sans avoir la force cependant de quitter tout à fait la fenêtre. La terreur, elle aussi, a son attraction.

– À mort ! à mort ! crièrent cinquante mille voix.

– Oui, à mort ! hurlèrent une centaine de furieux, comme si la grande masse leur eût donné la réplique.

– À la hart ! à la hart ! cria le grand ensemble ; vive le roi !

– Tiens ! murmura d'Artagnan, c'est drôle, j'aurais cru que c'était M. de Colbert qui les faisait pendre, moi.

Il y eut en ce moment un refoulement qui arrêta un instant la marche des condamnés.

Les gens à mine hardie et résolue qu'avait remarqués d'Artagnan, à force de se presser, de se pousser, de se hausser, étaient parvenus à toucher presque la haie d'archers.

Le cortège se remit en marche.

Tout à coup, aux cris de : « Vive Colbert ! » ces hommes que d'Artagnan ne perdait pas de vue se jetèrent sur l'escorte, qui essaya vainement de lutter. Derrière ces hommes, il y avait la foule.

Alors commença, au milieu d'un affreux vacarme, une affreuse confusion.

Cette fois, ce sont mieux que des cris d'attente ou des cris de joie, ce sont des cris de douleur.

En effet, les hallebardes frappent, les épées trouent, les mousquets commencent à tirer.

Il se fit alors un tourbillonnement étrange au milieu duquel d'Artagnan ne vit plus rien.

Puis de ce chaos surgit tout à coup comme une intention visible, comme une volonté arrêtée.

Les condamnés avaient été arrachés des mains des gardes et on les entraînait vers la maison de l'Image-de-Notre-Dame.

Ceux qui les entraînaient criaient :

– Vive Colbert !

Le peuple hésitait, ne sachant s'il devait tomber sur les archers ou sur les agresseurs.

Ce qui arrêtait le peuple, c'est que ceux qui criaient : « Vive Colbert ! » commençaient à crier en même temps : « Pas de hart ! à bas la potence ! au feu ! au feu ! brûlons les voleurs ! brûlons les affameurs ! »

Ce cri poussé d'ensemble obtint un succès d'enthousiasme.

La populace était venue pour voir un supplice, et voilà qu'on lui offrait l'occasion d'en faire un elle-même.

C'était ce qui pouvait être le plus agréable à la populace. Aussi se rangea-t-elle immédiatement du parti des agresseurs contre les archers, en criant avec la minorité, devenue, grâce à elle, majorité des plus compactes :

– Oui, oui, au feu, les voleurs ! vive Colbert !

– Mordioux ! s'écria d'Artagnan, il me semble que cela devient sérieux.

Un des hommes qui se tenaient près de la cheminée s'approcha de la fenêtre, son brandon à la main.

– Ah ! ah ! dit-il, cela chauffe.

Puis, se retournant vers son compagnon :

– Voilà le signal ! dit-il.

Et soudain il appuya le tison brûlant à la boiserie.

Ce n'était pas une maison tout à fait neuve que le cabaret de l'Image-de-Notre-Dame ; aussi ne se fit-elle pas prier pour prendre feu.

En une seconde, les ais craquent et la flamme monte en pétillant. Un hurlement du dehors répond aux cris que poussent les incendiaires.

D'Artagnan, qui n'a rien vu parce qu'il regarde sur la place, sent à la fois la fumée qui l'étouffe et la flamme qui le grille.

– Holà ! s'écrie-t-il en se retournant, le feu est-il ici ? êtes-vous fous ou enragés, mes maîtres ?

Les deux hommes le regardèrent d'un air étonné.

– Eh quoi ! demandèrent-ils à d'Artagnan, n'est-ce pas chose convenue ?

– Chose convenue que vous brûlerez ma maison ? vocifère d'Artagnan en arrachant le tison des mains de l'incendiaire et le lui portant au visage.

Le second veut porter secours à son camarade ; mais Raoul le saisit, l'enlève et le jette par la fenêtre, tandis que d'Artagnan pousse son compagnon par les degrés. Raoul, le premier libre, arrache les lambris qu'il jette tout fumants par la chambre.

D'un coup d'œil, d'Artagnan voit qu'il n'y a plus rien à craindre pour l'incendie et court à la fenêtre.

Le désordre est à son comble. On crie à la fois :

– Au feu ! au meurtre ! à la hart ! au bûcher ! vive Colbert et vive le roi !

Le groupe qui arrache les patients aux mains des archers s'est rapproché de la maison, qui semble le but vers lequel on les entraîne.

Menneville est à la tête du groupe criant plus haut que personne :

– Au feu ! au feu ! vive Colbert !

D'Artagnan commence à comprendre. On veut brûler les condamnés, et sa maison est le bûcher qu'on leur prépare.

– Halte-là ! cria-t-il l'épée à la main et un pied sur la fenêtre. Menneville, que voulez-vous ?

– Monsieur d'Artagnan, s'écrie celui-ci, passage, passage !

– Au feu ! au feu, les voleurs ! vive Colbert ! crie la foule.

Ces cris exaspérèrent d'Artagnan.

– Mordioux ! dit-il, brûler ces pauvres diables qui ne sont condamnés qu'à être pendus, c'est infâme !

Cependant, devant la porte, la masse des curieux, refoulée contre les murailles, est plus épaisse et ferme la voie.

Menneville et ses hommes, qui traînent les patients, ne sont plus qu'à dix pas de la porte.

Menneville fait un dernier effort.

– Passage ! passage ! crie-t-il le pistolet au poing.

– Brûlons ! brûlons ! répète la foule. Le feu est à l'Image-de-Notre-Dame. Brûlons les voleurs ! brûlons-les tous deux dans l'Image-de-Notre-Dame.

Cette fois, il n'y a pas de doute, c'est bien à la maison de d'Artagnan qu'on en veut.

D'Artagnan se rappelle l'ancien cri, toujours si efficacement poussé par lui.

– À moi, mousquetaires !... dit-il d'une voix de géant, d'une de ces voix qui dominent le canon, la mer, la tempête ; à moi, mousquetaires !...

Et, se suspendant par le bras au balcon, il se laisse tomber au milieu de la foule, qui commence à s'écarter de cette maison d'où il pleut des hommes.

Raoul est à terre aussitôt que lui. Tous deux ont l'épée à la main. Tout ce qu'il y a de mousquetaires sur la place a entendu ce cri d'appel ; tous se sont retournés à ce cri et ont reconnu d'Artagnan.

– Au capitaine ! au capitaine ! crient-ils tous à leur tour.

Et la foule s'ouvre devant eux comme devant la proue d'un vaisseau. En ce moment d'Artagnan et Menneville se trouvèrent face à face.

– Passage ! passage ! s'écrie Menneville en voyant qu'il n'a plus que le bras à étendre pour toucher la porte.

– On ne passe pas ! dit d'Artagnan.

– Tiens, dit Menneville en lâchant son coup de pistolet presque à bout portant.

Mais avant que le rouet ait tourné, d'Artagnan a relevé le bras de Menneville avec la poignée de son épée et lui a passé la lame au travers du corps.

– Je t'avais bien dit de te tenir tranquille, dit d'Artagnan à Menneville qui roula à ses pieds.

– Passage ! passage ! crient les compagnons de Menneville épouvantés d'abord, mais qui se rassurent bientôt en s'apercevant qu'ils n'ont affaire qu'à deux hommes.

Mais ces deux hommes sont deux géants à cent bras, l'épée voltige entre leurs mains comme le glaive flamboyant de l'archange. Elle troue avec la pointe, frappe de revers, frappe de taille. Chaque coup renverse son homme.

– Pour le roi ! crie d'Artagnan à chaque homme qu'il frappe, c'est-à-dire à chaque homme qui tombe.

Ce cri devient le mot d'ordre des mousquetaires, qui, guidés par lui, rejoignent d'Artagnan.

Pendant ce temps les archers se remettent de la panique qu'ils ont éprouvée, chargent les agresseurs en queue, et, réguliers comme des moulins, foulent et abattent tout ce qu'ils rencontrent.

La foule, qui voit reluire les épées, voler en l'air les gouttes de sang, la foule fuit et s'écrase elle-même.

Enfin des cris de miséricorde et de désespoir retentissent ; c'est l'adieu des vaincus. Les deux condamnés sont retombés aux mains des archers. D'Artagnan s'approche d'eux, et les voyant pâles et mourants :

– Consolez-vous, pauvres gens, dit-il, vous ne subirez pas le supplice affreux dont ces misérables vous menaçaient. Le roi vous a condamnés à être pendus. Vous ne serez que pendus. Çà ! qu'on les pende, et voilà tout.

Il n'y a plus rien à l'Image-de-Notre-Dame. Le feu a été éteint avec deux tonnes de vin à défaut d'eau. Les conjurés ont fui par le jardin. Les archers entraînent les patients aux potences.

L'affaire ne fut pas longue à partir de ce moment. L'exécuteur, peu soucieux d'opérer selon les formes de l'art, se hâte et expédie les deux malheureux en une minute.

Cependant on s'empresse autour de d'Artagnan ; on le félicite, on le caresse. Il essuie son front ruisselant de sueur, son épée ruisselante de sang, hausse les épaules en voyant Menneville qui se tord à ses pieds dans les dernières convulsions de l'agonie. Et tandis que Raoul détourne les yeux avec compassion, il montre aux mousquetaires les potences chargées de leurs tristes fruits.

– Pauvres diables ! dit-il, j'espère qu'ils sont morts en me bénissant, car je leur en ai sauvé de belles.

Ces mots vont atteindre Menneville au moment où lui-même va rendre le dernier soupir. Un soupir sombre et ironique voltige sur ses lèvres. Il veut répondre, mais l'effort qu'il fait achève de briser sa vie. Il expire.

– Oh ! tout cela est affreux, murmura Raoul ; partons, monsieur le chevalier.

– Tu n'es pas blessé ? demande d'Artagnan.

– Non, merci.

– Eh bien ! tu es un brave, mordioux ! C'est la tête du père et le bras de Porthos. Ah ! s'il avait été ici, Porthos, il en aurait vu de belles.

Puis, par manière de se souvenir :

– Mais où diable peut-il être, ce brave Porthos ? murmura d'Artagnan.

– Venez, chevalier, venez, insista Raoul.

– Une dernière minute, mon ami, que je prenne mes trente-sept pistoles et demie, je suis à toi. La maison est d'un bon produit, ajouta d'Artagnan en rentrant à l'Image-de-Notre-Dame ; mais décidément, dût-elle être moins productive, je l'aimerais mieux dans un autre quartier.

XV

Comment le diamant de M. d'Emerys
passa entre les mains de d'Artagnan

Tandis que cette scène bruyante et ensanglantée se passait sur la Grève, plusieurs hommes, barricadés derrière la porte de communication du jardin, remettaient leurs épées au fourreau, aidaient l'un d'eux à monter sur son cheval tout sellé qui attendait dans le jardin, et, comme une volée d'oiseaux effarés, s'enfuyaient dans toutes les directions, les uns escaladant les murs, les autres se précipitant par les portes avec toute l'ardeur de la panique.

Celui qui monta sur le cheval et qui lui fit sentir l'éperon avec une telle brutalité que l'animal faillit franchir la muraille, ce cavalier, disons-nous, traversa la place Baudoyer, passa comme l'éclair devant la foule des rues, écrasant, culbutant, renversant tout, et dix minutes après arriva aux portes de la surintendance, plus essoufflé encore que son cheval.

L'abbé Fouquet, au bruit retentissant des fers sur le pavé, parut à une fenêtre de la cour, et avant même que le cavalier eût mis pied à terre :

– Eh bien ! Danicamp ? demanda-t-il, à moitié penché hors de la fenêtre.

– Eh bien ! c'est fini, répondit le cavalier.

– Fini ! cria l'abbé ; alors ils sont sauvés ?

– Non pas, monsieur, répliqua le cavalier. Ils sont pendus.

– Pendus ! répéta l'abbé pâlissant.

Une porte latérale s'ouvrit soudain, et Fouquet apparut dans la chambre, pâle, égaré, les lèvres entrouvertes par un cri de douleur et de colère.

Il s'arrêta sur le seuil, écoutant ce qui se disait de la cour à la fenêtre.

– Misérables ! dit l'abbé, vous ne vous êtes donc pas battus !

– Comme des lions.

– Dites comme des lâches.

– Monsieur !

– Cent hommes de guerre, l'épée à la main, valent dix mille archers dans une surprise. Où est Menneville, ce fanfaron, ce vantard qui ne devait revenir que mort ou vainqueur ?

– Eh bien ! monsieur, il a tenu parole. Il est mort.

– Mort ! qui l'a tué ?

– Un démon déguisé en homme, un géant armé de dix épées flamboyantes, un enragé qui a d'un seul coup éteint le feu, éteint l'émeute, et fait sortir cent mousquetaires du pavé de la place de Grève.

Fouquet souleva son front tout ruisselant de sueur.

– Oh ! Lyodot et d'Emerys ! murmura-t-il, morts ! morts ! morts ! et moi déshonoré.

L'abbé se retourna, et apercevant son frère écrasé, livide :

– Allons ! allons ! dit-il, c'est un coup du sort, monsieur, il ne faut pas nous lamenter ainsi. Puisque cela ne s'est point fait, c'est que Dieu...

– Taisez-vous, l'abbé ! taisez-vous ! cria Fouquet ; vos excuses sont des blasphèmes. Faites monter ici cet homme, et qu'il raconte les détails de l'horrible événement.

– Mais, mon frère...

– Obéissez, monsieur !

L'abbé fit un signe, et une demi-minute après on entendit les pas de l'homme dans l'escalier.

En même temps, Gourville apparut derrière Fouquet, pareil à l'ange gardien du surintendant, appuyant un doigt sur ses lèvres pour lui enjoindre de s'observer au milieu des élans mêmes de sa douleur.

Le ministre reprit toute la sérénité que les forces humaines peuvent laisser à la disposition d'un cœur à demi brisé par la douleur. Danicamp parut.

– Faites votre rapport, dit Gourville.

– Monsieur, répondit le messager, nous avions reçu l'ordre d'enlever les prisonniers et de crier : « Vive Colbert ! » en les enlevant.

– Pour les brûler vifs, n'est-ce pas, l'abbé ? interrompit Gourville.

– Oui ! oui ! l'ordre avait été donné à Menneville. Menneville savait ce qu'il en fallait faire, et Menneville est mort.

Cette nouvelle parut rassurer Gourville au lieu de l'attrister.

– Pour les brûler vifs ? répéta le messager, comme s'il eût douté que cet ordre, le seul qui lui eût été donné au reste, fût bien réel.

– Mais certainement pour les brûler vifs, reprit brutalement l'abbé.

– D'accord, monsieur, d'accord, reprit l'homme en cherchant des yeux sur la physionomie des deux interlocuteurs ce qu'il y avait de triste ou d'avantageux pour lui à raconter selon la vérité.

– Maintenant, racontez, dit Gourville.

– Les prisonniers, continua Danicamp, devaient donc être amenés à la Grève, et le peuple en fureur voulait qu'ils fussent brûlés au lieu d'être pendus.

– Le peuple a ses raisons, dit l'abbé ; continuez.

– Mais, reprit l'homme, au moment où les archers venaient d'être enfoncés, au moment où le feu prenait dans une des maisons de la place destinée à servir de bûcher aux coupables, un furieux, ce démon, ce géant dont je vous parlais, et qu'on nous avait dit être le propriétaire de la maison en question, aidé d'un jeune homme qui l'accompagnait, jeta par la fenêtre ceux qui activaient le feu, appela au secours les mousquetaires qui se trouvaient dans la foule, sauta lui-même du premier étage dans la place, et joua si désespérément de l'épée, que la victoire fut rendue aux archers, les prisonniers repris et Menneville tué. Une fois repris, les condamnés furent exécutés en trois minutes.

Fouquet, malgré sa puissance sur lui-même, ne put s'empêcher de laisser échapper un sourd gémissement.

– Et cet homme, le propriétaire de la maison, reprit l'abbé, comment le nomme-t-on ?

– Je ne vous le dirai pas, n'ayant pas pu le voir ; mon poste m'avait été désigné dans le jardin, et je suis resté à mon poste ; seulement, on est venu me raconter l'affaire. J'avais ordre, la chose une fois finie, de venir vous annoncer en toute hâte de quelle façon elle était finie. Selon l'ordre, je suis parti au galop, et me voilà.

– Très bien, monsieur, nous n'avons pas autre chose à demander de vous, dit l'abbé, de plus en plus atterré à mesure qu'approchait le moment d'aborder son frère seul à seul.

– On vous a payé ? demanda Gourville.

– Un acompte, monsieur, répondit Danicamp.

– Voilà vingt pistoles. Allez, monsieur, et n'oubliez pas de toujours défendre, comme cette fois, les véritables intérêts du roi.

– Oui, monsieur, dit l'homme en s'inclinant et en serrant l'argent dans sa poche.

Après quoi il sortit.

À peine fut-il dehors que Fouquet, qui était resté immobile, s'avança d'un pas rapide et se trouva entre l'abbé et Gourville.

Tous deux ouvrirent en même temps la bouche pour parler.

– Pas d'excuses ! dit-il, pas de récriminations contre qui que ce soit. Si je n'eusse pas été un faux ami, je n'eusse confié à personne le soin de délivrer Lyodot et d'Emerys. C'est moi seul qui suis coupable, à moi seul donc les reproches et les remords. Laissez-moi, l'abbé.

– Cependant, monsieur, vous n'empêcherez pas, répondit celui-ci, que je ne fasse rechercher le misérable qui s'est entremis pour le service de M. Colbert dans cette partie si bien préparée ; car, s'il est d'une bonne politique de bien aimer ses amis, je ne crois pas mauvaise celle qui consiste à poursuivre ses ennemis d'une façon acharnée.

– Trêve de politique, l'abbé ; sortez, je vous prie, et que je n'entende plus parler de vous jusqu'à nouvel ordre ; il me semble que nous avons besoin de beaucoup de silence et de circonspection. Vous avez un terrible exemple devant vous. Messieurs, pas de représailles, je vous le défends.

– Il n'y a pas d'ordres, grommela l'abbé, qui m'empêchent de venger sur un coupable l'affront fait à ma famille.

– Et moi, s'écria Fouquet de cette voix impérative à laquelle on sent qu'il n'y a rien à répondre, si vous avez une pensée, une seule, qui ne soit pas l'expression absolue de ma volonté, je vous ferai jeter à la Bastille deux heures après que cette pensée se sera manifestée. Réglez-vous là-dessus, l'abbé.

L'abbé s'inclina en rougissant.

Fouquet fit signe à Gourville de le suivre, et déjà se dirigeait vers son cabinet, lorsque l'huissier annonça d'une voix haute :

– M. le chevalier d'Artagnan.

– Qu'est-ce ? fit négligemment Fouquet à Gourville.

– Un ex-lieutenant des mousquetaires de Sa Majesté, répondit Gourville sur le même ton.

Fouquet ne prit pas même la peine de réfléchir et se remit à marcher.

– Pardon, monseigneur ! dit alors Gourville ; mais, je réfléchis, ce brave garçon a quitté le service du roi, et probablement vient-il toucher un quart de pension quelconque.

– Au diable ! dit Fouquet ; pourquoi prend-il si mal son temps ?

– Permettez, monseigneur, que je lui dise un mot de refus alors ; car il est de ma connaissance, et c'est un homme qu'il vaut mieux, dans les circonstances où nous nous trouvons, avoir pour ami que pour ennemi.

– Répondez tout ce que vous voudrez, dit Fouquet.

– Eh ! mon Dieu ! dit l'abbé plein de rancune, comme un homme d'Église, répondez qu'il n'y a pas d'argent, surtout pour les mousquetaires.

Mais l'abbé n'avait pas plutôt lâché ce mot imprudent, que la porte entrebâillée s'ouvrit tout à fait et que d'Artagnan parut.

– Eh ! monsieur Fouquet, dit-il, je le savais bien, qu'il n'y avait pas d'argent pour les mousquetaires. Aussi je ne venais point pour m'en faire donner, mais bien pour m'en faire refuser. C'est fait, merci. Je vous donne le bonjour et vais en chercher chez M. Colbert.

Et il sortit après un salut assez leste.

– Gourville, dit Fouquet, courez après cet homme et me le ramenez.

Gourville obéit et rejoignit d'Artagnan sur l'escalier.

D'Artagnan, entendant des pas derrière lui, se retourna et aperçut Gourville.

– Mordioux ! mon cher monsieur, dit-il, ce sont de tristes façons que celles de messieurs vos gens de finances ; je viens chez M. Fouquet pour toucher une somme ordonnancée par Sa Majesté, et l'on m'y reçoit comme un mendiant qui vient pour demander une aumône, ou comme un filou qui vient pour voler une pièce d'argenterie.

– Mais vous avez prononcé le nom de M. Colbert, cher monsieur d'Artagnan ; vous avez dit que vous alliez chez M. Colbert ?

– Certainement que j'y vais, ne fût-ce que pour lui demander satisfaction des gens qui veulent brûler les maisons en criant : « Vive Colbert ! »

Gourville dressa les oreilles.

– Oh ! oh ! dit-il, vous faites allusion à ce qui vient de se passer en Grève ?

– Oui, certainement.

– Et en quoi ce qui vient de se passer vous importe-t-il ?

– Comment ! vous me demandez en quoi il m'importe ou il ne m'importe pas que M. Colbert fasse de ma maison un bûcher ?

– Ainsi, votre maison... C'est votre maison qu'on voulait brûler ?

– Pardieu !

– Le cabaret de l'Image-de-Notre-Dame est à vous ?

– Depuis huit jours.

– Et vous êtes ce brave capitaine, vous êtes cette vaillante épée qui a dispersé ceux qui voulaient brûler les condamnés ?

– Mon cher monsieur Gourville, mettez-vous à ma place : je suis agent de la force publique et propriétaire. Comme capitaine, mon devoir est de faire accomplir les ordres du roi. Comme propriétaire, mon intérêt est qu'on ne me brûle pas ma maison. J'ai donc suivi à la fois les lois de l'intérêt et du devoir en remettant MM. Lyodot et d'Emerys entre les mains des archers.

– Ainsi c'est vous qui avez jeté un homme par la fenêtre ?

– C'est moi-même, répliqua modestement d'Artagnan.

– C'est vous qui avez tué Menneville ?

– J'ai eu ce malheur, dit d'Artagnan saluant comme un homme que l'on félicite.

– C'est vous enfin qui avez été cause que les deux condamnés ont été pendus ?

– Au lieu d'être brûlés, oui, monsieur, et je m'en fais gloire. J'ai arraché ces pauvres diables à d'effroyables tortures. Comprenez-vous, mon cher monsieur Gourville, qu'on voulait les brûler vifs ? cela passe toute imagination.

– Allez, mon cher monsieur d'Artagnan, allez, dit Gourville voulant épargner à Fouquet la vue d'un homme qui venait de lui causer une si profonde douleur.

– Non pas, dit Fouquet, qui avait entendu de la porte de l'antichambre ; non pas, monsieur d'Artagnan, venez, au contraire.

D'Artagnan essuya au pommeau de son épée une dernière trace sanglante qui avait échappé à son investigation et rentra.

Alors il se retrouva en face de ces trois hommes, dont les visages portaient trois expressions bien différentes : chez l'abbé celle de la colère, chez Gourville celle de la stupeur, chez Fouquet celle de l'abattement.

– Pardon, monsieur le ministre, dit d'Artagnan, mais mon temps est compté, il faut que je passe à l'intendance pour m'expliquer avec M. Colbert et toucher mon quartier.

– Mais, monsieur, dit Fouquet, il y a de l'argent ici.

D'Artagnan, étonné, regarda le surintendant.

– Il vous a été répondu légèrement, monsieur, je le sais, je l'ai entendu, dit le ministre ; un homme de votre mérite devrait être connu de tout le monde.

D'Artagnan s'inclina.

– Vous avez une ordonnance ? ajouta Fouquet.

– Oui, monsieur.

– Donnez, je vais vous payer moi-même ; venez.

Il fit un signe à Gourville et à l'abbé, qui demeurèrent dans la chambre où ils étaient, et emmena d'Artagnan dans son cabinet. Une fois arrivé :

– Combien vous doit-on, monsieur ?

– Mais quelque chose comme cinq mille livres, monseigneur.

– Pour votre arriéré de solde ?

– Pour un quartier.

– Un quartier de cinq mille livres ! dit Fouquet attachant sur le mousquetaire un profond regard ; c'est donc vingt mille livres par an que le roi vous donne ?

– Oui, monseigneur, c'est vingt mille livres ; trouvez-vous que cela soit trop ?

– Moi ! s'écria Fouquet, et il sourit amèrement. Si je me connaissais en hommes, si j'étais, au lieu d'un esprit léger, inconséquent et vain, un esprit prudent et réfléchi ; si, en un mot, j'avais, comme certaines gens, su arranger ma vie, vous ne recevriez pas vingt mille livres par an, mais cent mille, et vous ne seriez pas au roi, mais à moi !

D'Artagnan rougit légèrement.

Il y a dans la façon dont se donne l'éloge, dans la voix du louangeur, dans son accent affectueux, un poison si doux, que le plus fort en est parfois enivré.

Le surintendant termina cette allocution en ouvrant un tiroir, où il prit quatre rouleaux qu'il posa devant d'Artagnan.

Le Gascon en écorna un.

– De l'or ! dit-il.

– Cela vous chargera moins, monsieur.

– Mais alors, monsieur, cela fait vingt mille livres.

– Sans doute.

– Mais on ne m'en doit que cinq.

– Je veux vous épargner la peine de passer quatre fois à la surintendance.

– Vous me comblez, monsieur.

– Je fais ce que je dois, monsieur le chevalier, et j'espère que vous ne me garderez pas rancune pour l'accueil de mon frère. C'est un esprit plein d'aigreur et de caprice.

– Monsieur, dit d'Artagnan, croyez que rien ne me fâcherait plus qu'une excuse de vous.

– Aussi ne le ferai-je plus, et me contenterai-je de vous demander une grâce.

– Oh ! monsieur.

Fouquet tira de son doigt un diamant d'environ mille pistoles.

– Monsieur, dit-il, la pierre que voici me fut donnée par un ami d'enfance, par un homme à qui vous avez rendu un grand service.

La voix de Fouquet s'altéra sensiblement.

– Un service, moi ! fit le mousquetaire ; j'ai rendu un service à l'un de vos amis ?

– Vous ne pouvez l'avoir oublié, monsieur, car c'est aujourd'hui même.

– Et cet ami s'appelait ?...

– M. d'Emerys.

– L'un des condamnés ?

– Oui, l'une des victimes... Eh bien ! monsieur d'Artagnan, en faveur du service que vous lui avez rendu, je vous prie d'accepter ce diamant. Faites cela pour l'amour de moi.

– Monsieur...

– Acceptez, vous dis-je. Je suis aujourd'hui dans un jour de deuil, plus tard vous saurez cela peut-être ; aujourd'hui j'ai perdu un ami ; eh bien ! j'essaie d'en retrouver un autre.

– Mais, monsieur Fouquet...

– Adieu, monsieur d'Artagnan, adieu ! s'écria Fouquet le cœur gonflé, ou plutôt, au revoir !

Et le ministre sortit de son cabinet, laissant aux mains du mousquetaire la bague et les vingt mille livres.

– Oh ! oh ! dit d'Artagnan après un moment de réflexion sombre ; est-ce que je comprendrais ? Mordioux ! si je comprends, voilà un bien galant homme !... Je m'en vais me faire expliquer cela par M. Colbert.

Et il sortit.

XVI

*De la différence notable que d'Artagnan trouva
entre M. l'intendant et Mgr le surintendant*

M. Colbert demeurait rue Neuve-des-Petits-Champs, dans une maison qui avait appartenu à Beautru. Les jambes de d'Artagnan firent le trajet en un petit quart d'heure.

Lorsqu'il arriva chez le nouveau favori, la cour était pleine d'archers et de gens de police qui venaient, soit le féliciter, soit s'excuser, selon qu'il choisirait éloge ou blâme. Le sentiment de la flatterie est instinctif chez les gens de condition abjecte ; ils en ont le sens, comme l'animal sauvage a celui de l'ouïe ou de l'odorat. Ces gens, ou leur chef, avaient donc compris qu'il y avait un plaisir à faire à M. Colbert, en lui rendant compte de la façon dont son nom avait été prononcé pendant l'échauffourée.

D'Artagnan se produisit juste au moment où le chef du guet faisait son rapport. D'Artagnan se tint près de la porte, derrière les archers.

Cet officier prit Colbert à part, malgré sa résistance et le froncement de ses gros sourcils.

— Au cas, dit-il, où vous auriez réellement désiré, monsieur, que le peuple fît justice de deux traîtres, il eût été sage de nous en avertir ; car enfin, monsieur, malgré notre douleur de vous déplaire ou de contrarier vos vues, nous avions notre consigne à exécuter.

— Triple sot ! répliqua Colbert furieux en secouant ses cheveux tassés et noirs comme une crinière, que me racontez-vous là ? Quoi ! j'aurais eu, moi, l'idée d'une émeute ? Êtes-vous fou ou ivre ?

— Mais, monsieur, on a crié : « Vive Colbert ! » répliqua le chef du guet fort ému.

— Une poignée de conspirateurs...

— Non pas, non pas, une masse de peuple !

— Oh ! vraiment, dit Colbert en s'épanouissant, une masse du peuple criait : « Vive Colbert ! » Êtes-vous bien sûr de ce que vous dites, monsieur ?...

— Il n'y avait qu'à ouvrir les oreilles, ou plutôt à les fermer, tant les cris étaient terribles.

— Et c'était du peuple, du vrai peuple ?

— Certainement, monsieur ; seulement, ce vrai peuple nous a battus.

– Oh ! fort bien, continua Colbert tout à sa pensée. Alors vous supposez que c'est le peuple seul qui voulait faire brûler les condamnés ?

– Oh ! oui, monsieur.

– C'est autre chose... Vous avez donc bien résisté ?

– Nous avons eu trois hommes étouffés, monsieur.

– Vous n'avez tué personne, au moins ?

– Monsieur, il est resté sur le carreau quelques mutins, un, entre autres, qui n'était pas un homme ordinaire.

– Qui ?

– Un certain Menneville, sur qui, depuis longtemps, la police avait l'œil ouvert.

– Menneville ! s'écria Colbert ; celui qui tua, rue de la Huchette, un brave homme qui demandait un poulet gras ?

– Oui, monsieur, c'est le même.

– Et ce Menneville, criait-il aussi : « Vive Colbert ! » lui ?

– Plus fort que tous les autres ; comme un enragé.

Le front de Colbert devint nuageux et se rida. L'espèce d'auréole ambitieuse qui éclairait son visage s'éteignit comme le feu des vers luisants qu'on écrase sous l'herbe.

– Que disiez-vous donc, reprit alors l'intendant déçu, que l'initiative venait du peuple ? Menneville était mon ennemi ; je l'eusse fait pendre, et il le savait bien ; Menneville était à l'abbé Fouquet... toute l'affaire vient de Fouquet ; ne sait-on pas que les condamnés étaient ses amis d'enfance ?

« C'est vrai, pensa d'Artagnan, et voilà mes doutes éclaircis. Je le répète, M. Fouquet peut être ce qu'on voudra, mais c'est un galant homme. »

– Et, poursuivit Colbert, pensez-vous être sûr que ce Menneville est mort ?

D'Artagnan jugea que le moment était venu de faire son entrée.

– Parfaitement, monsieur, répliqua-t-il en s'avançant tout à coup.

– Ah ! c'est vous ; monsieur ? dit Colbert.

– En personne, répliqua le mousquetaire avec son ton délibéré ; il paraît que vous aviez dans Menneville un joli petit ennemi ?

– Ce n'est pas moi, monsieur, qui avais un ennemi, répondit Colbert, c'est le roi.

« Double brute ! pensa d'Artagnan, tu fais de la morgue et de l'hypocrisie avec moi... »

– Eh bien ! poursuivit-il, je suis très heureux d'avoir rendu un si bon service au roi, voudrez-vous vous charger de le dire à Sa Majesté, monsieur l'intendant ?

– Quelle commission me donnez-vous, et que me chargez-vous de dire, monsieur ? Précisez, je vous prie, répondit Colbert d'une voix aigre et toute chargée d'avance d'hostilités.

– Je ne vous donne aucune commission, repartit d'Artagnan avec le calme qui n'abandonne jamais les railleurs. Je pensais qu'il vous serait facile d'annoncer à Sa Majesté que c'est moi qui, me trouvant là par hasard, ai fait justice de M. Menneville et remis les choses dans l'ordre.

Colbert ouvrit de grands yeux et interrogea du regard le chef du guet.

– Ah ! c'est bien vrai, dit celui-ci, que monsieur a été notre sauveur.

– Que ne me disiez-vous, monsieur, que vous veniez me raconter cela ? fit Colbert avec envie ; tout s'expliquait, et mieux pour vous que pour tout autre.

– Vous faites erreur, monsieur l'intendant, je ne venais pas du tout vous raconter cela.

– C'est un exploit pourtant, monsieur.

– Oh ! dit le mousquetaire avec insouciance, la grande habitude blase l'esprit.

– À quoi dois-je l'honneur de votre visite, alors ?

– Tout simplement à ceci : le roi m'a commandé de venir vous trouver.

– Ah ! dit Colbert en reprenant son aplomb, parce qu'il voyait d'Artagnan tirer un papier de sa poche, c'est pour me demander de l'argent ?

– Précisément, monsieur.

– Veuillez attendre, je vous prie, monsieur ; j'expédie le rapport du guet.

D'Artagnan tourna sur ses talons assez insolemment, et, se retrouvant en face de Colbert après ce premier tour, il le salua comme Arlequin eût pu le faire ; puis, opérant une seconde évolution, il se dirigea vers la porte d'un bon pas.

Colbert fut frappé de cette vigoureuse résistance à laquelle il n'était pas accoutumé. D'ordinaire, les gens d'épée, lorsqu'ils venaient chez lui, avaient un tel besoin d'argent, que, leurs pieds eussent-ils dû prendre racine dans le marbre, leur patience ne s'épuisait pas.

D'Artagnan allait-il droit chez le roi ? allait-il se plaindre d'une réception mauvaise ou raconter son exploit ? C'était une grave matière à réflexion.

En tout cas, le moment était mal choisi pour renvoyer d'Artagnan, soit qu'il vînt de la part du roi, soit qu'il vînt de la sienne. Le mousquetaire venait de rendre un trop grand service, et depuis trop peu de temps, pour qu'il fût déjà oublié.

Aussi Colbert pensa-t-il que mieux valait secouer toute arrogance et rappeler d'Artagnan.

– Hé ! monsieur d'Artagnan, cria Colbert, quoi ! vous me quittez ainsi ?

D'Artagnan se retourna.

– Pourquoi non ? dit-il tranquillement ; nous n'avons plus rien à nous dire, n'est-ce pas ?

– Vous avez au moins de l'argent à toucher, puisque vous avez une ordonnance ?

– Moi ? pas le moins du monde, mon cher monsieur Colbert.

– Mais enfin, monsieur, vous avez un bon ! Et de même que, vous, vous donnez un coup d'épée pour le roi quand vous en êtes requis, je paie, moi, quand on me présente une ordonnance. Présentez.

– Inutile, mon cher monsieur Colbert, dit d'Artagnan, qui jouissait intérieurement du désarroi mis dans les idées de Colbert ; ce bon est payé.

– Payé ! par qui donc ?

– Mais par le surintendant.

Colbert pâlit.

– Expliquez-vous alors, dit-il d'une voix étranglée ; si vous êtes payé, pourquoi me montrer ce papier ?

– Suite de la consigne dont vous parliez si ingénieusement tout à l'heure, cher monsieur Colbert ; le roi m'avait dit de toucher un quartier de la pension qu'il veut bien me faire...

– Chez moi ?... dit Colbert.

– Pas précisément. Le roi m'a dit : « Allez chez M. Fouquet : le surintendant n'aura peut-être pas d'argent, alors vous irez chez M. Colbert. »

Le visage de Colbert s'éclaircit un moment ; mais il en était de sa malheureuse physionomie comme du ciel d'orage, tantôt radieux, tantôt sombre comme la nuit, selon que brille l'éclair ou que passe le nuage.

– Et... il y avait de l'argent chez le surintendant ? demanda-t-il.

– Mais, oui, pas mal d'argent, répliqua d'Artagnan... Il faut le croire, puisque M. Fouquet, au lieu de me payer un quartier de cinq mille livres...

– Un quartier de cinq mille livres ! s'écria Colbert, saisi comme l'avait été Fouquet de l'ampleur d'une somme destinée à payer le service d'un soldat ; cela ferait donc vingt mille livres de pension ?

— Juste, monsieur Colbert. Peste ! vous comptez comme feu Pythagore ; oui, vingt mille livres.

— Dix fois les appointements d'un intendant des finances. Je vous en fais mon compliment, dit Colbert avec un venimeux sourire.

— Oh ! dit d'Artagnan, le roi s'est excusé de me donner si peu ; aussi m'a-t-il fait promesse de réparer plus tard, quand il serait riche... Mais j'achève étant fort pressé...

— Oui, et malgré l'attente du roi, le surintendant vous a payé ?

— Comme, malgré l'attente du roi, vous avez refusé de me payer, vous.

— Je n'ai pas refusé, monsieur, je vous ai prié d'attendre. Et vous dites que M. Fouquet vous a payé vos cinq mille livres ?

— Oui ; c'est ce que vous eussiez fait, vous ; et encore, encore... il a fait mieux que cela, cher monsieur Colbert.

— Et qu'a-t-il fait ?

— Il m'a poliment compté la totalité de la somme, en disant que pour le roi les caisses étaient toujours pleines.

— La totalité de la somme ! M. Fouquet vous a compté vingt mille livres au lieu de cinq mille.

— Oui, monsieur.

— Et pourquoi cela ?

— Afin de m'épargner trois visites à la caisse de la surintendance ; donc, j'ai les vingt mille livres là, dans ma poche, en fort bel or tout neuf. Vous voyez donc que je puis m'en aller, n'ayant aucunement besoin de vous et n'étant passé ici que pour la forme.

Et d'Artagnan frappa sur ses poches en riant, ce qui découvrit à Colbert trente-deux magnifiques dents aussi blanches que des dents de vingt-cinq ans, et qui semblaient dire dans leur langage : « Servez-nous trente-deux petits Colbert, et nous les mangerons volontiers. »

Le serpent est aussi brave que le lion, l'épervier aussi courageux que l'aigle, cela ne se peut contester. Il n'est pas jusqu'aux animaux qu'on a nommés lâches qui ne soient braves quand il s'agit de la défense. Colbert n'eut pas peur des trente-deux dents de d'Artagnan ; il se roidit, et soudain :

— Monsieur, dit-il, ce que M. le surintendant a fait là, il n'avait pas le droit de le faire.

— Comment dites-vous ? répliqua d'Artagnan.

— Je dis que votre bordereau... Voulez-vous me le montrer, s'il vous plaît, votre bordereau ?

– Très volontiers ; le voici.

Colbert saisit le papier avec un empressement que le mousquetaire ne remarqua pas sans inquiétude et surtout sans un certain regret de l'avoir livré.

– Eh bien ! monsieur, dit Colbert, l'ordonnance royale porte ceci :

À vue, j'entends qu'il soit payé à M. d'Artagnan la somme de cinq mille livres, formant un quartier de la pension que je lui ai faite.

– C'est écrit, en effet, dit d'Artagnan affectant le calme.

– Eh bien ! le roi ne vous devait que cinq mille livres, pourquoi vous en a t-on donné davantage ?

– Parce qu'on avait davantage, et qu'on voulait me donner davantage ; cela ne regarde personne.

– Il est naturel, dit Colbert avec une orgueilleuse aisance, que vous ignoriez les usages de la comptabilité ; mais, monsieur, quand vous avez mille livres à payer, que faites-vous ?

– Je n'ai jamais mille livres à payer, répliqua d'Artagnan.

– Encore... s'écria Colbert irrité, encore, si vous aviez un paiement à faire, ne paieriez-vous que ce que vous devez.

– Cela ne prouve qu'une chose, dit d'Artagnan : c'est que vous avez vos habitudes particulières en comptabilité, tandis que M. Fouquet a les siennes.

– Les miennes, monsieur, sont les bonnes.

– Je ne dis pas non.

– Et vous avez reçu ce qu'on ne vous devait pas.

L'œil de d'Artagnan jeta un éclair.

– Ce qu'on ne me devait pas encore, voulez-vous dire, monsieur Colbert ; car si j'avais reçu ce qu'on ne me devait pas du tout, j'aurais fait un vol.

Colbert ne répondit pas sur cette subtilité.

– C'est donc quinze mille livres que vous devez à la caisse, dit-il, emporté par sa jalouse ardeur.

– Alors vous me ferez crédit, répliqua d'Artagnan avec son imperceptible ironie.

– Pas du tout, monsieur.

– Bon ! comment cela ?... Vous me reprendrez mes trois rouleaux, vous ?

– Vous les restituerez à ma caisse.

– Moi ? Ah ! monsieur Colbert, n'y comptez pas...

– Le roi a besoin de son argent, monsieur.

– Et moi, monsieur, j'ai besoin de l'argent du roi.

– Soit ; mais vous restituerez.

– Pas le moins du monde. J'ai toujours entendu dire qu'en matière de comptabilité, comme vous dites, un bon caissier ne rend et ne reprend jamais.

– Alors, monsieur, nous verrons ce que dira le roi, à qui je montrerai ce bordereau, qui prouve que M. Fouquet non seulement paie ce qu'il ne doit pas, mais même ne garde pas quittance de ce qu'il paie.

– Ah ! je comprends, s'écria d'Artagnan, pourquoi vous m'avez pris ce papier, monsieur Colbert.

Colbert ne comprit pas tout ce qu'il y avait de menace dans son nom prononcé d'une certaine façon.

– Vous en verrez l'utilité plus tard, répliqua-t-il en élevant l'ordonnance dans ses doigts.

– Oh ! s'écria d'Artagnan en attrapant le papier par un geste rapide, je le comprends parfaitement, monsieur Colbert, et je n'ai pas besoin d'attendre pour cela.

Et il serra dans sa poche le papier qu'il venait de saisir au vol.

– Monsieur, monsieur ! s'écria Colbert... cette violence...

– Allons donc ! est-ce qu'il faut faire attention aux manières d'un soldat ! répondit le mousquetaire ; recevez mes baisemains, cher monsieur Colbert !

Et il sortit en riant au nez du futur ministre.

– Cet homme-là va m'adorer, murmura-t-il ; c'est bien dommage qu'il me faille lui fausser compagnie.

XVII

Philosophie du cœur et de l'esprit

Pour un homme qui en avait vu de plus dangereuses, la position de d'Artagnan vis-à-vis de Colbert n'était que comique.

D'Artagnan ne se refusa donc pas la satisfaction de rire aux dépens de M. l'intendant, depuis la rue Neuve-des-Petits-Champs jusqu'à la rue des Lombards.

Il y a loin. D'Artagnan rit donc longtemps.

Il riait encore lorsque Planchet lui apparut, riant aussi, sur la porte de sa maison.

Car Planchet, depuis le retour de son patron, depuis la rentrée des guinées anglaises, passait la plus grande partie de sa vie à faire ce que d'Artagnan venait de faire seulement de la rue Neuve-des-Petits-Champs à la rue des Lombards.

– Vous arrivez donc, mon cher maître ? dit Planchet à d'Artagnan.

– Non, mon ami, répliqua le mousquetaire, je pars au plus vite, c'est-à-dire que je vais souper, me coucher, dormir cinq heures, et qu'au point du jour je sauterai en selle... A-t-on donné ration et demie à mon cheval ?

– Eh ! mon cher maître, répliqua Planchet, vous savez bien que votre cheval est le bijou de la maison, que mes garçons le baisent toute la journée et lui font manger mon sucre, mes noisettes et mes biscuits. Vous me demandez s'il a eu sa ration d'avoine ? demandez donc plutôt s'il n'en a pas eu de quoi crever dix fois.

– Bien, Planchet, bien. Alors, je passe à ce qui me concerne. Le souper ?

– Prêt : un rôti fumant, du vin blanc, des écrevisses, des cerises fraîches. C'est du nouveau, mon maître.

– Tu es un aimable homme, Planchet ; soupons donc, et que je me couche.

Pendant le souper, d'Artagnan observa que Planchet se frottait le front fréquemment comme pour faciliter la sortie d'une idée logée à l'étroit dans son cerveau. Il regarda d'un air affectueux ce digne compagnon de ses traverses d'autrefois, et heurtant le verre au verre :

– Voyons, dit-il, ami Planchet, voyons ce qui te gêne tant à m'annoncer ; mordioux ! parle franc, tu parleras vite.

– Voici, répondit Planchet, vous me faites l'effet d'aller à une expédition quelconque.

– Je ne dis pas non.

– Alors vous auriez eu quelque idée nouvelle.

– C'est possible, Planchet.

– Alors, il y aurait un nouveau capital à aventurer ? Je mets cinquante mille livres sur l'idée que vous allez exploiter.

Et, ce disant, Planchet frotta ses mains l'une contre l'autre avec la rapidité que donne une grande joie.

– Planchet, répliqua d'Artagnan, il n'y a qu'un malheur.

– Et lequel ?

– L'idée n'est pas à moi... Je ne puis rien placer dessus.

Ces mots arrachèrent un gros soupir du cœur de Planchet. C'est une ardente conseillère, l'avarice ; elle enlève son homme comme Satan fit à Jésus sur la montagne, et lorsqu'une fois elle a montré à un malheureux tous les royaumes de la terre, elle peut se reposer, sachant bien qu'elle a laissé sa compagne, l'envie, pour mordre le cœur.

Planchet avait goûté la richesse facile, il ne devait plus s'arrêter dans ses désirs ; mais, comme c'était un bon cœur malgré son avidité, comme il adorait d'Artagnan, il ne put s'empêcher de lui faire mille recommandations plus affectueuses les unes que les autres.

Il n'eût pas été fâché non plus d'attraper une petite bribe du secret que cachait si bien son maître : ruses, mines, conseils et traquenards furent inutiles ; d'Artagnan ne lâcha rien de confidentiel.

La soirée se passa ainsi. Après souper, le portemanteau occupa d'Artagnan ; il fit un tour à l'écurie, caressa son cheval en lui visitant les fers et les jambes ; puis, ayant recompté son argent, il se mit au lit, où, dormant comme à vingt ans, parce qu'il n'avait ni inquiétude ni remords, il ferma la paupière cinq minutes après avoir soufflé la lampe.

Beaucoup d'événements pouvaient pourtant le tenir éveillé. La pensée bouillonnait en son cerveau, les conjectures abondaient, et d'Artagnan était grand tireur d'horoscopes ; mais, avec ce flegme imperturbable qui fait plus que le génie pour la fortune et le bonheur des gens d'action, il remit au lendemain la réflexion, de peur, se dit-il, de n'être pas frais en ce moment.

Le jour vint. La rue des Lombards eut sa part des caresses de l'aurore aux doigts de rose, et d'Artagnan se leva comme l'aurore.

Il n'éveilla personne, mit son portemanteau sous son bras, descendit l'escalier sans faire crier une marche, sans troubler un seul des ronflements sonores étagés du grenier à la cave ; puis, ayant sellé son cheval, refermé l'écurie et la boutique, il partit au pas pour son expédition de Bretagne.

Il avait eu bien raison de ne pas penser la veille à toutes les affaires politiques et diplomatiques qui sollicitaient son esprit, car au matin, dans la fraîcheur et le doux crépuscule, il sentit ses idées se développer pures et fécondes.

Et d'abord, il passa devant la maison de Fouquet, et jeta dans une large boîte béante à la porte du surintendant le bienheureux bordereau que, la veille, il avait eu tant de peine à soustraire aux doigts crochus de l'intendant.

Mis sous enveloppe à l'adresse de Fouquet, le bordereau n'avait pas même été deviné par Planchet, qui, en fait de divination, valait Calchas ou Apollon Pythien.

D'Artagnan renvoyait donc la quittance à Fouquet, sans se compromettre lui-même et sans avoir désormais de reproches à s'adresser.

Lorsqu'il eut fait cette restitution commode :

– Maintenant, se dit-il, humons beaucoup d'air matinal, beaucoup d'insouciance et de santé, laissons respirer le cheval Zéphire, qui gonfle ses flancs comme s'il s'agissait d'aspirer un hémisphère, et soyons très ingénieux dans nos petites combinaisons.

« Il est temps, poursuivit d'Artagnan, de faire un plan de campagne, et, selon la méthode de M. de Turenne, qui a une fort grosse tête pleine de toutes sortes de bons avis, avant le plan de campagne, il convient de dresser un portrait ressemblant des généraux ennemis à qui nous avons affaire.

« Tout d'abord se présente M. Fouquet. Qu'est-ce que M. Fouquet ?

« M. Fouquet, se répondit à lui-même d'Artagnan, c'est un bel homme fort aimé des femmes ; un galant homme fort aimé des poètes ; un homme d'esprit très exécré des faquins.

« Je ne suis ni femme, ni poète, ni faquin ; je n'aime donc ni ne hais M. le surintendant. Je me trouve donc absolument dans la position où se trouva M. de Turenne, lorsqu'il s'agit de gagner la bataille des Dunes. Il ne haïssait pas les Espagnols, mais il les battit à plate couture.

« Non pas ; il y a meilleur exemple, mordioux : je suis dans la position où se trouva le même M. de Turenne lorsqu'il eut en tête le prince de Condé à Jargeau, à Gien et au faubourg Saint-Antoine. Il n'exécrait pas M. le prince, c'est vrai, mais il obéissait au roi. M. le prince est un homme charmant, mais le roi est le roi ; Turenne poussa un gros soupir, appela Condé "mon cousin", et lui rafla son armée.

« Maintenant, que veut le roi ? Cela ne me regarde pas.

« Maintenant, que veut M. Colbert ? oh ! c'est autre chose. M. Colbert veut tout ce que ne veut pas M. Fouquet.

« Que veut donc M. Fouquet ? Oh ! oh ! ceci est grave. M. Fouquet veut précisément tout ce que veut le roi.

Ce monologue achevé, d'Artagnan se remit à rire en faisant siffler sa houssine. Il était déjà en pleine grande route, effarouchant les oiseaux sur les haies, écoutant les louis qui dansaient à chaque secousse dans sa poche de peau, et, avouons-le, chaque fois que d'Artagnan se rencontrait en de pareilles conditions, la tendresse n'était pas son vice dominant.

– Allons, dit-il, l'expédition n'est pas fort dangereuse, et il en sera de mon voyage comme de cette pièce que M. Monck me mena voir à Londres, et qui s'appelle, je crois : *Beaucoup de bruit pour rien.*

XVIII

Voyage

C'était la cinquantième fois peut-être, depuis le jour où nous avons ouvert cette histoire, que cet homme au cœur de bronze et aux muscles d'acier avait quitté maison et amis, tout enfin, pour aller chercher la fortune et la mort. L'une, c'est-à-dire la mort, avait constamment reculé devant lui comme si elle en eût peur ; l'autre, c'est-à-dire la fortune, depuis un mois seulement avait fait réellement alliance avec lui.

Quoique ce ne fût pas un grand philosophe, selon Épicure ou selon Socrate, c'était un puissant esprit, ayant la pratique de la vie et de la pensée. On n'est pas brave, on n'est pas aventureux, on n'est pas adroit comme l'était d'Artagnan, sans être en même temps un peu rêveur.

Il avait donc retenu çà et là quelques bribes de M. de La Rochefoucauld, dignes d'être mises en latin par messieurs de Port-Royal, et il avait fait collection en passant, dans la société d'Athos et d'Aramis, de beaucoup de morceaux de Sénèque et de Cicéron, traduits par eux et appliqués à l'usage de la vie commune.

Ce mépris des richesses, que notre Gascon avait observé comme article de foi pendant les trente-cinq premières années de sa vie, avait été regardé longtemps par lui comme l'article premier du code de la bravoure.

– Article premier, disait-il :

« On est brave parce qu'on n'a rien ;

« On n'a rien parce qu'on méprise les richesses.

Aussi avec ces principes, qui, ainsi que nous l'avons dit, avaient régi les trente-cinq premières années de sa vie, d'Artagnan ne fut pas plutôt riche qu'il dut se demander si, malgré sa richesse, il était toujours brave.

À cela, pour tout autre que d'Artagnan, l'événement de la place de Grève eût pu servir de réponse. Bien des consciences s'en fussent contentées ; mais d'Artagnan était assez brave pour se demander sincèrement et consciencieusement s'il était brave.

Aussi à ceci :

– Mais il me semble que j'ai assez vivement dégainé et assez proprement estocadé sur la place de Grève pour être rassuré sur ma bravoure.

D'Artagnan s'était répondu à lui-même.

– Tout beau, capitaine ! ceci n'est point une réponse. J'ai été brave ce jour-là parce qu'on brûlait ma maison, et il y a cent et même mille à parier contre un que, si ces messieurs de l'émeute n'eussent pas eu cette malencontreuse idée, leur plan d'attaque eût réussi, ou du moins ce n'eût point été moi qui m'y fusse opposé.

« Maintenant, que va-t-on tenter contre moi ? Je n'ai pas de maison à brûler en Bretagne ; je n'ai pas de trésor qu'on puisse m'enlever.

« Non ! mais j'ai ma peau ; cette précieuse peau de M. d'Artagnan, qui vaut toutes les maisons et tous les trésors du monde ; cette peau à laquelle je tiens par-dessus tout parce qu'elle est, à tout prendre, la reliure d'un corps qui renferme un cœur très chaud et très satisfait de battre, et par conséquent de vivre.

« Donc, je désire vivre, et en réalité je vis bien mieux, bien plus complètement, depuis que je suis riche. Qui diable disait que l'argent gâtait la vie ? Il n'en est rien, sur mon âme ! il semble, au contraire, que maintenant j'absorbe double quantité d'air et de soleil. Mordioux ! que sera-ce donc si je double encore cette fortune, et si, au lieu de cette badine que je tiens en ma main, je porte jamais le bâton de maréchal ?

« Alors je ne sais plus s'il y aura, à partir de ce moment-là, assez d'air et de soleil pour moi.

« Au fait, ce n'est pas un rêve ; qui diable s'opposerait à ce que le roi me fît duc et maréchal, comme son père, le roi Louis XIII, a fait duc et connétable Albert de Luynes ? Ne suis-je pas aussi brave et bien autrement intelligent que cet imbécile de Vitry ?

« Ah ! voilà justement ce qui s'opposera à mon avancement ; j'ai trop d'esprit.

« Heureusement, s'il y a une justice en ce monde, la fortune en est avec moi aux compensations. Elle me doit, certes, une récompense pour tout ce que j'ai fait pour Anne d'Autriche et un dédommagement pour tout ce qu'elle n'a point fait pour moi.

« Donc, à l'heure qu'il est, me voilà bien avec un roi, et avec un roi qui a l'air de vouloir régner.

« Dieu le maintienne dans cette illustre voie ! Car s'il veut régner, il a besoin de moi, et s'il a besoin de moi, il faudra bien qu'il me donne ce qu'il m'a promis. Chaleur et lumière. Donc, je marche, comparativement, aujourd'hui, comme je marchais autrefois, de rien à tout.

« Seulement, le rien aujourd'hui, c'est le tout d'autrefois ; il n'y a que ce petit changement dans ma vie.

« Et maintenant, voyons ! faisons la part du cœur, puisque j'en ai parlé tout à l'heure.

« Mais, en vérité, je n'en ai parlé que pour mémoire.

Et le Gascon appuya la main sur sa poitrine, comme s'il y eût cherché effectivement la place du cœur.

– Ah ! malheureux ! murmura-t-il en souriant avec amertume. Ah ! pauvre espèce ! tu avais espéré un instant n'avoir pas de cœur, et voilà que tu en as un, courtisan manqué que tu es, et même un des plus séditieux.

« Tu as un cœur qui te parle en faveur de M. Fouquet.

« Qu'est-ce que M. Fouquet, cependant, lorsqu'il s'agit du roi ? Un conspirateur, un véritable conspirateur, qui ne s'est même pas donné la peine de te cacher qu'il conspirait ; aussi, quelle arme n'aurais-tu pas contre lui, si sa bonne grâce et son esprit n'eussent pas fait un fourreau à cette arme.

« La révolte à main armée !... car enfin, M. Fouquet a fait de la révolte à main armée.

« Ainsi, quand le roi soupçonne vaguement M. Fouquet de sourde rébellion, moi, je sais, moi, je puis prouver que M. Fouquet a fait verser le sang des sujets du roi.

« Voyons maintenant : sachant tout cela et le taisant, que veut de plus ce cœur si pitoyable pour un bon procédé de M. Fouquet, pour une avance de quinze mille livres, pour un diamant de mille pistoles, pour un sourire où il y avait bien autant d'amertume que de bienveillance ? Je lui sauve la vie.

« Maintenant j'espère, continua le mousquetaire, que cet imbécile de cœur va garder le silence et qu'il est bel et bien quitte avec M. Fouquet.

« Donc, maintenant le roi est mon soleil, et comme voilà mon cœur quitte avec M. Fouquet, gare à qui se remettra devant mon soleil ! En avant pour Sa Majesté Louis XIV, en avant !

Ces réflexions étaient les seuls empêchements qui pussent retarder l'allure de d'Artagnan. Or, ces réflexions une fois faites, il pressa le pas de sa monture.

Mais, si parfait que fût le cheval Zéphire, il ne pouvait aller toujours. Le lendemain du départ de Paris, il fut laissé à Chartres chez un vieil ami que d'Artagnan s'était fait d'un hôtelier de la ville.

Puis, à partir de ce moment, le mousquetaire voyagea sur des chevaux de poste. Grâce à ce mode de locomotion, il traversa donc l'espace qui sépare Chartres de Châteaubriant.

Dans cette dernière ville, encore assez éloignée des côtes pour que nul ne devinât que d'Artagnan allait gagner la mer, assez éloignée de Paris pour que nul ne soupçonnât qu'il en venait, le messager de Sa Majesté Louis XIV, que d'Artagnan avait appelé son soleil sans se douter que celui qui n'était encore qu'une assez pauvre étoile dans le ciel de la royauté ferait un jour de cet astre son emblème, le messager du roi Louis XIV, disons-nous, quitta la poste et acheta un bidet de la plus pauvre apparence, une de ces montures que jamais officier de cavalerie ne se permettrait de choisir, de peur d'être déshonoré.

Sauf le pelage, cette nouvelle acquisition rappelait fort à d'Artagnan ce fameux cheval orange avec lequel ou plutôt sur lequel il avait fait son entrée dans le monde.

Il est vrai de dire que, du moment où il avait enfourché cette nouvelle monture, ce n'était plus d'Artagnan qui voyageait, c'était un bonhomme vêtu d'un justaucorps gris de fer, d'un haut-de-chausses marron, tenant le milieu entre le prêtre et le laïque ; ce qui, surtout, le rapprochait de l'homme d'Église, c'est que d'Artagnan avait mis sur son crâne une calotte de velours râpé, et par-dessus la calotte un grand chapeau noir ; plus d'épée : un bâton pendu par une corde à son avant-bras, mais auquel il se promettait, comme auxiliaire inattendu, de joindre à l'occasion une bonne dague de dix pouces cachée sous son manteau.

Le bidet acheté à Châteaubriant complétait la différence. Il s'appelait, ou plutôt d'Artagnan l'avait appelé Furet.

– Si de Zéphire j'ai fait Furet, dit d'Artagnan, il faut faire de mon nom un diminutif quelconque.

« Donc, au lieu de d'Artagnan, je serai Agnan tout court ; c'est une concession que je dois naturellement à mon habit gris, à mon chapeau rond et à ma calotte râpée.

M. Agnan voyagea donc sans secousse exagérée sur Furet, qui trottait l'amble comme un véritable cheval déluré, et qui, tout en trottant l'amble, faisait gaillardement ses douze lieues par jour, grâce à quatre jambes sèches comme des fuseaux, dont l'art exercé de d'Artagnan avait apprécié l'aplomb et la sûreté sous l'épaisse fourrure qui les cachait.

Chemin faisant, le voyageur prenait des notes, étudiait le pays sévère et froid qu'il traversait, tout en cherchant le prétexte le plus plausible d'aller à Belle-Île-en-Mer et de tout voir sans éveiller le soupçon.

De cette façon, il put se convaincre de l'importance que prenait l'événement à mesure qu'il s'en approchait.

Dans cette contrée reculée, dans cet ancien duché de Bretagne qui n'était pas français à cette époque, et qui ne l'est guère encore aujourd'hui, le peuple ne connaissait pas le roi de France.

Non seulement il ne le connaissait pas, mais même ne voulait pas le connaître.

Un fait, un seul, surnageait visible pour lui sur le courant de la politique. Ses anciens ducs ne gouvernaient plus, mais c'était un vide : rien de plus. À la place du duc souverain, les seigneurs de paroisse régnaient sans limite.

Et au-dessus de ces seigneurs, Dieu, qui n'a jamais été oublié en Bretagne.

Parmi ces suzerains de châteaux et de clochers, le plus puissant, le plus riche et surtout le plus populaire, c'était M. Fouquet, seigneur de Belle-Île.

Même dans le pays, même en vue de cette île mystérieuse, les légendes et les traditions consacraient ses merveilles.

Tout le monde n'y pénétrait pas ; l'île, d'une étendue de six lieues de long sur six de large, était une propriété seigneuriale que longtemps le peuple avait respectée, couverte qu'elle était du nom de Retz, si fort redouté dans la contrée.

Peu après l'érection de cette seigneurie en marquisat par Charles IX, Belle-Île était passée à M. Fouquet.

La célébrité de l'île ne datait pas d'hier : son nom, ou plutôt sa qualification, remontait à la plus haute Antiquité ; les anciens l'appelaient Kalonèse, de deux mots grecs qui signifient belle île.

Ainsi, à dix-huit cents ans de distance, elle avait, dans un autre idiome, porté le même nom qu'elle portait encore.

C'était donc quelque chose en soi que cette propriété de M. le surintendant, outre sa position à six lieues des côtes de France, position qui la fait souveraine dans sa solitude maritime, comme un majestueux navire qui dédaignerait les rades et qui jetterait fièrement ses ancres au beau milieu de l'océan.

D'Artagnan apprit tout cela sans paraître le moins du monde étonné : il apprit aussi que le meilleur moyen de prendre langue était de passer à La Roche-Bernard, ville assez importante sur l'embouchure de la Vilaine.

Peut-être là pourrait-il s'embarquer. Sinon, traversant les marais salins, il se rendrait à Guérande ou au Croisic pour attendre l'occasion de passer à Belle-Île. Il s'était aperçu, au reste, depuis son départ de Châteaubriant, que rien ne serait impossible à Furet sous l'impulsion de M. Agnan, et rien à M. Agnan sur l'initiative de Furet.

Il s'apprêta donc à souper d'une sarcelle et d'un tourteau dans un hôtel de La Roche-Bernard, et fit tirer de la cave, pour arroser ces deux mets bretons, un cidre qu'au seul toucher du bout des lèvres il reconnut pour être infiniment plus breton encore.

XIX

*Comment d'Artagnan fit connaissance
d'un poète qui s'était fait imprimeur
pour que ses vers fussent imprimés*

Avant de se mettre à table, d'Artagnan prit, comme d'habitude, ses informations ; mais c'est un axiome de curiosité que tout homme qui veut bien et fructueusement questionner doit d'abord s'offrir lui-même aux questions.

D'Artagnan chercha donc avec son habileté ordinaire un utile questionneur dans l'hôtellerie de La Roche-Bernard.

Justement il y avait dans cette maison, au premier étage, deux voyageurs occupés aussi des préparatifs de leur souper ou de leur souper lui-même.

D'Artagnan avait vu à l'écurie leur monture, et dans la salle leur équipage.

L'un voyageait avec un laquais, comme une sorte de personnage ; deux juments du Perche, belles et rondes bêtes, leur servaient de monture.

L'autre, assez petit compagnon, voyageur de maigre apparence, portant surtout poudreux, linge usé, bottes plus fatiguées par le pavé que par l'étrier, l'autre était venu de Nantes avec un chariot traîné par un cheval tellement pareil à Furet pour la couleur que d'Artagnan eût fait cent lieues avant de trouver mieux pour apparier un attelage.

Ce chariot renfermait divers gros paquets enfermés dans de vieilles étoffes.

« Ce voyageur-là, se dit d'Artagnan, est de ma farine. Il me va, il me convient. Je dois lui aller et lui convenir. M. Agnan, au justaucorps gris et à la calotte râpée, n'est pas indigne de souper avec le monsieur aux vieilles bottes et au vieux cheval. »

Cela dit, d'Artagnan appela l'hôte et lui commanda de monter sa sarcelle, son tourteau et son cidre dans la chambre du monsieur aux dehors modestes.

Lui-même, gravissant, une assiette à la main, un escalier de bois qui conduisait à la chambre, se mit à heurter à la porte.

– Entrez ! dit l'inconnu.

D'Artagnan entra la bouche en cœur, son assiette sous le bras, son chapeau d'une main, sa chandelle de l'autre.

– Monsieur, dit-il, excusez-moi, je suis comme vous un voyageur, je ne connais personne dans l'hôtel et j'ai la mauvaise habitude de m'ennuyer quand je mange seul, de sorte que mon repas me paraît mauvais et ne me profite point. Votre figure, que j'aperçus tout à l'heure quand vous descendîtes pour vous faire ouvrir des huîtres, votre figure me revient fort ; en outre, j'ai observé que vous aviez un cheval tout pareil au mien, et que l'hôte, à cause de cette ressemblance sans doute, les a placés côte à côte dans son écurie, où ils paraissent se trouver à merveille de cette compagnie. Je ne vois donc pas, monsieur, pourquoi les maîtres seraient séparés, quand les chevaux sont réunis. En conséquence, je viens vous demander le plaisir d'être admis à votre table. Je m'appelle Agnan, Agnan pour vous servir, monsieur, intendant indigne d'un riche seigneur qui veut acheter des salines dans le pays et m'envoie visiter ses futures acquisitions. En vérité, monsieur, je voudrais que ma figure vous agréât autant que la vôtre m'agrée, car je suis tout vôtre en honneur.

L'étranger, que d'Artagnan voyait pour la première fois, car d'abord il ne l'avait qu'entrevu, l'étranger avait des yeux noirs et brillants, un teint jaune, le front un peu plissé par le poids de cinquante années, de la bonhomie dans l'ensemble des traits, mais de la finesse dans le regard.

« On dirait, pensa d'Artagnan, que ce gaillard-là n'a jamais exercé que la partie supérieure de sa tête, l'œil et le cerveau et ce doit être un homme de science : la bouche, le nez, le menton ne signifient absolument rien. »

– Monsieur, répliqua celui dont on fouillait ainsi l'idée et la personne, vous me faites honneur, non pas que je m'ennuyasse ; j'ai, ajouta-t-il en souriant, une compagnie qui me distrait toujours ; mais n'importe, je suis très heureux de vous recevoir.

Mais, en disant ces mots, l'homme aux bottes usées jeta un regard inquiet sur sa table, dont les huîtres avaient disparu et sur laquelle il ne restait plus qu'un morceau de lard salé.

– Monsieur, se hâta de dire d'Artagnan, l'hôte me monte une jolie volaille rôtie et un superbe tourteau.

D'Artagnan avait lu dans le regard de son compagnon, si rapide qu'il eût été, la crainte d'une attaque par un parasite.

Il avait deviné juste : à cette ouverture, les traits de l'homme aux dehors modestes se déridèrent.

En effet comme s'il eût guetté son entrée, l'hôte parut aussitôt, portant les mets annoncés.

Le tourteau et la sarcelle étant ajoutés au morceau de lard grillé, d'Artagnan et son convive se saluèrent, s'assirent face à face, et comme deux frères firent le partage du lard et des autres plats.

– Monsieur, dit d'Artagnan, avouez que c'est une merveilleuse chose que l'association.

– Pourquoi ? demanda l'étranger la bouche pleine.

– Eh bien ! je vais vous le dire, répondit d'Artagnan.

L'étranger donna trêve aux mouvements de ses mâchoires pour mieux écouter.

– D'abord, continua d'Artagnan, au lieu d'une chandelle que nous avions chacun, en voici deux.

– C'est vrai, dit l'étranger, frappé de l'extrême justesse de l'observation.

– Puis je vois que vous mangez mon tourteau par préférence, tandis que moi, par préférence aussi, je mange votre lard.

– C'est encore vrai.

– Enfin, par-dessus le plaisir d'être mieux éclairé et de manger des choses à mon goût, je mets le plaisir de la société.

– En vérité, monsieur, vous êtes jovial, dit agréablement l'inconnu.

– Mais oui, monsieur ; jovial comme tous ceux qui n'ont rien dans la tête. Oh ! il n'en est pas ainsi de vous, poursuivit d'Artagnan, et je vois dans vos yeux toute sorte de génie.

– Oh ! monsieur...

– Voyons, avouez-moi une chose.

– Laquelle ?

– C'est que vous êtes un savant.

– Ma foi, monsieur...

– Hein ?

– Presque.

– Allons donc !

– Je suis un auteur.

– Là ! s'écria d'Artagnan ravi en frappant dans ses deux mains, je ne m'étais pas trompé ! C'est du miracle...

– Monsieur...

– Eh quoi ! continua d'Artagnan, j'aurais le bonheur de passer cette nuit dans la société d'un auteur, d'un auteur célèbre peut-être ?

– Oh ! fit l'inconnu en rougissant, célèbre, monsieur, célèbre n'est pas le mot.

– Modeste ! s'écria d'Artagnan transporté ; il est modeste !

Puis, revenant à l'étranger avec le caractère d'une brusque bonhomie :

– Mais, dites-moi au moins le nom de vos œuvres, monsieur, car vous remarquerez que vous ne m'avez point dit le vôtre, et que j'ai été forcé de vous deviner.

– Je m'appelle Jupenet, monsieur, dit l'auteur.

– Beau nom ! fit d'Artagnan ; beau nom, sur ma parole, et je ne sais pourquoi, pardonnez-moi cette bévue, si c'en est une, je ne sais comment je me figure avoir entendu prononcer ce nom quelque part.

– Mais j'ai fait des vers, dit modestement le poète.

– Eh ! voilà ! on me les aura fait lire.

– Une tragédie.

– Je l'aurai vu jouer.

Le poète rougit encore.

– Je ne crois pas, dit-il, car mes vers n'ont pas été imprimés.

– Eh bien ! je vous le dis, c'est la tragédie qui m'aura appris votre nom.

– Vous vous trompez encore, car messieurs les comédiens de l'hôtel de Bourgogne n'en ont pas voulu, dit le poète avec le sourire dont certains orgueils savent seuls le secret.

D'Artagnan se mordit les lèvres.

– Ainsi donc, monsieur, continua le poète, vous voyez que vous êtes dans l'erreur à mon endroit, et que, n'étant point connu du tout, vous n'avez pu entendre parler de moi.

– Voilà qui me confond. Ce nom de Jupenet me semble cependant un beau nom et bien digne d'être connu, aussi bien que ceux de MM. Corneille, ou Rotrou, ou Garnier. J'espère, monsieur, que vous voudrez bien me dire un peu votre tragédie, plus tard, comme cela, au dessert. Ce sera la rôtie au sucre, mordioux ! Ah ! pardon, monsieur, c'est un juron, qui m'échappe parce qu'il est habituel à mon seigneur et maître. Je me permets donc quelquefois d'usurper quelquefois ce juron qui me paraît de bon goût. Je me permets cela en son absence seulement, bien entendu, car vous comprenez qu'en sa présence... Mais en vérité, monsieur, ce cidre est abominable ; n'êtes-vous point de mon avis ? Et de plus le pot est de forme si peu régulière qu'il ne tient point sur la table.

– Si nous le calions ?

– Sans doute : mais avec quoi ?

– Avec ce couteau.

– Et la sarcelle, avec quoi la découperons-nous ? tenez-vous par hasard ne point toucher à la sarcelle ?

– Si fait.

– Eh bien ! alors...

– Attendez.

Le poète fouilla dans sa poche et en tira un petit morceau de fonte oblong, quadrangulaire, épais d'une ligne à peu près, long d'un pouce et demi.

Mais à peine le petit morceau de fonte eut-il vu le jour que le poète parut avoir commis une imprudence et fit un mouvement pour le remettre dans sa poche.

D'Artagnan s'en aperçut. C'était un homme à qui rien n'échappait.

Il étendit la main vers le petit morceau de fonte.

– Tiens, c'est gentil, ce que vous tenez là, dit-il ; peut-on voir ?

– Certainement, dit le poète, qui parut avoir cédé trop vite à un premier mouvement, certainement qu'on peut voir ; mais vous avez beau regarder, ajouta-t-il d'un air satisfait, si je ne vous dis point à quoi cela sert, vous ne le saurez pas.

D'Artagnan avait saisi comme un aveu les hésitations du poète et son empressement à cacher le morceau de fonte qu'un premier mouvement l'avait porté à sortir de sa poche.

Aussi, son attention une fois éveillée sur ce point, il se renferma dans une circonspection qui lui donnait en toute occasion la supériorité. D'ailleurs, quoi qu'en eût dit M. Jupenet, à la simple inspection de l'objet, il l'avait parfaitement reconnu.

C'était un caractère d'imprimerie.

– Devinez-vous ce que c'est ? continua le poète.

– Non ! dit d'Artagnan ; non, ma foi !

– Eh bien ! monsieur, dit maître Jupenet, ce petit morceau de fonte, c'est une lettre d'imprimerie.

– Bah !

– Une majuscule.

– Tiens ! tiens tiens ! fit M. Agnan écarquillant des yeux bien naïfs.

– Oui, monsieur, un J majuscule, la première lettre de mon nom.

– Et c'est une lettre, cela ?

– Oui, monsieur.

– Eh bien ! je vais vous avouer une chose.

– Laquelle ?

– Non ! car c'est encore une bêtise que je vais vous dire.

– Eh ! non, fit maître Jupenet d'un air protecteur.

– Eh bien ! je ne comprends pas, si cela est une lettre, comment on peut faire un mot.

– Un mot ?

– Pour l'imprimer, oui.

– C'est bien facile.

– Voyons.

– Cela vous intéresse ?

– Énormément.

– Eh bien ! je vais vous expliquer la chose. Attendez !

– J'attends.

– M'y voici.

– Bon !

– Regardez bien.

– Je regarde.

D'Artagnan, en effet, paraissait absorbé dans sa contemplation. Jupenet tira de sa poche sept ou huit autres morceaux de fonte, mais plus petits.

– Ah ! ah ! fit d'Artagnan.

– Quoi ?

– Vous avez donc toute une imprimerie dans votre poche. Peste ! c'est curieux, en effet.

– N'est-ce pas ?

– Que de choses on apprend en voyageant, mon Dieu !

– À votre santé, dit Jupenet enchanté.

– À la vôtre, mordioux, à la vôtre ! Mais un instant, pas avec ce cidre. C'est une abominable boisson et indigne d'un homme qui s'abreuve à l'Hippocrène : n'est-ce pas ainsi que vous appelez votre fontaine, à vous autres poètes ?

– Oui, monsieur, notre fontaine s'appelle ainsi en effet. Cela vient de deux mots grecs, *hippos*, qui veut dire cheval... et...

– Monsieur, interrompit d'Artagnan, je vais vous faire boire une liqueur qui vient d'un seul mot français et qui n'en est pas plus mauvaise pour cela, du mot raisin ; ce cidre m'écœure et me gonfle à la fois. Permettez-moi de m'informer près de notre hôte s'il n'a pas quelque bonne bouteille de Beaugency ou de la coulée de Céran derrière les grosses bûches de son cellier.

En effet, l'hôte interpellé monta aussitôt.

– Monsieur, interrompit le poète, prenez garde, nous n'aurons pas le temps de boire le vin, à moins que nous ne nous pressions fort, car je dois profiter de la marée pour prendre le bateau.

– Quel bateau ? demanda d'Artagnan.

– Mais le bateau qui part pour Belle-Île.

– Ah ! pour Belle-Île ? dit le mousquetaire. Bon !

– Bah ! vous aurez tout le temps, monsieur, répliqua l'hôtelier en débouchant la bouteille ; le bateau ne part que dans une heure.

– Mais qui m'avertira ? fit le poète.

– Votre voisin, répliqua l'hôte.

– Mais je le connais à peine.

– Quand vous l'entendrez partir, il sera temps que vous partiez.

– Il va donc à Belle-Île aussi ?

– Oui.

– Ce monsieur qui a un laquais ? demanda d'Artagnan.

– Ce monsieur qui a un laquais.

– Quelque gentilhomme, sans doute ?

– Je l'ignore.

– Comment, vous l'ignorez ?

– Oui. Tout ce que je sais, c'est qu'il boit le même vin que vous.

– Peste ! voilà bien de l'honneur pour nous, dit d'Artagnan en versant à boire à son compagnon, tandis que l'hôte s'éloignait.

– Ainsi, reprit le poète, revenant à ses idées dominantes, vous n'avez jamais vu imprimer ?

– Jamais.

– Tenez, on prend ainsi les lettres qui composent le mot, voyez-vous ; AB ; ma foi, voici un R, deux EE, puis un G.

Et il assembla les lettres avec une vitesse et une habileté qui n'échappèrent point à l'œil de d'Artagnan.

– *Abrégé*, dit-il en terminant.

– Bon ! fit d'Artagnan ; voici bien les lettres assemblées ; mais comment tiennent-elles ?

Et il versa un second verre de vin à son hôte.

M. Jupenet sourit en homme qui a réponse à tout ; puis il tira, de sa poche toujours, une petite règle de métal, composée de deux parties assemblées en équerre, sur laquelle il réunit et aligna les caractères en les maintenant sous son pouce gauche.

– Et comment s'appelle cette petite règle de fer ? dit d'Artagnan ; car enfin cela doit avoir un nom.

– Cela s'appelle un composteur, dit Jupenet. C'est à l'aide de cette règle que l'on forme les lignes.

– Allons, allons, je maintiens ce que j'ai dit ; vous avez une presse dans votre poche, dit d'Artagnan en riant d'un air de simplicité si lourde, que le poète fut complètement sa dupe.

– Non, répliqua-t-il, mais je suis paresseux pour écrire, et quand j'ai fait un vers dans ma tête, je le compose tout de suite pour l'imprimerie. C'est une besogne dédoublée.

« Mordioux ! pensa en lui-même d'Artagnan, il s'agit d'éclaircir cela. »

Et sous un prétexte qui n'embarrassa point le mousquetaire, homme fertile en expédients, il quitta la table, descendit l'escalier, courut au hangar sous lequel était le petit chariot, fouilla avec la pointe de son poignard l'étoffe et les enveloppes d'un des paquets, qu'il trouva plein de caractères de fonte pareils à ceux que le poète imprimeur avait dans sa poche.

« Bien ! dit d'Artagnan, je ne sais point encore si M. Fouquet veut fortifier matériellement Belle-Île ; mais voilà, en tout cas, des munitions spirituelles pour le château. »

Puis, riche de cette découverte, il revint se mettre à table.

D'Artagnan savait ce qu'il voulait savoir. Il n'en resta pas moins en face de son partner jusqu'au moment où l'on entendit dans la chambre voisine le remue-ménage d'un homme qui s'apprête à partir.

Aussitôt l'imprimeur-poète fut sur pied ; il avait donné des ordres pour que son cheval fût attelé. La voiture l'attendait à la porte. Le second voyageur se mettait en selle dans la cour avec son laquais.

D'Artagnan suivit Jupenet jusqu'au port ; il embarqua sa voiture et son cheval sur le bateau.

Quant au voyageur opulent, il en fit autant de ses deux chevaux et de son domestique. Mais quelque esprit que dépensât d'Artagnan pour savoir son nom, il ne put rien apprendre.

Seulement, il remarqua son visage de façon à ce que le visage se gravât pour toujours dans sa mémoire.

D'Artagnan avait bonne envie de s'embarquer avec les deux passagers, mais un intérêt plus puissant que celui de la curiosité, celui du succès, le repoussa du rivage et le ramena dans l'hôtellerie.

Il y rentra en soupirant et se mit immédiatement au lit afin d'être prêt le lendemain de bonne heure avec de fraîches idées et le conseil de la nuit.

XX

D'Artagnan continue ses investigations

Au point du jour, d'Artagnan sella lui-même Furet, qui avait fait bombance toute la nuit, et dévoré à lui seul les restes de provisions de ses deux compagnons.

Le mousquetaire prit tous ses renseignements de l'hôte, qu'il trouva fin, défiant, et dévoué corps et âme à M. Fouquet.

Il en résulta que, pour ne donner aucun soupçon à cet homme, il continua sa fable d'un achat probable de quelques salines.

S'embarquer pour Belle-Île à La Roche-Bernard, c'eût été s'exposer à des commentaires que peut-être on avait déjà faits et qu'on allait porter au château.

De plus, il était singulier que ce voyageur et son laquais fussent restés un secret pour d'Artagnan, malgré toutes les questions adressées par lui à l'hôte, à l'hôte qui semblait le connaître parfaitement.

Le mousquetaire se fit donc renseigner sur les salines et prit le chemin des marais, laissant la mer à sa droite et pénétrant dans cette plaine vaste et désolée qui ressemble à une mer de boue, dont çà et là quelques crêtes de sel argentent les ondulations.

Furet marchait à merveille avec ses petits pieds nerveux, sur les chaussées larges d'un pied qui divisent les salines. D'Artagnan, rassuré sur les conséquences d'une chute qui aboutirait à un bain froid, le laissait faire, se contentant, lui, de regarder à l'horizon les trois rochers aigus qui sortaient pareils à des fers de lance du sein de la plaine sans verdure.

Piriac, le bourg de Batz et Le Croisic, semblables les uns les autres, attiraient et suspendaient son attention. Si le voyageur se retournait pour mieux s'orienter, il voyait de l'autre côté un horizon de trois autres clochers, Guérande, Le Pouliguen, Saint-Joachim, qui, dans leur circonférence, lui figuraient un jeu de quilles, dont Furet et lui n'étaient que la boule vagabonde. Piriac était le premier petit port sur sa droite. Il s'y rendit, le nom des principaux sauniers à la bouche. Au moment où il visita le petit port de Piriac, cinq gros chalands chargés de pierres s'en éloignaient.

Il parut étrange à d'Artagnan que des pierres partissent d'un pays où l'on n'en trouve pas. Il eut recours à toute l'aménité de M. Agnan pour demander aux gens du port la cause de cette singularité.

Un vieux pêcheur répondit à M. Agnan que les pierres ne venaient pas de Piriac, ni des marais, bien entendu.

– D'où viennent-elles, alors ? demanda le mousquetaire.

– Monsieur, elles viennent de Nantes et de Paimbœuf.

– Où donc vont-elles ?

– Monsieur, à Belle-Île.

– Ah ! ah ! fit d'Artagnan, du même ton qu'il avait pris pour dire à l'imprimeur que ses caractères l'intéressaient... On travaille donc, à Belle-Île ?

– Mais oui-da ! monsieur. Tous les ans, M. Fouquet fait réparer les murs du château.

– Il est en ruine donc ?

– Il est vieux.

– Fort bien.

« Le fait est, se dit d'Artagnan, que rien n'est plus naturel, et que tout propriétaire a le droit de faire réparer sa propriété. C'est comme si l'on venait me dire, à moi, que je fortifie l'Image-de-Notre-Dame, lorsque je serai purement et simplement obligé d'y faire des réparations. En vérité, je crois qu'on a fait de faux rapports à Sa Majesté et qu'elle pourrait bien avoir tort... »

– Vous m'avouerez, continua-t-il alors tout haut en s'adressant au pêcheur, car son rôle d'homme défiant lui était imposé par le but même de la mission, vous m'avouerez, mon bon monsieur, que ces pierres voyagent d'une bien singulière façon.

– Comment ! dit le pêcheur.

– Elles viennent de Nantes ou de Paimbœuf par la Loire, n'est-ce pas ?

– Ça descend.

– C'est commode, je ne dis pas ; mais pourquoi ne vont-elles pas droit de Saint-Nazaire à Belle-Île ?

– Eh ! parce que les chalands sont de mauvais bateaux et tiennent mal la mer, répliqua le pêcheur.

– Ce n'est pas une raison.

– Pardonnez-moi, monsieur, on voit bien que vous n'avez jamais navigué, ajouta le pêcheur, non sans une sorte de dédain.

– Expliquez-moi cela, je vous prie, mon bonhomme. Il me semble à moi que venir de Paimbœuf à Piriac, pour aller de Piriac à Belle-Île, c'est comme si on allait de La Roche-Bernard à Nantes et de Nantes à Piriac.

– Par eau, ce serait plus court, répliqua imperturbablement le pêcheur.

– Mais il y a un coude ?

Le pêcheur secoua la tête.

– Le chemin le plus court d'un point à un autre, c'est la ligne droite, poursuivit d'Artagnan.

– Vous oubliez le flot, monsieur.

– Soit ! va pour le flot.

– Et le vent.

– Ah ! bon !

– Sans doute ; le courant de la Loire pousse presque les barques jusqu'au Croisic. Si elles ont besoin de se radouber un peu ou de rafraîchir l'équipage, elles viennent à Piriac en longeant la côte ; de Piriac, elles trouvent un autre courant inverse qui les mène à l'île Dumet, deux lieues et demie.

– D'accord.

– Là, le courant de la Vilaine les jette sur une autre île, l'île d'Hoëdic.

– Je le veux bien.

– Eh ! monsieur, de cette île à Belle-Île, le chemin est tout droit. La mer, brisée en amont et en aval, passe comme un canal, comme un miroir entre les deux îles ; les chalands glissent là-dessus semblables à des canards sur la Loire, voilà !

– N'importe, dit l'entêté M. Agnan, c'est bien du chemin.

– Ah !... M. Fouquet le veut ! répliqua pour conclusion le pêcheur en ôtant son bonnet de laine à l'énoncé de ce nom respectable.

Un regard de d'Artagnan, regard vif et perçant comme une lame d'épée, ne trouva dans le cœur du vieillard que la confiance naïve, sur ses traits que la satisfaction et l'indifférence. Il disait : « M. Fouquet le veut », comme il eût dit : « Dieu l'a voulu ! »

D'Artagnan s'était encore trop avancé à cet endroit ; d'ailleurs, les chalands partis, il ne restait à Piriac qu'une seule barque, celle du vieillard, et elle ne semblait pas disposée à reprendre la mer sans beaucoup de préparatifs.

Aussi, d'Artagnan caressa-t-il Furet, qui, pour nouvelle preuve de son charmant caractère, se remit en marche les pieds dans les salines et le nez au vent très sec qui courbe les ajoncs et les maigres bruyères de ce pays. Il arriva vers cinq heures au Croisic.

Si d'Artagnan eût été poète, c'était un beau spectacle que celui de ces immenses grèves, d'une lieue et plus, que couvre la mer aux marées, et qui, au reflux, apparaissent grisâtres, désolées, jonchées de polypes et d'algues mortes avec leurs galets épars et blancs, comme des ossements dans un vaste cimetière. Mais le soldat, le politique, l'ambitieux n'avait plus même cette douce consolation de regarder au ciel pour y lire un espoir ou un avertissement.

Le ciel rouge signifie pour ces gens du vent et de la tourmente. Les nuages blancs et ouatés sur l'azur disent tout simplement que la mer sera égale et douce. D'Artagnan trouva le ciel bleu, la bise embaumée de parfums salins, et se dit : « Je m'embarquerai à la première marée, fût-ce sur une coquille de noix. »

Au Croisic, comme à Piriac, il avait remarqué des tas énormes de pierres alignées sur la grève. Ces murailles gigantesques, démolies à chaque marée par les transports qu'on opérait pour Belle-Île, furent aux yeux du mousquetaire la suite et la preuve de ce qu'il avait si bien deviné à Piriac. Était-ce un mur que M. Fouquet reconstruisait ? était-ce une fortification qu'il édifiait ? Pour le savoir, il fallait le voir.

D'Artagnan mit Furet à l'écurie, soupa, se coucha, et le lendemain, au jour, il se promenait sur le port, ou mieux, sur les galets.

Le Croisic a un port de cinquante pieds, il a une vigie qui ressemble à une énorme brioche élevée sur un plat. Les grèves plates sont le plat. Cent brouettées de terre solidifiées avec des galets, et arrondies en cône avec des allées sinueuses sont la brioche et la vigie en même temps.

C'est ainsi aujourd'hui, c'était ainsi il y a cent quatre-vingts ans ; seulement, la brioche était moins grosse et l'on ne voyait probablement pas autour de la brioche les treillages de lattes qui en font l'ornement et que l'édilité de cette pauvre et pieuse bourgade a plantés comme garde-fous le long des allées en limaçon qui aboutissent à la petite terrasse.

Sur les galets, trois ou quatre pêcheurs causaient sardines et chevrettes.

M. Agnan, l'œil animé d'une bonne grosse gaieté, le sourire aux lèvres, s'approcha des pêcheurs.

– Pêche-t-on aujourd'hui ? dit-il.

– Oui, monsieur, dit l'un d'eux, et nous attendons la marée.

– Où pêchez-vous, mes amis ?

– Sur les côtes, monsieur.

– Quelles sont les bonnes côtes ?

– Ah ! c'est selon ; le tour des îles, par exemple.

– Mais c'est loin, les îles ?

– Pas trop ; quatre lieues.

– Quatre lieues ! C'est un voyage !

Le pêcheur se mit à rire au nez de M. Agnan.

– Écoutez donc, reprit celui-ci avec sa native bêtise, à quatre lieues on perd de vue la côte, n'est-ce pas ?

– Mais... pas toujours.

– Enfin... c'est loin... trop loin même ; sans quoi, je vous eusse demandé de me prendre à bord et de me montrer ce que je n'ai jamais vu.

– Quoi donc ?

– Un poisson de mer vivant.

– Monsieur est de province ? dit un des pêcheurs.

– Oui, je suis de Paris.

Le Breton haussa les épaules ; puis :

– Avez-vous vu M. Fouquet à Paris ? demanda-t-il.

– Souvent, répondit Agnan.

– Souvent ? firent les pêcheurs en resserrant leur cercle autour du Parisien. Vous le connaissez ?

– Un peu ; il est ami intime de mon maître.

– Ah ! firent les pêcheurs.

– Et, ajouta d'Artagnan, j'ai vu tous ses châteaux, de Saint-Mandé, de Vaux, et son hôtel de Paris.

– C'est beau ?

– Superbe.

– Ce n'est pas si beau que Belle-Île, dit un pêcheur.

– Bah ! répliqua M. Agnan en éclatant d'un rire assez dédaigneux, qui courrouça tous les assistants.

– On voit bien que vous n'avez pas vu Belle-Île, répliqua le pêcheur le plus curieux. Savez-vous que cela fait six lieues, et qu'il a des arbres que l'on n'en voit pas de pareils à Nantes sur le fossé ?

– Des arbres ! en mer ! s'écria d'Artagnan. Je voudrais bien voir cela !

– C'est facile, nous pêchons à l'île de Hoëdic ; venez avec nous. De cet endroit, vous verrez comme un paradis les arbres noirs de Belle-Île sur le ciel ; vous verrez la ligne blanche du château, qui coupe comme une lame l'horizon de la mer.

– Oh ! fit d'Artagnan, ce doit être beau. Mais il y a cent clochers au château de M. Fouquet, à Vaux, savez-vous ?

Le Breton leva la tête avec une admiration profonde, mais ne fut pas convaincu.

– Cent clochers ! dit-il ; c'est égal, Belle-Île est plus beau. Voulez-vous voir Belle-Île ?

– Est-ce que c'est possible ? demanda M. Agnan.

– Oui, avec la permission du gouverneur.

– Mais je ne le connais pas, moi, ce gouverneur.

– Puisque vous connaissez M. Fouquet, vous direz votre nom.

– Oh ! mes amis, je ne suis pas un gentilhomme, moi !

– Tout le monde entre à Belle-Île, continua le pêcheur dans sa langue forte et pure, pourvu qu'on ne veuille pas de mal à Belle-Île ni à son seigneur.

Un frisson léger parcourut le corps du mousquetaire. « C'est vrai », pensa-t-il.

Puis, se reprenant :

– Si j'étais sûr, dit-il, de ne pas souffrir du mal de mer...

– Là-dessus ? fit le pêcheur en montrant avec orgueil sa jolie barque au ventre rond.

– Allons ! vous me persuadez, s'écria M. Agnan ; j'irai voir Belle-Île ; mais on ne me laissera pas entrer.

– Nous entrons bien, nous.

– Vous ! pourquoi ?

– Mais dame !... pour vendre du poisson aux corsaires.

– Hé !... des corsaires, que dites-vous ?

– Je dis que M. Fouquet fait construire deux corsaires pour la chasse aux Hollandais ou aux Anglais, et que nous vendons du poisson aux équipages de ces petits navires.

« Tiens !... tiens !... fit d'Artagnan, de mieux en mieux ! une imprimerie, des bastions et des corsaires !... Allons, M. Fouquet n'est pas un médiocre ennemi, comme je l'avais présumé. Il vaut la peine qu'on se remue pour le voir de près. »

– Nous partons à cinq heures et demie, ajouta gravement le pêcheur.

– Je suis tout à vous, je ne vous quitte pas.

En effet, d'Artagnan vit les pêcheurs haler avec un tourniquet leurs barques jusqu'au flot ; la mer monta, M. Agnan se laissa glisser jusqu'au bord, non sans jouer la frayeur et prêter à rire aux petits mousses qui le surveillaient de leurs grands yeux intelligents.

Il se coucha sur une voile pliée en quatre, laissa l'appareillage se faire, et la barque, avec sa grande voile carrée, prit le large en deux heures de temps.

Les pêcheurs, qui faisaient leur état tout en marchant, ne s'aperçurent pas que leur passager n'avait point pâli, point gémi, point souffert ; que malgré l'horrible tangage et le roulis brutal de la barque, à laquelle nulle main n'imprimait la direction, le passager novice avait conservé sa présence d'esprit et son appétit.

Ils pêchaient, et la pêche était assez heureuse. Aux lignes amorcées de crevettes venaient mordre, avec force soubresauts, les soles et les carrelets. Deux fils avaient déjà été brisés par des congres et des cabillauds d'un poids énorme ; trois anguilles de mer labouraient la cale de leurs replis vaseux et de leurs frétillements d'agonie.

D'Artagnan leur portait bonheur ; ils le lui dirent. Le soldat trouva la besogne si réjouissante, qu'il mit la main à l'œuvre, c'est-à-dire aux lignes, et poussa des rugissements de joie et des mordioux à étonner ses mousquetaires eux-mêmes, chaque fois qu'une secousse imprimée à la ligne, par une proie conquise, venait déchirer les muscles de son bras, et solliciter l'emploi de ses forces et de son adresse.

La partie de plaisir lui avait fait oublier la mission diplomatique. Il en était à lutter contre un effroyable congre, à se cramponner au bordage d'une main pour attirer la hure béante de son antagoniste, lorsque le patron lui dit :

– Prenez garde qu'on ne vous voie de Belle-Île !

Ces mots firent l'effet à d'Artagnan du premier boulet qui siffle en un jour de bataille : il lâcha le fil et le congre, qui, l'un tirant l'autre, s'en retournèrent vau l'eau.

D'Artagnan venait d'apercevoir à une demi-lieue au plus la silhouette bleuâtre et accentuée des rochers de Belle-Île, dominée par la ligne blanche et majestueuse du château.

Au loin, la terre, avec des forêts et des plaines verdoyantes ; dans les herbages, des bestiaux.

Voilà ce qui tout d'abord attira l'attention du mousquetaire.

Le soleil, parvenu au quart du ciel, lançait des rayons d'or sur la mer et faisait voltiger une poussière resplendissante autour de cette île enchantée. On n'en voyait, grâce à cette lumière éblouissante, que les points aplanis ; toute ombre tranchait durement et zébrait d'une bande de ténèbres le drap lumineux de la prairie ou des murailles.

– Eh ! eh ! fit d'Artagnan à l'aspect de ces masses de roches noires, voilà, ce me semble, des fortifications qui n'ont besoin d'aucun ingénieur pour inquiéter un débarquement. Par où diable peut-on descendre sur cette terre que Dieu a défendue si complaisamment ?

– Par ici, répliqua le patron de la barque en changeant la voile et en imprimant au gouvernail une secousse qui mena l'esquif dans la direction d'un joli petit port tout coquet, tout rond et tout crénelé à neuf.

– Que diable vois-je là, dit d'Artagnan.

– Vous voyez Locmaria, répliqua le pêcheur.

– Mais là-bas ?

– C'est Bangor.

– Et plus loin ?

– Sauzon... Puis Le Palais.

– Mordioux ! c'est un monde. Ah ! voilà des soldats.

– Il y a dix-sept cents hommes à Belle-Île, monsieur, répliqua le pêcheur avec orgueil. Savez-vous que la moindre garnison est de vingt-deux compagnies d'infanterie ?

– Mordioux ! s'écria d'Artagnan en frappant du pied, Sa Majesté pourrait bien avoir raison.

XXI

*Où le lecteur sera sans doute aussi étonné
que le fut d'Artagnan de retrouver une
ancienne connaissance*

Il y a presque toujours dans un débarquement, fût-ce celui du plus petit esquif de la mer, un trouble et une confusion qui ne laissent pas à l'esprit la liberté dont il aurait besoin pour étudier du premier coup d'œil l'endroit nouveau qui lui est offert.

Le pont mobile, le matelot agité, le bruit de l'eau sur le galet, les cris et les empressements de ceux qui attendent au rivage, sont les détails multiples de cette sensation, qui se résume en un seul résultat, l'hésitation.

Ce ne fut donc que quelques minutes après avoir débarqué que d'Artagnan vit sur le port, et surtout dans l'intérieur de l'île, s'agiter un monde de travailleurs. À ses pieds, d'Artagnan reconnut les cinq chalands chargés de moellons qu'il avait vus partir du port de Piriac. Ils étaient transportés au rivage au moyen d'une chaîne formée par vingt-cinq ou trente paysans.

Les grosses pierres étaient chargées sur des charrettes qui les conduisaient dans la même direction que les moellons, c'est-à-dire vers des travaux dont d'Artagnan ne pouvait encore apprécier la valeur ni l'étendue.

Partout régnait une activité égale à celle que remarqua Télémaque en débarquant à Salente.

D'Artagnan avait bonne envie de pénétrer plus avant ; mais il ne pouvait, sous peine de défiance, se laisser soupçonner de curiosité. Il n'avançait donc que petit à petit, dépassant à peine la ligne que les pêcheurs formaient sur la plage, observant tout, ne disant rien, et allant au-devant de toutes les suppositions que l'on eût pu faire avec une question niaise ou un salut poli.

Cependant, tandis que ses compagnons faisaient leur commerce, vendant ou vantant leurs poissons aux ouvriers ou aux habitants de la ville, d'Artagnan avait gagné peu à peu du terrain, et, rassuré par le peu d'attention qu'on lui accordait, il commençait à jeter un regard intelligent et assuré sur les hommes et les choses qui apparaissaient à ses yeux.

Au reste, les premiers regards de d'Artagnan rencontrèrent des mouvements de terrain auxquels l'œil d'un soldat ne pouvait se tromper.

Aux deux extrémités du port, afin que les feux se croisassent sur le grand axe de l'ellipse formée par le bassin, on avait élevé d'abord deux batteries destinées évidemment à recevoir des pièces de côte, car d'Artagnan vit les ouvriers achever les plates-formes et disposer la demi-circonférence en bois sur laquelle la joue des pièces doit tourner pour prendre toutes les directions au-dessus de l'épaulement.

À côté de chacune de ces batteries, d'autres travailleurs garnissaient de gabions remplis de terre le revêtement d'une autre batterie. Celle-ci avait des embrasures, et un conducteur de travaux appelait successivement les hommes qui, avec des harts, liaient des saucissons, et ceux qui découpaient les losanges et les rectangles de gazon destinés à retenir les joncs des embrasures.

À l'activité déployée à ces travaux déjà avancés, on pouvait les regarder comme terminés ; ils n'étaient point garnis de leurs canons, mais les plates-formes avaient leurs gîtes et leurs madriers tout dressés ; la terre, battue avec soin, les avait consolidés, et, en supposant l'artillerie dans l'île, en moins de deux ou trois jours le port pouvait être complètement armé.

Ce qui étonna d'Artagnan, lorsqu'il reporta ses regards des batteries de côte aux fortifications de la ville, fut de voir que Belle-Île était défendue par un système tout à fait nouveau, dont il avait entendu parler plus d'une fois au comte de La Fère comme d'un grand progrès, mais dont il n'avait point encore vu l'application.

Ces fortifications n'appartenaient plus ni à la méthode hollandaise de Marollois, ni à la méthode française du chevalier Antoine de Ville, mais au système de Manesson Mallet, habile ingénieur qui, depuis six ou huit ans à peu près, avait quitté le service du Portugal pour entrer au service de France.

Ces travaux avaient cela de remarquable qu'au lieu de s'élever hors de terre, comme faisaient les anciens remparts destinés à défendre la ville des échellades, ils s'y enfonçaient au contraire ; et ce qui faisait la hauteur des murailles, c'était la profondeur des fossés.

Il ne fallut pas un long temps à d'Artagnan pour reconnaître toute la supériorité d'un pareil système, qui ne donne aucune prise au canon.

En outre, comme les fossés étaient au-dessous du niveau de la mer, ces fossés pouvaient être inondés par des écluses souterraines.

Au reste, les travaux étaient presque achevés, et un groupe de travailleurs, recevant des ordres d'un homme qui paraissait être le conducteur des travaux, était occupé à poser les dernières pierres.

Un pont de planches jeté sur le fossé, pour la plus grande commodité des manœuvres conduisant les brouettes, reliait l'extérieur à l'intérieur.

D'Artagnan demanda avec une curiosité naïve s'il lui était permis de traverser le pont, et il lui fut répondu qu'aucun ordre ne s'y opposait.

En conséquence, d'Artagnan traversa le pont et s'avança vers le groupe.

Ce groupe était dominé par cet homme qu'avait déjà remarqué d'Artagnan, et qui paraissait être l'ingénieur en chef. Un plan était étendu sur une grosse pierre formant table, et à quelques pas de cet homme une grue fonctionnait.

Cet ingénieur, qui, en qualité de son importance, devait tout d'abord attirer l'attention de d'Artagnan, portait un justaucorps qui, par sa somptuosité, n'était guère en harmonie avec la besogne qu'il faisait, laquelle eût plutôt nécessité le costume d'un maître maçon que celui d'un seigneur.

C'était, en outre, un homme d'une haute taille, aux épaules larges et carrées, et portant un chapeau tout couvert de panaches. Il gesticulait d'une façon on ne peut plus majestueuse, et paraissait, car on ne le voyait que de dos, gourmander les travailleurs sur leur inertie ou leur faiblesse.

D'Artagnan approchait toujours.

En ce moment, l'homme aux panaches avait cessé de gesticuler, et, les mains appuyées sur ses genoux, il suivait, à demi courbé sur lui-même, les efforts de six ouvriers qui essayaient de soulever une pierre de taille à la hauteur d'une pièce de bois destinée à soutenir cette pierre, de façon qu'on pût passer sous elle la corde de la grue.

Les six hommes, réunis sur une seule face de la pierre, rassemblaient tous leurs efforts pour la soulever à huit ou dix pouces de terre, suant et soufflant, tandis qu'un septième s'apprêtait, dès qu'il y aurait un jour suffisant, à glisser le rouleau qui devait la supporter. Mais déjà deux fois la pierre leur était échappée des mains avant d'arriver à une hauteur suffisante pour que le rouleau fût introduit.

Il va sans dire que chaque fois que la pierre leur était échappée, ils avaient fait un bond en arrière pour éviter qu'en retombant la pierre ne leur écrasât les pieds.

À chaque fois cette pierre abandonnée par eux s'était enfoncée de plus en plus dans la terre grasse, ce qui rendait de plus en plus difficile l'opération à laquelle les travailleurs se livraient en ce moment.

Un troisième effort fut tenté sans un succès meilleur, mais avec un découragement progressif.

Et cependant, lorsque les six hommes s'étaient courbés sur la pierre, l'homme aux panaches avait lui-même, d'une voix puissante, articulé le commandement de « Ferme ! » qui préside à toutes les manœuvres de force.

Alors l'homme aux panaches se redressa.

– Oh ! oh ! dit-il, qu'est-ce que cela ? ai-je donc affaire à des hommes de paille ?... Corne de bœuf ! rangez-vous, et vous allez voir comment cela se pratique.

– Peste ! dit d'Artagnan, aurait-il la prétention de lever ce rocher ? Ce serait curieux, par exemple.

Les ouvriers, interpellés par l'ingénieur, se rangèrent l'oreille basse et secouant la tête, à l'exception de celui qui tenait le madrier et qui s'apprêtait à remplir son office.

L'homme aux panaches s'approcha de la pierre, se baissa, glissa ses mains sous la face qui posait à terre, roidit ses muscles herculéens, et, sans secousse, d'un mouvement lent comme celui d'une machine, il souleva le rocher à un pied de terre.

L'ouvrier qui tenait le madrier profita du jeu qui lui était donné et glissa le rouleau sous la pierre.

– Voilà ! dit le géant, non pas en laissant retomber le rocher, mais en le reposant sur son support.

– Mordioux ! s'écria d'Artagnan, je ne connais qu'un homme capable d'un tel tour de force.

– Hein ? fit le colosse en se retournant.

– Porthos ! murmura d'Artagnan saisi de stupeur, Porthos à Belle-Île !

De son côté, l'homme aux panaches arrêta ses yeux sur le faux intendant, et, malgré son déguisement, le reconnut.

– D'Artagnan ! s'écria-t-il.

Et le rouge lui monta au visage.

– Chut ! fit-il à d'Artagnan.

– Chut ! lui fit le mousquetaire.

En effet, si Porthos venait d'être découvert par d'Artagnan, d'Artagnan de son côté venait d'être découvert par Porthos.

L'intérêt de leur secret particulier les emporta chacun tout d'abord.

Néanmoins, le premier mouvement des deux hommes fut de se jeter dans les bras l'un de l'autre.

Ce qu'ils voulaient cacher aux assistants, ce n'était pas leur amitié, c'étaient leurs noms.

Mais après l'embrassade vint la réflexion.

« Pourquoi diantre Porthos est-il à Belle-Île et lève-t-il des pierres ? » se dit d'Artagnan.

Seulement d'Artagnan se fit cette question tout bas.

Moins fort en diplomatie que son ami, Porthos pensa tout haut.

– Pourquoi diable êtes-vous à Belle-Île ? demanda-t-il à d'Artagnan ; et qu'y venez-vous faire ?

Il fallait répondre sans hésiter.

Hésiter à répondre à Porthos c'eût été un échec dont l'amour-propre de d'Artagnan n'eût jamais pu se consoler.

– Pardieu ! mon ami, répondit-il, je suis à Belle-Île parce que vous y êtes.

– Ah bah ! fit Porthos, visiblement étourdi de l'argument et cherchant à s'en rendre compte avec cette lucidité de déduction que nous lui connaissons.

– Sans doute, continua d'Artagnan, qui ne voulait pas donner à son ami le temps de se reconnaître ; j'ai été pour vous voir à Pierrefonds.

– Vraiment ?

– Oui.

– Et vous ne m'y avez pas trouvé ?

– Non, mais j'ai trouvé Mouston.

– Il va bien ?

– Peste !

– Mais enfin, Mouston ne vous a pas dit que j'étais ici.

– Pourquoi ne me l'eût-il pas dit ? Ai-je par hasard démérité de la confiance de Mouston ?

– Non ; mais il ne le savait pas.

– Oh ! voilà une raison qui n'a rien d'offensant pour mon amour-propre au moins.

– Mais comment avez-vous fait pour me rejoindre ?

– Eh ! mon cher, un grand seigneur comme vous laisse toujours trace de son passage, et je m'estimerais bien peu si je ne savais pas suivre les traces de mes amis.

Cette explication, toute flatteuse qu'elle était, ne satisfit pas entièrement Porthos.

– Mais je n'ai pu laisser de traces, étant venu déguisé, dit Porthos.

– Ah ! vous êtes venu déguisé ? fit d'Artagnan.

– Oui.

– Et comment cela ?

– En meunier.

– Est-ce qu'un grand seigneur comme vous, Porthos, peut affecter des manières communes au point de tromper les gens ?

– Eh bien ! je vous jure, mon ami, que tout le monde y a été trompé, tant j'ai bien joué mon rôle.

– Enfin, pas si bien que je ne vous aie rejoint et découvert.

– Justement. Comment m'avez-vous rejoint et découvert ?

– Attendez donc. J'allais vous raconter la chose. Imaginez-vous que Mouston...

– Ah ! c'est ce drôle de Mouston, dit Porthos en plissant les deux arcs de triomphe qui lui servaient de sourcils.

– Mais attendez donc, attendez donc. Il n'y a pas de la faute de Mouston, puisqu'il ignorait lui-même où vous étiez.

– Sans doute. Voilà pourquoi j'ai si grande hâte de comprendre.

– Oh ! comme vous êtes devenu impatient, Porthos !

– Quand je ne comprends pas, je suis terrible.

– Vous allez comprendre. Aramis vous a écrit à Pierrefonds, n'est-ce pas ?

– Oui.

– Il vous a écrit d'arriver avant l'équinoxe ?

– C'est vrai.

– Eh bien ! voilà, dit d'Artagnan, espérant que cette raison suffirait à Porthos.

Porthos parut se livrer à un violent travail d'esprit.

– Oh ! oui, dit-il, je comprends. Comme Aramis me disait d'arriver avant l'équinoxe, vous avez compris que c'était pour le rejoindre. Vous vous êtes informé où était Aramis, vous disant : « Où sera Aramis, sera Porthos. » Vous avez appris qu'Aramis était en Bretagne, et vous vous êtes dit : « Porthos est en Bretagne. »

– Eh ! justement. En vérité, Porthos, je ne sais comment vous ne vous êtes pas fait devin. Alors, vous comprenez : en arrivant à La Roche-Bernard, j'ai appris les beaux travaux de fortification que l'on faisait à Belle-Île. Le récit qu'on m'en a fait a piqué ma curiosité. Je me suis embarqué sur un bâtiment pêcheur, sans savoir le moins du monde que vous étiez ici. Je suis venu. J'ai vu un gaillard qui levait une pierre qu'Ajax n'eût pas ébranlée. Je me suis écrié : « Il n'y a que le baron de Bracieux qui soit capable d'un pareil tour de force. » Vous m'avez entendu, vous vous êtes retourné, vous m'avez reconnu, nous nous sommes embrassés, et, ma foi, si vous le voulez bien, cher ami, nous nous embrasserons encore.

– Voilà comment tout s'explique, en effet, dit Porthos.

Et il embrassa d'Artagnan avec une si grande amitié, que le mousquetaire en perdit la respiration pendant cinq minutes.

– Allons, allons, plus fort que jamais, dit d'Artagnan, et toujours dans les bras, heureusement.

Porthos salua d'Artagnan avec un gracieux sourire.

Pendant les cinq minutes où d'Artagnan avait repris sa respiration, il avait réfléchi qu'il avait un rôle fort difficile à jouer.

Il s'agissait de toujours questionner sans jamais répondre.

Quand la respiration lui revint, son plan de campagne était fait.

XXII

*Où les idées de d'Artagnan, d'abord fort troublées,
commencent à s'éclaircir un peu*

D'Artagnan prit aussitôt l'offensive.

– Maintenant que je vous ai tout dit, cher ami, ou plutôt que vous avez tout deviné, dites-moi ce que vous faites ainsi, couvert de poussière et de boue ?

Porthos essuya son front, et regardant autour de lui avec orgueil :

– Mais il me semble, dit-il, que vous pouvez le voir, ce que je fais ici !

– Sans doute, sans doute ; vous levez des pierres.

– Oh ! pour leur montrer ce que c'est qu'un homme, à ces fainéants ! dit Porthos avec mépris. Mais vous comprenez...

– Oui, vous ne faites pas votre état de lever des pierres, quoiqu'il y en a beaucoup qui en font leur état et qui ne les lèvent pas comme vous. Voilà donc ce qui me faisait vous demander tout à l'heure : « Que faites-vous ici, baron ? »

– J'étudie la topographie, chevalier.

– Vous étudiez la topographie ?

– Oui ; mais vous-même, que faites-vous sous cet habit bourgeois ?

D'Artagnan reconnut qu'il avait fait une faute en se laissant aller à son étonnement. Porthos en avait profité pour riposter avec une question.

Heureusement d'Artagnan s'attendait à cette question.

– Mais, dit-il, vous savez que je suis bourgeois, en effet ; l'habit n'a donc rien d'étonnant, puisqu'il est en rapport avec la condition.

– Allons donc, vous, un mousquetaire !

– Vous n'y êtes plus, mon bon ami ; j'ai donné ma démission.

– Bah !

– Ah ! mon Dieu, oui !

– Et vous avez abandonné le service ?

– Je l'ai quitté.

– Vous avez abandonné le roi ?

– Tout net.

Porthos leva les bras au ciel comme fait un homme qui apprend une nouvelle inouïe.

– Oh ! par exemple, voilà qui me confond, dit-il.

– C'est pourtant ainsi.

– Et qui a pu vous déterminer à cela ?

– Le roi m'a déplu ; Mazarin me dégoûtait depuis longtemps, comme vous savez ; j'ai jeté ma casaque aux orties.

– Mais Mazarin est mort.

– Je le sais parbleu bien ; seulement, à l'époque de sa mort, la démission était donnée et acceptée depuis deux mois. C'est alors que, me trouvant libre, j'ai couru à Pierrefonds pour voir mon cher Porthos. J'avais entendu parler de l'heureuse division que vous aviez faite de votre temps, et je voulais pendant une quinzaine de jours diviser le mien sur le vôtre.

– Mon ami, vous savez que ce n'est pas pour quinze jours que la maison vous est ouverte : c'est pour un an, c'est pour dix ans, c'est pour la vie.

– Merci, Porthos.

– Ah çà ! vous n'avez point besoin d'argent ? dit Porthos en faisant sonner une cinquantaine de louis que renfermait son gousset. Auquel cas, vous savez...

– Non, je n'ai besoin de rien ; j'ai placé mes économies chez Planchet, qui m'en sert la rente.

– Vos économies ?

– Sans doute, dit d'Artagnan ; pourquoi voulez-vous que je n'aie pas fait mes économies comme un autre, Porthos ?

– Moi ! je ne veux pas cela ; au contraire, je vous ai toujours soupçonné... c'est-à-dire Aramis vous a toujours soupçonné d'avoir des économies. Moi, voyez-vous, je ne me mêle pas des affaires de ménage ; seulement, ce que je présume, c'est que des économies de mousquetaire, c'est léger.

– Sans doute, relativement à vous, Porthos, qui êtes millionnaire ; mais enfin je vais vous en faire juge. J'avais d'une part vingt-cinq mille livres.

– C'est gentil, dit Porthos d'un air affable.

– Et, continua d'Artagnan, j'y ai ajouté, le 25 du mois dernier, deux cents autres mille livres.

Porthos ouvrit des yeux énormes, qui demandaient éloquemment au mousquetaire : « où diable avez-vous volé une pareille somme, cher ami ? »

– Deux cent mille livres ! s'écria-t-il enfin.

– Oui, qui, avec vingt-cinq que j'avais déjà, et vingt mille que j'ai sur moi, me complètent une somme de deux cent quarante-cinq mille livres.

– Mais voyons, voyons ! d'où vous vient cette fortune ?

– Ah ! voilà. Je vous conterai la chose plus tard, cher ami ; mais comme vous avez d'abord beaucoup de choses à me dire vous-même, mettons mon récit à son rang.

– Bravo ! dit Porthos, nous voilà tous riches. Mais qu'avais-je donc à vous raconter ?

– Vous avez à me raconter comment Aramis a été nommé...

– Ah ! évêque de Vannes.

– C'est cela, dit d'Artagnan, évêque de Vannes. Ce cher Aramis ! savez-vous qu'il fait son chemin ?

– Oui, oui, oui ! Sans compter qu'il n'en restera pas là.

– Comment ! vous croyez qu'il ne se contentera pas des bas violets, et qu'il lui faudra le chapeau rouge ?

– Chut ! cela lui est promis.

– Bah ! par le roi ?

– Par quelqu'un qui est plus puissant que le roi.

– Ah ! diable ! Porthos, que vous me dites là de choses incroyables, mon ami !

– Pourquoi, incroyables ? Est-ce qu'il n'y a pas toujours eu en France quelqu'un de plus puissant que le roi ?

– Oh ! si fait. Du temps du roi Louis XIII, c'était le duc de Richelieu ; du temps de la régence, c'était le cardinal Mazarin ; du temps de Louis XIV, c'est M...

– Allons donc !

– C'est M. Fouquet.

– Tope ! Vous l'avez nommé du premier coup.

– Ainsi c'est M. Fouquet qui a promis le chapeau à Aramis ?

Porthos prit un air réservé.

– Cher ami, dit-il, Dieu me préserve de m'occuper des affaires des autres et surtout de révéler des secrets qu'ils peuvent avoir intérêt à garder. Quand vous verrez Aramis, il vous dira ce qu'il croira devoir vous dire.

– Vous avez raison, Porthos, et vous êtes un cadenas pour la sûreté. Revenons donc à vous.

– Oui, dit Porthos.

– Vous m'avez donc dit que vous étiez ici pour étudier la topographie ?
– Justement.
– Tudieu ! mon ami, les belles études que vous ferez !
– Comment cela ?
– Mais ces fortifications sont admirables.
– C'est votre opinion ?
– Sans doute. En vérité, à moins d'un siège tout à fait en règle, Belle-Île est imprenable.

Porthos se frotta les mains.

– C'est mon avis, dit-il.
– Mais qui diable a fortifié ainsi cette bicoque ?

Porthos se rengorgea.

– Je ne vous l'ai pas dit ?
– Non.
– Vous ne vous en doutez pas ?
– Non ; tout ce que je puis dire, c'est que c'est un homme qui a étudié tous les systèmes et qui me paraît s'être arrêté au meilleur.
– Chut ! dit Porthos ; ménagez ma modestie, mon cher d'Artagnan.
– Comment ! s'écria le mousquetaire ; ce serait vous... qui... Oh !
– Par grâce, mon ami !
– Vous qui avez imaginé, tracé et combiné entre eux ces bastions, ces redans, ces courtines, ces demi-lunes, qui préparez ce chemin couvert ?
– Je vous en prie...
– Vous qui avez édifié cette lunette avec ses angles saillants et ses angles rentrants ?
– Mon ami...
– Vous qui avez donné aux joues de vos embrasures cette inclinaison à l'aide de laquelle vous protégez si efficacement les servants de vos pièces ?
– Eh ! mon Dieu, oui.
– Ah ! Porthos, Porthos, il faut s'incliner devant vous, il faut admirer ! Mais vous nous avez toujours caché ce beau génie ! J'espère, mon ami, que vous allez me montrer tout cela en détail.
– Rien de plus facile. Voici mon plan.
– Montrez.

Porthos conduisit d'Artagnan vers la pierre qui lui servait de table et sur laquelle le plan était étendu.

Au bas du plan était écrit, de cette formidable écriture de Porthos, écriture dont nous avons déjà eu l'occasion de parler :

Au lieu de vous servir du carré ou du rectangle, ainsi qu'on le faisait jusqu'aujourd'hui, vous supposerez votre place enfermée dans un hexagone régulier. Ce polygone ayant l'avantage d'offrir plus d'angles que le quadrilatère. Chaque côté de votre hexagone, dont vous déterminerez la longueur en raison des dimensions prises sur la place, sera divisé en deux parties, et sur le point milieu vous élèverez une perpendiculaire vers le centre du polygone, laquelle égalera en longueur la sixième partie du côté.

Par les extrémités, de chaque côté du polygone, vous tracerez deux diagonales et qui iront couper la perpendiculaire. Ces deux droites formeront les lignes de défense.

– Diable ! dit d'Artagnan s'arrêtant à ce point de la démonstration ; mais c'est un système complet, cela, Porthos ?

– Tout entier, fit Porthos. Voulez-vous continuer ?

– Non pas, j'en ai lu assez ; mais puisque c'est vous, mon cher Porthos, qui dirigez les travaux, qu'avez-vous besoin d'établir ainsi votre système par écrit ?

– Oh ! mon cher, la mort !

– Comment, la mort ?

– Eh oui ! nous sommes tous mortels.

– C'est vrai, dit d'Artagnan ; vous avez réponse à tout, mon ami.

Et il reposa le plan sur la pierre.

Mais si peu de temps qu'il eût eu ce plan entre les mains, d'Artagnan avait pu distinguer, sous l'énorme écriture de Porthos, une écriture beaucoup plus fine qui lui rappelait certaines lettres à Marie Michon dont il avait eu connaissance dans sa jeunesse.

Seulement, la gomme avait passé et repassé sur cette écriture, qui eût échappé à un œil moins perçant que celui de notre mousquetaire.

– Bravo, mon ami, bravo ! dit d'Artagnan.

– Et maintenant, vous savez tout ce que vous vouliez savoir, n'est-ce pas ? reprit Porthos en faisant la roue.

– Oh ! mon Dieu, oui ; seulement, faites-moi une dernière grâce, cher ami.

– Parlez ; je suis le maître ici.

– Faites-moi le plaisir de me nommer ce monsieur qui se promène là-bas.

– Où, là-bas ?

– Derrière les soldats.

– Suivi d'un laquais ?

– Précisément.

– En compagnie d'une espèce de maraud vêtu de noir ?

– À merveille !

– C'est M. Gétard.

– Qu'est-ce que M. Gétard, mon ami ?

– C'est l'architecte de la maison.

– De quelle maison ?

– De la maison de M. Fouquet.

– Ah ! ah ! s'écria d'Artagnan ; vous êtes donc de la maison de M. Fouquet, vous, Porthos ?

– Moi ! et pourquoi cela ? fit le topographe en rougissant jusqu'au centre des oreilles.

– Mais, vous dites la maison, en parlant de Belle-Île, comme si vous parliez du château de Pierrefonds.

Porthos se pinça les lèvres.

– Mon cher, dit-il, Belle-Île est à M. Fouquet, n'est-ce pas ?

– Oui.

– Comme Pierrefonds est à moi ?

– Certainement.

– Vous êtes venu à Pierrefonds ?

– Je vous ai dit que j'y étais ne voilà point deux mois.

– Y avez-vous vu un monsieur qui a l'habitude de s'y promener une règle à la main ?

– Non ; mais j'eusse pu l'y voir, s'il s'y promenait effectivement.

– Eh bien ! ce monsieur, c'est M. Boulingrin.

– Qu'est-ce que M. Boulingrin ?

– Voilà justement. Si quand ce monsieur se promène une règle à la main, quelqu'un me demande : « Qu'est-ce que M. Boulingrin ? » je réponds : « C'est l'architecte de la maison. » Eh bien ! M. Gétard est le Boulingrin de M. Fouquet. Mais il n'a rien à voir aux fortifications, qui me regardent seul, entendez-vous bien ? rien, absolument.

– Ah ! Porthos, s'écria d'Artagnan en laissant tomber ses bras comme un vaincu qui rend son épée ; ah ! mon ami, vous n'êtes pas seulement un topographe herculéen, vous êtes encore un dialecticien de première trempe.

– N'est-ce pas, répondit Porthos, que c'est puissamment raisonné ?

Et il souffla comme le congre que d'Artagnan avait laissé échapper le matin.

– Et maintenant, continua d'Artagnan, ce maraud qui accompagne M. Gétard est-il aussi de la maison de M. Fouquet ?

– Oh ! fit Porthos avec mépris, c'est un M. Jupenet ou Juponet, une espèce de poète.

– Qui vient s'établir ici ?

– Je crois que oui.

– Je pensais que M. Fouquet avait bien assez de poètes là-bas : Scudéry, Loret, Pellisson, La Fontaine. S'il faut que je vous dise la vérité, Porthos, ce poète-là vous déshonore.

– Eh ! mon ami, ce qui nous sauve, c'est qu'il n'est pas ici comme poète.

– Comment donc y est-il ?

– Comme imprimeur, et même vous me faites songer que j'ai un mot à lui dire, à ce cuistre.

– Dites.

Porthos fit un signe à Jupenet, lequel avait bien reconnu d'Artagnan et ne se souciait pas trop d'approcher.

Ce qui amena tout naturellement un second signe de Porthos.

Ce signe était tellement impératif, qu'il fallait obéir cette fois.

Il s'approcha donc.

– Çà ! dit Porthos, vous voilà débarqué d'hier et vous faites déjà des vôtres.

– Comment cela, monsieur le baron ? demanda Jupenet tout tremblant.

– Votre presse a gémi toute la nuit, monsieur, dit Porthos, et vous m'avez empêché de dormir, corne de bœuf !

– Monsieur... objecta timidement Jupenet.

– Vous n'avez rien encore à imprimer ; donc vous ne devez pas encore faire aller la presse. Qu'avez-vous donc imprimé cette nuit ?

– Monsieur, une poésie légère de ma composition.

– Légère ! Allons donc, monsieur, la presse criait que c'était pitié. Que cela ne vous arrive plus, entendez-vous ?

– Non, monsieur.

– Vous me le promettez ?

– Je le promets.

– C'est bien ; pour cette fois, je vous pardonne. Allez !

Le poète se retira avec la même humilité dont il avait fait preuve en arrivant.

– Eh bien ! maintenant que nous avons lavé la tête à ce drôle, dit Porthos, déjeunons.

– Oui, dit d'Artagnan, déjeunons.

– Seulement, mon ami, dit Porthos, je vous ferai observer que nous n'avons que deux heures pour notre repas.

– Que voulez-vous ! nous tâcherons d'en faire assez. Mais pourquoi n'avons-nous que deux heures ?

– Parce que la marée monte à une heure, et qu'avec la marée je pars pour Vannes. Mais, comme je reviens demain, cher ami, restez chez moi, vous y serez le maître. J'ai bon cuisinier, bonne cave.

– Mais non, interrompit d'Artagnan, mieux que cela.

– Quoi ?

– Vous allez à Vannes, dites-vous ?

– Sans doute.

– Pour voir Aramis ?

– Oui.

– Eh bien ! moi qui étais venu de Paris exprès pour voir Aramis...

– C'est vrai.

– Je partirai avec vous.

– Tiens ! c'est cela.

– Seulement, je devais commencer par voir Aramis, et vous après. Mais, vous savez, l'homme propose et Dieu dispose. J'aurai commencé par vous, je finirai par Aramis.

– Très bien !

– Et en combien d'heures allez-vous d'ici à Vannes ?

– Ah ! mon Dieu ! en six heures. Trois heures de mer d'ici à Sarzeau, trois heures de route de Sarzeau à Vannes.

– Comme c'est commode ! Et vous allez souvent à Vannes, étant si près de l'évêché ?

– Oui, une fois par semaine. Mais attendez que je prenne mon plan.

Porthos ramassa son plan, le plia avec soin et l'engouffra dans sa large poche.

– Bon ! dit à part d'Artagnan, je crois que je sais maintenant quel est le véritable ingénieur qui fortifie Belle-Île.

Deux heures après, à la marée montante, Porthos et d'Artagnan partaient pour Sarzeau.

XXIII

Une procession à Vannes

La traversée de Belle-Île à Sarzeau se fit assez rapidement, grâce à l'un de ces petits corsaires dont on avait parlé à d'Artagnan pendant son voyage, et qui, taillés pour la course et destinés à la chasse, s'abritaient momentanément dans la rade de Locmaria, où l'un d'eux, avec le quart de son équipage de guerre, faisait le service entre Belle-Île et le continent.

D'Artagnan eut l'occasion de se convaincre cette fois encore que Porthos, bien qu'ingénieur et topographe, n'était pas profondément enfoncé dans les secrets d'État.

Sa parfaite ignorance, au reste, eût passé près de tout autre pour une savante dissimulation. Mais d'Artagnan connaissait trop bien tous les plis et replis de son Porthos pour n'y pas trouver un secret s'il y était, comme ces vieux garçons rangés et minutieux savent trouver, les yeux fermés, tel livre sur les rayons de la bibliothèque, telle pièce de linge dans un tiroir de leur commode.

Donc, s'il n'avait rien trouvé, ce rusé d'Artagnan, en roulant et en déroulant son Porthos, c'est qu'en vérité il n'y avait rien.

– Soit, dit d'Artagnan ; j'en saurai plus à Vannes en une demi-heure que Porthos n'en a su à Belle-Île en deux mois. Seulement, pour que je sache quelque chose, il importe que Porthos n'use pas du seul stratagème dont je lui ai laissé la disposition. Il faut qu'il ne prévienne point Aramis de mon arrivée.

Tous les soins du mousquetaire se bornèrent donc pour le moment à surveiller Porthos.

Et, hâtons-nous de le dire, Porthos ne méritait pas cet excès de défiance. Porthos ne songeait aucunement à mal. Peut-être, à la première vue, d'Artagnan lui avait-il inspiré quelque défiance ; mais presque aussitôt d'Artagnan avait reconquis dans ce bon et brave cœur la place qu'il y avait toujours occupée, et pas le moindre nuage n'obscurcissait le gros œil de Porthos se fixant de temps en temps avec tendresse sur son ami.

En débarquant, Porthos s'informa si ses chevaux l'attendaient. Et, en effet, il les aperçut bientôt à la croix du chemin qui tourne autour de Sarzeau et qui, sans traverser cette petite ville, aboutit à Vannes.

Ces chevaux étaient au nombre de deux : celui de M. de Vallon et celui de son écuyer.

Car Porthos avait un écuyer depuis que Mousqueton n'usait plus que du chariot comme moyen de locomotion.

D'Artagnan s'attendait à ce que Porthos proposât d'envoyer en avant son écuyer sur un cheval pour en ramener un autre, et il se promettait, lui, d'Artagnan, de combattre cette proposition. Mais rien de ce que présumait d'Artagnan n'arriva. Porthos ordonna tout simplement au serviteur de mettre pied à terre et d'attendre son retour à Sarzeau tandis que d'Artagnan monterait son cheval.

Ce qui fut fait.

– Eh ! mais vous êtes homme de précaution, mon cher Porthos, dit d'Artagnan à son ami lorsqu'il se trouva en selle sur le cheval de l'écuyer.

– Oui ; mais c'est une gracieuseté d'Aramis. Je n'ai pas mes équipages ici. Aramis a donc mis ses écuries à ma disposition.

– Bons chevaux, mordioux ! pour des chevaux d'évêque, dit d'Artagnan. Il est vrai qu'Aramis est un évêque tout particulier.

– C'est un saint homme, répondit Porthos d'un ton presque nasillard et en levant les yeux au ciel.

– Alors il est donc bien changé, dit d'Artagnan, car nous l'avons connu passablement profane.

– La grâce l'a touché, dit Porthos.

– Bravo ! dit d'Artagnan, cela redouble mon désir de le voir, ce cher Aramis.

Et il éperonna son cheval, qui l'emporta avec une nouvelle rapidité.

– Peste ! dit Porthos, si nous allons de ce train-là, nous ne mettrons qu'une heure au lieu de deux.

– Pour faire combien, dites-vous, Porthos ?

– Quatre lieues et demie.

– Ce sera aller bon pas.

– J'aurais pu, cher ami, vous faire embarquer sur le canal ; mais au diable les rameurs ou les chevaux de trait ! Les premiers vont comme des tortues, les seconds comme des limaces, et quand on peut se mettre un bon coursier entre les genoux, mieux vaut un bon cheval que rameurs ou tout autre moyen.

– Vous avez raison, vous surtout, Porthos, qui êtes toujours magnifique à cheval.

– Un peu lourd, mon ami ; je me suis pesé dernièrement.

– Et combien pesez-vous ?

– Trois cents ! dit Porthos avec orgueil.

– Bravo !

– De sorte, vous comprenez, qu'on est forcé de me choisir des chevaux dont le rein soit droit et large, autrement je les crève en deux heures.

– Oui, des chevaux de géant, n'est-ce pas, Porthos ?

– Vous êtes bien bon, mon ami, répliqua l'ingénieur avec une affectueuse majesté.

– En effet, répliqua d'Artagnan, il semble, mon ami, que votre monture sue déjà.

– Dame ; il fait chaud. Ah ! ah ! voyez-vous Vannes maintenant ?

– Oui, très bien. C'est une fort belle ville, à ce qu'il paraît ?

– Charmante, selon Aramis, du moins ; moi, je la trouve noire ; mais il paraît que c'est beau, le noir, pour les artistes. J'en suis fâché.

– Pourquoi cela, Porthos ?

– Parce que j'ai précisément fait badigeonner en blanc mon château de Pierrefonds, qui était gris de vieillesse.

– Hum ! fit d'Artagnan ; en effet, le blanc est plus gai.

– Oui, mais c'est moins auguste, à ce que m'a dit Aramis. Heureusement qu'il y a des marchands de noir : je ferai rebadigeonner Pierrefonds en noir, voilà tout. Si le gris est beau, vous comprenez, mon ami, le noir doit être superbe.

– Dame ! fit d'Artagnan, cela me paraît logique.

– Est-ce que vous n'êtes jamais venu à Vannes, d'Artagnan ?

– Jamais.

– Alors vous ne connaissez pas la ville ?

– Non.

– Eh bien ! tenez, dit Porthos en se haussant sur ses étriers, mouvement qui fit fléchir l'avant-main de son cheval, voyez-vous dans le soleil, là-bas, cette flèche ?

– Certainement, que je la vois.

– C'est la cathédrale.

– Qui s'appelle ?

– Saint-Pierre. Maintenant, là, tenez, dans le faubourg à gauche, voyez-vous une autre croix ?

– À merveille.

– C'est Saint-Paterne, la paroisse de prédilection d'Aramis.

– Ah !

– Sans doute. Saint Paterne, voyez-vous, passe pour avoir été le premier évêque de Vannes. Il est vrai qu'Aramis prétend que non, lui. Il est vrai qu'il est si savant, que cela pourrait bien n'être qu'un paro... qu'un para...

– Qu'un paradoxe, dit d'Artagnan.

– Précisément. Merci, la langue me fourchait... il fait si chaud.

– Mon ami, fit d'Artagnan, continuez, je vous prie, votre intéressante démonstration. Qu'est-ce que ce grand bâtiment blanc percé de fenêtres ?

– Ah ! celui-là, c'est le collège des jésuites. Pardieu ! vous avez la main heureuse. Voyez-vous près du collège une grande maison à clochetons à tourelles, d'un beau style gothique, comme dit cette brute de M. Gétard ?

– Oui, je la vois. Eh bien ?

– Eh bien ! c'est là que loge Aramis.

– Quoi ! il ne loge pas à l'évêché ?

– Non ; l'évêché est en ruines. L'évêché, d'ailleurs, est dans la ville, et Aramis préfère le faubourg. Voilà pourquoi je vous dis : « Il affectionne Saint-Paterne, parce que Saint-Paterne est dans le faubourg. » Et puis il y a dans ce même faubourg un mail, un jeu de paume et une maison de dominicains. Tenez, celle-là qui élève jusqu'au ciel ce beau clocher.

– Très bien.

– Ensuite, voyez-vous, le faubourg est comme une ville à part ; il a ses murailles, ses tours, ses fossés ; le quai même y aboutit, et les bateaux abordent au quai. Si notre petit corsaire ne tirait pas huit pieds d'eau, nous serions arrivés à pleines voiles jusque sous les fenêtres d'Aramis.

– Porthos, Porthos, mon ami, s'écria d'Artagnan, vous êtes un puits de science, une source de réflexions ingénieuses et profondes. Porthos, vous ne me surprenez plus, vous me confondez.

– Nous voici arrivés, dit Porthos, détournant la conversation avec sa modestie ordinaire.

« Et il était temps, pensa d'Artagnan, car le cheval d'Aramis fond comme un cheval de glace. »

Ils entrèrent presque au même instant dans le faubourg, mais à peine eurent-ils fait cent pas, qu'ils furent surpris de voir les rues jonchées de feuillages et de fleurs.

Aux vieilles murailles de Vannes pendaient les plus vieilles et les plus étranges tapisseries de France.

Des balcons de fer tombaient de longs draps blancs tout parsemés de bouquets de fleurs.

Les rues étaient désertes ; on sentait que toute la population était rassemblée sur un point.

Les jalousies étaient closes, et la fraîcheur pénétrait dans les maisons sous l'abri des tentures, qui faisaient de larges ombres noires entre leurs saillies et les murailles.

Soudain, au détour d'une rue, des chants frappèrent les oreilles des nouveaux débarqués. Une foule endimanchée apparut à travers les vapeurs de l'encens qui montait au ciel en bleuâtres flocons, et les nuages de feuilles de roses voltigeant jusqu'aux premiers étages.

Au-dessus de toutes les têtes, on distinguait les croix et les bannières, signes sacrés de la religion.

Puis, au-dessous de ces croix et de ces bannières, et comme protégées par elles, tout un monde de jeunes filles vêtues de blanc et couronnées de bleuets.

Aux deux côtés de la rue, enfermant le cortège, s'avançaient les soldats de la garnison, portant des bouquets dans les canons de leurs fusils et à la pointe de leurs lances.

C'était une procession.

Tandis que d'Artagnan et Porthos regardaient avec une ferveur de bon goût qui déguisait une extrême impatience de pousser en avant, un dais magnifique s'approchait, précédé de cent jésuites, de cent dominicains, et escorté par deux archidiacres, un trésorier, un pénitencier et douze chanoines.

Un chantre à la voix foudroyante, un chantre trié certainement dans toutes les voix de la France, comme l'était le tambour-major de la garde impériale dans tous les géants de l'Empire, un chantre, escorté de quatre autres chantres qui semblaient n'être là que pour lui servir d'accompagnement, faisait retentir les airs et vibrer les vitres de toutes les maisons.

Sous le dais apparaissait une figure pâle et noble, aux yeux noirs, aux cheveux noirs mêlés de fils d'argent, à la bouche fine et circonspecte, au menton proéminent et anguleux. Cette tête, pleine de gracieuse majesté, était coiffée de la mitre épiscopale, coiffure qui lui donnait, outre le caractère de la souveraineté, celui de l'ascétisme et de la méditation évangélique.

– Aramis ! s'écria involontairement le mousquetaire quand cette figure altière passa devant lui.

Le prélat tressaillit ; il parut avoir entendu cette voix comme un mort ressuscitant entend la voix du Sauveur.

Il leva ses grands yeux noirs aux longs cils et les porta sans hésiter vers l'endroit d'où l'exclamation était partie.

D'un seul coup d'œil, il avait vu Porthos et d'Artagnan près de lui.

De son côté, d'Artagnan, grâce à l'acuité de son regard, avait tout vu, tout saisi. Le portrait en pied du prélat était entré dans sa mémoire pour n'en plus sortir.

Une chose surtout avait frappé d'Artagnan.

En l'apercevant, Aramis avait rougi, puis il avait à l'instant même concentré sous sa paupière le feu du regard du maître et l'imperceptible affectuosité du regard de l'ami.

Il était évident qu'Aramis s'adressait tout bas cette question : « Pourquoi d'Artagnan est-il là avec Porthos, et que vient-il faire à Vannes ? »

Aramis comprit tout ce qui se passait dans l'esprit de d'Artagnan en reportant son regard sur lui et en voyant qu'il n'avait pas baissé les yeux.

Il connaît la finesse de son ami et son intelligence ; il craint de laisser deviner le secret de sa rougeur et de son étonnement. C'est bien le même Aramis, ayant toujours un secret quelconque à dissimuler.

Aussi, pour en finir avec ce regard d'inquisiteur qu'il faut faire baisser à tout prix, comme à tout prix un général éteint le feu d'une batterie qui le gêne, Aramis étend sa belle main blanche, à laquelle étincelle l'améthyste de l'anneau pastoral, il fend l'air avec le signe de la croix et foudroie ses deux amis avec sa bénédiction.

Mais peut-être, rêveur et distrait, d'Artagnan, impie malgré lui, ne se fût point baissé sous cette bénédiction sainte ; mais Porthos a vu cette distraction, et, appuyant amicalement la main sur le cou de son compagnon, il l'écrase vers la terre.

D'Artagnan fléchit : peu s'en faut même qu'il ne tombe à plat ventre.

Pendant ce temps, Aramis est passé.

D'Artagnan, comme Antée, n'a fait que toucher la terre, et il se retourne vers Porthos tout prêt à se fâcher.

Mais il n'y a pas à se tromper à l'intention du brave hercule : c'est un sentiment de bienséance religieuse qui l'a poussé.

D'ailleurs, la parole, chez Porthos, au lieu de déguiser la pensée, la complète toujours.

– C'est fort gentil à lui, dit-il, de nous avoir donné comme cela une bénédiction, à nous tout seuls. Décidément, c'est un saint homme et un brave homme.

Moins convaincu que Porthos, d'Artagnan ne répondit mot.

– Voyez, cher ami, continua Porthos, il nous a vus, et au lieu de marcher au simple pas de procession, comme tout à l'heure, voilà qu'il se hâte.

Voyez-vous comme le cortège double sa vitesse ? Il est pressé de nous voir et de nous embrasser, ce cher Aramis.

– C'est vrai, répondit d'Artagnan tout haut.

Puis tout bas :

– Toujours est-il qu'il m'a vu, le renard, et qu'il aura le temps de se préparer à me recevoir.

Mais la procession était passée ; le chemin était libre.

D'Artagnan et Porthos marchèrent droit au palais épiscopal, qu'une foule nombreuse entourait pour voir rentrer le prélat.

D'Artagnan remarqua que cette foule était surtout composée de bourgeois et de militaires.

Il reconnut dans la nature de ces partisans l'adresse de son ami.

En effet, Aramis n'était pas homme à rechercher une popularité inutile : peu lui importait d'être aimé de gens qui ne lui servaient à rien.

Des femmes, des enfants, des vieillards, c'est-à-dire le cortège ordinaire des pasteurs, ce n'était pas son cortège à lui.

Dix minutes après que les deux amis avaient passé le seuil de l'évêché, Aramis rentra comme un triomphateur ; les soldats lui présentaient les armes comme à un supérieur ; les bourgeois le saluaient comme un ami, comme un patron plutôt que comme un chef religieux.

Il y avait dans Aramis quelque chose de ces sénateurs romains qui avaient toujours leurs portes encombrées de clients.

Au bas du perron, il eut une conférence d'une demi-minute avec un jésuite qui, pour lui parler plus discrètement, passa la tête sous le dais.

Puis il rentra chez lui ; les portes se refermèrent lentement, et la foule s'écoula, tandis que les chants et les prières retentissaient encore.

C'était une magnifique journée. Il y avait des parfums terrestres mêlés à des parfums d'air et de mer. La ville respirait le bonheur, la joie, la force.

D'Artagnan sentit comme la présence d'une main invisible qui avait, toute-puissante, créé cette force, cette joie, ce bonheur, et répandu partout ces parfums.

« Oh ! oh ! se dit-il, Porthos a engraissé ; mais Aramis a grandi. »

XXIV

La grandeur de l'évêque de Vannes

Porthos et d'Artagnan étaient entrés à l'évêché par une porte particulière, connue des seuls amis de la maison.

Il va sans dire que Porthos avait servi de guide à d'Artagnan. Le digne baron se comportait un peu partout comme chez lui. Cependant, soit reconnaissance tacite de cette sainteté du personnage d'Aramis et de son caractère, soit habitude de respecter ce qui lui imposait moralement, digne habitude qui avait toujours fait de Porthos un soldat modèle quant à la discipline, par toutes ces raisons, disons-nous, Porthos conservait, chez Sa Grandeur l'évêque de Vannes, une sorte de réserve que d'Artagnan remarqua tout d'abord dans l'attitude qu'il prit avec les valets et les commensaux.

Cependant cette réserve n'allait pas jusqu'à se priver de questions, Porthos questionna.

On apprit alors que Sa Grandeur venait de rentrer dans ses appartements, et se préparait à paraître, dans l'intimité, moins majestueuse qu'elle n'avait paru à ses ouailles.

En effet, après un petit quart d'heure que passèrent d'Artagnan et Porthos à se regarder mutuellement le blanc des yeux, à tourner leurs pouces dans les différentes évolutions qui joignent le nord au midi, une porte de la salle s'ouvrit et l'on vit paraître Sa Grandeur vêtue du petit costume de prélat.

Aramis portait la tête haute, en homme qui a l'habitude du commandement, la robe de drap violet retroussée sur le côté, et le poing sur la hanche.

En outre, il avait conservé la fine moustache et la royale allongée du temps de Louis XIII.

Il exhala en entrant ce parfum délicat qui, chez les hommes élégants, chez les femmes du grand monde, ne change jamais, et semble s'être incorporé dans la personne dont il est devenu l'émanation naturelle.

Cette fois seulement le parfum avait retenu quelque chose de la sublimité religieuse de l'encens. Il n'enivrait plus, il pénétrait ; il n'inspirait plus le désir, il inspirait le respect.

Aramis, en entrant dans la chambre, n'hésita pas un instant, et sans prononcer une parole qui, quelle qu'elle fût, eût été froide en pareille occasion, il vint droit au mousquetaire si bien déguisé sous le costume de M.

Agnan, et le serra dans ses bras avec une tendresse que le plus défiant n'eût pu soupçonner de froideur ou d'affectation.

D'Artagnan, de son côté, l'embrassa d'une égale ardeur.

Porthos serra la main délicate d'Aramis dans ses grosses mains, et d'Artagnan remarqua que Sa Grandeur lui livrait la main gauche probablement par habitude, attendu que Porthos devait déjà dix fois lui avoir meurtri ses doigts ornés de bagues en broyant sa chair dans l'étau de son poignet. Aramis, averti par la douleur, se défiait donc et ne présentait que des chairs à froisser sur des chairs et non des doigts à écraser contre de l'or ou des facettes de diamant.

Entre deux accolades, Aramis regarda en face d'Artagnan, lui offrit une chaise et s'assit dans l'ombre, observant que le jour donnait sur les traits de son interlocuteur.

Cette manœuvre, familière aux diplomates et aux femmes, ressemble beaucoup à l'avantage de la garde que cherchent, selon leur habileté ou leur habitude, à prendre les combattants sur le terrain du duel.

D'Artagnan ne fut pas dupe de la manœuvre ; mais il ne parut pas s'en apercevoir. Il se sentait pris ; mais, justement parce qu'il était pris, il se sentait sur la voie de la découverte, et peu lui importait, vieux condottiere, de se faire battre en apparence, pourvu qu'il tirât de sa prétendue défaite tous les avantages de la victoire.

Ce fut Aramis qui commença la conversation.

– Ah ! cher ami ! mon bon d'Artagnan ! dit-il, quel excellent hasard !

– C'est un hasard, mon révérend compagnon, dit d'Artagnan, que j'appellerai de l'amitié. Je vous cherche, comme toujours je vous ai cherché, dès que j'ai eu quelque grande entreprise à vous offrir ou quelques heures de liberté à vous donner.

– Ah ! vraiment, dit Aramis sans explosion, vous me cherchez ?

– Eh ! oui, il vous cherche, mon cher Aramis, dit Porthos, et la preuve, c'est qu'il m'a relancé, moi, à Belle-Île. C'est aimable, n'est-ce pas ?

– Ah ! fit Aramis, certainement, à Belle-Île...

« Bon ! dit d'Artagnan, voilà mon butor de Porthos qui, sans y songer, a tiré du premier coup le canon d'attaque. »

– À Belle-Île, répéta Aramis, dans ce trou, dans ce désert ! C'est aimable, en effet.

– Et c'est moi qui lui ai appris que vous étiez à Vannes, continua Porthos du même ton.

D'Artagnan arma sa bouche d'une finesse presque ironique.

– Si fait, je le savais, dit-il ; mais j'ai voulu voir.

– Voir quoi ?

– Si notre vieille amitié tenait toujours ; si, en nous voyant, notre cœur, tout racorni qu'il est par l'âge, laissait encore échapper ce bon cri de joie qui salue la venue d'un ami.

– Eh bien ! vous avez dû être satisfait ? demanda Aramis.

– Couci-couci.

– Comment cela ?

– Oui, Porthos m'a dit : « Chut ! » et vous...

– Eh bien ! et moi ?

– Et vous, vous m'avez donné votre bénédiction.

– Que voulez-vous ! mon ami, dit en souriant Aramis, c'est ce qu'un pauvre prélat comme moi a de plus précieux.

– Allons donc, mon cher ami.

– Sans doute.

– L'on dit cependant à Paris que l'évêché de Vannes est un des meilleurs de France.

– Ah ! vous voulez parler des biens temporels ? dit Aramis d'un air détaché.

– Mais certainement j'en veux parler. J'y tiens, moi.

– En ce cas, parlons-en, dit Aramis avec un sourire.

– Vous avouez être un des plus riches prélats de France ?

– Mon cher, puisque vous me demandez mes comptes, je vous dirai que l'évêché de Vannes vaut vingt mille livres de rente, ni plus ni moins. C'est un diocèse qui renferme cent soixante paroisses.

– C'est fort joli, dit d'Artagnan.

– C'est superbe, dit Porthos.

– Mais cependant, reprit d'Artagnan en couvrant Aramis du regard, vous ne vous êtes pas enterré ici à jamais ?

– Pardonnez-moi. Seulement je n'admets pas le mot *enterré*.

– Mais il me semble qu'à cette distance de Paris on est enterré, ou peu s'en faut.

– Mon ami, je me fais vieux, dit Aramis ; le bruit et le mouvement de la ville ne me vont plus. À cinquante-sept ans, on doit chercher le calme et la méditation. Je les ai trouvés ici. Quoi de plus beau et de plus sévère à la fois que cette vieille Armorique ? Je trouve ici, cher d'Artagnan, tout le contraire de ce que j'aimais autrefois, et c'est ce qu'il faut à la fin de la vie, qui est le contraire du commencement. Un peu de mon plaisir d'autrefois vient encore m'y saluer de temps en temps sans me distraire de mon salut. Je suis encore de ce monde, et cependant, à chaque pas que je fais, je me rapproche de Dieu.

– Éloquent, sage, discret, vous êtes un prélat accompli, Aramis, et je vous félicite.

– Mais, dit Aramis en souriant, vous n'êtes pas seulement venu, cher ami, pour me faire des compliments... Parlez, qui vous amène ? Serais-je assez heureux pour que, d'une façon quelconque, vous eussiez besoin de moi ?

– Dieu merci, non, mon cher ami, dit d'Artagnan, ce n'est rien de cela. Je suis riche et libre.

– Riche ?

– Oui, riche pour moi ; pas pour vous ni pour Porthos, bien entendu. J'ai une quinzaine de mille livres de rente.

Aramis le regarda soupçonneux. Il ne pouvait croire, surtout en retrouvant son ancien ami avec cet humble aspect, qu'il eût fait une si belle fortune.

Alors d'Artagnan, voyant que l'heure des explications était venue, raconta son histoire d'Angleterre.

Pendant le récit, il vit dix fois briller les yeux et tressaillir les doigts effilés du prélat.

Quant à Porthos, ce n'était pas de l'admiration qu'il manifestait pour d'Artagnan, c'était de l'enthousiasme, c'était du délire.

Lorsque d'Artagnan eut achevé son récit :

– Eh bien ? fit Aramis.

– Eh bien ! dit d'Artagnan, vous voyez que j'ai en Angleterre des amis et des propriétés, en France un trésor. Si le cœur vous en dit, je vous les offre. Voilà pourquoi je suis venu.

Si assuré que fût son regard, il ne put soutenir en ce moment le regard d'Aramis. Il laissa donc dévier son œil sur Porthos, comme fait l'épée qui cède à une pression toute-puissante et cherche un autre chemin.

– En tout cas, dit l'évêque, vous avez pris un singulier costume de voyage, cher ami.

– Affreux ! je le sais. Vous comprenez que je ne voulais voyager ni en cavalier ni en seigneur. Depuis que je suis riche, je suis avare.

– Et vous dites donc que vous êtes venu à Belle-Île ? reprit Aramis sans transition.

– Oui, répliqua d'Artagnan, je savais y trouver Porthos et vous.

– Moi ! s'écria Aramis. Moi ! depuis un an que je suis ici je n'ai point une seule fois passé la mer.

– Oh ! fit d'Artagnan, je ne vous savais pas si casanier.

– Ah ! cher ami, c'est qu'il faut vous dire que je ne suis plus l'homme d'autrefois. Le cheval m'incommode, la mer me fatigue ; je suis un pauvre prêtre souffreteux, se plaignant toujours, grognant toujours, et enclin aux austérités, qui me paraissent des accommodements avec la vieillesse, des pourparlers avec la mort. Je réside, mon cher d'Artagnan, je réside.

– Eh bien ! tant mieux, mon ami, répondit le mousquetaire, car nous allons probablement devenir voisins.

– Bah ! dit Aramis, non sans une certaine surprise qu'il ne chercha même point à dissimuler, vous, mon voisin ?

– Eh ! mon Dieu, oui.

– Comment cela ?

– Je vais acheter des salines fort avantageuses qui sont situées entre Piriac et Le Croisic. Figurez-vous, mon cher, une exploitation de douze pour cent de revenu clair ; jamais de non-valeur, jamais de faux frais ; l'océan, fidèle et régulier, apporte toutes les six heures son contingent à ma caisse. Je suis le premier Parisien qui ait imaginé une pareille spéculation. N'éventez pas la mine, je vous en prie, et avant peu nous communiquerons. J'aurai trois lieues de pays pour trente mille livres.

Aramis lança un regard à Porthos comme pour lui demander si tout cela était bien vrai, si quelque piège ne se cachait point sous ces dehors d'indifférence. Mais bientôt, comme honteux d'avoir consulté ce pauvre auxiliaire, il rassembla toutes ses forces pour un nouvel assaut ou pour une nouvelle défense.

– On m'avait assuré, dit-il, que vous aviez eu quelque démêlé avec la cour, mais que vous en étiez sorti comme vous savez sortir de tout, mon cher d'Artagnan, avec les honneurs de la guerre.

– Moi ? s'écria le mousquetaire avec un grand éclat de rire insuffisant à cacher son embarras ; car, à ces mots d'Aramis, il pouvait le croire instruit de ses dernières relations avec le roi ; moi ? Ah ! racontez-moi donc cela, mon cher Aramis.

– Oui, l'on m'avait raconté, à moi, pauvre évêque perdu au milieu des landes, on m'avait dit que le roi vous avait pris pour confident de ses amours.

– Avec qui ?

– Avec Mlle de Mancini.

D'Artagnan respira.

– Ah ! je ne dis pas non, répliqua-t-il.

– Il paraît que le roi vous a emmené un matin au-delà du pont de Blois pour causer avec sa belle.

– C'est vrai, fit d'Artagnan. Ah ! vous savez cela ? Mais alors, vous devez savoir que, le jour même, j'ai donné ma démission.

– Sincère ?

– Ah ! mon ami, on ne peut plus sincère.

– C'est alors que vous allâtes chez le comte de La Fère ?

– Oui.

– Chez moi ?

– Oui.

– Et chez Porthos ?

– Oui.

– Était-ce pour nous faire une simple visite ?

– Non ; je ne vous savais point attachés, et je voulais vous emmener en Angleterre.

– Oui, je comprends, et alors vous avez exécuté seul, homme merveilleux, ce que vous vouliez nous proposer d'exécuter à nous quatre. Je me suis douté que vous étiez pour quelque chose dans cette belle restauration, quand j'appris qu'on vous avait vu aux réceptions du roi Charles, lequel vous parlait comme un ami, ou plutôt comme un obligé.

– Mais comment diable avez-vous su tout cela ? demanda d'Artagnan, qui craignait que les investigations d'Aramis ne s'étendissent plus loin qu'il ne le voulait.

– Cher d'Artagnan, dit le prélat, mon amitié ressemble un peu à la sollicitude de ce veilleur de nuit que nous avons dans la petite tour du môle, à l'extrémité du quai. Ce brave homme allume tous les soirs une lanterne pour éclairer les barques qui viennent de la mer. Il est caché dans sa guérite, et les pêcheurs ne le voient pas ; mais lui les suit avec intérêt ; il les devine, il les appelle, il les attire dans la voie du port. Je ressemble à ce veilleur ; de temps en temps quelques avis m'arrivent et me rappellent au souvenir de tout ce que j'aimais. Alors je suis ces amis d'autrefois sur la mer orageuse du monde, moi, pauvre guetteur auquel Dieu a bien voulu donner l'abri d'une guérite.

– Et, dit d'Artagnan, après l'Angleterre, qu'ai-je fait ?

– Ah ! voilà ! fit Aramis, vous voulez forcer ma vue. Je ne sais plus rien depuis votre retour, d'Artagnan ; mes yeux se sont troublés. J'ai regretté que vous ne pensiez point à moi. J'ai pleuré votre oubli. J'avais tort. Je vous revois, et c'est une fête, une grande fête, je vous le jure... Comment se porte Athos ?

– Très bien, merci.

– Et notre jeune pupille ?

– Raoul ?

– Oui.

– Il paraît avoir hérité de l'adresse de son père Athos et de la force de son tuteur Porthos.

– Et à quelle occasion avez-vous pu juger de cela ?

– Eh ! mon Dieu ! la veille même de mon départ.

– Vraiment ?

– Oui, il y avait exécution en Grève, et, à la suite de cette exécution, émeute. Nous nous sommes trouvés pris dans l'émeute, et, à la suite de l'émeute, il a fallu jouer de l'épée ; il s'en est tiré à merveille.

– Bah ! et qu'a-t-il fait ? dit Porthos.

– D'abord il a jeté un homme par la fenêtre, comme il eût fait d'un ballot de coton.

– Oh ! très bien ! s'écria Porthos.

– Puis il a dégainé, pointé, estocadé, comme nous faisions dans notre beau temps, nous autres.

– Et à quel propos cette émeute ? demanda Porthos.

D'Artagnan remarqua à cette question qu'Aramis paraissait tout à fait indifférent.

– Mais, dit-il en regardant Aramis, à propos de deux traitants à qui le roi faisait rendre gorge, de deux amis de M. Fouquet que l'on pendait.

À peine un léger froncement des sourcils du prélat indiqua-t-il qu'il avait entendu.

– Oh ! oh ! fit Porthos, et comment les nommait-on, ces amis de M. Fouquet ?

– MM. d'Emerys et Lyodot, dit d'Artagnan. Connaissez-vous ces noms-là, Aramis ?

– Non, fit dédaigneusement le prélat ; cela m'a l'air de noms de financiers.

– Justement.

– Oh ! M. Fouquet a laissé pendre ses amis ? s'écria Porthos.

– Et pourquoi pas ? dit Aramis.

– C'est qu'il me semble...

– Si on a pendu ces malheureux, c'était par ordre du roi. Or, M. Fouquet, pour être surintendant des finances, n'a pas, je le pense, droit de vie et de mort.

– C'est égal, grommela Porthos, à la place de M. Fouquet...

Aramis comprit que Porthos allait dire quelque sottise. Il brisa la conversation.

– Voyons, dit-il, mon cher d'Artagnan, c'est assez parler des autres ; parlons un peu de vous.

– Mais, de moi, vous en savez tout ce que je puis vous en dire. Parlons de vous, au contraire, cher Aramis.

– Je vous l'ai dit, mon ami, il n'y a plus d'Aramis en moi.

– Plus même de l'abbé d'Herblay ?

– Plus même. Vous voyez un homme que Dieu a pris par la main et qu'il a conduit à une position qu'il n'osait ni ne devait espérer.

– Dieu ? interrogea d'Artagnan.

– Oui.

– Tiens ! c'est étrange ; on m'avait dit, à moi, M. Fouquet.

– Qui vous a dit cela ? fit Aramis sans que toute la puissance de sa volonté pût empêcher une légère rougeur de colorer ses joues.

– Ma foi ! c'est Bazin.

– Le sot !

– Je ne dis pas qu'il soit homme de génie, c'est vrai ; mais il me l'a dit, et après lui, je vous le répète.

– Je n'ai jamais vu M. Fouquet, répondit Aramis avec un regard aussi calme et aussi pur que celui d'une jeune vierge qui n'a jamais menti.

– Mais, répliqua d'Artagnan, quand vous l'eussiez vu et même connu, il n'y aurait point de mal à cela ; c'est un fort brave homme que M. Fouquet.

– Ah !

– Un grand politique.

Aramis fit un geste d'indifférence.

– Un tout-puissant ministre.

– Je ne relève que du roi et du pape, dit Aramis.

– Dame ! écoutez donc, dit d'Artagnan du ton le plus naïf, je vous dis cela, moi, parce que tout le monde ici jure par M. Fouquet. La plaine est à M. Fouquet, les salines que j'ai achetées sont à M. Fouquet, l'île dans laquelle Porthos s'est fait topographe est à M. Fouquet, la garnison est à M. Fouquet, les galères sont à M. Fouquet. J'avoue donc que rien ne m'eût surpris dans votre inféodation, ou plutôt dans celle de votre diocèse, à M. Fouquet. C'est un autre maître que le roi, voilà tout, mais aussi puissant qu'un roi.

– Dieu merci ! mon ami, je ne suis inféodé à personne ; je n'appartiens à personne et suis tout à moi, répondit Aramis, qui, pendant toute cette conversation, suivait de l'œil chaque geste de d'Artagnan, chaque clin d'œil de Porthos.

Mais d'Artagnan était impassible et Porthos immobile ; les coups portés habilement étaient parés par un habile adversaire ; aucun ne toucha.

Néanmoins chacun sentait la fatigue d'une pareille lutte, et l'annonce du souper fut bien reçue par tout le monde.

Le souper changea le cours de la conversation. D'ailleurs, Aramis et d'Artagnan avaient compris que, sur leurs gardes comme ils étaient chacun de son côté, ni l'un ni l'autre n'en saurait davantage.

Porthos n'avait rien compris du tout. Il s'était tenu immobile parce qu'Aramis lui avait fait signe de ne pas bouger. Le souper ne fut donc pour lui que le souper. Mais c'était bien assez pour Porthos.

Le souper se passa donc à merveille.

D'Artagnan fut d'une gaieté éblouissante.

Aramis se surpassa par sa douce affabilité.

Porthos mangea comme feu Pélops.

On causa guerre et finance, arts et amours.

Aramis faisait l'étonné à chaque mot de politique que risquait d'Artagnan. Celle longue série de surprises augmenta la défiance de d'Artagnan, comme l'éternelle indifférence de d'Artagnan provoquait la défiance d'Aramis.

Enfin d'Artagnan laissa à dessein tomber le nom de Colbert.

Il avait réservé ce coup pour le dernier.

– Qu'est-ce que Colbert ? demanda l'évêque.

« Oh ! pour le coup, se dit d'Artagnan, c'est trop fort. Veillons, mordioux ! veillons. »

Et il donna sur Colbert tous les renseignements qu'Aramis pouvait désirer.

Le souper ou plutôt la conversation se prolongea jusqu'à une heure du matin entre d'Artagnan et Aramis.

À dix heures précises, Porthos s'était endormi sur sa chaise et ronflait comme un orgue.

À minuit, on le réveilla et on l'envoya coucher.

– Hum ! dit-il ; il me semble que je me suis assoupi ; c'était pourtant fort intéressant ce que vous disiez.

À une heure, Aramis conduisit d'Artagnan dans la chambre qui lui était destinée et qui était la meilleure du palais épiscopal.

Deux serviteurs furent mis à ses ordres.

– Demain, à huit heures, dit-il en prenant congé de d'Artagnan, nous ferons, si vous le voulez, une promenade à cheval avec Porthos.

– À huit heures ! fit d'Artagnan, si tard ?

– Vous savez que j'ai besoin de sept heures de sommeil, dit Aramis.

– C'est juste.

– Bonsoir, cher ami !

Et il embrassa le mousquetaire avec cordialité.

D'Artagnan le laissa partir.

– Bon ! dit-il quand sa porte fut refermée derrière Aramis, à cinq heures je serai sur pied.

Puis, cette disposition arrêtée, il se coucha et mit, comme on dit, les morceaux doubles.

XXV

*Où Porthos commence à être fâché
d'être venu avec d'Artagnan*

À peine d'Artagnan avait-il éteint sa bougie, qu'Aramis, qui guettait à travers ses rideaux le dernier soupir de la lumière chez son ami, traversa le corridor sur la pointe du pied et passa chez Porthos.

Le géant, couché depuis une heure et demie à peu près, se prélassait sur l'édredon. Il était dans ce calme heureux du premier sommeil qui, chez Porthos, résistait au bruit des cloches et du canon. Sa tête nageait dans ce doux balancement qui rappelle le mouvement moelleux d'un navire. Une minute de plus, Porthos allait rêver.

La porte de sa chambre s'ouvrit doucement sous la pression délicate de la main d'Aramis.

L'évêque s'approcha du dormeur. Un épais tapis assourdissait le bruit de ses pas ; d'ailleurs, Porthos ronflait de façon à éteindre tout autre bruit.

Il lui posa une main sur l'épaule.

– Allons, dit-il, allons, mon cher Porthos.

La voix d'Aramis était douce et affectueuse, mais elle renfermait plus qu'un avis, elle renfermait un ordre. Sa main était légère, et cependant elle indiquait un danger.

Porthos entendit la voix et sentit la main d'Aramis au fond de son sommeil.

Il tressaillit.

– Qui va là ? dit-il de sa voix de géant.

– Chut ! c'est moi, dit Aramis.

– Vous, cher ami ! et pourquoi diable m'éveillez-vous ?

– Pour vous dire qu'il faut partir.

– Partir ?

– Oui.

– Pour où ?

– Pour Paris.

Porthos bondit dans son lit et retomba assis en fixant sur Aramis ses gros yeux effarés.

– Pour Paris ?

– Oui.

– Cent lieues ! fit-il.

– Cent quatre, répliqua l'évêque.

– Ah ! mon Dieu ! soupira Porthos en se recouchant, pareil à ces enfants qui luttent avec leur bonne pour gagner une heure ou deux de sommeil.

– Trente heures de cheval, ajouta résolument Aramis. Vous savez qu'il y a de bons relais.

Porthos bougea une jambe en laissant échapper un gémissement.

– Allons ! allons ! cher ami, insista le prélat avec une sorte d'impatience.

Porthos tira l'autre jambe du lit.

– Et c'est absolument nécessaire que je parte ? dit-il.

– De toute nécessité.

Porthos se dressa sur ses jambes et commença d'ébranler le plancher et les murs de son pas de statue.

– Chut ! pour l'amour de Dieu, mon cher Porthos ! dit Aramis ; vous allez réveiller quelqu'un.

– Ah ! c'est vrai, répondit Porthos d'une voix de tonnerre ; j'oubliais ; mais, soyez tranquille, je m'observerai.

Et, en disant ces mots, il fit tomber une ceinture chargée de son épée, de ses pistolets et d'une bourse dont les écus s'échappèrent avec un bruit vibrant et prolongé.

Ce bruit fit bouillir le sang d'Aramis, tandis qu'il provoquait chez Porthos un formidable éclat de rire.

– Que c'est bizarre ! dit-il de sa même voix.

– Plus bas, Porthos, plus bas, donc !

– C'est vrai.

Et il baissa en effet la voix d'un demi-ton.

– Je disais donc, continua Porthos, que c'est bizarre qu'on ne soit jamais aussi lent que lorsqu'on veut se presser, aussi bruyant que lorsqu'on désire être muet.

– Oui, c'est vrai ; mais faisons mentir le proverbe, Porthos, hâtons-nous et taisons-nous.

– Vous voyez que je fais de mon mieux, dit Porthos en passant son haut-de-chausses.

– Très bien.

– Il paraît que c'est pressé ?

– C'est plus que pressé, c'est grave, Porthos.

– Oh ! oh !

– D'Artagnan vous a questionné, n'est-ce pas ?

– Moi ?

– Oui, à Belle-Île ?

– Pas le moins du monde.

– Vous en êtes bien sûr, Porthos ?

– Parbleu !

– C'est impossible. Souvenez-vous bien.

– Il m'a demandé ce que je faisais, je lui ai dit : « De la topographie. » J'aurais voulu dire un autre mot dont vous vous étiez servi un jour.

– De la castramétation ?

– C'est cela ; mais je n'ai jamais pu me le rappeler.

– Tant mieux ! Que vous a-t-il demandé encore ?

– Ce que c'était que M. Gétard.

– Et encore ?

– Ce que c'était que M. Jupenet.

– Il n'a pas vu notre plan de fortifications, par hasard ?

– Si fait.

– Ah ! diable !

– Mais soyez tranquille, j'avais effacé votre écriture avec de la gomme. Impossible de supposer que vous avez bien voulu me donner quelque avis dans ce travail.

– Il a de bien bons yeux, notre ami.

– Que craignez-vous ?

– Je crains que tout ne soit découvert, Porthos ; il s'agit donc de prévenir un grand malheur. J'ai donné l'ordre à mes gens de fermer toutes les portes. On ne laissera point sortir d'Artagnan avant le jour. Votre cheval est tout sellé ; vous gagnez le premier relais ; à cinq heures du matin, vous aurez fait quinze lieues. Venez.

On vit alors Aramis vêtir Porthos pièce par pièce avec autant de célérité qu'eût pu le faire le plus habile valet de chambre.

Porthos, moitié confus, moitié étourdi, se laissait faire et se confondait en excuses.

Lorsqu'il fut prêt, Aramis le prit par la main et l'emmena, en lui faisant poser le pied avec précaution sur chaque marche de l'escalier, l'empêchant de se heurter aux embrasures des portes, le tournant et le retournant comme si lui, Aramis, eût été le géant et Porthos le nain.

Cette âme incendiait et soulevait cette matière.

Un cheval, en effet, attendait tout sellé dans la cour.

Porthos se mit en selle.

Alors Aramis prit lui-même le cheval par la bride et le guida sur du fumier répandu dans la cour, dans l'intention évidente d'éteindre le bruit. Il lui pinçait en même temps les naseaux pour qu'il ne hennit pas...

Puis, une fois arrivé à la porte extérieure, attirant à lui Porthos, qui allait partir sans même lui demander pourquoi :

– Maintenant, ami Porthos, dit-il à son oreille, maintenant, sans débrider jusqu'à Paris ; mangez à cheval, buvez à cheval, dormez à cheval, mais ne perdez pas une minute.

– C'est dit ; on ne s'arrêtera pas.

– Cette lettre à M. Fouquet, coûte que coûte ; il faut qu'il l'ait demain à midi.

– Il l'aura.

– Et pensez à une chose, cher ami.

– À laquelle ?

– C'est que vous courez après votre brevet de duc et pair.

– Oh ! oh ! fit Porthos les yeux étincelants, j'irai en vingt-quatre heures en ce cas.

– Tâchez.

– Alors lâchez la bride, et en avant, Goliath !

Aramis lâcha effectivement, non pas la bride, mais les narines du cheval. Porthos rendit la main, piqua des deux, et l'animal furieux partit au galop sur la terre.

Tant qu'il put voir Porthos dans la nuit, Aramis le suivit des yeux ; puis, lorsqu'il l'eut perdu de vue, il rentra dans la cour.

Rien n'avait bougé chez d'Artagnan.

Le valet mis en faction auprès de sa porte n'avait vu aucune lumière, n'avait entendu aucun bruit.

Aramis referma la porte avec soin, envoya le laquais se coucher, et lui-même se mit au lit.

D'Artagnan ne se doutait réellement de rien ; aussi crut-il avoir tout gagné, lorsque le matin il s'éveilla vers quatre heures et demie.

Il courut tout en chemise regarder par la fenêtre : la fenêtre donnait sur la cour. Le jour se levait.

La cour était déserte, les poules elles-mêmes n'avaient pas encore quitté leurs perchoirs.

Pas un valet n'apparaissait.

Toutes les portes étaient fermées.

« Bon ! calme parfait, se dit d'Artagnan. N'importe, me voici réveillé le premier de toute la maison. Habillons-nous ; ce sera autant de fait. »

Et d'Artagnan s'habilla.

Mais cette fois il s'étudia à ne point donner au costume de M. Agnan cette rigidité bourgeoise et presque ecclésiastique qu'il affectait auparavant ; il sut même, en se serrant davantage, en se boutonnant d'une certaine façon, en posant son feutre plus obliquement, rendre à sa personne un peu de cette tournure militaire dont l'absence avait effarouché Aramis.

Cela fait, il en usa ou plutôt feignit d'en user sans façon avec son hôte, et entra tout à l'improviste dans son appartement.

Aramis dormait ou feignait de dormir.

Un grand livre était ouvert sur son pupitre de nuit ; la bougie brûlait encore au-dessus de son plateau d'argent. C'était plus qu'il n'en fallait pour prouver à d'Artagnan l'innocence de la nuit du prélat et les bonnes intentions de son réveil.

Le mousquetaire fit précisément à l'évêque ce que l'évêque avait fait à Porthos.

Il lui frappa sur l'épaule.

Évidemment Aramis feignait de dormir, car, au lieu de s'éveiller soudain, lui qui avait le sommeil si léger, il se fit réitérer l'avertissement.

— Ah ! ah ! c'est vous, dit-il en allongeant les bras. Quelle bonne surprise ! Ma foi, le sommeil m'avait fait oublier que j'eusse le bonheur de vous posséder. Quelle heure est-il ?

— Je ne sais, dit d'Artagnan un peu embarrassé. De bonne heure, je crois. Mais, vous le savez, cette diable d'habitude militaire de m'éveiller avec le jour me tient encore.

— Est-ce que vous voulez déjà que nous sortions, par hasard ? demanda Aramis. Il est bien matin, ce me semble.

– Ce sera comme vous voudrez.

– Je croyais que nous étions convenus de ne monter à cheval qu'à huit heures.

– C'est possible ; mais, moi, j'avais si grande envie de vous voir, que je me suis dit : « Le plus tôt sera le meilleur. »

– Et mes sept heures de sommeil ? dit Aramis. Prenez garde, j'avais compté là-dessus, et ce qu'il m'en manquera, il faudra que je le rattrape.

– Mais il me semble qu'autrefois vous étiez moins dormeur que cela, cher ami ; vous aviez le sang alerte et l'on ne vous trouvait jamais au lit.

– Et c'est justement à cause de ce que vous me dites là que j'aime fort à y demeurer maintenant.

– Aussi, avouez que ce n'était pas pour dormir que vous m'avez demandé jusqu'à huit heures.

– J'ai toujours peur que vous ne vous moquiez de moi si je vous dis la vérité.

– Dites toujours.

– Eh bien ! de six à huit heures, j'ai l'habitude de faire mes dévotions.

– Vos dévotions ?

– Oui.

– Je ne croyais pas qu'un évêque eût des exercices si sévères.

– Un évêque, cher ami, a plus à donner aux apparences qu'un simple clerc.

– Mordioux ! Aramis, voici un mot qui me réconcilie avec Votre Grandeur. Aux apparences ! c'est un mot de mousquetaire, celui-là, à la bonne heure ! Vive les apparences, Aramis !

– Au lieu de m'en féliciter, pardonnez-le-moi, d'Artagnan. C'est un mot bien mondain que j'ai laissé échapper là.

– Faut-il donc que je vous quitte ?

– J'ai besoin de recueillement, cher ami.

– Bon. Je vous laisse ; mais à cause de ce païen qu'on appelle d'Artagnan, abrégez-les, je vous prie ; j'ai soif de votre parole.

– Eh bien ! d'Artagnan, je vous promets que dans une heure et demie...

– Une heure et demie de dévotions ? Ah ! mon ami, passez-moi cela au plus juste. Faites-moi le meilleur marché possible.

Aramis se mit à rire.

– Toujours charmant, toujours jeune, toujours gai, dit-il. Voilà que vous êtes venu dans mon diocèse pour me brouiller avec la grâce.

– Bah !

– Et vous savez bien que je n'ai jamais résisté à vos entraînements ; vous me coûterez mon salut, d'Artagnan.

D'Artagnan se pinça les lèvres.

– Allons, dit-il, je prends le péché sur mon compte, dessinez-moi un simple signe de croix de chrétien, débridez-moi un *Pater* et partons.

– Chut ! dit Aramis, nous ne sommes déjà plus seuls, et j'entends des étrangers qui montent.

– Eh bien ! congédiez-les.

– Impossible ; je leur avais donné rendez-vous hier : c'est le principal du collège des jésuites et le supérieur des dominicains.

– Votre état-major, soit.

– Qu'allez-vous faire ?

– Je vais aller réveiller Porthos et attendre dans sa compagnie que vous ayez fini vos conférences.

Aramis ne bougea point, ne sourcilla point, ne précipita ni son geste ni sa parole.

– Allez, dit-il.

D'Artagnan s'avança vers la porte.

– À propos, vous savez où loge Porthos ?

– Non ; mais je vais m'en informer.

– Prenez le corridor, et ouvrez la deuxième porte à gauche.

– Merci ! au revoir.

Et d'Artagnan s'éloigna dans la direction indiquée par Aramis.

Dix minutes ne s'étaient point écoulées qu'il revint.

Il trouva Aramis assis entre le principal du collège des jésuites et le supérieur des dominicains et le principal du collège des jésuites, exactement dans la même situation où il l'avait retrouvé autrefois dans l'auberge de Crèvecœur.

Cette compagnie n'effraya pas le mousquetaire.

– Qu'est-ce ? dit tranquillement Aramis. Vous avez quelque chose à me dire, ce me semble, cher ami ?

– C'est, répondit d'Artagnan en regardant Aramis, c'est que Porthos n'est pas chez lui.

– Tiens ! fit Aramis avec calme ; vous êtes sûr ?

– Pardieu ! je viens de sa chambre.

– Où peut-il être alors ?

– Je vous le demande.

– Et vous ne vous en êtes pas informé ?

– Si fait.

– Et que vous a-t-on répondu ?

– Que Porthos sortait souvent le matin sans rien dire à personne, et était probablement sorti.

– Qu'avez-vous fait alors ?

– J'ai été à l'écurie, répondit indifféremment d'Artagnan.

– Pour quoi faire ?

– Pour voir si Porthos est sorti à cheval.

– Et ?... interrogea l'évêque.

– Eh bien ! il manque un cheval au râtelier, le numéro 5, Goliath.

Tout ce dialogue, on le comprend, n'était pas exempt d'une certaine affectation de la part du mousquetaire et d'une parfaite complaisance de la part d'Aramis.

– Oh ! je vois ce que c'est, dit Aramis après avoir rêvé un moment : Porthos est sorti pour nous faire une surprise.

– Une surprise ?

– Oui. Le canal qui va de Vannes à la mer est très giboyeux en sarcelles et en bécassines ; c'est la chasse favorite de Porthos ; il nous en rapportera une douzaine pour notre déjeuner.

– Vous croyez ? fit d'Artagnan.

– J'en suis sûr. Où voulez-vous qu'il soit allé ? Je parie qu'il a emporté un fusil.

– C'est possible, dit d'Artagnan.

– Faites une chose, cher ami, montez à cheval et le rejoignez.

– Vous avez raison, dit d'Artagnan, j'y vais.

– Voulez-vous qu'on vous accompagne ?

– Non, merci, Porthos est reconnaissable. Je me renseignerai.

– Prenez-vous une arquebuse ?

– Merci.

– Faites-vous seller le cheval que vous voudrez.

– Celui que je montais hier en venant de Belle-Île.

– Soit ; usez de la maison comme de la vôtre.

Aramis sonna et donna l'ordre de seller le cheval que choisirait M. d'Artagnan.

D'Artagnan suivit le serviteur chargé de l'exécution de cet ordre.

Arrivé à la porte, le serviteur se rangea pour laisser passer d'Artagnan.

Dans ce moment son œil rencontra l'œil de son maître. Un froncement de sourcils suffit à faire comprendre à l'intelligent espion que l'on donnait à d'Artagnan ce qu'il avait à faire.

D'Artagnan monta à cheval ; Aramis entendit le bruit des fers qui battaient le pavé.

Un instant après, le serviteur rentra.

– Eh bien ? demanda l'évêque.

– Monseigneur, il suit le canal et se dirige vers la mer, dit le serviteur.

– Bien ! dit Aramis.

En effet, d'Artagnan, chassant tout soupçon, courait vers l'océan, espérant toujours voir dans les landes ou sur la grève la colossale silhouette de son ami Porthos.

D'Artagnan s'obstinait à reconnaître des pas de cheval dans chaque flaque d'eau.

Quelquefois il se figurait entendre la détonation d'une arme à feu.

Cette illusion dura trois heures.

Pendant deux heures, d'Artagnan chercha Porthos.

Pendant la troisième, il revint à la maison.

– Nous nous serons croisés, dit-il, et je vais trouver les deux convives attendant mon retour.

D'Artagnan se trompait. Il ne retrouva pas plus Porthos à l'évêché qu'il ne l'avait trouvé sur le bord du canal.

Aramis l'attendait au haut de l'escalier avec une figure désespérée.

– Ne vous a-t-on pas rejoint, mon cher d'Artagnan ? cria-t-il du plus loin qu'il aperçut le mousquetaire.

– Non. Auriez-vous fait courir après moi ?

– Désolé, mon cher ami, désolé de vous avoir fait courir inutilement ; mais, vers sept heures, l'aumônier de Saint-Paterne est venu ; il avait rencontré du Vallon qui s'en allait et qui, n'ayant voulu réveiller personne à l'évêché, l'avait chargé de me dire que, craignant que M. Gétard ne lui fît quelque mauvais tour en son absence, il allait profiter de la marée du matin pour faire un tour à Belle-Île.

– Mais, dites-moi, Goliath n'a pas traversé les quatre lieues de mer, ce me semble ?

– Il y en a bien six, dit Aramis.

– Encore moins, alors.

– Aussi, cher ami, dit le prélat avec un doux sourire, Goliath est à l'écurie, fort satisfait même, j'en réponds, de n'avoir plus Porthos sur le dos.

En effet, le cheval avait été ramené du relais par les soins du prélat, à qui aucun détail n'échappait.

D'Artagnan parut on ne peut plus satisfait de l'explication.

Il commençait un rôle de dissimulation qui convenait parfaitement aux soupçons qui s'accentuaient de plus en plus dans son esprit.

Il déjeuna entre le jésuite et Aramis, ayant le dominicain en face de lui et souriant particulièrement au dominicain, dont la bonne grosse figure lui revenait assez.

Le repas fut long et somptueux ; d'excellent vin d'Espagne, de belles huîtres du Morbihan, les poissons exquis de l'embouchure de la Loire, les énormes chevrettes de Paimbœuf et le gibier délicat des bruyères en firent les frais.

D'Artagnan mangea beaucoup et but peu.

Aramis ne but pas du tout, ou du moins ne but que de l'eau.

Puis après le déjeuner :

– Vous m'avez offert une arquebuse ? dit d'Artagnan.

– Oui.

– Prêtez-la-moi.

– Vous voulez chasser ?

– En attendant Porthos, c'est ce que j'ai de mieux à faire, je crois.

– Prenez celle que vous voudrez au trophée.

– Venez-vous avec moi ?

– Hélas ! cher ami, ce serait avec grand plaisir, mais la chasse est défendue aux évêques.

– Ah ! dit d'Artagnan, je ne savais pas.

– D'ailleurs, continua Aramis, j'ai affaire jusqu'à midi.

– J'irai donc seul ? dit d'Artagnan.

– Hélas ! oui ! mais revenez dîner surtout.

– Pardieu ! on mange trop bien chez vous pour que je n'y revienne pas.

Et là-dessus d'Artagnan quitta son hôte, salua les convives, prit son arquebuse, mais, au lieu de chasser, courut tout droit au petit port de Vannes.

Il regarda en vain si on le suivait ; il ne vit rien ni personne.

Il fréta un petit bâtiment de pêche pour vingt-cinq livres et partit à onze heures et demie, convaincu qu'on ne l'avait pas suivi.

On ne l'avait pas suivi, c'était vrai. Seulement, un frère jésuite, placé au haut du clocher de son église, n'avait pas, depuis le matin, à l'aide d'une excellente lunette, perdu un seul de ses pas.

À onze heures trois quarts, Aramis était averti que d'Artagnan voguait vers Belle-Île.

Le voyage de d'Artagnan fut rapide : un bon vent nord-nord-est le poussait vers Belle-Île.

Au fur et à mesure qu'il approchait, ses yeux interrogeaient la côte. Il cherchait à voir, soit sur le rivage, soit au-dessus des fortifications, l'éclatant habit de Porthos et sa vaste stature se détachant sur un ciel légèrement nuageux.

D'Artagnan cherchait inutilement ; il débarqua sans avoir rien vu, et apprit du premier soldat interrogé par lui que M. du Vallon n'était point encore revenu de Vannes.

Alors, sans perdre un instant, d'Artagnan ordonna à sa petite barque de mettre le cap sur Sarzeau.

On sait que le vent tourne avec les différentes heures de la journée ; le vent était passé du nord-nord-est au sud-est ; le vent était donc presque aussi bon pour le retour à Sarzeau qu'il l'avait été pour le voyage de Belle-Île. En trois heures, d'Artagnan eut touché le continent ; deux autres heures lui suffirent pour gagner Vannes.

Malgré la rapidité de la course, ce que d'Artagnan dévora d'impatience et de dépit pendant cette traversée, le pont seul du bateau sur lequel il trépigna pendant trois heures pourrait le raconter à l'histoire.

D'Artagnan ne fit qu'un bond du quai où il avait débarqué au palais épiscopal.

Il comptait terrifier Aramis par la promptitude de son retour, et il voulait lui reprocher sa duplicité, avec réserve toutefois, mais avec assez d'esprit néanmoins pour lui en faire sentir toutes les conséquences et lui arracher une partie de son secret.

Il espérait enfin, grâce à cette verve d'expression qui est aux mystères ce que la charge à la baïonnette est aux redoutes, enlever le mystérieux Aramis jusqu'à une manifestation quelconque.

Mais il trouva dans le vestibule du palais le valet de chambre qui lui fermait le passage tout en lui souriant d'un air béat.

– Monseigneur ? cria d'Artagnan en essayant de l'écarter de la main.

Un instant ébranlé, le valet reprit son aplomb.

– Monseigneur ? fit-il.

– Eh ! oui, sans doute ; ne me reconnais-tu pas, imbécile ?

– Si fait ; vous êtes M. le chevalier d'Artagnan.

– Alors, laisse-moi passer.

– Inutile.

– Pourquoi inutile ?

– Parce que Sa Grandeur n'est point chez elle.

– Comment, Sa Grandeur n'est point chez elle ! Mais où est-elle donc ?

– Partie.

– Partie ?

– Oui.

– Pour où ?

– Je n'en sais rien ; mais peut-être le dit-elle à Monsieur le chevalier.

– Comment ? où cela ? de quelle façon ?

– Dans cette lettre qu'elle m'a remise pour Monsieur le chevalier.

Et le valet de chambre tira une lettre de sa poche.

– Eh ! donne donc, maroufle ! fit d'Artagnan en la lui arrachant des mains. Oh ! oui, continua d'Artagnan à la première ligne ; oui, je comprends.

Et il lut à demi-voix :

Cher ami,

Une affaire des plus urgentes m'appelle dans une des paroisses de mon diocèse. J'espérais vous voir avant de partir ; mais je perds cet espoir en songeant que vous allez sans doute rester deux ou trois jours à Belle-Île avec notre cher Porthos.

Amusez-vous bien, mais n'essayez pas de lui tenir tête à table ; c'est un conseil que je n'eusse pas donné, même à Athos, dans son plus beau et son meilleur temps.

Adieu, cher ami ; croyez bien que j'en suis aux regrets de n'avoir pas mieux et plus longtemps profité de votre excellente compagnie.

– Mordioux ! s'écria d'Artagnan, je suis joué. Ah ! pécore, brute, triple sot que je fais ! mais rira bien qui rira le dernier. Oh ! dupé, dupé comme un singe à qui on donne une noix vide !

Et, bourrant un coup de poing sur le museau toujours riant du valet de chambre, il s'élança hors du palais épiscopal.

Furet, si bon trotteur qu'il fût, n'était plus à la hauteur des circonstances.

D'Artagnan gagna donc la poste, et il y choisit un cheval auquel il fit, avec de bons éperons et une main légère, voir que les cerfs ne sont point les plus agiles coureurs de la création.

XXVI

*Où d'Artagnan court, où Porthos
ronfle, où Aramis conseille*

Trente à trente-cinq heures après les événements que nous venons de raconter, comme M. Fouquet, selon son habitude, ayant interdit sa porte, travaillait dans ce cabinet de sa maison de Saint-Mandé que nous connaissons déjà, un carrosse attelé de quatre chevaux ruisselant de sueur entra au galop dans sa cour.

Ce carrosse était probablement attendu, car trois ou quatre laquais se précipitèrent vers la portière, qu'ils ouvrirent tandis que M. Fouquet se levait de son bureau et courait lui-même à la fenêtre.

Un homme sortit péniblement du carrosse, descendant avec difficulté les trois degrés du marchepied et s'appuyant sur l'épaule des laquais.

À peine eut-il dit son nom, que celui sur l'épaule duquel il ne s'appuyait point s'élança vers le perron et disparut dans le vestibule.

Cet homme courait prévenir son maître ; mais il n'eut pas même besoin de frapper à la porte.

Fouquet était debout sur le seuil.

– Mgr l'évêque de Vannes ! dit le laquais.

– Bien ! dit Fouquet.

Puis, se penchant sur la rampe de l'escalier, dont Aramis commençait à monter les premiers degrés :

– Vous, cher ami, dit-il, vous si tôt !

– Oui, moi-même, monsieur ; mais moulu, brisé, comme vous voyez.

– Oh ! pauvre cher, dit Fouquet en lui présentant son bras sur lequel Aramis s'appuya, tandis que les serviteurs s'éloignaient avec respect.

– Bah ! répondit Aramis, ce n'est rien, puisque me voilà ; le principal était que j'arrivasse, et me voilà arrivé.

– Parlez vite, dit Fouquet en refermant la porte du cabinet derrière Aramis et lui.

– Sommes-nous seuls ?

– Oui, parfaitement seuls.

– Nul ne peut nous écouter ? nul ne peut nous entendre ?

– Soyez donc tranquille.

– M. du Vallon est arrivé ?

– Oui.

– Et vous avez reçu ma lettre ?

– Oui, l'affaire est grave, à ce qu'il paraît, puisqu'elle nécessite votre présence à Paris, dans un moment où votre présence était si urgente là-bas.

– Vous avez raison, on ne peut plus grave.

– Merci, merci ! De quoi s'agit-il ? Mais, pour Dieu, et avant toute chose, respirez, cher ami ; vous êtes pâle à faire frémir !

– Je souffre, en effet ; mais, par grâce ! ne faites pas attention à moi. M. du Vallon ne vous a-t-il rien dit en vous remettant sa lettre ?

– Non : j'ai entendu un grand bruit, je me suis mis à la fenêtre ; j'ai vu, au pied du perron, une espèce de cavalier de marbre ; je suis descendu, il m'a tendu la lettre, et son cheval est tombé mort.

– Mais lui ?

– Lui est tombé avec le cheval ; on l'a enlevé pour le porter dans les appartements ; la lettre lue, j'ai voulu monter près de lui pour avoir de plus amples nouvelles : mais il était endormi de telle façon qu'il a été impossible de le réveiller. J'ai eu pitié de lui, et j'ai ordonné qu'on lui ôtât ses bottes et qu'on le laissât tranquille.

– Bien ; maintenant, voici ce dont il s'agit, monseigneur. Vous avez vu M. d'Artagnan à Paris, n'est-ce pas ?

– Certes, et c'est un homme d'esprit et même un homme de cœur, bien qu'il m'ait fait tuer nos chers amis Lyodot et d'Emerys.

– Hélas ! oui, je le sais ; j'ai rencontré à Tours le courrier qui m'apportait la lettre de Gourville et les dépêches de Pellisson. Avez-vous bien réfléchi à cet événement, monsieur ?

– Oui.

– Et vous avez compris que c'était une attaque directe à votre souveraineté ?

– Croyez-vous ?

– Oh ! oui, je le crois.

– Eh bien ! je vous l'avouerai, cette sombre idée m'est venue, à moi aussi.

– Ne vous aveuglez pas, monsieur, au nom du Ciel, écoutez bien... j'en reviens à d'Artagnan.

– J'écoute.

– Dans quelle circonstance l'avez-vous vu ?

– Il est venu chercher de l'argent.

– Avec quelle ordonnance ?

– Avec un bon du roi.

– Direct ?

– Signé de Sa Majesté.

– Voyez-vous ! Eh bien ! d'Artagnan est venu à Belle-Île ; il était déguisé, il passait pour un intendant quelconque chargé par son maître d'acheter des salines. Or, d'Artagnan n'a pas d'autre maître que le roi ; il venait donc comme envoyé du roi. Il a vu Porthos.

– Qu'est-ce que Porthos ?

– Pardon, je me trompe. Il a vu M. du Vallon à Belle-Île, et il sait, comme vous et moi, que Belle-Île est fortifiée.

– Et vous croyez que le roi l'aurait envoyé ? dit Fouquet tout pensif.

– Assurément.

– Et d'Artagnan aux mains du roi est un instrument dangereux ?

– Le plus dangereux de tous.

– Je l'ai donc bien jugé du premier coup d'œil.

– Comment cela ?

– J'ai voulu me l'attacher.

– Si vous avez jugé que ce fût l'homme de France le plus brave, le plus fin et le plus adroit, vous l'avez bien jugé.

– Il faut donc l'avoir à tout prix !

– D'Artagnan ?

– N'est-ce pas votre avis ?

– C'est mon avis ; mais vous ne l'aurez pas.

– Pourquoi ?

– Parce que nous avons laissé passer le temps. Il était en dissentiment avec la cour, il fallait profiter de ce dissentiment ; depuis il a passé en Angleterre, depuis il a puissamment contribué à la restauration, depuis il a gagné une fortune, depuis enfin il est rentré au service du roi. Eh bien ! s'il est rentré au service du roi, c'est qu'on lui a bien payé ce service.

– Nous le paierons davantage, voilà tout.

– Oh ! monsieur, permettez ; d'Artagnan a une parole, et, une fois engagée, cette parole demeure où elle est.

– Que concluez-vous de cela ? dit Fouquet avec inquiétude.

– Que pour le moment il s'agit de parer un coup terrible.

– Et comment le parez-vous ?

– Attendez... d'Artagnan va venir rendre compte au roi de sa mission.

– Oh ! nous avons le temps d'y penser.

– Comment cela ?

– Vous avez bonne avance sur lui, je présume ?

– Dix heures à peu près.

– Eh bien ! en dix heures...

Aramis secoua sa tête pâle.

– Voyez ces nuages qui courent au ciel, ces hirondelles qui fendent l'air : d'Artagnan va plus vite que le nuage et que l'oiseau ; d'Artagnan, c'est le vent qui les emporte.

– Allons donc !

– Je vous dis que c'est quelque chose de surhumain que cet homme, monsieur ; il est de mon âge, et je le connais depuis trente-cinq ans.

– Eh bien ?

– Eh bien ! écoutez mon calcul, monsieur : je vous ai expédié M. du Vallon à deux heures de la nuit ; M. du Vallon avait huit heures d'avance sur moi. Quand M. du Vallon est-il arrivé ?

– Voilà quatre heures, à peu près.

– Vous voyez bien, j'ai gagné quatre heures sur lui, et cependant c'est un rude cavalier que Porthos, et cependant il a tué sur la route huit chevaux dont j'ai retrouvé les cadavres. Moi, j'ai couru la poste cinquante lieues, mais j'ai la goutte, la gravelle, que sais-je ? de sorte que la fatigue me tue. J'ai dû descendre à Tours ; depuis, roulant en carrosse à moitié mort, à moitié versé, souvent traîné sur les flancs, parfois sur le dos de la voiture, toujours au galop de quatre chevaux furieux, je suis arrivé, arrivé gagnant quatre heures sur Porthos ; mais, voyez-vous, d'Artagnan ne pèse pas trois cents livres comme Porthos, d'Artagnan n'a pas la goutte et la gravelle comme moi : ce n'est pas un cavalier, c'est un centaure ; d'Artagnan, voyez-vous, parti pour Belle-Île quand je partais pour Paris, d'Artagnan, malgré dix heures d'avance que j'ai sur lui, d'Artagnan arrivera deux heures après moi.

– Mais enfin, les accidents ?

– Il n'y a pas d'accidents pour lui.

– Si les chevaux manquent ?

– Il courra plus vite que les chevaux.

– Quel homme, bon Dieu !

– Oui, c'est un homme que j'aime et que j'admire ; je l'aime, parce qu'il est bon, grand, loyal ; je l'admire, parce qu'il représente pour moi le point culminant de la puissance humaine ; mais, tout en l'aimant, tout en l'admirant, je le crains et je le prévois. Donc, je me résume, monsieur : dans deux heures, d'Artagnan sera ici ; prenez les devants, courez au Louvre, voyez le roi avant qu'il voie d'Artagnan.

– Que dirai-je au roi ?

– Rien ; donnez-lui Belle-Île.

– Oh ! monsieur d'Herblay, monsieur d'Herblay ! s'écria Fouquet, que de projets manqués tout à coup !

– Après un projet avorté, il y a toujours un autre projet que l'on peut mener à bien ! Ne désespérons jamais, et allez, monsieur, allez vite.

– Mais cette garnison si soigneusement triée, le roi la fera changer tout de suite.

– Cette garnison, monsieur, était au roi quand elle entra dans Belle-Île ; elle est à vous aujourd'hui : il en sera de même pour toutes les garnisons après quinze jours d'occupation. Laissez faire, monsieur. Voyez-vous inconvénient à avoir une armée à vous au bout d'un an au lieu d'un ou deux régiments ? Ne voyez-vous pas que votre garnison d'aujourd'hui vous fera des partisans à La Rochelle, à Nantes, à Bordeaux, à Toulouse, partout où on l'enverra ? Allez au roi, monsieur, allez, le temps s'écoule, et d'Artagnan, pendant que nous perdons notre temps, vole comme une flèche sur le grand chemin.

– Monsieur d'Herblay, vous savez que toute parole de vous est un germe qui fructifie dans ma pensée ; je vais au Louvre.

– À l'instant même, n'est-ce pas ?

– Je ne vous demande que le temps de changer d'habits.

– Rappelez-vous que d'Artagnan n'a pas besoin de passer par Saint-Mandé, lui, mais qu'il se rendra tout droit au Louvre ; c'est une heure à retrancher sur l'avance qui nous reste.

– D'Artagnan peut tout avoir, excepté mes chevaux anglais ; je serai au Louvre dans vingt-cinq minutes.

Et, sans perdre une seconde, Fouquet commanda le départ.

Aramis n'eut que le temps de lui dire :

– Revenez aussi vite que vous serez parti, car je vous attends avec impatience.

Cinq minutes après, le surintendant volait vers Paris.

Pendant ce temps, Aramis se faisait indiquer la chambre où reposait Porthos.

À la porte du cabinet de Fouquet, il fut serré dans les bras de Pellisson, qui venait d'apprendre son arrivée et quittait les bureaux pour le voir.

Aramis reçut, avec cette dignité amicale qu'il savait si bien prendre, ces caresses aussi respectueuses qu'empressées ; mais tout à coup, s'arrêtant sur le palier :

– Qu'entends-je là-haut ? demanda-t-il.

On entendait, en effet, un rauquement sourd pareil à celui d'un tigre affamé ou d'un lion impatient.

– Oh ! ce n'est rien, dit Pellisson en souriant.

– Mais enfin ?...

– C'est M. du Vallon qui ronfle.

– En effet, dit Aramis, il n'y avait que lui capable de faire un tel bruit. Vous permettez, Pellisson, que je m'informe s'il ne manque de rien ?

– Et vous, permettez-vous que je vous accompagne ?

– Comment donc !

Tous deux entrèrent dans la chambre.

Porthos était étendu sur un lit, la face violette plutôt que rouge, les yeux gonflés, la bouche béante. Ce rugissement qui s'échappait des profondes cavités de sa poitrine faisait vibrer les carreaux des fenêtres.

À ses muscles tendus et sculptés en saillie sur sa face, à ses cheveux collés de sueur, aux énergiques soulèvements de son menton et de ses épaules, on ne pouvait refuser une certaine admiration : la force poussée à ce point, c'est presque de la divinité.

Les jambes et les pieds herculéens de Porthos avaient, en se gonflant, fait craquer ses bottes de cuir ; toute la force de son énorme corps s'était convertie en une rigidité de pierre. Porthos ne remuait pas plus que le géant de granit couché dans la plaine d'Agrigente.

Sur l'ordre de Pellisson, un valet de chambre s'occupa de couper les bottes de Porthos, car nulle puissance au monde n'eût pu les lui arracher.

Quatre laquais y avaient essayé en vain, tirant à eux comme des cabestans.

Ils n'avaient pas même réussi à réveiller Porthos.

On lui enleva ses bottes par lanières, et ses jambes retombèrent sur le lit ; on lui coupa le reste de ses habits, on le porta dans un bain, on l'y laissa une heure, puis on le revêtit de linge blanc et on l'introduisit dans un lit bassiné, le tout avec des efforts et des peines qui eussent incommodé un mort, mais qui ne firent pas même ouvrir l'œil à Porthos et n'interrompirent pas une seconde l'orgue formidable de ses ronflements.

Aramis voulait, de son côté, nature sèche et nerveuse, armée d'un courage exquis, braver aussi la fatigue et travailler avec Gourville et Pellisson ; mais il s'évanouit sur la chaise où il s'était obstiné à rester.

On l'enleva pour le porter dans une chambre voisine, où le repos du lit ne tarda point à provoquer le calme de la tête.

XXVII

Où M. Fouquet agit

Cependant Fouquet courait vers le Louvre au grand galop de son attelage anglais

Le roi travaillait avec Colbert.

Tout à coup le roi demeura pensif. Ces deux arrêts de mort qu'il avait signés en montant sur le trône lui revenaient parfois en mémoire.

C'étaient deux taches de deuil qu'il voyait les yeux ouverts ; deux taches de sang qu'il voyait les yeux fermés.

– Monsieur, dit-il tout à coup à l'intendant, il me semble parfois que ces deux hommes que vous avez fait condamner n'étaient pas de bien grands coupables.

– Sire, ils avaient été choisis dans le troupeau des traitants, qui avait besoin d'être décimé.

– Choisis par qui ?

– Par la nécessité, sire, répondit froidement Colbert.

– La nécessité ! grand mot ! murmura le jeune roi.

– Grande déesse, sire.

– C'étaient des amis fort dévoués au surintendant, n'est-ce pas ?

– Oui, sire, des amis qui eussent donné leur vie pour M. Fouquet.

– Ils l'ont donnée, monsieur, dit le roi.

– C'est vrai, mais inutilement, par bonheur, ce qui n'était pas leur intention.

– Combien ces hommes avaient-ils dilapidé d'argent ?

– Dix millions peut-être, dont six ont été confisqués sur eux.

– Et cet argent est dans mes coffres ? demanda le roi avec un certain sentiment de répugnance.

– Il y est, sire ; mais cette confiscation, tout en menaçant M. Fouquet, ne l'a point atteint.

– Vous concluez, monsieur Colbert ?...

– Que si M. Fouquet a soulevé contre Votre Majesté une troupe de factieux pour arracher ses amis au supplice, il soulèvera une armée quand il s'agira de se soustraire lui-même au châtiment.

Le roi fit jaillir sur son confident un de ces regards qui ressemblent au feu sombre d'un éclair d'orage ; un de ces regards qui vont illuminer les ténèbres des plus profondes consciences.

– Je m'étonne, dit-il, que, pensant sur M. Fouquet de pareilles choses, vous ne veniez pas me donner un avis.

– Quel avis, sire ?

– Dites-moi d'abord, clairement et précisément, ce que vous pensez, monsieur Colbert.

– Sur quoi ?

– Sur la conduite de M. Fouquet.

– Je pense, sire, que M. Fouquet, non content d'attirer à lui l'argent, comme faisait M. de Mazarin, et de priver par là Votre Majesté d'une partie de sa puissance, veut encore attirer à lui tous les amis de la vie facile et des plaisirs, de ce qu'enfin les fainéants appellent la poésie, et les politiques la corruption ; je pense qu'en soudoyant les sujets de Votre Majesté il empiète sur la prérogative royale, et ne peut, si cela continue ainsi, tarder à reléguer Votre Majesté parmi les faibles et les obscurs.

– Comment qualifie-t-on tous ces projets, monsieur Colbert ?

– Les projets de M. Fouquet, sire ?

– Oui.

– On les nomme crimes de lèse-majesté.

– Et que fait-on aux criminels de lèse-majesté ?

– On les arrête, on les juge, on les punit.

– Vous êtes bien sûr que M. Fouquet a conçu la pensée des crimes que vous lui imputez ?

– Je dirai plus, sire, il y a eu chez lui commencement d'exécution.

– Eh bien ! j'en reviens à ce que je disais, monsieur Colbert.

– Et vous disiez, sire ?

– Donnez-moi un conseil.

– Pardon, sire, mais auparavant j'ai encore quelque chose à ajouter.

– Dites.

– Une preuve évidente, palpable, matérielle de trahison.

– Laquelle ?

– Je viens d'apprendre que M. Fouquet fait fortifier Belle-Île-en-Mer.

– Ah ! vraiment !

– Oui, sire.

– Vous en êtes sûr ?

– Parfaitement ; savez-vous, sire, ce qu'il y a de soldats à Belle-Île ?

– Non, ma foi ; et vous ?

– Je l'ignore, sire, je voulais donc proposer à Votre Majesté d'envoyer quelqu'un à Belle-Île.

– Qui cela ?

– Moi, par exemple.

– Qu'iriez-vous faire à Belle-Île ?

– M'informer s'il est vrai qu'à l'exemple des anciens seigneurs féodaux, M. Fouquet fait créneler ses murailles.

– Et dans quel but ferait-il cela ?

– Dans le but de se défendre un jour contre son roi.

– Mais s'il en est ainsi, monsieur Colbert, dit Louis, il faut faire tout de suite comme vous disiez : il faut arrêter M. Fouquet.

– Impossible !

– Je croyais vous avoir déjà dit, monsieur, que je supprimais ce mot dans mon service.

– Le service de Votre Majesté ne peut empêcher que M. Fouquet ne soit procureur général.

– Eh bien ?

– Et que par conséquent, par cette charge, il n'ait pour lui tout le Parlement, comme il a toute l'armée par ses largesses, toute la littérature par ses grâces, toute la noblesse par ses présents.

– C'est-à-dire alors que je ne puis rien contre M. Fouquet ?

– Rien absolument, du moins à cette heure, sire.

– Vous êtes un conseiller stérile, monsieur Colbert.

– Oh ! non pas, sire, car je ne me bornerai plus à montrer le péril à Votre Majesté.

– Allons donc ! Par où peut-on saper le colosse ? Voyons !

Et le roi se mit à rire avec amertume.

– Il a grandi par l'argent, tuez-le par l'argent, sire.

– Si je lui enlevais sa charge ?

– Mauvais moyen.

– Le bon, le bon alors ?

– Ruinez-le, sire, je vous le dis.

– Comment cela ?

– Les occasions ne vous manqueront pas, profitez de toutes les occasions.

– Indiquez-les-moi.

– En voici une d'abord. Son Altesse Royale Monsieur va se marier, ses noces doivent être magnifiques. C'est une belle occasion pour votre Majesté de demander un million à M. Fouquet ; M. Fouquet, qui paie des vingt mille livres d'un coup, lorsqu'il n'en doit que cinq, trouvera facilement ce million quand le demandera Votre Majesté.

– C'est bien, je le lui demanderai, fit Louis XIV.

– Si Votre Majesté veut signer l'ordonnance, je ferai prendre l'argent moi-même.

Et Colbert poussa devant le roi un papier et lui présenta une plume.

En ce moment, l'huissier entrouvrit la porte et annonça M. le surintendant.

Louis pâlit.

Colbert laissa tomber la plume et s'écarta du roi sur lequel il étendait ses ailes noires de mauvais ange.

Le surintendant fit son entrée en homme de cour, à qui un seul coup d'œil suffit pour apprécier une situation.

Cette situation n'était pas rassurante pour Fouquet, quelle que fût la conscience de sa force. Le petit œil noir de Colbert, dilaté par l'envie, et l'œil limpide de Louis XIV, enflammé par la colère, signalaient un danger pressant.

Les courtisans sont, pour les bruits de cour, comme les vieux soldats qui distinguent, à travers les rumeurs du vent et des feuillages, le retentissement lointain des pas d'une troupe armée ; ils peuvent, après avoir écouté, dire à peu près combien d'hommes marchent, combien d'armes sonnent, combien de canons roulent.

Fouquet n'eut donc qu'à interroger le silence qui s'était fait à son arrivée : il le trouva gros de menaçantes révélations.

Le roi lui laissa tout le temps de s'avancer jusqu'au milieu de la chambre.

Sa pudeur adolescente lui commandait cette abstention du moment.

Fouquet saisit hardiment l'occasion.

– Sire, dit-il, j'étais impatient de voir Votre Majesté.

– Pourquoi cela, monsieur ? demanda Louis.

– Pour lui annoncer une bonne nouvelle.

Colbert, moins la grandeur de la personne, moins la largesse du cœur, ressemblait en beaucoup de points à Fouquet.

Même pénétration, même habitude des hommes. De plus, cette grande force de contraction, qui donne aux hypocrites le temps de réfléchir et de se ramasser pour prendre du ressort.

Il devina que Fouquet marchait au-devant du coup qu'il allait lui porter.

Ses yeux brillèrent.

– Quelle nouvelle ? demanda le roi.

Fouquet déposa un rouleau de papier sur la table.

– Que Votre Majesté veuille bien jeter les yeux sur ce travail, dit-il.

Le roi déplia lentement le rouleau.

– Des plans ? dit-il.

– Oui, sire.

– Et quels sont ces plans ?

– Une fortification nouvelle, sire.

– Ah ! ah ! fit le roi, vous vous occupez donc de tactique et de stratégie, monsieur Fouquet.

– Je m'occupe de tout ce qui peut être utile au règne de Votre Majesté, répliqua Fouquet.

– Belles images ! dit le roi en regardant le dessin.

– Votre Majesté comprend sans doute, dit Fouquet en s'inclinant sur le papier : ici est la ceinture de murailles, ici les forts, là les ouvrages avancés.

– Et que vois-je là, monsieur ?

– La mer.

– La mer tout autour ?

– Oui, sire.

– Et quelle est donc cette place dont vous me montrez le plan ?

– Sire, c'est Belle-Île-en-Mer, répondit Fouquet avec simplicité.

À ce mot, à ce nom, Colbert fit un mouvement si marqué que le roi se retourna pour lui commander la réserve.

Fouquet ne parut pas s'être ému le moins du monde du mouvement de Colbert, ni du signe du roi.

– Monsieur, continua Louis, vous avez donc fait fortifier Belle-Île ?

– Oui, sire, et j'en apporte les devis et les comptes à Votre Majesté, répliqua Fouquet ; j'ai dépensé seize cent mille livres à cette opération.

– Pour quoi faire ? répliqua froidement Louis qui avait puisé de l'initiative dans un regard haineux de l'intendant.

– Pour un but assez facile à saisir, répondit Fouquet, Votre Majesté était en froid avec la Grande-Bretagne.

– Oui ; mais depuis la restauration du roi Charles II, j'ai fait alliance avec elle.

– Depuis un mois, sire, Votre Majesté l'a bien dit ; mais il y a près de six mois que les fortifications de Belle-Île sont commencées.

– Alors elles sont devenues inutiles.

– Sire, des fortifications ne sont jamais inutiles. J'avais fortifié Belle-Île contre MM. Monck et Lambert et tous ces bourgeois de Londres qui jouaient au soldat. Belle-Île se trouvera toute fortifiée contre les Hollandais à qui ou l'Angleterre ou Votre Majesté ne peut manquer de faire la guerre.

Le roi se tut encore une fois et regarda en dessous Colbert.

– Belle-Île, je crois, ajouta Louis, est à vous, monsieur Fouquet ?

– Non, sire.

– À qui donc alors ?

– À Votre Majesté.

Colbert fut saisi d'effroi comme si un gouffre se fût ouvert sous ses pieds.

Louis tressaillit d'admiration, soit pour le génie, soit pour le dévouement de Fouquet.

– Expliquez-vous, monsieur, dit-il.

– Rien de plus facile, sire ; Belle-Île est une terre à moi ; je l'ai fortifiée de mes deniers ; mais comme rien au monde ne peut s'opposer à ce qu'un sujet fasse un humble présent à son roi, j'offre à Votre Majesté la propriété de la terre dont elle me laissera l'usufruit. Belle-Île, place de guerre, doit être occupée par le roi ; Sa Majesté, désormais, pourra y tenir une sûre garnison.

Colbert se laissa presque entièrement aller sur le parquet glissant. Il eut besoin, pour ne pas tomber, de se tenir aux colonnes de la boiserie.

– C'est une grande habileté d'homme de guerre que vous avez témoignée là, monsieur, dit Louis XIV.

– Sire, l'initiative n'est pas venue de moi, répondit Fouquet ; beaucoup d'officiers me l'ont inspirée ; les plans eux-mêmes ont été faits par un ingénieur des plus distingués.

– Son nom ?

– M. du Vallon.

– M. du Vallon ? reprit Louis. Je ne le connais pas. Il est fâcheux, monsieur Colbert, continua-t-il, que je ne connaisse pas le nom des hommes de talent qui honorent mon règne.

Et en disant ces mots, il se retourna vers Colbert.

Celui-ci se sentait écrasé, la sueur lui coulait du front, aucune parole ne se présentait à ses lèvres, il souffrait un martyre inexprimable.

– Vous retiendrez ce nom, ajouta Louis XIV.

Colbert s'inclina, plus pâle que ses manchettes de dentelles de Flandre.

Fouquet continua :

– Les maçonneries sont de mastic romain ; des architectes me l'ont composé d'après les relations de l'Antiquité.

– Et les canons ? demanda Louis.

– Oh ! sire, ceci regarde Votre Majesté, il ne m'appartient pas de mettre des canons chez moi, sans que Votre Majesté m'ait dit qu'elle était chez elle.

Louis commençait à flotter indécis entre la haine que lui inspirait cet homme si puissant et la pitié que lui inspirait cet autre homme abattu, qui lui semblait une contrefaçon du premier.

Mais la conscience de son devoir de roi l'emporta sur les sentiments de l'homme.

Il allongea son doigt sur le papier.

– Ces plans ont dû vous coûter beaucoup d'argent à exécuter ? dit-il.

– Je croyais avoir eu l'honneur de dire le chiffre à Votre Majesté.

– Redites, je l'ai oublié.

– Seize cent mille livres.

– Seize cent mille livres ! Vous êtes énormément riche, monsieur Fouquet.

– C'est Votre Majesté qui est riche, dit le surintendant, puisque Belle-Île est à elle.

– Oui, merci ; mais si riche que je sois, monsieur Fouquet...

Le roi s'arrêta.

– Eh bien ! sire ?... demanda le surintendant.

– Je prévois le moment où je manquerai d'argent.

– Vous, sire ?

– Oui, moi.

– Et à quel moment donc ?

– Demain, par exemple.

– Que Votre Majesté me fasse l'honneur de s'expliquer.

– Mon frère épouse Madame d'Angleterre.

– Eh bien, sire ?

– Eh bien ! je dois faire à la jeune princesse une réception digne de la petite-fille de Henri IV.

– C'est trop juste, sire.

– J'ai donc besoin d'argent.

– Sans doute.

– Et il me faudrait...

Louis XIV hésita. La somme qu'il avait à demander était juste celle qu'il avait été obligé de refuser à Charles II.

Il se tourna vers Colbert pour qu'il donnât le coup.

– Il me faudrait demain... répéta-t-il en regardant Colbert.

– Un million, dit brutalement celui-ci enchanté de reprendre sa revanche.

Fouquet tournait le dos à l'intendant pour écouter le roi. Il ne se retourna même point et attendit que le roi répétât ou plutôt murmurât :

– Un million.

– Oh ! sire, répondit dédaigneusement Fouquet, un million ! que fera Votre Majesté avec un million ?

– Il me semble cependant... dit Louis XIV.

– C'est ce qu'on dépense aux noces d'un petit prince d'Allemagne.

– Monsieur...

– Il faut deux millions au moins à Votre Majesté. Les chevaux seuls emporteront cinq cent mille livres. J'aurai l'honneur d'envoyer ce soir seize cent mille livres à Votre Majesté.

– Comment, dit le roi, seize cent mille livres !

– Attendez, sire, répondit Fouquet sans même se retourner vers Colbert, je sais qu'il manque quatre cent mille livres. Mais ce monsieur de l'intendance (et par-dessus son épaule il montrait du pouce Colbert, qui pâlissait derrière lui), mais ce monsieur de l'intendance... a dans sa caisse neuf cent mille livres à moi.

Le roi se retourna pour regarder Colbert.

– Mais... dit celui-ci.

– Monsieur, poursuivit Fouquet toujours parlant indirectement à Colbert, Monsieur a reçu il y a huit jours seize cent mille livres ; il a payé cent mille livres aux gardes, soixante-quinze mille aux hôpitaux, vingt-cinq mille aux Suisses, cent trente mille aux vivres, mille aux armes, dix mille aux menus frais ; je ne me trompe donc point en comptant sur neuf cent mille livres qui restent.

Alors, se tournant à demi vers Colbert, comme fait un chef dédaigneux vers son inférieur :

– Ayez soin, monsieur, dit-il, que ces neuf cent mille livres soient remises ce soir en or à Sa Majesté.

– Mais, dit le roi, cela fera deux millions cinq cent mille livres ?

– Sire, les cinq cent mille livres de plus seront la monnaie de poche de Son Altesse Royale. Vous entendez, monsieur Colbert, ce soir, avant huit heures.

Et sur ces mots, saluant le roi avec respect, le surintendant fit à reculons sa sortie sans honorer d'un seul regard l'envieux auquel il venait d'écraser à moitié la tête.

Colbert déchira de rage son point de Flandre et mordit ses lèvres jusqu'au sang.

Fouquet n'était pas à la porte du cabinet que l'huissier, passant à coté de lui, cria :

– Un courrier de Bretagne pour Sa Majesté.

– M. d'Herblay avait raison, murmura Fouquet en tirant sa montre : une heure cinquante-cinq minutes. Il était temps !

XXVIII

*Où d'Artagnan finit par mettre enfin la
main sur son brevet de capitaine*

Le lecteur sait d'avance qui l'huissier annonçait en annonçant le messager de Bretagne.

Ce messager, il était facile de le reconnaître.

C'était d'Artagnan, l'habit poudreux, le visage enflammé, les cheveux dégouttants de sueur, les jambes roidies ; il levait péniblement les pieds à la hauteur de chaque marche sur laquelle résonnaient ses éperons ensanglantés.

Il apparut sur le seuil, au moment où le franchissait M. le surintendant.

Fouquet salua avec un sourire celui qui, une heure plus tôt, lui amenait la ruine ou la mort.

D'Artagnan trouva dans sa bonté d'âme et dans son inépuisable vigueur corporelle assez de présence d'esprit pour se rappeler le bon accueil de cet homme ; il le salua donc aussi, bien plutôt par bienveillance et par compassion que par respect.

Il se sentit sur les lèvres ce mot qui tant de fois avait été répété au duc de Guise : « Fuyez ! »

Mais prononcer ce mot, c'eût été trahir une cause ; dire ce mot dans le cabinet du roi et devant un huissier, c'eût été se perdre gratuitement sans sauver personne.

D'Artagnan se contenta donc de saluer Fouquet sans lui parler et entra.

En ce moment même, le roi flottait entre la surprise où venaient de le jeter les dernières paroles de Fouquet et le plaisir du retour de d'Artagnan.

Sans être courtisan, d'Artagnan avait le regard aussi sûr et aussi rapide que s'il l'eût été.

Il lut en entrant l'humiliation dévorante imprimée au front de Colbert.

Il put même entendre ces mots que lui disait le roi :

– Ah ! monsieur Colbert, vous aviez donc neuf cent mille livres à la surintendance ?

Colbert, suffoqué, s'inclinait sans répondre.

Toute cette scène entra donc dans l'esprit de d'Artagnan par les yeux et par les oreilles à la fois.

Le premier mot de Louis XIV à son mousquetaire, comme s'il eût voulu faire opposition à ce qu'il disait en ce moment, fut un bonjour affectueux.

Puis son second un congé à Colbert.

Ce dernier sortit du cabinet du roi, livide et chancelant, tandis que d'Artagnan retroussait les crocs de ses moustaches.

– J'aime à voir dans ce désordre un de mes serviteurs, dit le roi, admirant la martiale souillure des habits de son envoyé.

– En effet, sire, dit d'Artagnan, j'ai cru ma présence assez urgente au Louvre pour me présenter ainsi devant vous.

– Vous m'apportez donc de grandes nouvelles, monsieur ? demanda le roi en souriant.

– Sire, voici la chose en deux mots : Belle-Île est fortifiée, admirablement fortifiée ; Belle-Île a une double enceinte, une citadelle, deux forts détachés ; son port renferme trois corsaires, et ses batteries de côte n'attendent plus que du canon.

– Je sais tout cela, monsieur, répondit le roi.

– Ah ! Votre Majesté sait tout cela ? fit le mousquetaire stupéfait.

– J'ai le plan des fortifications de Belle-Île, dit le roi.

– Votre Majesté a le plan ?...

– Le voici.

– En effet, sire, dit d'Artagnan, c'est bien cela, et là-bas j'ai vu le pareil.

Le front de d'Artagnan se rembrunit.

– Ah ! je comprends, Votre Majesté ne s'est pas fiée à moi seul, et elle a envoyé quelqu'un, dit-il d'un ton plein de reproche.

– Qu'importe, monsieur, de quelle façon j'ai appris ce que je sais, du moment où je sais ?

– Soit, sire, reprit le mousquetaire, sans chercher même à déguiser son mécontentement ; mais je me permettrai de dire à Votre Majesté que ce n'était point la peine de me faire tant courir, de risquer vingt fois de me rompre les os, pour me saluer en arrivant ici d'une pareille nouvelle. Sire, quand on se défie des gens, ou quand on les croit insuffisants, on ne les emploie pas.

Et d'Artagnan, par un mouvement tout militaire, frappa du pied et fit tomber sur le parquet une poussière sanglante.

Le roi le regardait et jouissait intérieurement de son premier triomphe.

– Monsieur, dit-il au bout d'un instant, non seulement Belle-Île m'est connue, mais encore Belle-Île est à moi.

– C'est bon, c'est bon, sire ; je ne vous en demande pas davantage, répondit d'Artagnan. Mon congé !

– Comment ! votre congé ?

– Sans doute. Je suis trop fier pour manger le pain du roi sans le gagner, ou plutôt pour le gagner mal. Mon congé, sire !

– Oh ! oh !

– Mon congé, ou je le prends.

– Vous vous fâchez, monsieur ?

– Il y a de quoi, mordioux ! Je reste en selle trente-deux heures, je cours jour et nuit, je fais des prodiges de vitesse, j'arrive roide comme un pendu, et un autre est arrivé avant moi ! Allons ! je suis un niais. Mon congé, sire !

– Monsieur d'Artagnan, dit Louis XIV en appuyant sa main blanche sur le bras poudreux du mousquetaire, ce que je viens de vous dire ne nuira en rien à ce que je vous ai promis. Parole donnée, parole tenue.

Et le jeune roi, allant droit à sa table, ouvrit un tiroir et y prit un papier plié en quatre.

– Voici votre brevet de capitaine des mousquetaires ; vous l'avez gagné, dit-il, monsieur d'Artagnan.

D'Artagnan ouvrit vivement le papier et le regarda à deux fois. Il ne pouvait en croire ses yeux.

– Et ce brevet, continua le roi, vous est donné, non seulement pour votre voyage à Belle-Île, mais encore pour votre brave intervention à la place de Grève. Là, en effet, vous m'avez servi bien vaillamment.

– Ah ! ah ! dit d'Artagnan, sans que sa puissance sur lui-même pût empêcher une certaine rougeur de lui monter aux yeux ; vous savez aussi cela, sire ?

– Oui, je le sais.

Le roi avait le regard perçant et le jugement infaillible, quand il s'agissait de lire dans une conscience.

– Vous avez quelque chose, dit-il au mousquetaire, quelque chose à dire et que vous ne dites pas. Voyons, parlez franchement, monsieur : vous savez que je vous ai dit, une fois pour toutes, que vous aviez toute franchise avec moi.

– Eh bien ! sire, ce que j'ai, c'est que j'aimerais mieux être nommé capitaine des mousquetaires pour avoir chargé à la tête de ma compagnie, fait taire une batterie ou pris une ville, que pour avoir fait pendre deux malheureux.

– Est-ce bien vrai, ce que vous me dites là ?

– Et pourquoi Votre Majesté me soupçonnerait-elle de dissimulation, je le lui demande ?

– Parce que, si je vous connais bien, monsieur, vous ne pouvez vous repentir d'avoir tiré l'épée pour moi.

– Eh bien ! c'est ce qui vous trompe, sire, et grandement ; oui, je me repens d'avoir tiré l'épée à cause des résultats que cette action a amenés ; ces pauvres gens qui sont morts, sire, n'étaient ni vos ennemis ni les miens, et ils ne se défendaient pas.

Le roi garda un moment le silence.

– Et votre compagnon, monsieur d'Artagnan, partage-t-il votre repentir ?

– Mon compagnon ?

– Oui, vous n'étiez pas seul, ce me semble.

– Seul ? où cela ?

– À la place de Grève.

– Non, sire, non, dit d'Artagnan, rougissant à ce soupçon que le roi pouvait avoir l'idée que lui, d'Artagnan, avait voulu accaparer pour lui seul la gloire qui revenait à Raoul ; non, mordioux ! et, comme dit Votre Majesté ? j'avais un compagnon, et même un bon compagnon.

– Un jeune homme ?

– Oui, sire, un jeune homme. Oh ! mais j'en fais compliment à Votre Majesté, elle est aussi bien informée du dehors que du dedans. C'est M. Colbert qui fait au roi tous ces beaux rapports ?

– M. Colbert ne m'a dit que du bien de vous, monsieur d'Artagnan, et il eût été malvenu à m'en dire autre chose.

– Ah ! c'est heureux !

– Mais il a dit aussi beaucoup de bien de ce jeune homme.

– Et c'est justice, dit le mousquetaire.

– Enfin, il paraît que ce jeune homme est un brave, dit Louis XIV, pour aiguiser ce sentiment qu'il prenait pour du dépit.

– Un brave, oui, sire, répéta d'Artagnan, enchanté, de son côté, de pousser le roi sur le compte de Raoul.

– Savez-vous son nom ?

– Mais je pense...

– Vous le connaissez donc ?

– Depuis à peu près vingt-cinq ans, oui, sire.

– Mais il a vingt-cinq ans à peine ! s'écria le roi.

– Eh bien ! sire, je le connais depuis sa naissance, voilà tout.

– Vous m'affirmez cela ?

– Sire, dit d'Artagnan, Votre Majesté m'interroge avec une défiance dans laquelle je reconnais un tout autre caractère que le sien. M. Colbert, qui vous a si bien instruit, a-t-il donc oublié de vous dire que ce jeune homme était le fils de mon ami intime ?

– Le vicomte de Bragelonne ?

– Eh ! certainement, sire : le vicomte de Bragelonne a pour père M. le comte de La Fère, qui a si puissamment aidé à la restauration du roi Charles II. Oh ! Bragelonne est d'une race de vaillants, sire.

– Alors il est le fils de ce seigneur qui m'est venu trouver, ou plutôt qui est venu trouver M. de Mazarin, de la part du roi Charles II, pour nous offrir son alliance ?

– Justement.

– Et c'est un brave que ce comte de La Fère, dites-vous ?

– Sire, c'est un homme qui a plus de fois tiré l'épée pour le roi votre père qu'il n'y a encore de jours dans la vie bienheureuse de Votre Majesté.

Ce fut Louis XIV qui se mordit les lèvres à son tour.

– Bien, monsieur d'Artagnan, bien ! Et M. le comte de La Fère est votre ami ?

– Mais depuis tantôt quarante ans, oui, sire. Votre Majesté voit que je ne lui parle pas d'hier.

– Seriez-vous content de voir ce jeune homme, monsieur d'Artagnan ?

– Enchanté, sire.

Le roi frappa sur son timbre. Un huissier parut.

– Appelez M. de Bragelonne, dit le roi.

– Ah ! ah ! il est ici ? fit d'Artagnan.

– Il est de garde aujourd'hui au Louvre avec la compagnie des gentilshommes de M. le Prince.

Le roi achevait à peine, quand Raoul se présenta, et, voyant d'Artagnan, lui sourit de ce charmant sourire qui ne se trouve que sur les lèvres de la jeunesse.

– Allons, allons, dit familièrement d'Artagnan à Raoul, le roi permet que tu m'embrasses ; seulement, dis à Sa Majesté que tu la remercies.

Raoul s'inclina si gracieusement, que Louis, à qui toutes les supériorités savaient plaire lorsqu'elles n'affectaient rien contre la sienne, admira cette beauté, cette vigueur et cette modestie.

– Monsieur, dit le roi s'adressant à Raoul, j'ai demandé à M. le prince qu'il veuille bien vous céder à moi ; j'ai reçu sa réponse ; vous m'appartenez donc dès ce matin. M. le prince était bon maître ; mais j'espère bien que vous ne perdez pas au change.

– Oui, oui, Raoul, sois tranquille, le roi a du bon, dit d'Artagnan, qui avait deviné le caractère de Louis et qui jouait avec son amour-propre dans certaines limites, bien entendu, réservant toujours les convenances et flattant, lors même qu'il semblait railler.

– Sire, dit alors Bragelonne d'une voix douce et pleine de charmes, avec cette élocution naturelle et facile qu'il tenait de son père ; sire, ce n'est point d'aujourd'hui que je suis à Votre Majesté.

– Oh ! je sais cela, dit le roi, et vous voulez parler de votre expédition de la place de Grève. Ce jour-là, en effet, vous fûtes bien à moi, monsieur.

– Sire, ce n'est point non plus de ce jour que je parle ; il ne me siérait point de rappeler un service si mince en présence d'un homme comme M. d'Artagnan ; je voulais parler d'une circonstance qui a fait époque dans ma vie et qui m'a consacré, dès l'âge de seize ans, au service dévoué de Votre Majesté.

– Ah ! ah ! dit le roi, et quelle est cette circonstance, dites, monsieur ?

– La voici... Lorsque je partis pour ma première campagne, c'est-à-dire pour rejoindre l'armée de M. le prince, M. le comte de La Fère me vint conduire jusqu'à Saint-Denis, où les restes du roi Louis XIII attendent, sur les derniers degrés de la basilique funèbre, un successeur que Dieu ne lui enverra point, je l'espère avant longues années. Alors il me fit jurer sur la cendre de mes maîtres de servir la royauté, représentée par vous, incarnée en vous, sire, de la servir en pensées, en paroles et en action. Je jurai, Dieu et les morts ont reçu mon serment.

Depuis dix ans, sire, je n'ai point eu aussi souvent que je l'eusse désiré l'occasion de le tenir : je suis un soldat de Votre Majesté, pas autre chose, et en m'appelant près d'elle, elle ne me fait pas changer de maître, mais seulement de garnison.

Raoul se tut et s'inclina.

Il avait fini, que Louis XIV écoutait encore.

– Mordioux ! s'écria d'Artagnan, c'est bien dit, n'est-ce pas, Votre Majesté ? Bonne race, sire, grande race !

– Oui, murmura le roi ému, sans oser cependant manifester son émotion, car elle n'avait d'autre cause que le contact d'une nature éminemment aristocratique. Oui, monsieur, vous dites vrai ; partout où vous étiez, vous étiez au roi. Mais en changeant de garnison, vous trouverez, croyez-moi, un avancement dont vous êtes digne.

Raoul vit que là s'arrêtait ce que le roi avait à lui dire. Et avec le tact parfait qui caractérisait cette nature exquise, il s'inclina et sortit.

– Vous reste-t-il encore quelque chose à m'apprendre, monsieur ? dit le roi lorsqu'il se retrouva seul avec d'Artagnan.

– Oui, sire et j'avais gardé cette nouvelle pour la dernière, car elle est triste et va vêtir la royauté européenne de deuil.

– Que me dites-vous ?

– Sire, en passant à Blois, un mot, un triste mot, écho du palais, est venu frapper mon oreille.

– En vérité, vous m'effrayez, monsieur d'Artagnan.

– Sire, ce mot était prononcé par un piqueur qui portait un crêpe au bras.

– Mon oncle Gaston d'Orléans, peut-être ?

– Sire, il a rendu le dernier soupir.

– Et je ne suis pas prévenu ! s'écria le roi, dont la susceptibilité royale voyait une insulte dans l'absence de cette nouvelle.

– Oh ! ne vous fâchez point, sire, dit d'Artagnan, les courriers de Paris, les courriers du monde entier ne vont point comme votre serviteur ; le courrier de Blois ne sera pas ici avant deux heures, et il court bien, je vous en réponds, attendu que je ne l'ai rejoint qu'au-delà d'Orléans.

– Mon oncle Gaston, murmura Louis en appuyant la main sur son front et en enfermant dans ces trois mots tout ce que sa mémoire lui rappelait à ce nom de sentiments opposés.

– Eh ! oui, sire, c'est ainsi, dit philosophiquement d'Artagnan, répondant à la pensée royale ; le passé s'envole.

– C'est vrai, monsieur, c'est vrai ; mais il nous reste, Dieu merci, l'avenir, et nous tâcherons de ne pas le faire trop sombre.

– Je m'en rapporte pour cela à Votre Majesté, dit le mousquetaire en s'inclinant. Et maintenant...

– Oui, vous avez raison, monsieur, j'oublie les cent dix lieues que vous venez de faire. Allez, monsieur, prenez soin d'un de mes meilleurs soldats, et, quand vous serez reposé, venez vous mettre à mes ordres.

– Sire, absent ou présent, j'y suis toujours.

D'Artagnan s'inclina et sortit.

Puis, comme s'il fût arrivé de Fontainebleau seulement, il se mit à arpenter le Louvre pour rejoindre Bragelonne.

XXIX

Un amoureux et une maîtresse

Tandis que les cires brûlaient dans le château de Blois autour du corps inanimé de Gaston d'Orléans, ce dernier représentant du passé ; tandis que les bourgeois de la ville faisaient son épitaphe, qui était loin d'être un panégyrique ; tandis que Madame douairière ne se souvenait plus que pendant ses jeunes années elle avait aimé ce cadavre gisant, au point de fuir pour le suivre le palais paternel et faisait, à vingt pas de la salle funèbre, ses petits calculs d'intérêt et ses petits sacrifices d'orgueil, d'autres intérêts et d'autres orgueils s'agitaient dans toutes les parties du château où avait pu pénétrer une âme vivante.

Ni les sons lugubres des cloches, ni les voix des chantres, ni l'éclat des cierges à travers les vitres, ni les préparatifs de l'ensevelissement n'avaient le pouvoir de distraire deux personnes placées à une fenêtre de la cour intérieure, fenêtre que nous connaissons déjà et qui éclairait une chambre faisant partie de ce qu'on appelait les petits appartements.

Au reste, un rayon joyeux de soleil, car le soleil paraissait fort peu s'inquiéter de la perte que venait de faire la France, un rayon joyeux de soleil, disons-nous, descendait sur eux, tirant les parfums des fleurs voisines et animant les murailles elles-mêmes.

Ces deux personnes si occupées, non de la mort du duc, mais de la conversation qui était la suite de cette mort, ces deux personnes étaient une jeune fille et un jeune homme.

Ce dernier personnage, garçon de vingt-cinq à vingt-six ans à peu près, à la mine tantôt éveillée, tantôt sournoise, faisait jouer à propos deux yeux immenses recouverts de longs cils, était petit et brun de peau ; il souriait avec une bouche énorme, mais bien meublée, et son menton pointu, qui semblait jouir d'une mobilité que la nature n'accorde pas d'ordinaire à cette portion de visage, s'allongeait parfois très amoureusement vers son interlocutrice, qui, disons-le, ne se reculait pas toujours aussi rapidement que les strictes bienséances avaient le droit de l'exiger.

La jeune fille, nous la connaissons, car nous l'avons déjà vue à cette même fenêtre, à la lueur de ce même soleil ; la jeune fille offrait un singulier mélange de finesse et de réflexion : elle était charmante quand elle riait, belle quand elle devenait sérieuse ; mais, hâtons-nous de le dire, elle était plus souvent charmante que belle.

Les deux personnes paraissaient avoir atteint le point culminant d'une discussion moitié railleuse, moitié grave.

– Voyons, monsieur Malicorne, disait la jeune fille, vous plaît-il enfin que nous parlions raison ?

– Vous croyez que c'est facile, mademoiselle Aure, répliqua le jeune homme. Faire ce qu'on veut, quand on ne peut faire ce que l'on peut...

– Bon ! le voilà qui s'embrouille dans ses phrases.

– Moi ?

– Oui, vous ; voyons, quittez cette logique de procureur, mon cher.

– Encore une chose impossible. Clerc je suis, mademoiselle de Montalais.

– Demoiselle je suis, monsieur Malicorne.

– Hélas ! je le sais bien, et vous m'accablez par la distance ; aussi, je ne vous dirai rien.

– Mais non, je ne vous accable pas ; dites ce que vous avez à me dire, dites, je le veux !

– Eh bien ! je vous obéis.

– C'est bien heureux, vraiment !

– Monsieur est mort.

– Ah ! peste, voilà du nouveau ! Et d'où arrivez-vous pour nous dire cela ?

– J'arrive d'Orléans, mademoiselle.

– Et c'est la seule nouvelle que vous apportez ?

– Oh ! non pas... J'arrive aussi pour vous dire que Madame Henriette d'Angleterre arrive pour épouser le frère de Sa Majesté.

– En vérité, Malicorne, vous êtes insupportable avec vos nouvelles du siècle passé ; voyons, si vous prenez aussi cette mauvaise habitude de vous moquer, je vous ferai jeter dehors.

– Oh !

– Oui, car vraiment vous m'exaspérez.

– Là ! là ! patience, mademoiselle.

– Vous vous faites valoir ainsi. Je sais bien pourquoi, allez...

– Dites, et je vous répondrai franchement oui, si la chose est vraie.

– Vous savez que j'ai envie de cette commission de dame d'honneur que j'ai eu la sottise de vous demander, et vous ménagez votre crédit.

– Moi ?

Malicorne abaissa ses paupières, joignit les mains et prit son air sournois.

– Et quel crédit un pauvre clerc de procureur saurait-il avoir, je vous le demande ?

– Votre père n'a pas pour rien vingt mille livres de rente, monsieur Malicorne.

– Fortune de province, mademoiselle de Montalais.

– Votre père n'est pas pour rien dans les secrets de M. le prince.

– Avantage qui se borne à prêter de l'argent à Monseigneur.

– En un mot, vous n'êtes pas pour rien le plus rusé compère de la province.

– Vous me flattez.

– Moi ?

– Oui, vous.

– Comment cela ?

– Puisque c'est moi qui vous soutiens que je n'ai point de crédit, et vous qui me soutenez que j'en ai.

– Enfin, ma commission ?

– Eh bien ! votre commission ?

– L'aurai-je ou ne l'aurai-je pas ?

– Vous l'aurez.

– Mais quand ?

– Quand vous voudrez.

– Où est-elle, alors ?

– Dans ma poche.

– Comment ! dans votre poche ?

– Oui.

Et, en effet, avec son sourire narquois, Malicorne tira de sa poche une lettre dont la Montalais s'empara comme d'une proie et qu'elle lut avec avidité.

À mesure qu'elle lisait, son visage s'éclairait.

– Malicorne ! s'écria-t-elle après avoir lu, en vérité vous êtes un bon garçon.

– Pourquoi cela, mademoiselle ?

– Parce que vous auriez pu vous faire payer cette commission et que vous ne l'avez pas fait.

Et elle éclata de rire, croyant décontenancer le clerc.

Mais Malicorne soutint bravement l'attaque.

– Je ne vous comprends pas, dit-il.

Ce fut Montalais qui fut décontenancée à son tour.

– Je vous ai déclaré mes sentiments, continua Malicorne ; vous m'avez dit trois fois en riant que vous ne m'aimiez pas ; vous m'avez embrassé une fois sans rire, c'est tout ce qu'il me faut.

– Tout ? fit la fière et coquette Montalais d'un ton où perçait l'orgueil blessé.

– Absolument tout, mademoiselle, répliqua Malicorne.

– Ah !

Ce monosyllabe indiquait autant de colère que le jeune homme eût pu attendre de reconnaissance.

Il secoua tranquillement la tête.

– Écoutez, Montalais, dit-il sans s'inquiéter si cette familiarité plaisait ou non à sa maîtresse, ne discutons point là-dessus.

– Pourquoi cela ?

– Parce que, depuis un an que je vous connais, vous m'eussiez mis à la porte vingt fois si je ne vous plaisais pas.

– En vérité ! Et à quel propos vous eussé-je mis à la porte ?

– Parce que j'ai été assez impertinent pour cela.

– Oh ! cela, c'est vrai.

– Vous voyez bien que vous êtes forcée de l'avouer, fit Malicorne.

– Monsieur Malicorne !

– Ne nous fâchons pas ; donc, si vous m'avez conservé, ce n'est pas sans cause.

– Ce n'est pas au moins parce que je vous aime ! s'écria Montalais.

– D'accord. Je vous dirai même qu'en ce moment je suis certain que vous m'exécrez.

– Oh ! vous n'avez jamais dit si vrai.

– Bien ! Moi, je vous déteste.

– Ah ! je prends acte.

– Prenez. Vous me trouvez brutal et sot ; je vous trouve, moi, la voix dure et le visage décomposé par la colère. En ce moment, vous vous jetteriez par cette fenêtre plutôt que de me laisser baiser le bout de votre doigt ; moi, je me précipiterais du haut du clocheton plutôt que de toucher le bas de votre robe. Mais dans cinq minutes vous m'aimerez, et moi, je vous adorerai. Oh ! c'est comme cela.

– J'en doute.

– Et moi, j'en jure.

– Fat !

– Et puis ce n'est point la véritable raison ; vous avez besoin de moi, Aure, et moi, de vous. Quand il vous plaît d'être gaie, je vous fais rire ; quand il me sied d'être amoureux, je vous regarde. Je vous ai donné une commission de dame d'honneur que vous désiriez ; vous m'allez donner tout à l'heure quelque chose que je désirerai.

– Moi ?

– Vous ! mais en ce moment, ma chère Aure, je vous déclare que je ne désire absolument rien ; ainsi, soyez tranquille.

– Vous êtes un homme odieux, Malicorne ; j'allais me réjouir de cette commission, et voilà que vous m'ôtez toute ma joie.

– Bon ! il n'y a point de temps perdu ; vous vous réjouirez quand je serai parti.

– Partez donc, alors...

– Soit ; mais, auparavant, un conseil...

– Lequel ?

– Reprenez votre belle humeur ; vous devenez laide quand vous boudez.

– Grossier !

– Allons, disons-nous nos vérités tandis que nous y sommes.

– Ô Malicorne ! ô mauvais cœur !

– Ô Montalais ! ô ingrate !

Et le jeune homme s'accouda tranquillement sur l'appui de la fenêtre.

Montalais prit un livre et l'ouvrit.

Malicorne se redressa, brossa son feutre avec sa manche et défripa son pourpoint noir.

Montalais, tout en faisant semblant de lire, le regardait du coin de l'œil.

– Bon ! s'écria-t-elle furieuse, le voilà qui prend son air respectueux. Il va bouder pendant huit jours.

– Quinze, mademoiselle, dit Malicorne en s'inclinant.

Montalais s'avança sur lui le poing crispé.

– Monstre ! dit-elle. Oh ! si j'étais un homme !

– Que me feriez-vous ?

– Je t'étranglerais !

– Ah ! fort bien, dit Malicorne ; je crois que je commence à désirer quelque chose.

– Et que désirez-vous, monsieur le démon ! Que je perde mon âme par la colère ?

Malicorne roulait respectueusement son chapeau entre ses doigts ; mais tout à coup il laissa tomber son chapeau, saisit la jeune fille par les deux épaules, l'approcha de lui et appuya sur ses lèvres deux lèvres bien ardentes pour un homme ayant la prétention d'être si indifférent.

Aure voulut pousser un cri, mais ce cri s'éteignit dans le baiser.

Nerveuse et irritée, la jeune fille repoussa Malicorne contre la muraille.

– Bon ! dit philosophiquement Malicorne, en voilà pour six semaines ; adieu, mademoiselle ! agréez mon très humble salut.

Et il fit trois pas pour se retirer.

– Eh bien ! non, vous ne sortirez pas ! s'écria Montalais en frappant du pied ; restez ! je vous l'ordonne !

– Vous l'ordonnez ?

– Oui ; ne suis-je pas la maîtresse ?

– De mon âme et de mon esprit, sans aucun doute.

– Belle propriété, ma foi ! L'âme est sotte et l'esprit est sec.

– Prenez garde, Montalais, je vous connais, dit Malicorne ; vous allez vous reprendre d'amour pour votre serviteur.

– Eh bien ! oui, dit-elle en se pendant à son cou avec une enfantine indolence bien plus qu'avec un voluptueux abandon ; eh bien ! oui, car il faut que je vous remercie, enfin.

– Et de quoi ?

– De cette commission ; n'est-ce pas tout mon avenir ?

– Et tout le mien.

Montalais le regarda.

– C'est affreux, dit-elle, de ne jamais pouvoir deviner si vous parlez sérieusement.

– On ne peut plus sérieusement ; j'allais à Paris, vous y allez, nous y allons.

– Alors, c'est par ce seul motif que vous m'avez servie, égoïste ?

– Que voulez-vous, Aure, je ne puis me passer de vous.

– Eh bien ! en vérité, c'est comme moi ; vous êtes cependant, il faut l'avouer, un bien méchant cœur !

– Aure, ma chère Aure, prenez garde ; si vous retombez dans les injures, vous savez l'effet qu'elles me produisent, et je vais vous adorer.

Et, tout en disant ces paroles, Malicorne rapprocha une seconde fois la jeune fille de lui.

Au même instant un pas retentit dans l'escalier.

Les jeunes gens étaient si rapprochés qu'on les eût surpris dans les bras l'un de l'autre, si Montalais n'eût violemment repoussé Malicorne, lequel alla frapper du dos la porte, qui s'ouvrait en ce moment.

Un grand cri, suivi d'injures, retentit aussitôt.

C'était Mme de Saint-Remy qui poussait ce cri et qui proférait ces injures : le malheureux Malicorne venait de l'écraser à moitié entre la muraille et la porte qu'elle entrouvrait.

– C'est encore ce vaurien ! s'écria la vieille dame ; toujours là !

– Ah ! madame, répondit Malicorne d'une voix respectueuse, il y a huit grands jours que je ne suis venu ici.

XXX

*Où l'on voit enfin reparaître la véritable
héroïne de cette histoire*

Derrière Mme de Saint-Remy montait Mlle de La Vallière.

Elle entendit l'explosion de la colère maternelle, et comme elle en devinait la cause, elle entra toute tremblante dans la chambre et aperçut le malheureux Malicorne, dont la contenance désespérée eût attendri ou égayé quiconque l'eût observé de sang-froid.

En effet, il s'était vivement retranché derrière une grande chaise, comme pour éviter les premiers assauts de Mme de Saint-Remy ; il n'espérait pas la fléchir par la parole, car elle parlait plus haut que lui et sans interruption, mais il comptait sur l'éloquence de ses gestes.

La vieille dame n'écoutait et ne voyait rien ; Malicorne, depuis longtemps, était une de ses antipathies. Mais sa colère était trop grande pour ne pas déborder de Malicorne sur sa complice.

Montalais eut son tour.

– Et vous, mademoiselle, et vous, comptez-vous que je n'avertirai point Madame de ce qui se passe chez une de ses filles d'honneur ?

– Oh ! ma mère, s'écria Mlle de La Vallière, par grâce, épargnez Aure !

– Taisez-vous, mademoiselle, et ne vous fatiguez pas inutilement à intercéder pour des sujets indignes ; qu'une fille honnête comme vous subisse le mauvais exemple, c'est déjà certes un assez grand malheur ; mais qu'elle l'autorise par son indulgence, c'est ce que je ne souffrirai pas.

– Mais, en vérité, dit Montalais se rebellant enfin, je ne sais pas sous quel prétexte vous me traitez ainsi ; je ne fais point de mal, je suppose ?

– Et ce grand fainéant, mademoiselle, reprit Mme de Saint-Remy montrant Malicorne, est-il ici pour faire le bien ? je vous le demande.

– Il n'est ici ni pour le bien ni pour le mal, madame ; il vient me voir, voilà tout.

– C'est bien, c'est bien, dit Mme de Saint-Remy ; Son Altesse Royale sera instruite, et elle jugera.

– En tout cas, je ne vois pas pourquoi, répondit Montalais, il serait défendu à M. Malicorne d'avoir dessein sur moi, si son dessein est honnête.

– Dessein honnête, avec une pareille figure ! s'écria Mme de Saint-Remy.

– Je vous remercie au nom de ma figure, madame, dit Malicorne.

– Venez, ma fille, venez, continua Mme de Saint-Remy ; allons prévenir Madame qu'au moment même où elle pleure un époux, au moment où nous pleurons un maître dans ce vieux château de Blois, séjour de la douleur, il y a des gens qui s'amusent et se réjouissent.

– Oh ! firent d'un seul mouvement les deux accusés.

– Une fille d'honneur ! une fille d'honneur ! s'écria la vieille dame en levant les mains au ciel.

– Eh bien ! c'est ce qui vous trompe, madame, dit Montalais exaspérée ; je ne suis plus fille d'honneur, de Madame du moins.

– Vous donnez votre démission, mademoiselle ? Très bien ! je ne puis qu'applaudir à une telle détermination et j'y applaudis.

– Je ne donne point ma démission, madame ; je prends un autre service, voilà tout.

– Dans la bourgeoisie ou dans la robe ? demanda Mme de Saint-Remy avec dédain.

– Apprenez, madame, dit Montalais, que je ne suis point fille à servir des bourgeoises ni des robines, et qu'au lieu de la cour misérable où vous végétez, je vais habiter une cour presque royale.

– Ah ! ah ! une cour royale, dit Mme de Saint-Remy en se forçant pour rire ; une cour royale, qu'en pensez-vous, ma fille ?

Et elle se retournait vers Mlle de La Vallière, qu'elle voulait à toute force entraîner contre Montalais, et qui, au lieu d'obéir à l'impulsion de Mme de Saint-Remy, regardait tantôt sa mère, tantôt Montalais avec ses beaux yeux conciliateurs.

– Je n'ai point dit une cour royale, madame, répondit Montalais, parce que Madame Henriette d'Angleterre, qui va devenir la femme de Son Altesse Royale Monsieur, n'est point une reine. J'ai dit presque royale, et j'ai dit juste, puisqu'elle va être la belle-sœur du roi.

La foudre tombant sur le château de Blois n'eût point étourdi Mme de Saint Remy comme le fit cette dernière phrase de Montalais.

– Que parlez-vous de Son Altesse Royale Madame Henriette ? balbutia la vieille dame.

– Je dis que je vais entrer chez elle comme demoiselle d'honneur : voilà ce que je dis.

– Comme demoiselle d'honneur ! s'écrièrent à la fois Mme de Saint-Remy avec désespoir et Mlle de La Vallière avec joie.

– Oui, madame, comme demoiselle d'honneur.

La vieille dame baissa la tête comme si le coup eût été trop fort pour elle.

Cependant, presque aussitôt elle se redressa pour lancer un dernier projectile à son adversaire.

– Oh ! oh ! dit-elle, on parle beaucoup de ces sortes de promesses à l'avance, on se flatte souvent d'espérances folles, et au dernier moment, lorsqu'il s'agit de tenir ces promesses, de réaliser ces espérances, on est tout surpris de se voir réduire en vapeur le grand crédit sur lequel on comptait.

– Oh ! madame, le crédit de mon protecteur, à moi, est incontestable, et ses promesses valent des actes.

– Et ce protecteur si puissant, serait-ce indiscret de vous demander son nom ?

– Oh ! mon Dieu, non ; c'est Monsieur que voilà, dit Montalais en montrant Malicorne, qui, pendant toute cette scène, avait conservé le plus imperturbable sang-froid et la plus comique dignité.

– Monsieur ! s'écria Mme de Saint-Remy avec une explosion d'hilarité, Monsieur est votre protecteur ! Cet homme dont le crédit est si puissant, dont les promesses valent des actes, c'est M. Malicorne ?

Malicorne salua.

Quant à Montalais, pour toute réponse elle tira le brevet de sa poche, et le montrant à la vieille dame :

– Voici le brevet, dit-elle.

Pour le coup, tout fut fini. Dès qu'elle eut parcouru du regard le bienheureux parchemin, la bonne dame joignit les mains, une expression indicible d'envie et de désespoir contracta son visage, et elle fut obligée de s'asseoir pour ne point s'évanouir.

Montalais n'était point assez méchante pour se réjouir outre mesure de sa victoire et accabler l'ennemi vaincu, surtout lorsque cet ennemi c'était la mère de son amie ; elle usa donc, mais n'abusa point du triomphe.

Malicorne fut moins généreux ; il prit des poses nobles sur son fauteuil et s'étendit avec une familiarité qui, deux heures plus tôt, lui eût attiré la menace du bâton.

– Dame d'honneur de la jeune Madame ! répétait Mme de Saint-Remy, encore mal convaincue.

– Oui, madame, et par la protection de M. Malicorne, encore.

– C'est incroyable ! répétait la vieille dame ; n'est-ce pas, Louise, que c'est incroyable ?

Mais Louise ne répondit pas ; elle était inclinée, rêveuse, presque affligée ; une main sur son beau front, elle soupirait.

— Enfin, monsieur, dit tout à coup Mme de Saint-Remy, comment avez-vous fait pour obtenir cette charge ?

— Je l'ai demandée madame.

— À qui ?

— À un de mes amis.

— Et vous avez des amis assez bien en cour pour vous donner de pareilles preuves de crédit ?

— Dame ! il paraît.

— Et peut-on savoir le nom de ces amis ?

— Je n'ai pas dit que j'eusse plusieurs amis madame, j'ai dit un ami.

— Et cet ami s'appelle ?

— Peste ! madame, comme vous y allez ! Quand on a un ami aussi puissant que le mien, on ne le produit pas comme cela au grand jour pour qu'on vous le vole.

— Vous avez raison, monsieur, de taire le nom de cet ami car je crois qu'il vous serait difficile de le dire.

— En tout cas, dit Montalais, si l'ami n'existe pas, le brevet existe, et voilà qui tranche la question.

— Alors je conçois, dit Mme de Saint-Remy avec le sourire gracieux du chat qui va griffer, quand j'ai trouvé Monsieur chez vous tout à l'heure...

— Eh bien ?

— Il vous apportait votre brevet.

— Justement, madame, vous avez deviné.

— Mais c'était on ne peut plus moral, alors.

— Je le crois, madame.

— Et j'ai eu tort, à ce qu'il paraît, de vous faire des reproches, mademoiselle.

— Très grand tort, madame ; mais je suis tellement habituée à vos reproches, que je vous les pardonne.

— En ce cas, allons-nous-en, Louise ; nous n'avons plus qu'à nous retirer. Eh bien ?

— Madame ! fit La Vallière en tressaillant, vous dites ?

— Tu n'écoutais pas, à ce qu'il paraît, mon enfant ?

— Non, madame, je pensais.

– Et à quoi ?

– À mille choses.

– Tu ne m'en veux pas au moins, Louise ? s'écria Montalais lui prenant la main.

– Et de quoi t'en voudrais-je, ma chère Aure ? répondit la jeune fille avec sa voix douce comme une musique.

– Dame ! reprit Mme de Saint-Remy, quand elle vous en voudrait un peu, pauvre enfant ! elle n'aurait pas tout à fait tort.

– Et pourquoi m'en voudrait-elle, bon Dieu ?

– Il me semble qu'elle est d'aussi bonne famille et aussi jolie que vous.

– Ma mère ! s'écria Louise.

– Plus jolie cent fois, madame ; de meilleure famille, non ; mais cela ne me dit point pourquoi Louise doit m'en vouloir.

– Croyez-vous donc que ce soit si amusant pour elle de s'enterrer à Blois quand vous allez briller à Paris ?

– Mais, madame, ce n'est point moi qui empêche Louise de m'y suivre, à Paris ; au contraire, je serais certes bien heureuse qu'elle y vînt.

– Mais il me semble que M. Malicorne, qui est tout-puissant à la cour...

– Ah ! tant pis, madame, fit Malicorne, chacun pour soi en ce pauvre monde.

– Malicorne ! fit Montalais.

Puis, se baissant vers le jeune homme :

– Occupez Mme de Saint-Remy, soit en disputant, soit en vous raccommodant avec elle ; il faut que je cause avec Louise.

Et, en même temps, une douce pression de main récompensait Malicorne de sa future obéissance.

Malicorne se rapprocha tout grognant de Mme de Saint-Remy, tandis que Montalais disait à son amie, en lui jetant un bras autour du cou :

– Qu'as-tu ? Voyons ! Est-il vrai que tu ne m'aimeras plus parce que je brillerai, comme dit ta mère ?

– Oh ! non, répondit la jeune fille retenant à peine ses larmes ; je suis bien heureuse de ton bonheur, au contraire.

– Heureuse ! et l'on dirait que tu es prête à pleurer.

– Ne pleure-t-on que d'envie ?

– Ah ! oui, je comprends, je vais à Paris, et ce mot « Paris » te rappelait certain cavalier.

– Aure !

– Certain cavalier qui, autrefois, habitait Blois, et qui aujourd'hui habite Paris.

– Je ne sais, en vérité, ce que j'ai, mais j'étouffe.

– Pleure alors, puisque tu ne peux pas me sourire.

Louise releva son visage si doux que des larmes, roulant l'une après l'autre, illuminaient comme des diamants.

– Voyons, avoue, dit Montalais.

– Que veux-tu que j'avoue ?

– Ce qui te fait pleurer ; on ne pleure pas sans cause. Je suis ton amie ; tout ce que tu voudras que je fasse, je le ferai. Malicorne est plus puissant qu'on ne croit, va ! Veux-tu venir à Paris ?

– Hélas ! fit Louise.

– Veux-tu venir à Paris ?

– Rester seule ici, dans ce vieux château, moi qui avais cette douce habitude d'entendre tes chansons, de te presser la main, de courir avec vous toutes dans ce parc ; oh ! comme je vais m'ennuyer, comme je vais mourir vite !

– Veux-tu venir à Paris ?

Louise poussa un soupir.

– Tu ne réponds pas.

– Que veux-tu que je te réponde ?

– Oui ou non ; ce n'est pas bien difficile, ce me semble.

– Oh ! tu es bien heureuse, Montalais !

– Allons, ce qui veut dire que tu voudrais être à ma place ?

Louise se tut.

– Petite obstinée ! dit Montalais ; a-t-on jamais vu avoir des secrets pour une amie ! Mais avoue donc que tu voudrais venir à Paris, avoue donc que tu meurs d'envie de revoir Raoul !

– Je ne puis avouer cela.

– Et tu as tort.

– Pourquoi ?

– Parce que... Vois-tu ce brevet ?

– Sans doute que je le vois.

– Eh bien ! je t'en eusse fait avoir un pareil.

– Par qui ?

– Par Malicorne.

– Aure, dis-tu vrai ? serait-ce possible ?

– Dame ! Malicorne est là ; et ce qu'il a fait pour moi, il faudra bien qu'il le fasse pour toi.

Malicorne venait d'entendre prononcer deux fois son nom, il était enchanté d'avoir une occasion d'en finir avec Mme de Saint-Remy, et il se retourna.

– Qu'y a-t-il, mademoiselle ?

– Venez ça, Malicorne, fit Montalais avec un geste impératif.

Malicorne obéit.

– Un brevet pareil, dit Montalais.

– Comment cela ?

– Un brevet pareil à celui-ci ; c'est clair.

– Mais...

– Il me le faut !

– Oh ! oh ! il vous le faut ?

– Oui.

– Il est impossible, n'est-ce pas, monsieur Malicorne ? dit Louise avec sa douce voix.

– Dame ! si c'est pour vous, mademoiselle...

– Pour moi. Oui, monsieur Malicorne, ce serait pour moi.

– Et si Mlle de Montalais le demande en même temps que vous...

– Mlle de Montalais ne le demande pas, elle l'exige.

– Eh bien ! on verra à vous obéir, mademoiselle.

– Et vous la ferez nommer ?

– On tâchera.

– Pas de réponse évasive. Louise de La Vallière sera demoiselle d'honneur de Madame Henriette avant huit jours.

– Comme vous y allez !

– Avant huit jours, ou bien...

– Ou bien ?

– Vous reprendrez votre brevet, monsieur Malicorne ; je ne quitte pas mon amie.

– Chère Montalais !

– C'est bien, gardez votre brevet ; Mlle de La Vallière sera dame d'honneur.

– Est-ce vrai ?

– C'est vrai.

– Je puis donc espérer d'aller à Paris ?

– Comptez-y.

– Oh ! monsieur Malicorne, quelle reconnaissance ! s'écria Louise en joignant les mains et en bondissant de joie.

– Petite dissimulée ! dit Montalais, essaie encore de me faire croire que tu n'es pas amoureuse de Raoul.

Louise rougit comme la rose de mai ; mais, au lieu de répondre, elle alla embrasser sa mère.

– Madame, lui dit-elle, savez-vous que M. Malicorne va me faire nommer demoiselle d'honneur ?

– M. Malicorne est un prince déguisé, répliqua la vieille dame ; il a tous les pouvoirs.

– Voulez-vous aussi être demoiselle d'honneur ? demanda Malicorne à Mme de Saint-Remy. Pendant que j'y suis, autant que je fasse nommer tout le monde.

Et, sur ce, il sortit laissant la pauvre dame toute déferrée comme dirait Tallemant des Réaux.

– Allons, murmura Malicorne en descendant les escaliers, allons, c'est encore un billet de mille livres que cela va me coûter ; mais il faut en prendre son parti ; mon ami Manicamp ne fait rien pour rien.

XXXI

Malicorne et Manicamp

L'introduction de ces deux nouveaux personnages dans cette histoire, et cette affinité mystérieuse de noms et de sentiments méritent quelque attention de la part de l'historien et du lecteur.

Nous allons donc entrer dans quelques détails sur M. Malicorne et sur M. de Manicamp.

Malicorne, on le sait, avait fait le voyage d'Orléans pour aller chercher ce brevet destiné à Mlle de Montalais, et dont l'arrivée venait de produire une si vive sensation au château de Blois.

C'est qu'à Orléans se trouvait pour le moment M. de Manicamp.

Singulier personnage s'il en fut que ce M. de Manicamp : garçon de beaucoup d'esprit, toujours à sec, toujours besogneux, bien qu'il puisât à volonté dans la bourse de M. le comte de Guiche, l'une des bourses les mieux garnies de l'époque.

C'est que M. le comte de Guiche avait eu pour compagnon d'enfance, de Manicamp, pauvre gentillâtre vassal né des Grammont.

C'est que M. de Manicamp, avec son esprit, s'était créé un revenu dans l'opulente famille du maréchal.

Dès l'enfance, il avait, par un calcul fort au-dessus de son âge, prêté son nom et sa complaisance aux folies du comte de Guiche. Son noble compagnon avait-il dérobé un fruit destiné à Mme la maréchale, avait-il brisé une glace, éborgné un chien, de Manicamp se déclarait coupable du crime commis, et recevait la punition, qui n'en était pas plus douce pour tomber sur l'innocent.

Mais aussi, ce système d'abnégation lui était payé. Au lieu de porter des habits médiocres comme la fortune paternelle lui en faisait une loi, il pouvait paraître éclatant, superbe, comme un jeune seigneur de cinquante mille livres de revenu.

Ce n'est point qu'il fût vil de caractère ou humble d'esprit ; non, il était philosophe, ou plutôt il avait l'indifférence, l'apathie et la rêverie qui éloignent chez l'homme tout sentiment du monde hiérarchique. Sa seule ambition était de dépenser de l'argent.

Mais, sous ce rapport, c'était un gouffre que ce bon M. de Manicamp.

Trois ou quatre fois régulièrement par année, il épuisait le comte de Guiche, et, quand le comte de Guiche était bien épuisé, qu'il avait retourné ses poches et sa bourse devant lui, et déclaré qu'il fallait au moins quinze jours à la munificence paternelle pour remplir bourse et poches, de Manicamp perdait toute son énergie, il se couchait, restait au lit, ne mangeait plus et vendait ses beaux habits sous prétexte que, restant couché, il n'en avait plus besoin.

Pendant cette prostration de force et d'esprit, la bourse du comte de Guiche se remplissait, et, une fois remplie, débordait dans celle de Manicamp, qui rachetait de nouveaux habits, se rhabillait et recommençait la même vie qu'auparavant.

Cette manie de vendre ses habits neufs le quart de ce qu'ils valaient avait rendu notre héros assez célèbre dans Orléans, ville où, en général, nous serions fort embarrassés de dire pourquoi il venait passer ses jours de pénitence.

Les débauchés de province, les petits-maîtres à six cents livres par an se partageaient les bribes de son opulence.

Parmi les admirateurs de ces splendides toilettes brillait notre ami Malicorne, fils d'un syndic de la ville, à qui M. le prince de Condé, toujours besoigneux comme un Condé, empruntait souvent de l'argent à gros intérêt.

M. Malicorne tenait la caisse paternelle.

C'est-à-dire qu'en ce temps de facile morale il se faisait de son côté, en suivant l'exemple de son père et en prêtant à la petite semaine, un revenu de dix-huit cents livres annuelles, sans compter six cents autres livres que fournissait la générosité du syndic, de sorte que Malicorne était le roi des raffinés d'Orléans, ayant deux mille quatre cents livres à dilapider, à gaspiller, à éparpiller en folies de tout genre.

Mais, tout au contraire de Manicamp, Malicorne était effroyablement ambitieux.

Il aimait par ambition, il dépensait par ambition, il se fût ruiné par ambition.

Malicorne avait résolu de parvenir à quelque prix que ce fût ; et pour cela, à quelque prix que ce fût, il s'était donné une maîtresse et un ami.

La maîtresse, Mlle de Montalais, lui était cruelle dans les dernières faveurs de l'amour ; mais c'était une fille noble, et cela suffisait à Malicorne.

L'ami n'avait pas d'amitié, mais c'était le favori du comte de Guiche, ami lui-même de Monsieur, frère du roi, et cela suffisait à Malicorne.

Seulement, au chapitre des charges, Mlle de Montalais coûtait par an :

Rubans, gants et sucreries, mille livres.

De Manicamp coûtait, argent prêté jamais rendu, de douze à quinze cents livres par an.

Il ne restait donc rien à Malicorne.

Ah ! si fait, nous nous trompons, il lui restait la caisse paternelle.

Il usa d'un procédé sur lequel il garda le plus profond secret, et qui consistait à s'avancer à lui-même, sur la caisse du syndic, une demi-douzaine d'années, c'est-à-dire une quinzaine de mille livres, se jurant bien entendu, à lui-même, de combler ce déficit aussitôt que l'occasion s'en présenterait.

L'occasion devait être la concession d'une belle charge dans la maison de Monsieur, quand on monterait cette maison à l'époque de son mariage.

Cette époque était venue, et l'on allait enfin monter sa maison.

Une bonne charge chez un prince du sang, lorsqu'elle est donnée par le crédit et sur la recommandation d'un ami tel que le comte de Guiche, c'est au moins douze mille livres par an, et, moyennant cette habitude qu'avait prise Malicorne de faire fructifier ses revenus, douze mille livres pouvaient s'élever à vingt.

Alors, une fois titulaire de cette charge, Malicorne épouserait Mlle de Montalais ; Mlle de Montalais, d'une famille où le ventre anoblissait, non seulement serait dotée, mais encore anoblirait Malicorne.

Mais, pour que Mlle de Montalais, qui n'avait pas grande fortune patrimoniale, quoiqu'elle fût fille unique, fût convenablement dotée, il fallait qu'elle appartînt à quelque grande princesse, aussi prodigue que Madame douairière était avare.

Et afin que la femme ne fût point d'un côté pendant que le mari serait de l'autre, situation qui présente de graves inconvénients, surtout avec des caractères comme étaient ceux des futurs conjoints, Malicorne avait imaginé de mettre le point central de réunion dans la maison même de Monsieur, frère du roi.

Mlle de Montalais serait fille d'honneur de Madame.

M. Malicorne serait officier de Monsieur.

On voit que le plan venait d'une bonne tête, on voit aussi qu'il avait été bravement exécuté.

Malicorne avait demandé à Manicamp de demander au comte de Guiche un brevet de fille d'honneur.

Et le comte de Guiche avait demandé ce brevet à Monsieur, lequel l'avait signé sans hésitation.

Le plan moral de Malicorne, car on pense bien que les combinaisons d'un esprit aussi actif que le sien ne se bornaient point au présent et s'étendaient à l'avenir, le plan moral de Malicorne, disons-nous, était celui-ci :

Faire entrer chez Madame Henriette une femme dévouée à lui, spirituelle, jeune, jolie et intrigante ; savoir, par cette femme, tous les secrets féminins du jeune ménage, tandis que lui, Malicorne, et son ami Manicamp sauraient, à eux deux, tous les mystères masculins de la jeune communauté.

C'était par ces moyens qu'on arriverait à une fortune rapide et splendide à la fois.

Malicorne était un vilain nom ; celui qui le portait avait trop d'esprit pour se dissimuler cette vérité ; mais on achetait une terre, et Malicorne de quelque chose, ou même de Malicorne tout court, sonnait fort noblement à l'oreille.

Il n'était pas invraisemblable que l'on pût trouver à ce nom de Malicorne une origine des plus aristocratiques.

En effet, ne pouvait-il pas venir d'une terre où un taureau aux cornes mortelles aurait causé quelque grand malheur et baptisé le sol avec le sang qu'il aurait répandu ?

Certes, ce plan se présentait hérissé de difficultés ; mais la plus grande de toutes, c'était Mlle de Montalais elle-même.

Capricieuse, variable, sournoise, étourdie, libertine, prude, vierge armée de griffes, Érigone barbouillée de raisins, elle renversait parfois, d'un seul coup de ses doigts blancs ou d'un seul souffle de ses lèvres riantes, l'édifice que la patience de Malicorne avait mis un mois à établir.

Amour à part, Malicorne était heureux ; mais cet amour, qu'il ne pouvait s'empêcher de ressentir, il avait la force de le cacher avec soin, persuadé qu'au moindre relâchement de ces liens, dont il avait garrotté son Protée femelle, le démon le terrasserait et se moquerait de lui.

Il humiliait sa maîtresse en la dédaignant. Brûlant de désirs quand elle s'avançait pour le tenter, il avait l'art de paraître de glace, persuadé que, s'il ouvrait ses bras, elle s'enfuirait en le raillant.

De son côté, Montalais croyait ne pas aimer Malicorne, et, tout au contraire, elle l'aimait. Malicorne lui répétait si souvent ses protestations d'indifférence, qu'elle finissait de temps en temps par y croire, et alors elle croyait détester Malicorne. Voulait-elle le ramener par la coquetterie, Malicorne se faisait plus coquet qu'elle.

Mais ce qui faisait que Montalais tenait à Malicorne d'une indissoluble façon, c'est que Malicorne était toujours bourré de nouvelles fraîches apportées de la cour et de la ville ; c'est que Malicorne apportait toujours à Blois une mode, un secret, un parfum ; c'est que Malicorne ne demandait jamais un rendez-vous, et, tout au contraire, se faisait supplier pour recevoir des faveurs qu'il brûlait d'obtenir.

De son côté, Montalais n'était pas avare d'histoires. Par elle, Malicorne savait tout ce qui se passait chez Madame douairière, et il en faisait à Manicamp des contes à mourir de rire, que celui-ci, par paresse, portait tout faits à M. de Guiche, qui les portait à Monsieur.

Voilà en deux mots quelle était la trame de petits intérêts et de petites conspirations qui unissait Blois à Orléans et Orléans à Paris, et qui allait amener dans cette dernière ville, où elle devait produire une si grande révolution, la pauvre petite La Vallière, qui était bien loin de se douter, en s'en retournant toute joyeuse au bras de sa mère, à quel étrange avenir elle était réservée.

Quant au bonhomme Malicorne, nous voulons parler du syndic d'Orléans, il ne voyait pas plus clair dans le présent que les autres dans l'avenir, et ne se doutait guère, en promenant tous les jours, de trois à cinq heures, après son dîner, sur la place Sainte-Catherine, son habit gris taillé sous Louis XIII et ses souliers de drap à grosses bouffettes, que c'était lui qui payait tous ces éclats de rire, tous ces baisers furtifs, tous ces chuchotements, toute cette rubanerie et tous ces projets soufflés qui faisaient une chaîne de quarante-cinq lieues du palais de Blois au Palais-Royal.

XXXII

Manicamp et Malicorne

Donc, Malicorne partit, comme nous l'avons dit, et alla trouver son ami Manicamp, en retraite momentanée dans la ville d'Orléans.

C'était juste au moment où ce jeune seigneur s'occupait de vendre le dernier habit un peu propre qui lui restât.

Il avait, quinze jours auparavant, tiré du comte de Guiche cent pistoles, les seules qui pussent l'aider à se mettre en campagne, pour aller au-devant de Madame, qui arrivait au Havre.

Il avait tiré de Malicorne, trois jours auparavant, cinquante pistoles, prix du brevet obtenu pour Montalais.

Il ne s'attendait donc plus à rien, ayant épuisé toutes les ressources, sinon à vendre un bel habit de drap et de satin, tout brodé et passementé d'or, qui avait fait l'admiration de la cour.

Mais, pour être en mesure de vendre cet habit, le dernier qui lui restât, comme nous avons été forcé de l'avouer au lecteur, Manicamp avait été obligé de prendre le lit.

Plus de feu, plus d'argent de poche, plus d'argent de promenade, plus rien que le sommeil pour remplacer les repas, les compagnies et les bals.

On a dit : « Qui dort dîne » ; mais on n'a pas dit : « Qui dort joue », ou « Qui dort danse ».

Manicamp, réduit à cette extrémité de ne plus jouer ou de ne plus danser de huit jours au moins, était donc fort triste. Il attendait un usurier : il vit entrer Malicorne.

Un cri de détresse lui échappa.

– Eh bien ! dit-il d'un ton que rien ne pourrait rendre, c'est encore vous, cher ami ?

– Bon ! vous êtes poli ! dit Malicorne.

– Ah ! voyez-vous, c'est que j'attendais de l'argent, et, au lieu d'argent, vous arrivez.

– Et si je vous en apporte, de l'argent ?

– Oh ! alors, c'est autre chose. Soyez le bienvenu, cher ami.

Et il tendit la main, non pas à la main de Malicorne, mais à sa bourse.

Malicorne fit semblant de s'y tromper et lui donna la main.

– Et l'argent ? fit Manicamp.

– Mon cher ami, si vous voulez l'avoir, gagnez-le.

– Que faut-il faire pour cela ?

– Le gagner, parbleu !

– Et de quelle façon ?

– Oh ! c'est rude, je vous en avertis !

– Diable !

– Il faut quitter le lit et aller trouver sur-le-champ M. le comte de Guiche.

– Moi, me lever ? fit Manicamp en se détirant voluptueusement dans son lit. Oh ! non pas.

– Vous avez donc vendu tous vos habits ?

– Non, il m'en reste un, le plus beau même, mais j'attends Ésaü.

– Et des chausses ?

– Il me semble que vous les voyez sur cette chaise.

– Eh bien ! puisqu'il vous reste des chausses et un pourpoint, chaussez les unes et endossez l'autre, faites seller un cheval et mettez-vous en chemin.

– Point du tout.

– Pourquoi cela ?

– Morbleu ! vous ne savez donc pas que M. de Guiche est à Étampes ?

– Non, je le croyais à Paris, moi ; vous n'aurez que quinze lieues à faire au lieu de trente.

– Vous êtes charmant ! Si je fais quinze lieues avec mon habit, il ne sera plus mettable, et, au lieu de le vendre trente pistoles, je serai obligé de le donner pour cinq.

– Donnez-le pour ce que vous voudrez, mais il me faut une seconde commission de fille d'honneur.

– Bon ! pour qui ? La Montalais est donc double ?

– Méchant homme ! c'est vous qui l'êtes. Vous engloutissez deux fortunes : la mienne et celle de M. le comte de Guiche.

– Vous pourriez bien dire celle de M. de Guiche et la vôtre.

– C'est juste, à tout seigneur tout honneur ; mais j'en reviens à mon brevet.

– Et vous avez tort.

– Prouvez-moi cela.

– Mon ami, il n'y aura que douze filles d'honneur pour Madame ; j'ai déjà obtenu pour vous ce que douze cents femmes se disputent, et pour cela, il m'a fallu déployer une diplomatie...

– Oui, je sais que vous avez été héroïque, cher ami.

– On sait les affaires, dit Manicamp.

– À qui le dites-vous ! Aussi, quand je serai roi, je vous promets une chose.

– Laquelle ? de vous appeler Malicorne Ier ?

– Non, de vous faire surintendant de mes finances ; mais ce n'est point de cela qu'il s'agit.

– Malheureusement.

– Il s'agit de me procurer une seconde charge de fille d'honneur.

– Mon ami, vous me promettriez le ciel que je ne me dérangerais pas dans ce moment-ci.

Malicorne fit sonner sa poche.

– Il y a là vingt pistoles, dit Malicorne.

– Et que voulez-vous faire de vingt pistoles, mon Dieu ?

– Eh ! dit Malicorne un peu fâché, quand ce ne serait que pour les ajouter aux cinq cents que vous me devez déjà !

– Vous avez raison, reprit Manicamp en tendant de nouveau la main, et sous ce point de vue je puis les accepter. Donnez-les-moi.

– Un instant, que diable ! il ne s'agit pas seulement de tendre la main ; si je vous donne les vingt pistoles, aurai-je le brevet ?

– Sans doute.

– Bientôt ?

– Aujourd'hui.

– Oh ! prenez garde, monsieur de Manicamp ! vous vous engagez beaucoup, et je ne vous en demande pas si long. Trente lieues en un jour, c'est trop, et vous vous tueriez.

– Pour obliger un ami, je ne trouve rien d'impossible.

– Vous êtes héroïque.

– Où sont les vingt pistoles ?

– Les voici, fit Malicorne en les montrant.

– Bien.

– Mais, mon cher monsieur Manicamp, vous allez les dévorer rien qu'en chevaux de poste.

– Non pas ; soyez tranquille.

– Pardonnez-moi.

– Quinze lieues d'ici à Étampes...

– Quatorze.

– Soit ; quatorze lieues font sept postes ; à vingt sous la poste, sept livres ; sept livres de courrier, quatorze ; autant pour revenir, vingt-huit ; coucher et souper autant ; c'est une soixantaine de livres que vous coûtera cette complaisance.

Manicamp s'allongea comme un serpent dans son lit, et fixant ses deux grands yeux sur Malicorne :

– Vous avez raison, dit-il, je ne pourrais pas revenir avant demain.

Et il prit les vingt pistoles.

– Alors, partez.

– Puisque je ne pourrai revenir que demain, nous avons le temps.

– Le temps de quoi faire ?

– Le temps de jouer.

– Que voulez-vous jouer ?

– Vos vingt pistoles, pardieu !

– Non pas, vous gagnez toujours.

– Je vous les gage, alors.

– Contre quoi !

– Contre vingt autres.

– Et quel sera l'objet du pari ?

– Voici. Nous avons dit quatorze lieues pour aller à Étampes.

– Oui.

– Quatorze lieues pour revenir.

– Oui.

– Par conséquent vingt-huit lieues.

– Sans doute.

– Pour ces vingt-huit lieues, vous m'accordez bien quatorze heures ?

– Je vous les accorde.

– Une heure pour trouver le comte de Guiche ?

– Soit.

– Et une heure pour lui faire écrire la lettre à Monsieur ?

– À merveille.

– Seize heures en tout.

– Vous comptez comme M. Colbert.

– Il est midi ?

– Et demi.

– Tiens ! vous avez une belle montre.

– Vous disiez ?... fit Malicorne en remettant sa montre dans son gousset.

– Ah ! c'est vrai ; je vous offrais de vous gagner vingt pistoles contre celles que vous m'avez prêtées, que vous aurez la lettre du comte de Guiche dans...

– Dans combien ?

– Dans huit heures.

– Avez-vous un cheval ailé ?

– Cela me regarde. Pariez toujours.

– J'aurai la lettre du comte dans huit heures ?

– Oui.

– Signée ?

– Oui.

– En main ?

– En main.

– Eh bien, soit ! je parie, dit Malicorne, curieux de savoir comment son vendeur d'habits se tirerait de là.

– Est-ce dit ?

– C'est dit.

– Passez-moi la plume, l'encre et le papier.

– Voici.

– Ah !

Manicamp se souleva avec un soupir, et s'accoudant sur son bras gauche, de sa plus belle écriture il traça les lignes suivantes :

Bon pour une charge de fille d'honneur de Madame que M. le comte de Guiche se chargera d'obtenir à première vue.

DE MANICAMP.

Ce travail pénible accompli, Manicamp se recoucha tout de son long.

– Eh bien ? demanda Malicorne, qu'est-ce que cela veut dire ?

– Cela veut dire que si vous êtes pressé d'avoir la lettre du comte de Guiche pour Monsieur, j'ai gagné mon pari.

– Comment cela ?

– C'est limpide, ce me semble ; vous prenez ce papier.

– Oui.

– Vous partez à ma place.

– Ah !

– Vous lancez vos chevaux à fond de train.

– Bon !

– Dans six heures, vous êtes à Étampes ; dans sept heures, vous avez la lettre du comte, et j'ai gagné mon pari sans avoir bougé de mon lit, ce qui m'accommode tout à la fois et vous aussi, j'en suis bien sûr.

– Décidément, Manicamp, vous êtes un grand homme.

– Je le sais bien.

– Je pars donc pour Étampes.

– Vous partez.

– Je vais trouver le comte de Guiche avec ce bon.

– Il vous en donne un pareil sur Monsieur.

– Je pars pour Paris.

– Vous allez trouver Monsieur avec le bon du comte de Guiche.

– Monsieur approuve.

– À l'instant même.

– Et j'ai mon brevet.

– Vous l'avez.

– Ah !

– J'espère que je suis gentil, hein ?

– Adorable !

– Merci.

– Vous faites donc du comte de Guiche tout ce que vous voulez, mon cher Manicamp ?

– Tout, excepté de l'argent.

– Diable ! l'exception est fâcheuse ; mais enfin, si au lieu de lui demander de l'argent, vous lui demandiez...

– Quoi ?

– Quelque chose d'important.

– Qu'appelez-vous important ?

– Enfin, si un de vos amis vous demandait un service ?

– Je ne le lui rendrais pas.

– Égoïste !

– Ou du moins je lui demanderais quel service il me rendra en échange.

– À la bonne heure ! Eh bien ! cet ami vous parle.

– C'est vous, Malicorne ?

– C'est moi.

– Ah çà ! vous êtes donc bien riche ?

– J'ai encore cinquante pistoles.

– Juste la somme dont j'ai besoin. Où sont ces cinquante pistoles ?

– Là, dit Malicorne en frappant sur son gousset.

– Alors, parlez, mon cher ; que vous faut-il ?

Malicorne reprit l'encre, la plume et le papier, et présenta le tout à Manicamp.

– Écrivez, lui dit-il.

– Dictez.

– « Bon pour une charge dans la maison de Monsieur. »

– Oh ! fit Manicamp en levant la plume, une charge dans la maison de Monsieur pour cinquante pistoles ?

– Vous avez mal entendu, mon cher.

– Comment avez-vous dit ?

– J'ai dit cinq cents.

– Et les cinq cents pistoles ?

Malicorne tira de sa poche un rouleau d'or qu'il écorna par un bout.

– Les voilà.

Manicamp dévora des yeux le rouleau ; mais, cette fois, Malicorne le tenait à distance.

– Ah ! qu'en dites-vous ? Cinq cents pistoles...

– Je dis que c'est pour rien, mon cher, dit Manicamp en reprenant la plume, et que vous userez mon crédit ; dictez.

Malicorne continua :

– « Que mon ami le comte de Guiche obtiendra de Monsieur pour mon ami Malicorne. »

– Voilà, dit Manicamp.

– Pardon, vous avez oublié de signer.

– Ah ! c'est vrai. Les cinq cents pistoles ?

– En voilà deux cent cinquante.

– Et les deux cent cinquante autres ?

– Quand je tiendrai ma charge.

Manicamp fit la grimace.

– En ce cas, rendez-moi la recommandation, dit-il.

– Pour quoi faire ?

– Pour que j'y ajoute un mot.

– Un mot ?

– Oui, un seul.

– Lequel ?

– « Pressé. »

Malicorne rendit la recommandation : Manicamp ajouta le mot.

– Bon ! fit Malicorne en reprenant le papier.

Manicamp se mit à compter ses pistoles.

– Il en manque vingt, dit-il.

– Comment cela ?

– Les vingt que j'ai gagnées.

– Où ?

– En pariant que vous auriez la lettre du duc de Guiche dans huit heures.

– C'est juste.

Et il lui donna les vingt pistoles.

Manicamp se mit à prendre son or à pleines mains et le fit pleuvoir en cascades sur son lit.

– Voilà une seconde charge, murmurait Malicorne en faisant sécher son papier, qui, au premier abord, paraît me coûter plus cher que la première ; mais...

Il s'arrêta, prit à son tour la plume, et écrivit à Montalais :

Mademoiselle, annoncez à votre amie que sa commission ne peut tarder à lui arriver ; je pars pour la faire signer : c'est quatre-vingt-dix lieues que j'aurai faites pour l'amour de vous...

Puis avec son sourire de démon, reprenant la phrase interrompue :

– Voilà, dit-il, une charge qui, au premier abord, paraît me coûter plus cher que la première ; mais... le bénéfice sera, je l'espère, dans la proportion de la dépense, et Mlle de La Vallière me rapportera plus que Mlle de Montalais, ou bien, ou bien, je ne m'appelle plus Malicorne. Adieu, Manicamp.

Et il sortit.

XXXIII

La cour de l'hôtel Grammont

Lorsque Malicorne arriva à Étampes, il apprit que le comte de Guiche venait de partir pour Paris. Malicorne prit deux heures de repos et s'apprêta à continuer son chemin.

Il arriva dans la nuit à Paris, descendit à un petit hôtel dont il avait l'habitude lors de ses voyages dans la capitale, et le lendemain, à huit heures, il se présenta à l'hôtel Grammont.

Il était temps que Malicorne arrivât.

Le comte de Guiche se préparait à faire ses adieux à Monsieur avant de partir pour Le Havre, où l'élite de la noblesse française allait chercher Madame à son arrivée d'Angleterre.

Malicorne prononça le nom de Manicamp, et fut introduit à l'instant même. Le comte de Guiche était dans la cour de l'hôtel Grammont, visitant ses équipages, que des piqueurs et des écuyers faisaient passer en revue devant lui.

Le comte louait ou blâmait devant ses fournisseurs et ses gens les habits, les chevaux et les harnais qu'on venait de lui apporter, lorsque au milieu de cette importante occupation on lui jeta le nom de Manicamp.

– Manicamp ? s'écria-t-il. Qu'il entre, parbleu ! qu'il entre !

Et il fit quatre pas vers la porte.

Malicorne se glissa par cette porte demi-ouverte, et regardant le comte de Guiche surpris de voir un visage inconnu en place de celui qu'il attendait :

– Pardon, monsieur le comte, dit-il, mais je crois qu'on a fait erreur : on vous a annoncé Manicamp lui-même, et ce n'est que son envoyé.

– Ah ! ah ! fit de Guiche un peu refroidi, et vous m'apportez ?

– Une lettre, monsieur le comte.

Malicorne présenta le premier bon et observa le visage du comte.

Celui-ci lut et se mit à rire.

– Encore ! dit-il, encore une fille d'honneur ? Ah çà ! mais ce drôle de Manicamp protège donc toutes les filles d'honneur de France ?

Malicorne salua.

– Et pourquoi ne vient-il pas lui-même ? demanda-t-il.

– Il est au lit.

– Ah ! diable ! Il n'a donc pas d'argent ?

De Guiche haussa les épaules.

– Mais qu'en fait-il donc, de son argent ?

Malicorne fit un mouvement qui voulait dire que, sur cet article-là, il était aussi ignorant que le comte.

– Alors qu'il use de son crédit, continua de Guiche.

– Ah ! mais c'est que je crois une chose.

– Laquelle ?

– C'est que Manicamp n'a de crédit qu'auprès de vous, monsieur le comte.

– Mais alors il ne se trouvera donc pas au Havre ?

Autre mouvement de Malicorne.

– C'est impossible, et tout le monde y sera !

– J'espère, monsieur le comte, qu'il ne négligera point une si belle occasion.

– Il devrait déjà être à Paris.

– Il prendra la traverse pour regagner le temps perdu.

– Et où est-il ?

– À Orléans.

– Monsieur, dit de Guiche en saluant, vous me paraissez homme de bon goût.

Malicorne avait l'habit de Manicamp.

Il salua à son tour.

– Vous me faites grand honneur, monsieur, dit-il.

– À qui ai-je le plaisir de parler ?

– Je me nomme Malicorne, monsieur.

– Monsieur de Malicorne, comment trouvez-vous les fontes de ces pistolets ?

Malicorne était homme d'esprit ; il comprit la situation. D'ailleurs, le *de* mis avant son nom venait de l'élever à la hauteur de celui qui lui parlait.

Il regarda les fontes en connaisseur, et, sans hésiter :

– Un peu lourdes, monsieur, dit-il.

– Vous voyez, fit de Guiche au sellier, Monsieur, qui est homme de goût, trouve vos fontes lourdes : que vous avais-je dit tout à l'heure ?

Le sellier s'excusa.

– Et ce cheval, qu'en dites-vous ? demanda de Guiche. C'est encore une emplette que je viens de faire.

– À la vue, il me paraît parfait, monsieur le comte ; mais il faudrait que je le montasse pour vous en dire mon avis.

– Eh bien ! montez-le, monsieur de Malicorne, et faites-lui faire deux ou trois fois le tour du manège.

La cour de l'hôtel était en effet disposée de manière à servir de manège en cas de besoin.

Malicorne, sans embarras, assembla la bride et le bridon, prit la crinière de la main gauche, plaça son pied à l'étrier, s'enleva et se mit en selle.

La première fois il fit faire au cheval le tour de la cour au pas.

La seconde fois, au trot.

Et la troisième fois, au galop.

Puis il s'arrêta près du comte, mit pied à terre et jeta la bride aux mains d'un palefrenier.

– Eh bien ! dit le comte, qu'en pensez-vous, monsieur de Malicorne ?

– Monsieur le comte, fit Malicorne, ce cheval est de race mecklembourgeoise. En regardant si le mors reposait bien sur les branches, j'ai vu qu'il prenait sept ans. C'est l'âge auquel il faut préparer le cheval de guerre. L'avant-main est léger. Cheval à tête plate, dit-on, ne fatigue jamais la main du cavalier. Le garrot est un peu bas. L'avalement de la croupe me ferait douter de la pureté de la race allemande. Il doit avoir du sang anglais. L'animal est droit sur ses aplombs, mais il chasse au trot ; il doit se couper. Attention à la ferrure. Il est, au reste, maniable. Dans les voltes et les changements de pied je lui ai trouvé les aides fines.

– Bien jugé, monsieur de Malicorne, fit le comte. Vous êtes connaisseur.

Puis, se retournant vers le nouvel arrivé :

– Vous avez là un habit charmant, dit de Guiche à Malicorne. Il ne vient pas de province, je présume ; on ne taille pas dans ce goût-là à Tours ou à Orléans.

– Non, monsieur le comte, cet habit vient en effet de Paris.

– Oui, cela se voit... Mais retournons à notre affaire... Manicamp veut donc faire une seconde fille d'honneur ?

– Vous voyez ce qu'il vous écrit, monsieur le comte.

– Qui était la première déjà ?

Malicorne sentit le rouge lui monter au visage.

– Une charmante fille d'honneur, se hâta-t-il de répondre, Mlle de Montalais.

– Ah ! ah ! vous la connaissez, monsieur ?

– Oui, c'est ma fiancée, ou à peu près.

– C'est autre chose, alors... Mille compliments ! s'écria de Guiche, sur les lèvres duquel voltigeait déjà une plaisanterie de courtisan, et que ce titre de fiancée donné par Malicorne à Mlle de Montalais rappela au respect des femmes.

– Et le second brevet, pour qui est-ce ? demanda de Guiche. Est-ce pour la fiancée de Manicamp ?... En ce cas, je la plains. Pauvre fille ! elle aura pour mari un méchant sujet.

– Non, monsieur le comte... Le second brevet est pour Mlle La Baume Le Blanc de La Vallière.

– Inconnue, fit de Guiche.

– Inconnue ? oui, monsieur, fit Malicorne en souriant à son tour.

– Bon ! je vais en parler à Monsieur. À propos, elle est demoiselle ?

– De très bonne maison, fille d'honneur de Madame douairière.

– Très bien ! Voulez-vous m'accompagner chez Monsieur ?

– Volontiers, si vous me faites cet honneur.

– Avez-vous votre carrosse ?

– Non, je suis venu à cheval.

– Avec cet habit ?

– Non, monsieur ; j'arrive d'Orléans en poste, et j'ai changé mon habit de voyage contre celui-ci pour me présenter chez vous.

– Ah ! c'est vrai, vous m'avez dit que vous arriviez d'Orléans.

Et il fourra, en la froissant, la lettre de Manicamp dans sa poche.

– Monsieur, dit timidement Malicorne, je crois que vous n'avez pas tout lu.

– Comment, je n'ai pas tout lu ?

– Non, il y avait deux billets dans la même enveloppe.

– Ah ! ah ! vous êtes sûr ?

– Oh ! très sûr.

– Voyons donc.

Et le comte rouvrit le cachet.

– Ah ! fit-il, c'est, ma foi, vrai.

Et il déplia le papier qu'il n'avait pas encore lu.

– Je m'en doutais, dit-il, un autre bon pour une charge chez Monsieur ; oh ! mais c'est un gouffre que ce Manicamp. Oh ! le scélérat, il en fait donc commerce ?

– Non, monsieur le comte, il veut en faire don.

– À qui ?

– À moi, monsieur.

– Mais que ne disiez-vous cela tout de suite, mon cher monsieur de Mauvaisecorne.

– Malicorne !

– Ah ! pardon ; c'est le latin qui me brouille, l'affreuse habitude des étymologies. Pourquoi diantre fait-on apprendre le latin aux jeunes gens de famille ? *Mala :* mauvaise. Vous comprenez, c'est tout un. Vous me pardonnez, n'est-ce pas, monsieur de Malicorne ?

– Votre bonté me touche, monsieur ; mais c'est une raison pour que je vous dise une chose tout de suite.

– Quelle chose, monsieur ?

– Je ne suis pas gentilhomme : j'ai bon cœur, un peu d'esprit, mais je m'appelle Malicorne tout court.

– Eh bien ! s'écria de Guiche en regardant la malicieuse figure de son interlocuteur, vous me faites l'effet, monsieur, d'un aimable homme. J'aime votre figure, monsieur Malicorne ; il faut que vous ayez de furieusement bonnes qualités pour avoir plu à cet égoïste de Manicamp. Soyez franc, vous êtes quelque saint descendu sur la terre.

– Pourquoi cela ?

– Morbleu ! pour qu'il vous donne quelque chose. N'avez-vous pas dit qu'il voulait vous faire don d'une charge chez le roi ?

– Pardon, monsieur le comte ; si j'obtiens cette charge, ce n'est point lui qui me l'aura donnée, c'est vous.

– Et puis il ne vous l'aura peut-être pas donnée pour rien tout à fait ?

– Monsieur le comte...

– Attendez donc : il y a un Malicorne à Orléans. Parbleu ! c'est cela ! qui prête de l'argent à M. le prince.

– Je crois que c'est mon père, monsieur.

– Ah ! voilà ! M. le prince a le père, et cet affreux dévorateur de Manicamp a le fils. Prenez garde, monsieur, je le connais ; il vous rongera, mordieu ! jusqu'aux os.

– Seulement, je prête sans intérêt, moi, monsieur, dit en souriant Malicorne.

– Je disais bien que vous étiez un saint ou quelque chose d'approchant, monsieur Malicorne. Vous aurez votre charge ou j'y perdrai mon nom.

– Oh ! monsieur le comte, quelle reconnaissance ! dit Malicorne transporté.

– Allons chez le prince, mon cher monsieur Malicorne, allons chez le prince.

Et de Guiche se dirigea vers la porte en faisant signe à Malicorne de le suivre.

Mais au moment où ils allaient en franchir le seuil, un jeune homme apparut de l'autre côté.

C'était un cavalier de vingt-quatre à vingt-cinq ans, au visage pâle, aux lèvres minces, aux yeux brillants, aux cheveux et aux sourcils bruns.

– Eh ! bonjour, dit-il tout à coup en repoussant pour ainsi dire Guiche dans l'intérieur de la cour.

– Ah ! ah ! vous ici, de Wardes. Vous, botté, éperonné, et le fouet à la main !

– C'est la tenue qui convient à un homme qui part pour Le Havre. Demain, il n'y aura plus personne à Paris.

Et le nouveau venu salua cérémonieusement Malicorne, à qui son bel habit donnait des airs de prince.

– M. Malicorne, dit de Guiche à son ami.

De Wardes salua.

– M. de Wardes, dit de Guiche à Malicorne.

Malicorne salua à son tour.

– Voyons, de Wardes, continua de Guiche, dites-nous cela, vous qui êtes à l'affût de ces sortes de choses : quelles charges y a-t-il encore à donner à la cour, ou plutôt dans la maison de Monsieur ?

– Dans la maison de Monsieur ? dit de Wardes en levant les yeux en l'air pour chercher. Attendez donc... celle de grand écuyer, je crois.

– Oh ! s'écria Malicorne, ne parlons point de pareils postes, monsieur ; mon ambition ne va pas au quart du chemin.

De Wardes avait le coup d'œil plus défiant que de Guiche, il devina tout de suite Malicorne.

– Le fait est, dit-il en le toisant, que, pour occuper cette charge, il faut être duc et pair.

– Tout ce que je demande, moi, dit Malicorne, c'est une charge très humble ; je suis peu et ne m'estime point au-dessus de ce que je suis.

– Monsieur Malicorne, que vous voyez, dit de Guiche à de Wardes, est un charmant garçon qui n'a d'autre malheur que de ne pas être gentilhomme. Mais, vous le savez, moi, je fais peu de cas de l'homme qui n'est que gentilhomme.

– D'accord, dit de Wardes ; mais seulement je vous ferai observer, mon cher comte, que, sans qualité, on ne peut raisonnablement espérer d'entrer chez Monsieur.

– C'est vrai, dit le comte, l'étiquette est formelle. Diable ! diable ! nous n'avions pas pensé à cela.

– Hélas ! voilà un grand malheur pour moi, dit Malicorne en pâlissant légèrement, un grand malheur, monsieur le comte.

– Mais qui n'est pas sans remède, j'espère, répondit de Guiche.

– Pardieu ! s'écria de Wardes, le remède est tout trouvé ; on vous fera gentilhomme, mon cher monsieur : Son Éminence le cardinal Mazarini ne faisait pas autre chose du matin au soir.

– Paix, paix, de Wardes ! dit le comte, pas de mauvaise plaisanterie ; ce n'est point entre nous qu'il convient de plaisanter de la sorte ; la noblesse peut s'acheter, c'est vrai, mais c'est un assez grand malheur pour que les nobles n'en rient pas.

– Ma foi ! tu es bien puritain, comme disent les Anglais.

– M. le vicomte de Bragelonne, annonça un valet dans la cour, comme il eût fait dans un salon.

– Ah ! cher Raoul, viens, viens donc. Tout botté aussi ! tout éperonné aussi ! Tu pars donc ?

Bragelonne s'approcha du groupe de jeunes gens, et salua de cet air grave et doux qui lui était particulier. Son salut s'adressa surtout à de Wardes, qu'il ne connaissait point, et dont les traits s'étaient armés d'une étrange froideur en voyant apparaître Raoul.

– Mon ami, dit-il à de Guiche, je viens te demander ta compagnie. Nous partons pour Le Havre, je présume ?

– Ah ! c'est au mieux ! c'est charmant ! Nous allons faire un merveilleux voyage. Monsieur Malicorne, M. de Bragelonne. Ah ! M. de Wardes, que je te présente.

Les jeunes gens échangèrent un salut compassé. Les deux natures semblaient dès l'abord disposées à se discuter l'une l'autre. De Wardes était souple, fin, dissimulé ; Raoul, sérieux, élevé, droit.

– Mets-nous d'accord, de Wardes et moi, Raoul.

– À quel propos ?

– À propos de noblesse.

– Qui s'y connaîtra, si ce n'est un Grammont ?

– Je ne te demande pas de compliments, je te demande ton avis.

– Encore faut-il que je connaisse l'objet de la discussion.

– De Wardes prétend que l'on fait abus de titres ; moi, je prétends que le titre est inutile à l'homme.

– Et tu as raison, dit tranquillement de Bragelonne.

– Mais, moi aussi, reprit de Wardes avec une espèce d'obstination, moi aussi, monsieur le vicomte, je prétends que j'ai raison.

– Que disiez-vous, monsieur ?

– Je disais, moi, que l'on fait tout ce qu'on peut en France pour humilier les gentilshommes.

– Et qui donc cela ? demanda Raoul.

– Le roi lui-même ; il s'entoure de gens qui ne feraient pas preuve de quatre quartiers.

– Allons donc ! fit de Guiche, je ne sais pas où diable vous avez vu cela, de Wardes.

– Un seul exemple.

Et de Wardes couvrit Bragelonne tout entier de son regard.

– Dis.

– Sais-tu qui vient d'être nommé capitaine général des mousquetaires, charge qui vaut plus que la pairie, charge qui donne le pas sur les maréchaux de France ?

Raoul commença de rougir, car il voyait où de Wardes en voulait venir.

– Non ; qui a-t-on nommé ? Il n'y a pas longtemps en tout cas ; car il y a huit jours la charge était encore vacante ; à telle enseigne que le roi l'a refusée à Monsieur, qui la demandait pour un de ses protégés.

– Eh bien ! mon cher, le roi l'a refusée au protégé de Monsieur pour la donner au chevalier d'Artagnan, à un cadet de Gascogne qui a traîné l'épée trente ans dans les antichambres.

– Pardon, monsieur, si je vous arrête, dit Raoul en lançant un regard plein de sévérité à de Wardes ; mais vous me faites l'effet de ne pas connaître celui dont vous parlez.

– Je ne connais pas M. d'Artagnan ! Eh ! mon Dieu ! qui donc ne le connaît pas ?

– Ceux qui le connaissent, monsieur, reprit Raoul avec plus de calme et de froideur, sont tenus de dire que, s'il n'est pas aussi bon gentilhomme que le roi, ce qui n'est point sa faute, il égale tous les rois du monde en courage et en loyauté. Voilà mon opinion à moi, monsieur, et Dieu merci ! je connais M. d'Artagnan depuis ma naissance.

De Wardes allait répliquer, mais de Guiche l'interrompit.

XXXIV

Le portrait de Madame

La discussion allait s'aigrir, de Guiche l'avait parfaitement compris.

En effet, il y avait dans le regard de Bragelonne quelque chose d'instinctivement hostile.

Il y avait dans celui de de Wardes quelque chose comme un calcul d'agression. Sans se rendre compte des divers sentiments qui agitaient ses deux amis, de Guiche songea à parer le coup qu'il sentait prêt à être porté par l'un ou l'autre et peut-être par tous les deux.

– Messieurs, dit-il, nous devons nous quitter, il faut que je passe chez Monsieur. Prenons nos rendez-vous : toi, de Wardes, viens avec moi au Louvre ; toi, Raoul, demeure le maître de la maison, et comme tu es le conseil de tout ce qui se fait ici, tu donneras le dernier coup d'œil à mes préparatifs de départ.

Raoul, en homme qui ne cherche ni ne craint une affaire, fit de la tête un signe d'assentiment, et s'assit sur un banc au soleil.

– C'est bien, dit de Guiche, reste là, Raoul, et fais-toi montrer les deux chevaux que je viens d'acheter ; tu me diras ton sentiment, car je ne les ai achetés qu'à la condition que tu ratifierais le marché. À propos, pardon ! j'oubliais de te demander des nouvelles de M. le comte de La Fère.

Et tout en prononçant ces derniers mots, il observait de Wardes et essayait de saisir l'effet que produirait sur lui le nom du père de Raoul.

– Merci, répondit le jeune homme. M. le comte se porte bien.

Un éclair de haine passa dans les yeux de de Wardes.

De Guiche ne parut pas remarquer cette lueur funèbre, et allant donner une poignée de main à Raoul :

– C'est convenu, n'est-ce pas, Bragelonne, dit-il, tu viens nous rejoindre dans la cour du Palais-Royal ?

Puis, faisant signe de le suivre à de Wardes, qui se balançait tantôt sur un pied, tantôt sur l'autre.

– Nous partons, dit-il ; venez, monsieur Malicorne.

Ce nom fit tressaillir Raoul.

Il lui sembla qu'il avait déjà entendu prononcer ce nom une fois ; mais il ne put se rappeler dans quelle occasion. Tandis qu'il cherchait, moitié rêveur, moitié irrité de sa conversation avec de Wardes, les trois jeunes gens s'acheminaient vers le Palais-Royal, où logeait Monsieur.

Malicorne comprit deux choses.

La première, c'est que les jeunes gens avaient quelque chose à se dire.

La seconde, c'est qu'il ne devait pas marcher sur le même rang qu'eux.

Il demeura en arrière.

– Êtes-vous fou ? dit de Guiche à son compagnon, lorsqu'ils eurent fait quelques pas hors de l'hôtel de Grammont ; vous attaquez M. d'Artagnan, et cela devant Raoul !

– Eh bien ! après ? fit de Wardes.

– Comment, après ?

– Sans doute : est-il défendu d'attaquer M. d'Artagnan ?

– Mais vous savez bien que M. d'Artagnan fait le quart de ce tout si glorieux et si redoutable qu'on appelait les Mousquetaires.

– Soit ; mais je ne vois pas pourquoi cela peut m'empêcher de haïr M. d'Artagnan.

– Que vous a-t-il fait ?

– Oh ! à moi, rien.

– Alors, pourquoi le haïr ?

– Demandez cela à l'ombre de mon père.

– En vérité, mon cher de Wardes, vous m'étonnez : M. d'Artagnan n'est point de ces hommes qui laissent derrière eux une inimitié sans apurer leur compte. Votre père, m'a-t-on dit, était de son côté haut la main. Or, il n'est si rudes inimitiés qui ne se lavent dans le sang d'un bon et loyal coup d'épée.

– Que voulez-vous, cher ami, cette haine existait entre mon père et M. d'Artagnan ; il m'a, tout enfant, entretenu de cette haine, et c'est un legs particulier qu'il m'a laissé au milieu de son héritage.

– Et cette haine avait pour objet M. d'Artagnan seul ?

– Oh ! M. d'Artagnan était trop bien incorporé dans ses trois amis pour que le trop-plein n'en rejaillît pas sur eux ; elle est de mesure, croyez-moi, à ce que les autres, le cas échéant, n'aient point à se plaindre de leur part.

De Guiche avait les yeux fixés sur de Wardes ; il frissonna en voyant le pâle sourire du jeune homme. Quelque chose comme un pressentiment fît tressaillir sa pensée ; il se dit que le temps était passé des grands coups d'épée entre gentilshommes, mais que la haine, en s'extravasant au fond du cœur, au lieu de se répandre au-dehors, n'en était pas moins de la haine ; que parfois le sourire était aussi sinistre que la menace et qu'en un mot, enfin, après les pères, qui s'étaient haïs avec le cœur et combattus avec le bras, viendraient les fils ; qu'eux aussi se haïraient avec le cœur, mais qu'ils ne se combattraient plus qu'avec l'intrigue ou la trahison.

Or, comme ce n'était point Raoul qu'il soupçonnait de trahison ou d'intrigue, ce fut pour Raoul que de Guiche frissonna.

Mais tandis que ces sombres pensées obscurcissaient le front de de Guiche, de Wardes était redevenu complètement maître de lui-même.

– Au reste, dit-il, ce n'est pas que j'en veuille personnellement à M. de Bragelonne, je ne le connais pas.

– En tout cas, de Wardes, dit de Guiche avec une certaine sévérité, n'oubliez pas une chose, c'est que Raoul est le meilleur de mes amis.

De Wardes s'inclina.

La conversation en demeura là, quoique de Guiche fît tout ce qu'il put pour lui tirer son secret du cœur ; mais de Wardes avait sans doute résolu de n'en pas dire davantage, et il demeura impénétrable.

De Guiche se promit d'avoir plus de satisfaction avec Raoul.

Sur ces entrefaites, on arriva au Palais-Royal, qui était entouré d'une foule de curieux.

La maison de Monsieur attendait ses ordres pour monter à cheval et faire escorte aux ambassadeurs chargés de ramener la jeune princesse.

Ce luxe de chevaux, d'armes et de livrées compensait en ce temps-là, grâce au bon vouloir des peuples et aux traditions de respectueux attachement pour les rois, les énormes dépenses couvertes par l'impôt.

Mazarin avait dit : « Laissez-les chanter, pourvu qu'ils paient. »

Louis XIV disait : « Laissez-les voir. »

La vue avait remplacé la voix : on pouvait encore regarder, mais on ne pouvait plus chanter.

M. de Guiche laissa de Wardes et Malicorne au pied du grand escalier ; mais lui, qui partageait la faveur de Monsieur avec le chevalier de Lorraine, qui lui faisait les blanches dents, mais ne pouvait le souffrir, il monta droit chez Monsieur.

Il trouva le jeune prince qui se mirait en se posant du rouge.

Dans l'angle du cabinet, sur des coussins, M. le chevalier de Lorraine était étendu, venant de faire friser ses longs cheveux blonds, avec lesquels il jouait comme eût fait une femme.

Le prince se retourna au bruit, et, apercevant le comte :

– Ah ! c'est toi, Guiche, dit-il ; viens çà et dis-moi la vérité.

– Oui, monseigneur, vous savez que c'est mon défaut.

– Figure-toi, Guiche, que ce méchant chevalier me fait de la peine.

Le chevalier haussa les épaules.

– Et comment cela ? demanda de Guiche. Ce n'est pas l'habitude de M. le chevalier.

– Eh bien ! il prétend, continua le prince, il prétend que Mlle Henriette est mieux comme femme que je ne suis comme homme.

– Prenez garde, monseigneur, dit de Guiche en fronçant le sourcil, vous m'avez demandé la vérité.

– Oui, dit Monsieur presque en tremblant.

– Eh bien ! je vais vous la dire.

– Ne te hâte pas, Guiche, s'écria le prince, tu as le temps ; regarde-moi avec attention et rappelle-toi bien Madame ; d'ailleurs, voici son portrait ; tiens.

Et il lui tendit la miniature, du plus fin travail.

De Guiche prit le portrait et le considéra longtemps.

– Sur ma foi, dit-il, voilà, monseigneur, une adorable figure.

– Mais regarde-moi à mon tour, regarde-moi donc, s'écria le prince essayant de ramener à lui l'attention du comte, absorbée tout entière par le portrait.

– En vérité, c'est merveilleux ! murmura de Guiche.

– Eh ! ne dirait-on pas, continua Monsieur, que tu n'as jamais vu cette petite fille.

– Je l'ai vue, monseigneur, c'est vrai, mais il y a cinq ans de cela, et il s'opère de grands changements entre une enfant de douze ans et une jeune fille de dix-sept.

– Enfin, ton opinion, dis-la ; parle, voyons !

– Mon opinion est que le portrait doit être flatté, monseigneur.

– Oh ! d'abord, oui, dit le prince triomphant, il l'est certainement ; mais enfin suppose qu'il ne soit point flatté, et dis-moi ton avis.

– Monseigneur, Votre Altesse est bien heureuse d'avoir une si charmante fiancée.

– Soit, c'est ton avis sur elle ; mais sur moi ?

– Mon avis, monseigneur, est que vous êtes beaucoup trop beau pour un homme.

Le chevalier de Lorraine se mit à rire aux éclats.

Monseigneur comprit tout ce qu'il y avait de sévère pour lui dans l'opinion du comte de Guiche.

Il fronça le sourcil.

– J'ai des amis peu bienveillants, dit-il.

De Guiche regarda encore le portrait ; mais après quelques secondes de contemplation, le rendant avec effort à Monsieur :

– Décidément, dit-il, monseigneur, j'aimerais mieux contempler dix fois Votre Altesse qu'une fois de plus Madame.

Sans doute le chevalier vit quelque chose de mystérieux dans ces paroles qui restèrent incomprises du prince, car il s'écria :

– Eh bien ! mariez-vous donc !

Monsieur continua à se mettre du rouge ; puis, quand il eut fini, il regarda encore le portrait, puis se mira dans la glace et sourit.

Sans doute il était satisfait de la comparaison.

– Au reste, tu es bien gentil d'être venu, dit-il à de Guiche ; je craignais que tu ne partisses sans venir me dire adieu.

– Monseigneur me connaît trop pour croire que j'eusse commis une pareille inconvenance.

– Et puis tu as bien quelque chose à me demander avant de quitter Paris ?

– Eh bien ! Votre Altesse a deviné juste ; j'ai, en effet, une requête à lui présenter.

– Bon ! parle.

Le chevalier de Lorraine devint tout yeux et tout oreilles ; il lui semblait que chaque grâce obtenue par un autre était un vol qui lui était fait.

Et comme de Guiche hésitait :

– Est-ce de l'argent ? demanda le prince. Cela tomberait à merveille, je suis richissime ; M. le surintendant des finances m'a fait remettre cinquante mille pistoles.

– Merci à Votre Altesse ; mais il ne s'agit pas d'argent.

– Et de quoi s'agit-il ? Voyons.

– D'un brevet de fille d'honneur.

– Tudieu ! Guiche, quel protecteur tu fais, dit le prince avec dédain ; ne me parleras-tu donc jamais que de péronnelles ?

Le chevalier de Lorraine sourit ; il savait que c'était déplaire à Monseigneur que de protéger les dames.

– Monseigneur, dit le comte, ce n'est pas moi qui protège directement la personne dont je viens de vous parler ; c'est un de mes amis.

– Ah ! c'est différent ; et comment se nomme la protégée de ton ami ?

– Mlle de La Baume Le Blanc de La Vallière, déjà fille d'honneur de Madame douairière.

– Fi ! une boiteuse, dit le chevalier de Lorraine en s'allongeant sur son coussin.

– Une boiteuse ! répéta le prince. Madame aurait cela sous les yeux ? Ma foi, non, ce serait trop dangereux pour ses grossesses.

Le chevalier de Lorraine éclata de rire.

– Monsieur le chevalier, dit de Guiche, ce que vous faites là n'est point généreux ; je sollicite et vous me nuisez.

– Ah ! pardon, monsieur le comte, dit le chevalier de Lorraine inquiet du ton avec lequel le comte avait accentué ses paroles, telle n'était pas mon intention, et, au fait, je crois que je confonds cette demoiselle avec une autre.

– Assurément, et je vous affirme, moi, que vous confondez.

– Voyons, y tiens-tu beaucoup, Guiche ? demanda le prince.

– Beaucoup, monseigneur.

– Eh bien ! accordé ; mais ne demande plus de brevet, il n'y a plus de place.

– Ah ! s'écria le chevalier, midi déjà ; c'est l'heure fixée pour le départ.

– Vous me chassez, monsieur ? demanda de Guiche.

– Oh ! comte, comme vous me maltraitez aujourd'hui ! répondit affectueusement le chevalier.

– Pour Dieu ! comte ; pour Dieu ! chevalier, dit Monsieur, ne vous disputez donc pas ainsi : ne voyez-vous pas que cela me fait de la peine ?

– Ma signature ? demanda de Guiche.

– Prends un brevet dans ce tiroir, et donne-le-moi.

De Guiche prit le brevet indiqué d'une main, et de l'autre présenta à Monsieur une plume toute trempée dans l'encre.

Le prince signa.

– Tiens, dit-il en lui rendant le brevet ; mais c'est à une condition.

– Laquelle ?

– C'est que tu feras ta paix avec le chevalier.

– Volontiers, dit de Guiche.

Et il tendit la main au chevalier avec une indifférence qui ressemblait à du mépris.

– Allez, comte, dit le chevalier sans paraître aucunement remarquer le dédain du comte ; allez, et ramenez-nous une princesse qui ne jase pas trop avec son portrait.

– Oui, pars et fais diligence... À propos, qui emmènes-tu ?

– Bragelonne et de Wardes.

– Deux braves compagnons.

– Trop braves, dit le chevalier ; tâchez de les ramener tous deux, comte.

– Vilain cœur ! murmura de Guiche ; il flaire le mal partout et avant tout.

Puis, saluant Monsieur, il sortit.

En arrivant sous le vestibule, il éleva en l'air le brevet tout signé.

Malicorne se précipita et le reçut tout tremblant de joie.

Mais, après l'avoir reçu, de Guiche s'aperçut qu'il attendait quelque chose encore.

– Patience, monsieur, patience, dit-il à son client ; mais M. le chevalier était là et j'ai craint d'échouer si je demandais trop à la fois. Attendez donc à mon retour. Adieu !

– Adieu, monsieur le comte ; mille grâces, dit Malicorne.

– Et envoyez-moi Manicamp. À propos, est-ce vrai, monsieur, que Mlle de La Vallière est boiteuse ?

Au moment où il prononçait ces mots, un cheval s'arrêtait derrière lui.

Il se retourna et vit pâlir Bragelonne, qui entrait au moment même dans la cour.

Le pauvre amant avait entendu.

Il n'en était pas de même de Malicorne, qui était déjà hors de la portée de la voix.

« Pourquoi parle-t-on ici de Louise ? se demanda Raoul ; oh ! qu'il n'arrive jamais à ce de Wardes, qui sourit là-bas, de dire un mot d'elle devant moi ! »

– Allons, allons, messieurs ! cria le comte de Guiche, en route.

En ce moment, le prince, dont la toilette était terminée parut à la fenêtre.

Toute l'escorte le salua de ses acclamations, et dix minutes après, bannières, écharpes et plumes flottaient à l'ondulation du galop des coursiers.

XXXV

Au Havre

Toute cette cour, si brillante, si gaie, si animée de sentiments divers, arriva au Havre quatre jours après son départ de Paris. C'était vers les cinq heures du soir ; on n'avait encore aucune nouvelle de Madame.

On chercha des logements ; mais dès lors commença une grande confusion parmi les maîtres, de grandes querelles parmi les laquais. Au milieu de tout ce conflit, le comte de Guiche crut reconnaître Manicamp. C'était en effet lui qui était venu ; mais comme Malicorne s'était accommodé de son plus bel habit, il n'avait pu trouver, lui, à racheter qu'un habit de velours violet brodé d'argent.

De Guiche le reconnut autant à son habit qu'à son visage. Il avait vu très souvent à Manicamp cet habit violet, sa dernière ressource.

Manicamp se présenta au comte sous une voûte de flambeaux qui incendiaient plutôt qu'ils n'illuminaient le porche par lequel on entrait au Havre, et qui était situé près de la tour de François Ier.

Le comte, en voyant la figure attristée de Manicamp, ne put s'empêcher de rire.

– Eh ! mon pauvre Manicamp, dit-il, comme te voilà violet ; tu es donc en deuil ?

– Je suis en deuil, oui, répondit Manicamp.

– De qui ou de quoi ?

– De mon habit bleu et or, qui a disparu, et à la place duquel je n'ai plus trouvé que celui-ci ; et encore m'a-t-il fallu économiser à force pour le racheter.

– Vraiment ?

– Pardieu ! étonne-toi de cela ; tu me laisses sans argent.

– Enfin, te voilà, c'est le principal.

– Par des routes exécrables.

– Où es-tu logé ?

– Logé ?

– Oui.

– Mais je ne suis pas logé.

De Guiche se mit à rire.

– Alors, où logeras-tu ?

– Où tu logeras.

– Alors, je ne sais pas.

– Comment, tu ne sais pas ?

– Sans doute ; comment veux-tu que je sache où je logerai ?

– Tu n'as donc pas retenu un hôtel ?

– Moi ?

– Toi ou Monsieur ?

– Nous n'y avons pensé ni l'un ni l'autre. Le Havre est grand, je suppose, et pourvu qu'il y ait une écurie pour douze chevaux et une maison propre dans un bon quartier.

– Oh ! il y a des maisons très propres.

– Eh bien ! alors...

– Mais pas pour nous.

– Comment, pas pour nous ? Et pour qui ?

– Pour les Anglais, parbleu !

– Pour les Anglais ?

– Oui, elles sont toutes louées.

– Par qui ?

– Par M. de Buckingham.

– Plaît-il ? fit de Guiche, à qui ce mot fit dresser l'oreille.

– Eh ! oui, mon cher, par M. de Buckingham. Sa Grâce s'est fait précéder d'un courrier ; ce courrier est arrivé depuis trois jours, et il a retenu tous les logements logeables qui se trouvaient dans la ville.

– Voyons, voyons, Manicamp, entendons-nous.

– Dame ! ce que je te dis là est clair, ce me semble.

– Mais M. de Buckingham n'occupe pas tout Le Havre, que diable ?

– Il ne l'occupe pas, c'est vrai, puisqu'il n'est pas encore débarqué ; mais, une fois débarqué, il l'occupera.

– Oh ! oh !

– On voit bien que tu ne connais pas les Anglais, toi ; ils ont la rage d'accaparer.

– Bon ! un homme qui a toute une maison s'en contente et n'en prend pas deux.

– Oui, mais deux hommes ?

– Soit, deux maisons ; quatre, six, dix, si tu veux ; mais il y a cent maisons au Havre ?

– Eh bien ! alors, elles sont louées toutes les cents.

– Impossible !

– Mais, entêté que tu es, quand je te dis que M. de Buckingham a loué toutes les maisons qui entourent celle où doit descendre Sa Majesté la reine douairière d'Angleterre et la princesse sa fille.

– Ah ! par exemple, voilà qui est particulier, dit de Wardes en caressant le cou de son cheval.

– C'est ainsi, monsieur.

– Vous en êtes bien sûr, monsieur de Manicamp ?

Et, en faisant cette question, il regardait sournoisement de Guiche, comme pour l'interroger sur le degré de confiance qu'on pouvait avoir dans la raison de son ami.

Pendant ce temps, la nuit était venue, et les flambeaux, les pages, les laquais, les écuyers, les chevaux et les carrosses encombraient la porte et la place, les torches se reflétaient dans le chenal qu'emplissait la marée montante, tandis que, de l'autre côté de la jetée, on apercevait mille figures curieuses de matelots et de bourgeois qui cherchaient à ne rien perdre du spectacle.

Pendant toutes ces hésitations, Bragelonne, comme s'il y eût été étranger, se tenait à cheval un peu en arrière de de Guiche, et regardait les jeux de la lumière qui montaient dans l'eau, en même temps qu'il respirait avec délices le parfum salin de la vague qui roule bruyante sur les grèves, les galets et l'algue, et jette à l'air son écume, à l'espace son bruit.

– Mais, enfin, s'écria de Guiche, quelle raison M. de Buckingham a-t-il eue pour faire cette provision de logements ?

– Oui, demanda de Wardes, quelle raison ?

– Oh ! une excellente, répondit Manicamp.

– Mais enfin, la connais-tu ?

– Je crois la connaître.

– Parle donc.

– Penche-toi.

– Diable ! cela ne peut se dire que tout bas ?

– Tu en jugeras toi-même.

– Bon.

De Guiche se pencha.

– L'amour, dit Manicamp.

– Je ne comprends plus.

– Dis que tu ne comprends pas encore.

– Explique-toi.

– Eh bien ! il passe pour certain, monsieur le comte, que Son Altesse Royale Monsieur sera le plus infortuné des maris.

– Comment ! le duc de Buckingham ?...

– Ce nom porte malheur aux princes de la maison de France.

– Ainsi, le duc ?...

– Serait amoureux fou de la jeune Madame, à ce qu'on assure, et ne voudrait point que personne approchât d'elle, si ce n'est lui.

De Guiche rougit.

– Bien ! bien ! merci, dit-il en serrant la main de Manicamp.

Puis, se relevant :

– Pour l'amour de Dieu ! dit-il à Manicamp, fais en sorte que ce projet du duc de Buckingham n'arrive pas à des oreilles françaises, ou sinon, Manicamp, il reluira au soleil de ce pays des épées qui n'ont pas peur de la trempe anglaise.

– Après tout, dit Manicamp, cet amour ne m'est point prouvé à moi, et n'est peut-être qu'un conte.

– Non, dit de Guiche, ce doit être la vérité.

Et malgré lui, les dents du jeune homme se serraient.

– Eh bien ! après tout, qu'est-ce que cela te fait à toi ? qu'est-ce que cela me fait, à moi, que Monsieur soit ce que le feu roi fût ? Buckingham père, pour la reine ; Buckingham fils, pour la jeune Madame ; rien, pour tout le monde.

– Manicamp ! Manicamp !

– Eh ! que diable ! c'est un fait ou tout au moins un dire.

– Silence ! dit le comte.

– Et pourquoi silence ? dit de Wardes : c'est un fait fort honorable pour la nation française. N'êtes-vous point de mon avis, monsieur de Bragelonne ?

– Quel fait ? demanda tristement Bragelonne.

– Que les Anglais rendent ainsi hommage à la beauté de vos reines et de vos princesses.

– Pardon, je ne suis pas à ce que l'on dit, et je vous demanderai une explication.

– Sans doute, il a fallu que M. de Buckingham père vînt à Paris pour que Sa Majesté le roi Louis XIII s'aperçût que sa femme était une des plus belles personnes de la cour de France ; il faut maintenant que M. de Buckingham fils consacre à son tour, par l'hommage qu'il lui rend, la beauté d'une princesse de sang français. Ce sera désormais un brevet de beauté que d'avoir inspiré un amour d'outre-mer.

– Monsieur, répondit Bragelonne, je n'aime pas à entendre plaisanter sur ces matières. Nous autres gentilshommes, nous sommes les gardiens de l'honneur des reines et des princesses. Si nous rions d'elles, que feront les laquais ?

– Oh ! oh ! monsieur, dit de Wardes, dont les oreilles rougirent, comment dois-je prendre cela ?

– Prenez-le comme il vous plaira, monsieur, répondit froidement Bragelonne.

– Bragelonne ! Bragelonne ! murmura de Guiche.

– Monsieur de Wardes ! s'écria Manicamp voyant le jeune homme pousser son cheval du côté de Raoul.

– Messieurs ! Messieurs ! dit de Guiche, ne donnez pas un pareil exemple en public, dans la rue. De Wardes, vous avez tort.

– Tort ! en quoi ? Je vous le demande.

– Tort en ce que vous dites toujours du mal de quelque chose ou de quelqu'un, répliqua Raoul avec son implacable sang-froid.

– De l'indulgence, Raoul, fit tout bas de Guiche.

– Et ne vous battez pas avant de vous être reposés ; vous ne feriez rien qui vaille, dit Manicamp.

– Allons ! allons ! dit de Guiche, en avant, messieurs, en avant !

Et là-dessus, écartant les chevaux et les pages, il se fit une route jusqu'à la place au milieu de la foule, attirant après lui tout le cortège des Français.

Une grande porte donnant sur une cour était ouverte ; de Guiche entra dans cette cour ; Bragelonne, de Wardes, Manicamp et trois ou quatre autres gentilshommes l'y suivirent.

Là se tint une espèce de conseil de guerre ; on délibéra sur le moyen qu'il fallait employer pour sauver la dignité de l'ambassade.

Bragelonne conclut pour que l'on respectât le droit de priorité.

De Wardes proposa de mettre la ville à sac.

Cette proposition parut un peu vive à Manicamp.

Il proposa de dormir d'abord : c'était le plus sage.

Malheureusement, pour suivre son conseil, il ne manquait que deux choses : une maison et des lits.

De Guiche rêva quelque temps ; puis, à haute voix :

– Qui m'aime me suive, dit-il.

– Les gens aussi ? demanda un page qui s'était approché du groupe.

– Tout le monde ! s'écria le fougueux jeune homme. Allons Manicamp, conduis-nous à la maison que Son Altesse Madame doit occuper.

Sans rien deviner des projets du comte, ses amis le suivirent, escortés d'une foule de peuple dont les acclamations et la joie formaient un présage heureux pour le projet encore inconnu que poursuivait cette ardente jeunesse.

Le vent soufflait bruyamment du port et grondait par lourdes rafales.

XXXVI

En mer

Le jour suivant se leva un peu plus calme, quoique le vent soufflât toujours.

Cependant le soleil s'était levé dans un de ces nuages rouges découpant ses rayons ensanglantés sur la crête des vagues noires.

Du haut des vigies, on guettait impatiemment.

Vers onze heures du matin, un bâtiment fut signalé : ce bâtiment arrivait à pleines voiles : deux autres le suivaient à la distance d'un demi-nœud.

Ils venaient comme des flèches lancées par un vigoureux archer, et cependant la mer était si grosse, que la rapidité de leur marche n'ôtait rien aux mouvements du roulis qui couchait les navires tantôt à droite, tantôt à gauche.

Bientôt la forme des vaisseaux et la couleur des flammes firent connaître la flotte anglaise. En tête marchait le bâtiment monté par la princesse, portant le pavillon de l'amirauté.

Aussitôt le bruit se répandit que la princesse arrivait. Toute la noblesse française courut au port ; le peuple se porta sur les quais et sur les jetées.

Deux heures après, les vaisseaux avaient rallié le vaisseau amiral, et tous les trois, n'osant sans doute pas se hasarder à entrer dans l'étroit goulet du port, jetaient l'ancre entre Le Havre et la Hève.

Aussitôt la manœuvre achevée, le vaisseau amiral salua la France de douze coups de canon, qui lui furent rendus coup pour coup par le fort François Ier.

Aussitôt cent embarcations prirent la mer ; elles étaient tapissées de riches étoffes ; elles étaient destinées à porter les gentilshommes français jusqu'aux vaisseaux mouillés.

Mais en les voyant, même dans le port, se balancer violemment, en voyant au-delà de la jetée les vagues s'élever en montagnes et venir se briser sur la grève avec un rugissement terrible, on comprenait bien qu'aucune de ces barques n'atteindrait le quart de la distance qu'il y avait à parcourir pour arriver aux vaisseaux sans avoir chaviré. Cependant, un bateau-pilote, malgré le vent et la mer, s'apprêtait à sortir du port pour aller se mettre à la disposition de l'amiral anglais.

De Guiche avait cherché parmi toutes ces embarcations un bateau un peu plus fort que les autres, qui lui donnât chance d'arriver jusqu'aux bâtiments anglais, lorsqu'il aperçut le pilote côtier qui appareillait.

– Raoul, dit-il, ne trouves-tu point qu'il est honteux pour des créatures intelligentes et fortes comme nous de reculer devant cette force brutale du vent et de l'eau ?

– C'est la réflexion que justement je faisais tout bas, répondit Bragelonne.

– Eh bien ! veux-tu que nous montions ce bateau et que nous poussions en avant ? Veux-tu, de Wardes ?

– Prenez garde, vous allez vous faire noyer, dit Manicamp.

– Et pour rien, dit de Wardes, attendu qu'avec le vent debout, comme vous l'aurez, vous n'arriverez jamais aux vaisseaux.

– Ainsi, tu refuses ?

– Oui, ma foi ! Je perdrais volontiers la vie dans une lutte contre les hommes, dit-il en regardant obliquement Bragelonne ; mais me battre à coups d'aviron contre les flots d'eau salée, je n'y ai pas le moindre goût.

– Et moi, dit Manicamp, dussé-je arriver jusqu'aux bâtiments, je me soucierais peu de perdre le seul habit propre qui me reste ; l'eau salée rejaillit, et elle tache.

– Toi aussi, tu refuses ? s'écria de Guiche.

– Mais tout à fait : je te prie de le croire, et plutôt deux fois qu'une.

– Mais voyez donc, s'écria de Guiche ; vois donc, de Wardes, vois donc, Manicamp ; là-bas, sur la dunette du vaisseau amiral, les princesses nous regardent.

– Raison de plus, cher ami, pour ne pas prendre un bain ridicule devant elles.

– C'est ton dernier mot, Manicamp ?

– Oui.

– C'est ton dernier mot, de Wardes ?

– Oui.

– Alors j'irai tout seul.

– Non pas, dit Raoul, je vais avec toi : il me semble que c'est chose convenue.

Le fait est que Raoul, libre de toute passion, mesurant le danger avec sang-froid, voyait le danger imminent ; mais il se laissait entraîner volontiers à faire une chose devant laquelle reculait de Wardes.

Le bateau se mettait en route ; de Guiche appela le pilote côtier.

– Holà de la barque ! dit-il, il nous faut deux places !

Et roulant cinq ou dix pistoles dans un morceau de papier, il les jeta du quai dans le bateau.

– Il paraît que vous n'avez pas peur de l'eau salée, mes jeunes maîtres ? dit le patron.

– Nous n'avons peur de rien, répondit de Guiche.

– Alors, venez, mes gentilshommes.

Le pilote s'approcha du bord, et l'un après l'autre, avec une légèreté pareille, les deux jeunes gens sautèrent dans le bateau.

– Allons, courage, enfants, dit de Guiche ; il y a encore vingt pistoles dans cette bourse, et si nous atteignons le vaisseau amiral, elles sont à vous.

Aussitôt les rameurs se courbèrent sur leurs rames, et la barque bondit sur la cime des flots.

Tout le monde avait pris intérêt à ce départ si hasardé ; la population du Havre se pressait sur les jetées : il n'y avait pas un regard qui ne fût pour la barque.

Parfois, la frêle embarcation demeurait un instant comme suspendue aux crêtes écumeuses, puis tout à coup elle glissait au fond d'un abîme mugissant, et semblait être précipitée.

Néanmoins, après une heure de lutte, elle arriva dans les eaux du vaisseau amiral, dont se détachaient déjà deux embarcations destinées à venir à son aide.

Sur le gaillard d'arrière du vaisseau amiral, abritées par un dais de velours et d'hermine que soutenaient de puissantes attaches, Madame Henriette douairière et la jeune Madame, ayant auprès d'elle l'amiral comte de Norfolk, regardaient avec terreur cette barque tantôt enlevée au ciel, tantôt engloutie jusqu'aux enfers, contre la voile sombre de laquelle brillaient, comme deux lumineuses apparitions, les deux nobles figures des deux gentilshommes français.

L'équipage, appuyé sur les bastingages et grimpé dans les haubans, applaudissait à la bravoure de ces deux intrépides, à l'adresse du pilote et à la force des matelots.

Un hourra de triomphe accueillit leur arrivée à bord.

Le comte de Norfolk, beau jeune homme de vingt-six à vingt-huit ans, s'avança au-devant d'eux.

De Guiche et Bragelonne montèrent lestement l'escalier de tribord, et conduits par le comte de Norfolk, qui reprit sa place auprès d'elles, ils vinrent saluer les princesses.

Le respect, et surtout une certaine crainte dont il ne se rendait pas compte, avaient empêché jusque-là le comte de Guiche de regarder attentivement la jeune Madame.

Celle-ci, au contraire, l'avait distingué tout d'abord et avait demandé à sa mère :

– N'est-ce point Monsieur que nous apercevons sur cette barque ?

Madame Henriette, qui connaissait Monsieur mieux que sa fille, avait souri à cette erreur de son amour-propre et avait répondu :

– Non, c'est M. de Guiche, son favori, voilà tout.

À cette réponse, la princesse avait été forcée de contenir l'instinctive bienveillance provoquée par l'audace du comte.

Ce fut au moment où la princesse faisait cette question que de Guiche, osant enfin lever les yeux sur elle, put comparer l'original au portrait.

Lorsqu'il vit ce visage pâle, ces yeux animés, ces adorables cheveux châtains, cette bouche frémissante et ce geste si éminemment royal qui semblait remercier et encourager tout à la fois, il fut saisi d'une telle émotion, que, sans Raoul, qui lui prêta son bras, il eût chancelé.

Le regard étonné de son ami, le geste bienveillant de la reine, rappelèrent de Guiche à lui.

En peu de mots, il expliqua sa mission, dit comment il était l'envoyé de Monsieur, et salua, selon leur rang et les avances qu'ils lui firent, l'amiral et les différents seigneurs anglais qui se groupaient autour des princesses.

Raoul fut présenté à son tour et gracieusement accueilli ; tout le monde savait la part que le comte de La Fère avait prise à la restauration du roi Charles II ; en outre, c'était encore le comte qui avait été chargé de la négociation du mariage qui ramenait en France la petite-fille de Henri IV.

Raoul parlait parfaitement anglais ; il se constitua l'interprète de son ami près des jeunes seigneurs anglais auxquels notre langue n'était point familière.

En ce moment parut un jeune homme d'une beauté remarquable et d'une splendide richesse de costume et d'armes. Il s'approcha des princesses, qui causaient avec le comte de Norfolk, et d'une voix qui déguisait mal son impatience :

– Allons, mesdames, dit-il, il faut descendre à terre.

À cette invitation, la jeune Madame se leva et elle allait accepter la main que le jeune homme lui tendait avec une vivacité pleine d'expressions diverses, lorsque l'amiral s'avança entre la jeune Madame et le nouveau venu.

– Un moment, s'il vous plaît, milord de Buckingham, dit-il ; le débarquement n'est point possible à cette heure pour des femmes. La mer est trop grosse ; mais, vers quatre heures, il est probable que le vent tombera ; on ne débarquera donc que ce soir.

– Permettez, milord, dit Buckingham avec une irritation qu'il ne chercha point même à déguiser. Vous retenez ces dames et vous n'en avez pas le droit. De ces dames, l'une appartient, hélas ! à la France, et, vous le voyez, la France la réclame par la voix de ses ambassadeurs.

Et, de la main, il montra de Guiche et Raoul, qu'il saluait en même temps.

– Je ne suppose pas, répondit l'amiral, qu'il entre dans les intentions de ces messieurs d'exposer la vie des princesses ?

– Milord, ces messieurs sont bien venus malgré le vent ; permettez-moi de croire que le danger ne sera pas plus grand pour ces dames, qui s'en iront avec le vent.

– Ces messieurs sont fort braves, dit l'amiral. Vous avez vu que beaucoup étaient sur le port et n'ont point osé les suivre. En outre, le désir qu'ils avaient de présenter le plus tôt possible leurs hommages à Madame et à son illustre mère les a portés à affronter la mer, fort mauvaise aujourd'hui, même pour des marins. Mais ces messieurs, que je présenterai pour exemple à mon état-major, ne doivent pas en être un pour ces dames.

Un regard dérobé de Madame surprit la rougeur qui couvrait les joues du comte.

Ce regard échappa à Buckingham. Il n'avait d'yeux que pour surveiller Norfolk. Il était évidemment jaloux de l'amiral, et semblait brûler du désir d'arracher les princesses à ce sol mouvant des vaisseaux sur lequel l'amiral était roi.

– Au reste, reprit Buckingham, j'en appelle à Madame elle-même.

– Et moi, milord, répondit l'amiral, j'en appelle à ma conscience et à ma responsabilité. J'ai promis de rendre saine et sauve Madame à la France, je tiendrai ma promesse.

– Mais, cependant, monsieur...

– Milord, permettez-moi de vous rappeler que je commande seul ici.

– Milord, savez-vous ce que vous dites ? répondit avec hauteur Buckingham.

– Parfaitement, et je le répète : Je commande seul ici, milord, et tout m'obéit : la mer, le vent, les navires et les hommes.

Cette parole était grande et noblement prononcée. Raoul en observa l'effet sur Buckingham. Celui-ci frissonna par tout le corps et s'appuya à l'un des soutiens de la tente pour ne pas tomber ; ses yeux s'injectèrent de sang, et la main dont il ne se soutenait point se porta sur la garde de son épée.

– Milord, dit la reine, permettez-moi de vous dire que je suis en tout point de l'avis du comte de Norfolk ; puis le temps, au lieu de se couvrir de vapeur comme il le fait en ce moment, fût-il parfaitement pur et favorable, nous devons bien quelques heures à l'officier qui nous a conduites si heureusement et avec des soins si empressés jusqu'en vue des côtes de France, où il doit nous quitter.

Buckingham, au lieu de répondre, consulta le regard de Madame.

Madame, à demi cachée sous les courtines de velours et d'or qui l'abritaient, n'écoutait rien de ce débat, occupée qu'elle était à regarder le comte de Guiche qui s'entretenait avec Raoul.

Ce fut un nouveau coup pour Buckingham, qui crut découvrir dans le regard de Madame Henriette un sentiment plus profond que celui de la curiosité.

Il se retira tout chancelant et alla heurter le grand mât.

– M. de Buckingham n'a pas le pied marin, dit en français la reine mère ; voilà sans doute pourquoi il désire si fort toucher la terre ferme.

Le jeune homme entendit ces mots, pâlit, laissa tomber ses mains avec découragement à ses côtés, et se retira confondant dans un soupir ses anciennes amours et ses haines nouvelles.

Cependant l'amiral, sans se préoccuper autrement de cette mauvaise humeur de Buckingham, fit passer les princesses dans sa chambre de poupe, où le dîner avait été servi avec une magnificence digne de tous les convives.

L'amiral prit place à droite de Madame et mit le comte de Guiche à sa gauche.

C'était la place qu'occupait d'ordinaire Buckingham.

Aussi, lorsqu'il entra dans la salle à manger, fut-ce une douleur pour lui que de se voir reléguer par l'étiquette, cette autre reine à qui il devait le respect, à un rang inférieur à celui qu'il avait tenu jusque-là.

De son côté, de Guiche, plus pâle encore peut-être de son bonheur que son rival ne l'était de sa colère, s'assit en tressaillant près de la princesse, dont la robe de soie, en effleurant son corps, faisait passer dans tout son être des frissons d'une volupté jusqu'alors inconnue. Après le repas, Buckingham s'élança pour donner la main à Madame.

Mais ce fut au tour de de Guiche de faire la leçon au duc.

– Milord, dit-il, soyez assez bon, à partir de ce moment, pour ne plus vous interposer entre Son Altesse Royale Madame et moi. À partir de ce moment, en effet, Son Altesse Royale appartient à la France, et c'est la main de Monsieur, frère du roi, qui touche la main de la princesse quand Son Altesse Royale me fait l'honneur de me toucher la main.

Et, en prononçant ces paroles, il présenta lui-même sa main à la jeune Madame avec une timidité si visible et en même temps une noblesse si courageuse, que les Anglais firent entendre un murmure d'admiration, tandis que Buckingham laissait échapper un soupir de douleur.

Raoul aimait ; Raoul comprit tout.

Il attacha sur son ami un de ces regards profonds que l'ami seul ou la mère étendent comme protecteur ou comme surveillant sur l'enfant ou sur l'ami qui s'égare.

Vers deux heures, enfin, le soleil parut, le vent tomba, la mer devint unie comme une large nappe de cristal, la brume, qui couvrait les côtes, se déchira comme un voile qui s'envole en lambeaux.

Alors les riants coteaux de la France apparurent avec leurs mille maisons blanches, se détachant, ou sur le vert des arbres, ou sur le bleu du ciel.

XXXVII

Les tentes

L'amiral, comme nous l'avons vu, avait pris le parti de ne plus faire attention aux yeux menaçants et aux emportements convulsifs de Buckingham. En effet, depuis le départ d'Angleterre, il devait s'y être tout doucement habitué. De Guiche n'avait point encore remarqué en aucune façon cette animosité que le jeune lord paraissait avoir contre lui ; mais il ne se sentait, d'instinct, aucune sympathie pour le favori de Charles II. La reine mère, avec une expérience plus grande et un sens plus froid, dominait toute la situation, et, comme elle en comprenait le danger, elle s'apprêtait à en trancher le nœud lorsque le moment en serait venu. Ce moment arriva. Le calme était rétabli partout, excepté dans le cœur de Buckingham, et celui-ci, dans son impatience, répétait à demi-voix à la jeune princesse :

– Madame, Madame, au nom du Ciel, rendons-nous à terre, je vous en supplie ! Ne voyez-vous pas que ce fat de comte de Norfolk me fait mourir avec ses soins et ses adorations pour vous ?

Henriette entendit ces paroles ; elle sourit et, sans se retourner, donnant seulement à sa voix cette inflexion de doux reproche et de langoureuse impertinence avec lesquels la coquetterie sait donner un acquiescement tout en ayant l'air de formuler une défense :

– Mon cher lord, murmura-t-elle, je vous ai déjà dit que vous étiez fou.

Aucun de ces détails, nous l'avons déjà dit, n'échappait à Raoul ; il avait entendu la prière de Buckingham, la réponse de la princesse ; il avait vu Buckingham faire un pas en arrière à cette réponse, pousser un soupir et passer la main sur son front ; et n'ayant de voile ni sur les yeux, ni autour du cœur, il comprenait tout et frémissait en appréciant l'état des choses et des esprits.

Enfin l'amiral, avec une lenteur étudiée, donna les derniers ordres pour le départ des canots.

Buckingham accueillit ces ordres avec de tels transports, qu'un étranger eût pu croire que le jeune homme avait le cerveau troublé.

À la voix du comte de Norfolk, une grande barque, toute pavoisée, descendit lentement des flancs du vaisseau amiral : elle pouvait contenir vingt rameurs et quinze passagers.

Des tapis de velours, des housses brodées aux armes d'Angleterre, des guirlandes de fleurs, car en ce temps on cultivait assez volontiers la parabole au milieu des alliances politiques, formaient le principal ornement de cette barque vraiment royale.

À peine la barque était-elle à flot, à peine les rameurs avaient-ils dressé leurs avirons, attendant, comme des soldats au port d'arme, l'embarquement de la princesse, que Buckingham courut à l'escalier pour prendre sa place dans le canot.

Mais la reine l'arrêta.

– Milord, dit-elle, il ne convient pas que vous laissiez aller ma fille et moi à terre sans que les logements soient préparés d'une façon certaine. Je vous prie donc, milord, de nous devancer au Havre et de veiller à ce que tout soit en ordre à notre arrivée.

Ce fut un nouveau coup pour le duc, coup d'autant plus terrible qu'il était inattendu.

Il balbutia, rougit, mais ne put répondre.

Il avait cru pouvoir se tenir près de Madame pendant le trajet, et savourer ainsi jusqu'au dernier des moments qui lui étaient donnés par la fortune. Mais l'ordre était exprès.

L'amiral, qui l'avait entendu, s'écria aussitôt :

– Le petit canot à la mer !

L'ordre fut exécuté avec cette rapidité particulière aux manœuvres des bâtiments de guerre.

Buckingham, désolé, adressa un regard de désespoir à la princesse, un regard de supplication à la reine, un regard de colère à l'amiral.

La princesse fit semblant de ne pas le voir.

La reine détourna la tête.

L'amiral se mit à rire.

Buckingham, à ce rire, fut tout prêt à s'élancer sur Norfolk.

La reine mère se leva.

– Partez, monsieur, dit-elle avec autorité.

Le jeune duc s'arrêta.

Mais regardant autour de lui et tentant un dernier effort :

– Et vous, messieurs, demanda-t-il tout suffoqué par tant d'émotions diverses, vous, monsieur de Guiche ; vous, monsieur de Bragelonne, ne m'accompagnez-vous point ?

De Guiche s'inclina.

– Je suis, ainsi que M. de Bragelonne, aux ordres de la reine, dit-il ; ce qu'elle nous commandera de faire, nous le ferons.

Et il regarda la jeune princesse, qui baissa les yeux.

– Pardon, monsieur de Buckingham, dit la reine, mais M. de Guiche représente ici Monsieur ; c'est lui qui doit nous faire les honneurs de la France, comme vous nous avez fait les honneurs de l'Angleterre ; il ne peut donc se dispenser de nous accompagner ; nous devons bien, d'ailleurs, cette légère faveur au courage qu'il a eu de nous venir trouver par ce mauvais temps.

Buckingham ouvrit la bouche comme pour répondre ; mais, soit qu'il ne trouvât point de pensée ou point de mots pour formuler cette pensée, aucun son ne tomba de ses lèvres, et, se retournant comme en délire, il sauta du bâtiment dans le canot.

Les rameurs n'eurent que le temps de le retenir et de se retenir eux-mêmes, car le poids et le contrecoup avaient failli faire chavirer la barque.

– Décidément, Milord est fou, dit tout haut l'amiral à Raoul.

– J'en ai peur pour Milord, répondit Bragelonne.

Pendant tout le temps que le canot mit à gagner la terre, le duc ne cessa de couvrir de ses regards le vaisseau amiral, comme ferait un avare qu'on arracherait à son coffre, une mère qu'on éloignerait de sa fille pour la conduire à la mort. Mais rien ne répondit à ses signaux, à ses manifestations, à ses lamentables attitudes.

Buckingham en fut tellement étourdi, qu'il se laissa tomber sur un banc, enfonça sa main dans ses cheveux, tandis que les matelots insoucieux faisaient voler le canot sur les vagues.

En arrivant, il était dans une torpeur telle, que s'il n'eût pas rencontré sur le port le messager auquel il avait fait prendre les devants comme maréchal des logis, il n'eût pas su demander son chemin.

Une fois arrivé à la maison qui lui était destinée, il s'y enferma comme Achille dans sa tente.

Cependant le canot qui portait les princesses quittait le bord du vaisseau amiral au moment même où Buckingham mettait pied à terre.

Une barque suivait, remplie d'officiers, de courtisans et d'amis empressés.

Toute la population du Havre, embarquée à la hâte sur des bateaux de pêche et des barques plates ou sur de longues péniches normandes, accourut au-devant du bateau royal.

Le canon des forts retentissait ; le vaisseau amiral et les deux autres échangeaient leurs salves, et des nuages de flammes s'envolaient des bouches béantes en flocons ouatés de fumée au-dessus des flots, puis s'évaporaient dans l'azur du ciel.

La princesse descendit aux degrés du quai. Une musique joyeuse l'attendait à terre et accompagnait chacun de ses pas.

Tandis que, s'avançant dans le centre de la ville, elle foulait de son pied délicat les riches tapisseries et les jonchées de fleurs, de Guiche et Raoul, se dérobant du milieu des Anglais, prenaient leur chemin par la ville et s'avançaient rapidement vers l'endroit désigné pour la résidence de Madame.

– Hâtons-nous, disait Raoul à de Guiche, car, du caractère que je lui connais, ce Buckingham nous fera quelque malheur en voyant le résultat de notre délibération d'hier.

– Oh ! dit le comte, nous avons là de Wardes, qui est la fermeté en personne, et Manicamp, qui est la douceur même.

De Guiche n'en fit pas moins diligence, et, cinq minutes après, ils étaient en vue de l'Hôtel de Ville.

Ce qui les frappa d'abord, c'était une grande quantité de gens assemblés sur la place.

– Bon ! dit de Guiche, il paraît que nos logements sont construits.

En effet, devant l'hôtel, sur la place même, s'élevaient huit tentes de la plus grande élégance, surmontées des pavillons de France et d'Angleterre unis.

L'Hôtel de Ville était entouré par des tentes comme d'une ceinture bigarrée ; dix pages et douze chevau-légers donnés pour escorte aux ambassadeurs montaient la garde devant ces tentes.

Le spectacle était curieux, étrange ; il avait quelque chose de féerique.

Ces habitations improvisées avaient été construites dans la nuit. Revêtues au-dedans et au-dehors des plus riches étoffes que de Guiche avait pu se procurer au Havre, elles encerclaient entièrement l'Hôtel de Ville, c'est-à-dire la demeure de la jeune princesse ; elles étaient réunies les unes aux autres par de simples câbles de soie, tendus et gardés par des sentinelles, de sorte que le plan de Buckingham se trouvait complètement renversé, si ce plan avait été réellement de garder pour lui et ses Anglais les abords de l'Hôtel de Ville.

Le seul passage qui donnât accès aux degrés de l'édifice, et qui ne fût point fermé par cette barricade soyeuse, était gardé par deux tentes pareilles à deux pavillons, et dont les portes s'ouvraient aux deux côtés de cette entrée.

Ces deux tentes étaient celles de de Guiche et de Raoul, et en leur absence devaient toujours être occupées : celle de de Guiche, par de Wardes ; celle de Raoul par Manicamp.

Tout autour de ces deux tentes et des six autres, une centaine d'officiers, de gentilshommes et de pages reluisaient de soie et d'or, bourdonnant comme des abeilles autour de leur ruche.

Tout cela, l'épée à la hanche, était prêt à obéir à un signe de de Guiche ou de Bragelonne, les deux chefs de l'ambassade.

Au moment même où les deux jeunes gens apparaissaient à l'extrémité d'une rue aboutissant sur la place, ils aperçurent, traversant cette même place au galop de son cheval, un jeune gentilhomme d'une merveilleuse élégance. Il fendait la foule des curieux, et, à la vue de ces bâtisses improvisées, il poussa un cri de colère et de désespoir.

C'était Buckingham, Buckingham sorti de sa stupeur pour revêtir un éblouissant costume et pour venir attendre Madame et la reine à l'Hôtel de Ville.

Mais à l'entrée des tentes on lui barra le passage, et force lui fut de s'arrêter.

Buckingham, exaspéré, leva son fouet ; deux officiers lui saisirent le bras.

Des deux gardiens, un seul était là. De Wardes, monté dans l'intérieur de l'Hôtel de Ville, transmettait quelques ordres donnés par de Guiche.

Au bruit que faisait Buckingham, Manicamp, couché paresseusement sur les coussins d'une des deux tentes d'entrée, se souleva avec sa nonchalance ordinaire, et s'apercevant que le bruit continuait, apparut sous les rideaux.

– Qu'est-ce, dit-il avec douceur, et qui donc mène tout ce grand bruit ?

Le hasard fit qu'au moment où il commençait à parler, le silence venait de renaître, et bien que son accent fût doux et modéré, tout le monde entendit sa question.

Buckingham se retourna, regarda ce grand corps maigre et ce visage indolent.

Probablement la personne de notre gentilhomme, vêtu d'ailleurs assez simplement, comme nous l'avons dit, ne lui inspira pas grand respect, car il répondit dédaigneusement :

– Qui êtes-vous, monsieur ?

Manicamp s'appuya au bras d'un énorme chevau-léger, droit comme un pilier de cathédrale, et répondit du même ton tranquille :

– Et vous, monsieur ?

– Moi, je suis milord duc de Buckingham. J'ai loué toutes les maisons qui entourent l'Hôtel de Ville, où j'ai affaire ; or, puisque ces maisons sont louées, elles sont à moi, et puisque je les ai louées pour avoir le passage libre à l'Hôtel de Ville, vous n'avez pas le droit de me fermer ce passage.

– Mais, monsieur, qui vous empêche de passer ? demanda Manicamp.

– Mais vos sentinelles.

– Parce que vous voulez passer à cheval, monsieur, et que la consigne est de ne laisser passer que les piétons.

– Nul n'a le droit de donner de consigne ici, excepté moi, dit Buckingham.

– Comment cela, monsieur ? demanda Manicamp avec sa voix douce. Faites-moi la grâce de m'expliquer cette énigme.

– Parce que, comme je vous l'ai dit, j'ai loué toutes les maisons de la place.

– Nous le savons bien, puisqu'il ne nous est resté que la place elle-même.

– Vous vous trompez, monsieur, la place est à moi comme les maisons.

– Oh ! pardon, monsieur, vous faites erreur. On dit chez nous le pavé du roi ; donc, la place est au roi ; donc, puisque nous sommes les ambassadeurs du roi, la place est à nous.

– Monsieur, je vous ai déjà demandé qui vous étiez ! s'écria Buckingham exaspéré du sang-froid de son interlocuteur.

– On m'appelle Manicamp, répondit le jeune homme d'une voix éolienne, tant elle était harmonieuse et suave.

Buckingham haussa les épaules.

– Bref, dit-il, quand j'ai loué les maisons qui entourent l'Hôtel de Ville, la place était libre ; ces baraques obstruent ma vue, ôtez ces baraques !

Un sourd et menaçant murmure courut dans la foule des auditeurs.

De Guiche arrivait en ce moment ; il écarta cette foule qui le séparait de Buckingham, et, suivi de Raoul, il arriva d'un côté, tandis que de Wardes arrivait de l'autre.

– Pardon, milord, dit-il ; mais si vous avez quelque réclamation à faire, ayez l'obligeance de la faire à moi, attendu que c'est moi qui ai donné les plans de cette construction.

– En outre, je vous ferai observer, monsieur, que le mot baraque se prend en mauvaise part, ajouta gracieusement Manicamp.

– Vous disiez donc, monsieur ? continua de Guiche.

– Je disais, monsieur le comte, reprit Buckingham avec un accent de colère encore sensible, quoiqu'il fût tempéré par la présence d'un égal, je disais qu'il est impossible que ces tentes demeurent où elles sont.

– Impossible, fit de Guiche, et pourquoi ?

– Parce qu'elles me gênent.

De Guiche laissa échapper un mouvement d'impatience, mais un coup d'œil froid de Raoul le retint.

– Elles doivent moins vous gêner, monsieur, que cet abus de la priorité que vous vous êtes permis.

– Un abus !

– Mais sans doute. Vous envoyez ici un messager qui loue, en votre nom, toute la ville du Havre, sans s'inquiéter des Français qui doivent venir au-devant de Madame. C'est peu fraternel, monsieur le duc, pour le représentant d'une nation amie.

– La terre est au premier occupant, dit Buckingham.

– Pas en France, monsieur.

– Et pourquoi pas en France ?

– Parce que c'est le pays de la politesse.

– Qu'est-ce à dire ? s'écria Buckingham d'une façon si emportée, que les assistants se reculèrent, s'attendant à une collision immédiate.

– C'est-à-dire, monsieur, répondit de Guiche en pâlissant, que j'ai fait construire ce logement pour moi et mes amis, comme l'asile des ambassadeurs de France, comme le seul abri que votre exigence nous ait laissé dans la ville, et que dans ce logement j'habiterai, moi et les miens, à moins qu'une volonté plus puissante et surtout plus souveraine que la vôtre ne me renvoie.

– C'est-à-dire ne nous déboute, comme on dit au palais, dit doucement Manicamp.

– J'en connais un, monsieur, qui sera tel, je l'espère, que vous le désirez, dit Buckingham en mettant la main à la garde de son épée.

En ce moment, et comme la déesse Discorde allait, enflammant les esprits, tourner toutes les épées contre des poitrines humaines, Raoul posa doucement sa main sur l'épaule de Buckingham.

– Un mot, milord, dit-il.

– Mon droit ! mon droit d'abord ! s'écria le fougueux jeune homme.

– C'est justement sur ce point que je vais avoir l'honneur de vous entretenir, dit Raoul.

– Soit, mais pas de longs discours, monsieur.

– Une seule question ; vous voyez qu'on ne peut pas être plus bref.

– Parlez, j'écoute.

– Est-ce vous ou M. le duc d'Orléans qui allez épouser la petite-fille du roi Henri IV ?

– Plaît-il ? demanda Buckingham en se reculant tout effaré.

– Répondez-moi, je vous prie, monsieur, insista tranquillement Raoul.

– Votre intention est-elle de me railler, monsieur ? demanda Buckingham.

– C'est toujours répondre, monsieur, et cela me suffit. Donc, vous l'avouez, ce n'est pas vous qui allez épouser la princesse d'Angleterre.

– Vous le savez bien, monsieur, ce me semble.

– Pardon, mais c'est que, d'après votre conduite, la chose n'était plus claire.

– Voyons, au fait, que prétendez-vous dire, monsieur ?

Raoul se rapprocha du duc.

– Vous avez, dit-il en baissant la voix, des fureurs qui ressemblent à des jalousies ; savez-vous cela, milord ? or, ces jalousies, à propos d'une femme, ne vont point à quiconque n'est ni son amant, ni son époux ; à bien plus forte raison, je suis sûr que vous comprendrez cela, milord, quand cette femme est une princesse.

– Monsieur, s'écria Buckingham, insultez-vous Madame Henriette ?

– C'est vous, répondit froidement Bragelonne, c'est vous qui l'insultez, milord, prenez-y garde. Tout à l'heure, sur le vaisseau amiral, vous avez poussé à bout la reine et lassé la patience de l'amiral. Je vous observais, milord, et vous ai cru fou d'abord ; mais depuis j'ai deviné le caractère réel de cette folie.

– Monsieur !

– Attendez, car j'ajouterai un mot. J'espère être le seul parmi les Français qui l'ait deviné.

– Mais, savez-vous, monsieur, dit Buckingham frissonnant de colère et d'inquiétude à la fois, savez-vous que vous tenez là un langage qui mérite répression ?

– Pesez vos paroles, milord, dit Raoul avec hauteur ; je ne suis pas d'un sang dont les vivacités se laissent réprimer ; tandis qu'au contraire, vous, vous êtes d'une race dont les passions sont suspectes aux bons Français ; je vous le répète donc pour la seconde fois, prenez garde, milord.

– À quoi, s'il vous plaît ? Me menaceriez-vous ?

– Je suis le fils du comte de La Fère, monsieur de Buckingham, et je ne menace jamais, parce que je frappe d'abord. Ainsi, entendons-nous bien, la menace que je vous fais, la voici...

Buckingham serra les poings ; mais Raoul continua comme s'il ne s'apercevait de rien.

– Au premier mot hors des bienséances que vous vous permettrez envers Son Altesse Royale. Oh ! soyez patient, monsieur de Buckingham ; je le suis bien moi.

– Vous ?

– Sans doute. Tant que Madame a été sur le sol anglais, je me suis tu ; mais, à présent qu'elle a touché au sol de la France, maintenant que nous l'avons reçue au nom du prince, à la première insulte que, dans votre étrange attachement, vous commettrez envers la maison royale de France, j'ai deux partis à prendre : ou je déclare devant tous la folie dont vous êtes affecté en ce moment, et je vous fais renvoyer honteusement en Angleterre ; ou, si vous le préférez, je vous donne du poignard dans la gorge en pleine assemblée. Au reste, ce second moyen me paraît le plus convenable, et je crois que je m'y tiendrai.

Buckingham était devenu plus pâle que le flot de dentelle d'Angleterre qui entourait son cou.

– Monsieur de Bragelonne, dit-il, est-ce bien un gentilhomme qui parle ?

– Oui ; seulement, ce gentilhomme parle à un fou. Guérissez, milord, et il vous tiendra un autre langage.

– Oh ! mais, monsieur de Bragelonne, murmura le duc d'une voix étranglée et en portant la main à son cou, vous voyez bien que je me meurs !

– Si la chose arrivait en ce moment, monsieur, dit Raoul avec son inaltérable sang-froid, je regarderais en vérité cela comme un grand bonheur, car cet événement préviendrait toutes sortes de mauvais propos sur votre compte et sur celui des personnes illustres que votre dévouement compromet si follement.

– Oh ! vous avez raison, vous avez raison, dit le jeune homme éperdu ; oui, oui, mourir ! oui, mieux vaut mourir que souffrir ce que je souffre en ce moment.

Et il porta la main sur un charmant poignard au manche tout garni de pierreries qu'il tira à moitié de sa poitrine.

Raoul lui repoussa la main.

– Prenez garde, monsieur, dit-il ; si vous ne vous tuez pas, vous faites un acte ridicule, si vous vous tuez, vous tachez de sang la robe nuptiale de la princesse d'Angleterre.

Buckingham demeura une minute haletant. Pendant cette minute, on vit ses lèvres trembler, ses joues frémir, ses yeux vaciller, comme dans le délire.

Puis, tout à coup :

– Monsieur de Bragelonne, dit-il, je ne connais pas un plus noble esprit que vous ; vous êtes le digne fils du plus parfait gentilhomme que l'on connaisse. Habitez vos tentes !

Et il jeta ses deux bras autour du cou de Raoul.

Toute l'assistance émerveillée de ce mouvement auquel on ne pouvait guère attendre, vu les trépignements de l'un des adversaires et la rude insistance de l'autre, l'assemblée se mit à battre des mains, et mille vivats, mille applaudissements joyeux s'élancèrent vers le ciel.

De Guiche embrassa à son tour Buckingham, un peu à contrecœur, mais enfin il l'embrassa.

Ce fut le signal : Anglais et Français, qui, jusque-là, s'étaient regardés avec inquiétude, fraternisèrent à l'instant même.

Sur ces entrefaites arriva le cortège des princesses, qui, sans Bragelonne, eussent trouvé deux armées aux prises et du sang sur les fleurs.

Tout se remit à l'aspect des bannières.

XXXVIII

La nuit

La concorde était revenue s'asseoir au milieu des tentes. Anglais et Français rivalisaient de galanterie auprès des illustres voyageuses et de politesse entre eux.

Les Anglais envoyèrent aux Français des fleurs dont ils avaient fait provision pour fêter l'arrivée de la jeune princesse ; les Français invitèrent les Anglais à un souper qu'ils devaient donner le lendemain.

Madame recueillit donc sur son passage d'unanimes félicitations. Elle apparaissait comme une reine, à cause du respect de tous ; comme une idole, à cause de l'adoration de quelques-uns.

La reine mère fit aux Français l'accueil le plus affectueux. La France était son pays, à elle, et elle avait été trop malheureuse en Angleterre pour que l'Angleterre lui pût faire oublier la France. Elle apprenait donc à sa fille, par son propre amour, l'amour du pays où toutes deux avaient trouvé l'hospitalité, et où elles allaient trouver la fortune d'un brillant avenir.

Lorsque l'entrée fut faite et les spectateurs un peu disséminés, lorsqu'on n'entendit plus que de loin les fanfares et le bruissement de la foule, lorsque la nuit tomba, enveloppant de ses voiles étoilés la mer, le port, la ville et la campagne encore émue de ce grand événement, de Guiche rentra dans sa tente, et s'assit sur un large escabeau, avec une telle expression de douleur, que Bragelonne le suivit du regard jusqu'à ce qu'il l'eût entendu soupirer ; alors il s'approcha. Le comte était renversé en arrière, l'épaule appuyée à la paroi de la tente, le front dans ses mains, la poitrine haletante et le genou inquiet.

– Tu souffres, ami ? lui demanda Raoul.

– Cruellement.

– Du corps, n'est-ce pas ?

– Du corps, oui.

– La journée a été fatigante, en effet, continua le jeune homme, les yeux fixés sur celui qu'il interrogeait.

– Oui, et le sommeil me rafraîchirait.

– Veux-tu que je te laisse ?

– Non, j'ai à te parler.

– Je ne te laisserai parler qu'après avoir interrogé, moi-même, de Guiche.

– Interroge.

– Mais sois franc.

– Comme toujours.

– Sais-tu pourquoi Buckingham était si furieux ?

– Je m'en doute.

– Il aime Madame, n'est-ce pas ?

– Du moins on en jurerait, à le voir.

– Eh bien ! il n'en est rien.

– Oh ! cette fois, tu te trompes, Raoul, et j'ai bien lu sa peine dans ses yeux, dans son geste, dans toute sa vie depuis ce matin.

– Tu es poète, mon cher comte, et partout tu vois de la poésie.

– Je vois surtout l'amour.

– Où il n'est pas.

– Où il est.

– Voyons, de Guiche, tu crois ne pas te tromper ?

– Oh ! j'en suis sûr ! s'écria vivement le comte.

– Dis-moi, comte, demanda Raoul avec un profond regard, qui te rend si clairvoyant ?

– Mais, répondit de Guiche en hésitant, l'amour-propre.

– L'amour-propre ! c'est un mot bien long, de Guiche.

– Que veux-tu dire ?

– Je veux dire, mon ami, que d'ordinaire tu es moins triste que ce soir.

– La fatigue.

– La fatigue ?

– Oui.

– Écoute, cher ami, nous avons fait campagne ensemble, nous nous sommes vus à cheval pendant dix-huit heures ; trois chevaux, écrasés de lassitude ou mourant de faim, tombaient sous nous, que nous riions encore. Ce n'est point la fatigue qui te rend triste, comte.

– Alors, c'est la contrariété.

– Quelle contrariété ?

– Celle de ce soir.

– La folie de lord Buckingham ?

– Eh ! sans doute ; n'est-il point fâcheux, pour nous Français représentant notre maître, de voir un Anglais courtiser notre future maîtresse, la seconde dame du royaume ?

– Oui, tu as raison ; mais je crois que lord Buckingham n'est pas dangereux.

– Non, mais il est importun. En arrivant ici, n'a-t-il pas failli tout troubler entre les Anglais et nous, et sans toi, sans ta prudence si admirable et ta fermeté si étrange, nous tirions l'épée en pleine ville.

– Il a changé, tu vois.

– Oui, certes ; mais de là même vient ma stupéfaction. Tu lui as parlé bas ; que lui as-tu dit ? Tu crois qu'il l'aime ; tu le dis, une passion ne cède pas avec cette facilité ; il n'est donc pas amoureux d'elle !

Et de Guiche prononça lui-même ces derniers mots avec une telle expression, que Raoul leva la tête.

Le noble visage du jeune homme exprimait un mécontentement facile à lire.

– Ce que je lui ai dit, comte, répondit Raoul, je vais le répéter à toi. Écoute bien, le voici : « Monsieur, vous regardez d'un air d'envie, d'un air de convoitise injurieuse, la sœur de votre prince, laquelle ne vous est pas fiancée, laquelle n'est pas, laquelle ne peut pas être votre maîtresse ; vous faites donc affront à ceux qui, comme nous, viennent chercher une jeune fille pour la conduire à son époux. »

– Tu lui as dit cela ? demanda de Guiche en rougissant.

– En propres termes ; j'ai même été plus loin.

De Guiche fit un mouvement.

– Je lui ai dit : « De quel œil nous regarderiez-vous, si vous aperceviez parmi nous un homme assez insensé, assez déloyal, pour concevoir d'autres sentiments que le plus pur respect à l'égard d'une princesse destinée à notre maître ? »

Ces paroles étaient tellement à l'adresse de de Guiche, que de Guiche pâlit, et, saisi d'un tremblement subit, ne put tendre que machinalement une main vers Raoul, tandis que de l'autre il se couvrait les yeux et le front.

– Mais, continua Raoul sans s'arrêter à cette démonstration de son ami, Dieu merci ! les Français, que l'on proclame légers, indiscrets, inconsidérés, savent appliquer un jugement sain et une saine morale à l'examen des questions de haute convenance. « Or, ai-je ajouté, sachez, monsieur de Buckingham, que nous autres, gentilshommes de France, nous servons nos rois en leur sacrifiant nos passions aussi bien que notre fortune et notre vie ; et quand, par hasard, le démon nous suggère une de ces mauvaises pensées qui incendient le cœur, nous éteignons cette flamme, fût-ce en l'arrosant de notre sang. De cette façon, nous sauvons trois honneurs à la fois : celui de notre pays, celui de notre maître et le nôtre. Voilà, monsieur de Buckingham, comme nous agissons ; voilà comment tout homme de cœur doit agir. » Et voilà, mon cher de Guiche, continua Raoul, comment j'ai parlé à M. de Buckingham ; aussi s'est-il rendu sans résistance à mes raisons.

De Guiche, courbé jusqu'alors sous la parole de Raoul, se redressa, les yeux fiers et la main fiévreuse, il saisit la main de Raoul ; les pommettes de ses joues, après avoir été froides comme la glace, étaient de flamme.

– Et tu as bien parlé, dit-il d'une voix étranglée ; et tu es un brave ami, Raoul, merci ; maintenant, je t'en supplie, laisse-moi seul.

– Tu le veux ?

– Oui, j'ai besoin de repos. Beaucoup de choses ont ébranlé aujourd'hui ma tête et mon cœur ; demain, quand tu reviendras, je ne serai plus le même homme.

– Et bien ! soit, je te laisse, dit Raoul en se retirant.

Le comte fit un pas vers son ami, et l'étreignit cordialement entre ses bras.

Mais, dans cette étreinte amicale, Raoul put distinguer le frissonnement d'une grande passion combattue.

La nuit était fraîche, étoilée, splendide ; après la tempête, la chaleur du soleil avait ramené partout la vie, la joie et la sécurité. Il s'était formé au ciel quelques nuages longs et effilés dont la blancheur azurée promettait une série de beaux jours tempérés par une brise de l'est. Sur la place de l'hôtel, de grandes ombres coupées de larges rayons lumineux formaient comme une gigantesque mosaïque aux dalles noires et blanches.

Bientôt tout s'endormit dans la ville ; il resta une faible lumière dans l'appartement de Madame, qui donnait sur la place, et cette douce clarté de la lampe affaiblie semblait une image de ce calme sommeil d'une jeune fille, dont la vie à peine se manifeste, à peine est sensible, et dont la flamme se tempère aussi quand le corps est endormi.

Bragelonne sortit de sa tente avec la démarche lente et mesurée de l'homme curieux de voir et jaloux de n'être point vu.

Alors, abrité derrière les rideaux épais, embrassant toute la place d'un seul coup d'œil, il vit, au bout d'un instant, les rideaux de la tente de de Guiche s'entrouvrir et s'agiter.

Derrière les rideaux se dessinait l'ombre de de Guiche, dont les yeux brillaient dans l'obscurité, attachés ardemment sur le salon de Madame, illuminé doucement par la lumière intérieure de l'appartement.

Cette douce lueur qui colorait les vitres était l'étoile du comte. On voyait monter jusqu'à ses yeux l'aspiration de son âme tout entière. Raoul, perdu dans l'ombre, devinait toutes les pensées passionnées qui établissaient entre la tente du jeune ambassadeur et le balcon de la princesse un lien mystérieux et magique de sympathie ; lien formé par des pensées empreintes d'une telle volonté, d'une telle obsession, qu'elles sollicitaient certainement les rêves amoureux à descendre sur cette couche parfumée que le comte dévorait avec les yeux de l'âme.

Mais de Guiche et Raoul n'étaient pas les seuls qui veillassent. La fenêtre d'une des maisons de la place était ouverte ; c'était la fenêtre d'une maison habitée par Buckingham.

Sur la lumière qui jaillissait hors de cette dernière fenêtre se détachait en vigueur la silhouette du duc, qui, mollement appuyé sur la traverse sculptée et garnie de velours, envoyait au balcon de Madame ses vœux et les folles visions de son amour.

Bragelonne ne put s'empêcher de sourire.

– Voilà un pauvre cœur bien assiégé, dit-il en songeant à Madame.

Puis, faisant un retour compatissant vers Monsieur :

– Et voilà un pauvre mari bien menacé, ajouta-t-il ; bien lui est d'être un grand prince et d'avoir une armée pour garder son bien.

Bragelonne épia pendant quelque temps le manège des deux soupirants, écouta le ronflement sonore, incivil, de Manicamp, qui ronflait avec autant de fierté que s'il eût eu son habit bleu au lieu d'avoir son habit violet, se tourna vers la brise qui apportait à lui le chant lointain d'un rossignol ; puis, après avoir fait sa provision de mélancolie, autre maladie nocturne, il rentra se coucher en songeant, pour son propre compte, que peut-être quatre ou six yeux tout aussi ardents que ceux de de Guiche ou de Buckingham couvaient son idole à lui dans le château de Blois.

– Et ce n'est pas une bien solide garnison que Mlle de Montalais, dit-il tout bas en soupirant tout haut.

XXXIX

Du Havre à Paris

Le lendemain, les fêtes eurent lieu avec toute la pompe et toute l'allégresse que les ressources de la ville et la disposition des esprits pouvaient donner.

Pendant les dernières heures passées au Havre, le départ avait été préparé.

Madame, après avoir fait ses adieux à la flotte anglaise et salué une dernière fois la patrie en saluant son pavillon, monta en carrosse au milieu d'une brillante escorte.

De Guiche espérait que le duc de Buckingham retournerait avec l'amiral en Angleterre ; mais Buckingham parvint à prouver à la reine que ce serait une inconvenance de laisser arriver Madame presque abandonnée à Paris.

Ce point une fois arrêté, que Buckingham accompagnerait Madame, le jeune duc se choisit une cour de gentilshommes et d'officiers destinés à lui faire cortège à lui-même ; en sorte que ce fut une armée qui s'achemina vers Paris, semant l'or et jetant les démonstrations brillantes au milieu des villes et des villages qu'elle traversait.

Le temps était beau. La France était belle à voir, surtout de cette route que traversait le cortège. Le printemps jetait ses fleurs et ses feuillages embaumés sur les pas de cette jeunesse. Toute la Normandie, aux végétations plantureuses, aux horizons bleus, aux fleuves argentés, se présentait comme un paradis pour la nouvelle sœur du roi.

Ce n'était que fêtes et enivrements sur la route. De Guiche et Buckingham oubliaient tout : de Guiche pour réprimer les nouvelles tentatives de l'Anglais, Buckingham pour réveiller dans le cœur de la princesse un souvenir plus vif de la patrie à laquelle se rattachait la mémoire des jours heureux.

Mais, hélas ! le pauvre duc pouvait s'apercevoir que l'image de sa chère Angleterre s'effaçait de jour en jour dans l'esprit de Madame, à mesure que s'y imprimait plus profondément l'amour de la France.

En effet, il pouvait s'apercevoir que tous ces petits soins n'éveillaient aucune reconnaissance, et il avait beau cheminer avec grâce sur l'un des plus fougueux coursiers du Yorkshire, ce n'était que par hasard et accidentellement que les yeux de la princesse tombaient sur lui.

En vain essayait-il, pour fixer sur lui un de ses regards égarés dans l'espace ou arrêtés ailleurs, de faire produire à la nature animale tout ce qu'elle peut réunir de force, de vigueur, de colère et d'adresse : en vain, surexcitant le cheval aux narines de feu, le lançait-il, au risque de se briser mille fois contre les arbres ou de rouler dans les fossés, par-dessus les barrières et sur la déclivité des rapides collines, Madame, attirée par le bruit, tournait un moment la tête, puis, souriant légèrement, revenait à ses gardiens fidèles, Raoul et de Guiche, qui chevauchaient tranquillement aux portières de son carrosse.

Alors Buckingham se sentait en proie à toutes les tortures de la jalousie ; une douleur inconnue, inouïe, brûlante, se glissait dans ses veines et allait assiéger son cœur ; alors, pour prouver qu'il comprenait sa folie, et qu'il voulait racheter par la plus humble soumission ses torts d'étourderie, il domptait son cheval et le forçait, tout ruisselant de sueur, tout blanchi d'une écume épaisse, à ronger son frein près du carrosse, dans la foule des courtisans.

Quelquefois il obtenait pour récompense un mot de Madame, et encore ce mot lui semblait-il un reproche.

– Bien ! monsieur de Buckingham, disait-elle, vous voilà raisonnable.

Ou un mot de Raoul.

– Vous tuez votre cheval, monsieur de Buckingham.

Et Buckingham écoutait patiemment Raoul, car il sentait instinctivement, sans qu'aucune preuve lui en eût été donnée, que Raoul était le modérateur des sentiments de de Guiche, et que, sans Raoul, déjà quelque folle démarche, soit du comte, soit de lui, Buckingham, eût amené une rupture, un éclat, un exil peut-être.

Depuis la fameuse conversation que les deux jeunes gens avaient eue dans les tentes du Havre, et dans laquelle Raoul avait fait sentir au duc l'inconvenance de ses manifestations, Buckingham était comme malgré lui attiré vers Raoul.

Souvent il engageait la conversation avec lui, et presque toujours c'était pour lui parler ou de son père, ou de d'Artagnan, leur ami commun, dont Buckingham était presque aussi enthousiaste que Raoul.

Raoul affectait principalement de ramener l'entretien sur ce sujet devant de Wardes, qui pendant tout le voyage avait été blessé de la supériorité de Bragelonne, et surtout de son influence sur l'esprit de de Guiche. De Wardes avait cet œil fin et inquisiteur qui distingue toute mauvaise nature ; il avait remarqué sur-le-champ la tristesse de de Guiche et ses aspirations amoureuses vers la princesse.

Au lieu de traiter le sujet avec la réserve de Raoul, au lieu de ménager dignement comme ce dernier les convenances et les devoirs, de Wardes attaquait avec résolution chez le comte cette corde toujours sonore de l'audace juvénile et de l'orgueil égoïste.

Or, il arriva qu'un soir, pendant une halte à Mantes, de Guiche et de Wardes causant ensemble appuyés à une barrière, Buckingham et Raoul causant de leur côté en se promenant, Manicamp faisant sa cour aux princesses, qui déjà le traitaient sans conséquence à cause de la souplesse de son esprit, de la bonhomie civile de ses manières et de son caractère conciliant :

– Avoue, dit de Wardes au comte, que te voilà bien malade et que ton pédagogue ne te guérit pas.

– Je ne te comprends pas, dit le comte.

– C'est facile cependant : tu dessèches d'amour.

– Folie, de Wardes, folie !

– Ce serait folie, oui, j'en conviens, si Madame était indifférente à ton martyre ; mais elle le remarque à un tel point qu'elle se compromet, et je tremble qu'en arrivant à Paris ton pédagogue, M. de Bragelonne, ne vous dénonce tous les deux.

– De Wardes ! de Wardes ! encore une attaque à Bragelonne !

– Allons, trêve d'enfantillage, reprit à demi-voix le mauvais génie du comte ; tu sais aussi bien que moi tout ce que je veux dire ; tu vois bien, d'ailleurs, que le regard de la princesse s'adoucit en te parlant ; tu comprends au son de sa voix qu'elle se plaît à entendre la tienne ; tu sens qu'elle entend les vers que tu lui récites, et tu ne nieras point que chaque matin elle ne te dise qu'elle a mal dormi ?

– C'est vrai, de Wardes, c'est vrai ; mais à quoi bon me dire tout cela ?

– N'est-il pas important de voir clairement les choses ?

– Non quand les choses qu'on voit peuvent vous rendre fou.

Et il se retourna avec inquiétude du côté de la princesse, comme si, tout en repoussant les insinuations de de Wardes, il eût voulu en chercher la confirmation dans ses yeux.

– Tiens ! tiens ! dit de Wardes, regarde, elle t'appelle, entends-tu ? Allons, profite de l'occasion, le pédagogue n'est pas là.

De Guiche n'y put tenir ; une attraction invincible l'attirait vers la princesse.

De Wardes le regarda en souriant.

– Vous vous trompez, monsieur, dit tout à coup Raoul en enjambant la barrière où, un instant auparavant, s'adossaient les deux causeurs ; le pédagogue est là et il vous écoute.

De Wardes, à la voix de Raoul qu'il reconnut sans avoir besoin de le regarder, tira son épée à demi.

– Rentrez votre épée, dit Raoul ; vous savez bien que, pendant le voyage que nous accomplissons, toute démonstration de ce genre serait inutile. Rentrez votre épée, mais aussi rentrez votre langue. Pourquoi mettez-vous dans le cœur de celui que vous nommez votre ami tout le fiel qui ronge le vôtre ? À moi, vous voulez faire haïr un honnête homme, ami de mon père et des miens ! Au comte, vous voulez faire aimer une femme destinée à votre maître ! En vérité, monsieur, vous seriez un traître et un lâche à mes yeux, si, bien plus justement, je ne vous regardais comme un fou.

– Monsieur, s'écria de Wardes exaspéré, je ne m'étais donc pas trompé en vous appelant un pédagogue ! Ce ton que vous affectez, cette forme dont vous faites la vôtre, est celle d'un jésuite fouetteur et non celle d'un gentilhomme. Quittez donc, je vous prie, vis-à-vis de moi, cette forme et ce ton. Je hais M. d'Artagnan parce qu'il a commis une lâcheté envers mon père.

– Vous mentez, monsieur, dit froidement Raoul.

– Oh ! s'écria de Wardes, vous me donnez un démenti, monsieur ?

– Pourquoi pas, si ce que vous dites est faux ?

– Vous me donnez un démenti et vous ne mettez pas l'épée à la main ?

– Monsieur, je me suis promis à moi-même de ne vous tuer que lorsque nous aurons remis Madame à son époux.

– Me tuer ? Oh ! votre poignée de verges ne tue point ainsi, monsieur le pédant.

– Non, répliqua froidement Raoul, mais l'épée de M. d'Artagnan tue ; et non seulement j'ai cette épée, monsieur, mais c'est lui qui m'a appris à m'en servir, et c'est avec cette épée, monsieur, que je vengerai, en temps utile, son nom outragé par vous.

– Monsieur, monsieur ! s'écria de Wardes, prenez garde ! Si vous ne me rendez pas raison sur-le-champ, tous les moyens me seront bons pour me venger !

– Oh ! Oh ! monsieur ! fit Buckingham en apparaissant tout à coup sur le théâtre de la scène, voilà une menace qui frise l'assassinat, et qui, par conséquent, est d'assez mauvais goût pour un gentilhomme.

– Vous dites, monsieur le duc ? dit de Wardes en se retournant.

– Je dis que vous venez de prononcer des paroles qui sonnent mal à mes oreilles anglaises.

– Eh bien ! monsieur, si ce que vous dites est vrai, s'écria de Wardes exaspéré, tant mieux ! je trouverai au moins en vous un homme qui ne me glissera pas entre les doigts. Prenez donc mes paroles comme vous l'entendez.

– Je les prends comme il faut, monsieur, répondit Buckingham avec ce ton hautain qui lui était particulier et qui donnait, même dans la conversation ordinaire, le ton de défi à ce qu'il disait ; M. de Bragelonne est mon ami, vous insultez M. de Bragelonne, vous me rendrez raison de cette insulte.

De Wardes jeta un regard sur Bragelonne, qui, fidèle à son rôle, demeurait calme et froid, même devant le défi du duc.

– Et d'abord, il paraît que je n'insulte pas M. de Bragelonne, puisque M. de Bragelonne, qui a une épée au côté, ne se regarde pas comme insulté.

– Mais, enfin, vous insultez quelqu'un ?

– Oui, j'insulte M. d'Artagnan, reprit de Wardes, qui avait remarqué que ce nom était le seul aiguillon avec lequel il pût éveiller la colère de Raoul.

– Alors, dit Buckingham, c'est autre chose.

– N'est-ce pas ? dit de Wardes. C'est donc aux amis de M. d'Artagnan de le défendre.

– Je suis tout à fait de votre avis, monsieur, répondit l'Anglais, qui avait retrouvé tout son flegme ; pour M. de Bragelonne offensé, je ne pouvais, raisonnablement, prendre le parti de M. de Bragelonne, puisqu'il est là ; mais dès qu'il est question de M. d'Artagnan...

– Vous me laissez la place, n'est-ce pas, monsieur ? dit de Wardes.

– Non pas, au contraire, je dégaine, dit Buckingham en tirant son épée du fourreau, car si M. d'Artagnan a offensé monsieur votre père, il a rendu ou, du moins, il a tenté de rendre un grand service au mien.

De Wardes fit un mouvement de stupeur.

– M. d'Artagnan, poursuivit Buckingham, est le plus galant gentilhomme que je connaisse. Je serai donc enchanté, lui ayant des obligations personnelles, de vous les payer, à vous, d'un coup d'épée.

Et, en même temps, Buckingham tira gracieusement son épée, salua Raoul et se mit en garde.

De Wardes fit un pas pour croiser le fer.

– Là ! là ! messieurs, dit Raoul en s'avançant et en posant à son tour son épée nue entre les combattants, tout cela ne vaut pas la peine qu'on s'égorge presque aux yeux de la princesse. M. de Wardes dit du mal de M. d'Artagnan, mais il ne connaît même pas M. d'Artagnan.

– Oh ! Oh ! fit de Wardes en grinçant des dents et en abaissant la pointe de son épée sur le bout de sa botte ; vous dites que moi, je ne connais pas M. d'Artagnan ?

– Eh ! non, vous ne le connaissez pas, reprit froidement Raoul, et même vous ignorez où il est.

– Moi ! j'ignore où il est ?

– Sans doute, il faut bien que cela soit ainsi, puisque vous cherchez, à son propos, querelle à des étrangers, au lieu d'aller trouver M. d'Artagnan où il est.

De Wardes pâlit.

– Eh bien ! je vais vous le dire, moi, monsieur, où il est, continua Raoul ; M. d'Artagnan est à Paris ; il loge au Louvre quand il est de service, rue des Lombards quand il ne l'est pas ; M. d'Artagnan est parfaitement trouvable à l'un ou l'autre de ces deux domiciles ; donc, ayant tous les griefs que vous avez contre lui, vous n'êtes point un galant homme en ne l'allant point quérir, pour qu'il vous donne la satisfaction que vous semblez demander à tout le monde, excepté à lui.

De Wardes essuya son front ruisselant de sueur.

– Fi ! monsieur de Wardes, continua Raoul, il ne sied point d'être ainsi ferrailleur quand nous avons des édits contre les duels. Songez-y : le roi nous en voudrait de notre désobéissance, surtout dans un pareil moment, et le roi aurait raison.

– Excuses ! murmura de Wardes, prétextes !

– Allons donc, reprit Raoul, vous dites là des billevesées, mon cher monsieur de Wardes ; vous savez bien que M. le duc de Buckingham est un galant homme qui a tiré l'épée dix fois et qui se battra bien onze. Il porte un nom qui oblige, que diable ! Quant à moi, n'est-ce pas ? vous savez bien que je me bats aussi. Je me suis battu à Lens, à Bléneau, aux Dunes, en avant des canonniers, à cent pas en avant de la ligne, tandis que vous, par parenthèse, vous étiez à cent pas en arrière. Il est vrai que là-bas il y avait beaucoup trop de monde pour que l'on vît votre bravoure, c'est pourquoi vous la cachiez ; mais ici ce serait un spectacle, un scandale, vous voulez faire parler de vous, n'importe de quelle façon. Eh bien ! ne comptez pas sur moi, monsieur de Wardes, pour vous aider dans ce projet, je ne vous donnerai pas ce plaisir.

– Ceci est plein de raison, dit Buckingham en rengainant son épée, et je vous demande pardon, monsieur de Bragelonne, de m'être laissé entraîner à un premier mouvement.

Mais, au contraire, de Wardes furieux fit un bond en avant, et l'épée haute, menaçant Raoul, qui n'eut que le temps d'arriver à une parade de quarte.

– Eh ! monsieur, dit tranquillement Bragelonne, prenez donc garde, vous allez m'éborgner.

– Mais vous ne voulez pas vous battre ! s'écria M. de Wardes.

– Non, pas pour le moment ; mais voilà ce que je vous promets aussitôt notre arrivée à Paris : je vous mènerai à M. d'Artagnan, auquel vous conterez les griefs que vous pourrez avoir contre lui. M. d'Artagnan demandera au roi la permission de vous allonger un coup d'épée, le roi la lui accordera, et, le coup d'épée reçu, eh bien ! mon cher monsieur de Wardes, vous considérerez d'un œil plus calme les préceptes de l'Évangile qui commandent l'oubli des injures.

– Ah ! s'écria de Wardes furieux de ce sang-froid, on voit bien que vous êtes à moitié bâtard, monsieur de Bragelonne !

Raoul devint pâle comme le col de sa chemise ; son œil lança un éclair qui fit reculer de Wardes.

Buckingham lui-même en fut ébloui, et se jeta entre les deux adversaires, qu'il s'attendait à voir se précipiter l'un sur l'autre.

De Wardes avait réservé cette injure pour la dernière ; il serrait convulsivement son épée et attendait le choc.

– Vous avez raison, monsieur, dit Raoul en faisant un violent effort sur lui-même, je ne connais que le nom de mon père ; mais je sais trop combien M. le comte de La Fère est homme de bien et d'honneur pour craindre un seul instant, comme vous semblez le dire, qu'il y ait une tache sur ma naissance. Cette ignorance où je suis du nom de ma mère est donc seulement pour moi un malheur et non un opprobre. Or, vous manquez de loyauté, monsieur ; vous manquez de courtoisie en me reprochant un malheur. N'importe, l'insulte existe, et, cette fois, je me tiens pour insulté ! Donc, c'est chose convenue : après avoir vidé votre querelle avec M. d'Artagnan, vous aurez affaire à moi, s'il vous plaît.

– Oh ! oh ! répondit de Wardes avec un sourire amer, j'admire votre prudence, monsieur ; tout à l'heure vous me promettiez un coup d'épée de M. d'Artagnan, et c'est après ce coup d'épée, déjà reçu par moi, que vous m'offrez le vôtre.

– Ne vous inquiétez point, répondit Raoul avec une sourde colère ; M. d'Artagnan est un habile homme en fait d'armes et je lui demanderai cette grâce qu'il fasse pour vous ce qu'il a fait pour monsieur votre père, c'est-à-dire qu'il ne vous tue pas tout à fait, afin qu'il me laisse le plaisir, quand vous serez guéri, de vous tuer sérieusement, car vous êtes un méchant cœur, monsieur de Wardes, et l'on ne saurait, en vérité, prendre trop de précautions contre vous.

– Monsieur, j'en prendrai contre vous-même, dit de Wardes, soyez tranquille.

– Monsieur, fit Buckingham, permettez-moi de traduire vos paroles par un conseil que je vais donner à M. de Bragelonne : monsieur de Bragelonne, portez une cuirasse.

De Wardes serra les poings.

– Ah ! je comprends, dit-il, ces messieurs attendent le moment où ils auront pris cette précaution pour se mesurer contre moi.

– Allons ! monsieur, dit Raoul, puisque vous le voulez absolument, finissons-en.

Et il fit un pas vers de Wardes en étendant son épée.

– Que faites-vous ? demanda Buckingham.

– Soyez tranquille, dit Raoul, ce ne sera pas long.

De Wardes tomba en garde : les fers se croisèrent.

De Wardes s'élança avec une telle précipitation sur Raoul, qu'au premier froissement du fer, il fut évident pour Buckingham que Raoul ménageait son adversaire.

Buckingham recula d'un pas et regarda la lutte.

Raoul était calme comme s'il eût joué avec un fleuret, au lieu de jouer avec une épée ; il dégagea son arme engagée jusqu'à la poignée en faisant un pas de retraite, para avec des contres les trois ou quatre coups que lui porta de Wardes ; puis, sur une menace en quarte basse que de Wardes para par le cercle, il lia l'épée et l'envoya à vingt pas de l'autre côté de la barrière.

Puis, comme de Wardes demeurait désarmé et étourdi, Raoul remit son épée au fourreau, le saisit au collet et à la ceinture et le jeta de l'autre côté de la barrière, frémissant et hurlant de rage.

– Au revoir ! au revoir ! murmura de Wardes en se relevant et en ramassant son épée.

– Eh ! pardieu ! dit Raoul, je ne vous répète pas autre chose depuis une heure.

Puis, se retournant vers Buckingham :

– Duc, dit-il, pas un mot de tout cela, je vous en supplie ; je suis honteux d'en être venu à cette extrémité, mais la colère m'a emporté. Je vous en demande pardon, oubliez.

– Ah ! cher vicomte, dit le duc en serrant cette main si rude et si loyale à la fois, vous me permettrez bien de me souvenir, au contraire, et de me souvenir de votre salut ; cet homme est dangereux, il vous tuera.

– Mon père, répondit Raoul, a vécu vingt ans sous la menace d'un ennemi bien plus redoutable, et il n'est pas mort. Je suis d'un sang que Dieu favorise, monsieur le duc.

– Votre père avait de bons amis, vicomte.

– Oui, soupira Raoul, des amis comme il n'y en a plus.

– Oh ! ne dites point cela, je vous en supplie, au moment où je vous offre mon amitié.

Et Buckingham ouvrit ses bras à Bragelonne, qui reçut avec joie l'alliance offerte.

– Dans ma famille, ajouta Buckingham, on meurt pour ceux que l'on aime, vous savez cela, monsieur de Bragelonne.

– Oui, duc, je le sais, répondit Raoul.

XL

*Ce que le chevalier de Lorraine
pensait de Madame*

Rien ne troubla plus la sécurité de la route.

Sous un prétexte qui ne fit pas grand bruit, M. de Wardes s'échappa pour prendre les devants.

Il emmena Manicamp, dont l'humeur égale et rêveuse lui servait de balance.

Il est à remarquer que les esprits querelleurs et inquiets trouvent toujours une association à faire avec des caractères doux et timides, comme si les uns cherchaient dans le contraste un repos à leur humeur, les autres une défense pour leur propre faiblesse.

Buckingham et Bragelonne, initiant de Guiche à leur amitié, formaient tout le long de la route un concert de louanges en l'honneur de la princesse.

Seulement Bragelonne avait obtenu que ce concert fût donné par trios au lieu de procéder par solos comme de Guiche et son rival semblaient en avoir la dangereuse habitude.

Cette méthode d'harmonie plut beaucoup à Madame Henriette, la reine mère ; elle ne fut peut-être pas autant du goût de la jeune princesse, qui était coquette comme un démon, et qui, sans crainte pour sa voix, cherchait les occasions du péril. Elle avait, en effet, un de ces cœurs vaillants et téméraires qui se plaisent dans les extrêmes de la délicatesse et cherchent le fer avec un certain appétit de la blessure.

Aussi ses regards, ses sourires, ses toilettes, projectiles inépuisables, pleuvaient-ils sur les trois jeunes gens, les criblaient-ils, et de cet arsenal sans fond sortaient encore des œillades, des baisemains et mille autres délices qui allaient férir à distance les gentilshommes de l'escorte, les bourgeois, les officiers des villes que l'on traversait, les pages, le peuple, les laquais : c'était un ravage général, une dévastation universelle.

Lorsque Madame arriva à Paris, elle avait fait en chemin cent mille amoureux, et ramenait à Paris une demi-douzaine de fous et deux aliénés.

Raoul seul, devinant toute la séduction de cette femme, et parce qu'il avait le cœur rempli, n'offrant aucun vide où pût se placer une flèche, Raoul arriva froid et défiant dans la capitale du royaume.

Parfois, en route, il causait avec la reine d'Angleterre de ce charme enivrant que laissait Madame autour d'elle, et la mère, que tant de malheurs et de déceptions laissaient expérimentée, lui répondait :

– Henriette devait être une femme illustre, soit qu'elle fût née sur le trône, soit qu'elle fût née dans l'obscurité ; car elle est femme d'imagination, de caprice et de volonté.

De Wardes et Manicamp, éclaireurs et courriers, avaient annoncé l'arrivée de la princesse. Le cortège vit, à Nanterre, apparaître une brillante escorte de cavaliers et de carrosses.

C'était Monsieur qui, suivi du chevalier de Lorraine et de ses favoris, suivis eux-mêmes d'une partie de la maison militaire du roi, venait saluer sa royale fiancée.

Dès Saint-Germain, la princesse et sa mère avaient changé le coche de voyage, un peu lourd, un peu fatigué par la route, contre un élégant et riche coupé traîné par six chevaux, harnachés de blanc et d'or.

Dans cette sorte de calèche apparaissait, comme sur un trône sous le parasol de soie brodée à longues franges de plumes, la jeune et belle princesse, dont le visage radieux recevait les reflets rosés si doux à sa peau de nacre.

Monsieur, en arrivant près du carrosse, fut frappé de cet éclat ; il témoigna son admiration en termes assez explicites pour que le chevalier de Lorraine haussât les épaules dans le groupe des courtisans, et pour que le comte de Guiche et Buckingham fussent frappés au cœur.

Après les civilités faites et le cérémonial accompli, tout le cortège reprit plus lentement la route de Paris.

Les présentations avaient eu lieu légèrement. M. de Buckingham avait été désigné à Monsieur avec les autres gentilshommes anglais.

Monsieur n'avait donné à tous qu'une attention assez légère.

Mais en chemin, comme il vit le duc s'empresser avec la même ardeur que d'habitude aux portières de la calèche :

– Quel est ce cavalier ? demanda-t-il au chevalier de Lorraine, son inséparable.

– On l'a présenté tout à l'heure à Votre Altesse, répliqua le chevalier de Lorraine ; c'est le beau duc de Buckingham.

– Ah ! c'est vrai.

– Le chevalier de Madame, ajouta le favori avec un tour et un ton que les seuls envieux peuvent donner aux phrases les plus simples.

– Comment ! que veux-tu dire ? répliqua le prince toujours chevauchant.

– J'ai dit le chevalier.

– Madame a-t-elle donc un chevalier attitré ?

– Dame ! il me semble que vous le voyez comme moi ; regardez-les seulement rire, et folâtrer, et faire du Cyrus tous les deux.

– Tous les trois.

– Comment, tous les trois ?

– Sans doute ; tu vois bien que de Guiche en est.

– Certes !... Oui, je le vois bien... Mais qu'est-ce que cela prouve ?... Que Madame a deux chevaliers au lieu d'un.

– Tu envenimes tout, vipère.

– Je n'envenime rien. Ah ! monseigneur, que vous avez l'esprit mal fait ! Voilà qu'on fait les honneurs du royaume de France à votre femme et vous n'êtes pas content.

Le duc d'Orléans redoutait la verve satirique du chevalier, lorsqu'il la sentait montée à un certain degré de vigueur.

Il coupa court.

– La princesse est jolie, dit-il négligemment comme s'il s'agissait d'une étrangère.

– Oui, répliqua sur le même ton le chevalier.

– Tu dis ce oui comme un non. Elle a des yeux noirs fort beaux, ce me semble.

– Petits.

– C'est vrai, mais brillants. Elle est d'une taille avantageuse.

– La taille est un peu gâtée, monseigneur.

– Je ne dis pas non. L'air est noble.

– Mais le visage est maigre.

– Les dents m'ont paru admirables.

– On les voit. La bouche est assez grande. Dieu merci ! Décidément, monseigneur, j'avais tort ; vous êtes plus beau que votre femme.

– Et trouves-tu aussi que je sois plus beau que Buckingham ? Dis.

– Oh ! oui, et il le sent bien, allez ; car, voyez-le, il redouble de soins près de Madame pour que vous ne l'effaciez pas.

Monsieur fit un mouvement d'impatience ; mais, comme il vit un sourire de triomphe passer sur les lèvres du chevalier, il remit son cheval au pas.

– Au fait, dit-il, pourquoi m'occuperais-je plus longtemps de ma cousine ? Est-ce que je ne la connais pas ? est-ce que je n'ai pas été élevé avec elle ? est-ce que je ne l'ai pas vue tout enfant au Louvre ?

– Ah ! pardon, mon prince, il y a un changement d'opéré en elle, fit le chevalier. À cette époque dont vous parlez, elle était un peu moins brillante, et surtout beaucoup moins fière ; ce soir surtout, vous en souvient-il, monseigneur, où le roi ne voulait pas danser avec elle, parce qu'il la trouvait laide et mal vêtue ?

Ces mots firent froncer le sourcil au duc d'Orléans. Il était, en effet, assez peu flatteur pour lui d'épouser une princesse dont le roi n'avait pas fait grand cas dans sa jeunesse.

Peut-être allait-il répondre, mais en ce moment de Guiche quittait le carrosse pour se rapprocher du prince.

De loin, il avait vu le prince et le chevalier, et il semblait, l'oreille inquiète, chercher à deviner les paroles qui venaient d'être échangées entre Monsieur et son favori.

Ce dernier, soit perfidie, soit impudence, ne prit pas la peine de dissimuler.

– Comte, dit-il, vous êtes de bon goût.

– Merci du compliment, répondit de Guiche ; mais à quel propos me dites-vous cela ?

– Dame ! j'en appelle à Son Altesse.

– Sans doute, dit Monsieur, et Guiche sait bien que je pense qu'il est parfait cavalier.

– Ceci posé, je reprends, comte ; vous êtes auprès de Madame depuis huit jours, n'est-ce pas ?

– Sans doute, répondit de Guiche rougissant malgré lui.

– Et bien ! dites-nous franchement ce que vous pensez de sa personne.

– De sa personne ? reprit de Guiche stupéfait.

– Oui, de sa personne, de son esprit, d'elle, enfin...

Étourdi de cette question, de Guiche hésita à répondre.

– Allons donc ! allons donc, de Guiche ! reprit le chevalier en riant, dis ce que tu penses, sois franc : Monsieur l'ordonne.

– Oui, oui, sois franc, dit le prince.

De Guiche balbutia quelques mots inintelligibles.

– Je sais bien que c'est délicat, reprit Monsieur ; mais, enfin, tu sais qu'on peut tout me dire, à moi. Comment la trouves-tu ?

Pour cacher ce qui se passait en lui, de Guiche eut recours à la seule défense qui soit au pouvoir de l'homme surpris : il mentit.

– Je ne trouve Madame, dit-il, ni bien ni mal, mais cependant mieux que mal.

– Eh ! cher comte, s'écria le chevalier, vous qui aviez fait tant d'extases et de cris à la vue de son portrait !

De Guiche rougit jusqu'aux oreilles. Heureusement son cheval un peu vif lui servit, par un écart, à dissimuler cette rougeur.

– Le portrait !... murmura-t-il en se rapprochant, quel portrait ?

Le chevalier ne l'avait pas quitté du regard.

– Oui, le portrait. La miniature n'était-elle donc pas ressemblante ?

– Je ne sais. J'ai oublié ce portrait ; il s'est effacé de mon esprit.

– Il avait fait pourtant sur vous une bien vive impression, dit le chevalier.

– C'est possible.

– A-t-elle de l'esprit, au moins ? demanda le duc.

– Je le crois, monseigneur.

– Et M. de Buckingham, en a-t-il ? dit le chevalier.

– Je ne sais.

– Moi, je suis d'avis qu'il en a, répliqua le chevalier, car il fait rire Madame, et elle paraît prendre beaucoup de plaisir en sa société, ce qui n'arrive jamais à une femme d'esprit quand elle se trouve dans la compagnie d'un sot.

– Alors c'est qu'il a de l'esprit, dit naïvement de Guiche, au secours duquel Raoul arriva soudain, le voyant aux prises avec ce dangereux interlocuteur, dont il s'empara et qu'il força ainsi de changer d'entretien.

L'entrée se fit brillante et joyeuse. Le roi, pour fêter son frère, avait ordonné que les choses fussent magnifiquement traitées. Madame et sa mère descendirent au Louvre, à ce Louvre où, pendant les temps d'exil, elles avaient supporté si douloureusement l'obscurité, la misère, les privations.

Ce palais inhospitalier pour la malheureuse fille de Henri IV, ces murs nus, ces parquets effondrés, ces plafonds tapissés de toiles d'araignées, ces vastes cheminées aux marbres écornés, ces âtres froids que l'aumône du Parlement avait à peine réchauffés pour elles, tout avait changé de face.

Tentures splendides, tapis épais, dalles reluisantes, peintures fraîches aux larges bordures d'or ; partout des candélabres, des glaces, des meubles somptueux ; partout des gardes aux fières tournures, aux panaches flottants, un peuple de valets et de courtisans dans les antichambres et sur les escaliers.

Dans ces cours où naguère l'herbe poussait encore, comme si cet ingrat de Mazarin eût jugé bon de prouver aux Parisiens que la solitude et le désordre devaient être, avec la misère et le désespoir, le cortège des monarchies abattues ; dans ces cours immenses, muettes, désolées, paradaient des cavaliers dont les chevaux arrachaient aux pavés brillants des milliers d'étincelles.

Des carrosses étaient peuplés de femmes belles et jeunes, qui attendaient, pour la saluer au passage, la fille de cette fille de France qui, durant son veuvage et son exil, n'avait quelquefois pas trouvé un morceau de bois pour son foyer, et un morceau de pain pour sa table, et que dédaignaient les plus humbles serviteurs du château.

Aussi Madame Henriette rentra-t-elle au Louvre avec le cœur plus gonflé de douleur et d'amers souvenirs que sa fille, nature oublieuse et variable, n'y revint avec triomphe et joie.

Elle savait bien que l'accueil brillant s'adressait à l'heureuse mère d'un roi replacé sur le second trône de l'Europe, tandis que l'accueil mauvais s'adressait à elle, fille de Henri IV, punie d'avoir été malheureuse.

Après que les princesses eurent été installées, après qu'elles eurent pris quelque repos, les hommes, qui s'étaient aussi remis de leurs fatigues, reprirent leurs habitudes et leurs travaux.

Bragelonne commença par aller voir son père.

Athos était reparti pour Blois.

Il voulut aller voir M. d'Artagnan.

Mais celui-ci, occupé de l'organisation d'une nouvelle maison militaire du roi, était devenu introuvable.

Bragelonne se rabattit sur de Guiche.

Mais le comte avait avec ses tailleurs et avec Manicamp des conférences qui absorbaient sa journée entière.

C'était bien pis avec le duc de Buckingham.

Celui-ci achetait chevaux sur chevaux, diamants sur diamants. Tout ce que Paris renferme de brodeuses, de lapidaires, de tailleurs, il l'accaparait. C'était entre lui et de Guiche un assaut plus ou moins courtois pour le succès duquel le duc voulait dépenser un million, tandis que le maréchal de Grammont avait donné soixante mille livres seulement à de Guiche. Buckingham riait et dépensait son million.

De Guiche soupirait et se fût arraché les cheveux sans les conseils de de Wardes.

– Un million ! répétait tous les jours de Guiche ; j'y succomberai. Pourquoi M. le maréchal ne veut-il pas m'avancer ma part de succession ?

– Parce que tu la dévorerais, disait Raoul.

– Eh ! que lui importe ! Si j'en dois mourir, j'en mourrai. Alors je n'aurai plus besoin de rien.

– Mais quelle nécessité de mourir ? disait Raoul.

– Je ne veux pas être vaincu en élégance par un Anglais.

– Mon cher comte, dit alors Manicamp, l'élégance n'est pas une chose coûteuse, ce n'est qu'une chose difficile.

– Oui, mais les choses difficiles coûtent fort cher, et je n'ai que soixante mille livres.

– Pardieu ! dit de Wardes, tu es bien embarrassé ; dépense autant que Buckingham ; ce n'est que neuf cent quarante mille livres de différence.

– Où les trouver ?

– Fais des dettes.

– J'en ai déjà.

– Raison de plus.

Ces avis finirent par exciter tellement de Guiche, qu'il fit des folies quand Buckingham ne faisait que des dépenses.

Le bruit de ces prodigalités épanouissait la mine de tous les marchands de Paris, et de l'hôtel de Buckingham à l'hôtel de Grammont on rêvait des merveilles.

Pendant ce temps, Madame se reposait, et Bragelonne écrivait à Mlle de La Vallière.

Quatre lettres s'étaient déjà échappées de sa plume, et pas une réponse n'arrivait, lorsque le matin même de la cérémonie du mariage, qui devait avoir lieu au Palais-Royal, dans la chapelle, Raoul, à sa toilette, entendit annoncer par son valet :

– M. de Malicorne.

« Que me veut ce Malicorne ? » pensa Raoul.

– Faites attendre, dit-il au laquais.

– C'est un monsieur qui vient de Blois, dit le valet.

– Ah ! faites entrer ! s'écria Raoul vivement.

Malicorne entra, beau comme un astre et porteur d'une épée superbe.

Après avoir salué gracieusement :

– Monsieur de Bragelonne, fit-il, je vous apporte mille civilités de la part d'une dame.

Raoul rougit.

– D'une dame, dit-il, d'une dame de Blois ?

– Oui, monsieur, de Mlle de Montalais.

– Ah ! merci, monsieur, je vous reconnais maintenant, dit Raoul. Et que désire de moi Mlle de Montalais ?

Malicorne tira de sa poche quatre lettres qu'il offrit à Raoul.

– Mes lettres ! est-il possible ! dit celui-ci en pâlissant ; mes lettres encore cachetées !

– Monsieur, ces lettres n'ont plus trouvé à Blois les personnes à qui vous les destiniez ; on vous les retourne.

– Mademoiselle de La Vallière est partie de Blois ? s'écria Raoul.

– Il y a huit jours.

– Et où est-elle ?

– Elle doit être à Paris, monsieur.

– Mais comment sait-on que ces lettres venaient de moi ?

– Mlle de Montalais a reconnu votre écriture et votre cachet, dit Malicorne.

Raoul rougit et sourit.

– C'est fort aimable à Mlle Aure, dit-il ; elle est toujours bonne et charmante.

– Toujours, monsieur.

– Elle eût bien dû me donner un renseignement précis sur Mlle de La Vallière. Je ne chercherais pas dans cet immense Paris.

Malicorne tira de sa poche un autre paquet.

– Peut-être, dit-il, trouverez-vous dans cette lettre ce que vous souhaitez de savoir.

Raoul rompit précipitamment le cachet. L'écriture était de Mlle Aure, et voici ce que renfermait la lettre :

Paris, Palais-Royal, jour de la bénédiction nuptiale.

– Que signifie cela ? demanda Raoul à Malicorne ; vous le savez, vous, monsieur ?

– Oui, monsieur le vicomte.

– De grâce, dites-le-moi, alors.

– Impossible, monsieur.

– Pourquoi ?

– Parce que Mlle Aure m'a défendu de le dire.

Raoul regarda ce singulier personnage et resta muet.

– Au moins, reprit-il, est-ce heureux ou malheureux pour moi ?

– Vous verrez.

– Vous êtes sévère dans vos discrétions.

– Monsieur, une grâce.

– En échange de celle que vous ne me faites pas ?

– Précisément.

– Parlez !

– J'ai le plus vif désir de voir la cérémonie et je n'ai pas de billet d'admission, malgré toutes les démarches que j'ai faites pour m'en procurer. Pourriez-vous me faire entrer ?

– Certes.

– Faites cela pour moi, monsieur le vicomte, je vous en supplie.

– Je le ferai volontiers, monsieur ; accompagnez-moi.

– Monsieur, je suis votre humble serviteur.

– Je vous croyais ami de M. de Manicamp ?

– Oui, monsieur. Mais, ce matin, j'ai, en le regardant s'habiller, fait tomber une bouteille de vernis sur son habit neuf, et il m'a chargé l'épée à la main, si bien que j'ai dû m'enfuir. Voilà pourquoi je ne lui ai pas demandé de billet. Il m'eût tué.

– Cela se conçoit, dit Raoul. Je connais Manicamp capable de tuer l'homme assez malheureux pour commettre le crime que vous avez à vous reprocher à ses yeux, mais je réparerai le mal vis-à-vis de vous ; j'agrafe mon manteau, et je suis prêt à vous servir de guide et d'introducteur.

XLI

La surprise de mademoiselle de Montalais

Madame fut mariée au Palais-Royal, dans la chapelle, devant un monde de courtisans sévèrement choisis.

Cependant, malgré la haute faveur qu'indiquait une invitation, Raoul, fidèle à sa promesse, fit entrer Malicorne, désireux de jouir de ce curieux coup d'œil.

Lorsqu'il eut acquitté cet engagement, Raoul se rapprocha de de Guiche, qui, pour contraste avec ses habits splendides, montrait un visage tellement bouleversé par la douleur, que le duc de Buckingham seul pouvait lui disputer l'excès de la pâleur et de l'abattement.

– Prends garde, comte, dit Raoul en s'approchant de son ami et en s'apprêtant à le soutenir au moment où l'archevêque bénissait les deux époux.

En effet, on voyait M. le prince de Condé regardant d'un œil curieux ces deux images de la désolation, debout comme des cariatides aux deux côtés de la nef. Le comte s'observa plus soigneusement. La cérémonie terminée, le roi et la reine passèrent dans le grand salon, où ils se firent présenter Madame et sa suite.

On observa que le roi, qui avait paru très émerveillé à la vue de sa belle-sœur, lui fit les compliments les plus sincères.

On observa que la reine mère, attachant sur Buckingham un regard long et rêveur, se pencha vers Mme de Motteville pour lui dire :

– Ne trouvez-vous pas qu'il ressemble à son père ?

On observa enfin que Monsieur observait tout le monde et paraissait assez mécontent.

Après la réception des princes et des ambassadeurs, Monsieur demanda au roi la permission de lui présenter, ainsi qu'à Madame, les personnes de sa maison nouvelle.

– Savez-vous, vicomte, demanda tout bas M. le prince à Raoul, si la maison a été formée par une personne de goût, et si nous aurons quelques visages assez propres ?

– Je l'ignore absolument, monseigneur, répondit Raoul.

– Oh ! vous jouez l'ignorance.

– Comment cela, monseigneur ?

– Vous êtes l'ami de de Guiche, qui est des amis du prince.

– C'est vrai, monseigneur : mais la chose ne m'intéressant point, je n'ai fait aucune question à de Guiche, et, de son côté, de Guiche, n'étant point interrogé, ne s'est point ouvert à moi.

– Mais Manicamp ?

– J'ai vu, il est vrai, M. de Manicamp au Havre et sur la route, mais j'ai eu soin d'être aussi peu questionneur vis-à-vis de lui que je l'avais été vis-à-vis de de Guiche. D'ailleurs, M. de Manicamp sait-il quelque chose de tout cela, lui qui n'est qu'un personnage secondaire ?

– Eh ! mon cher vicomte, d'où sortez-vous ? dit le prince ; mais ce sont les personnages secondaires qui, en pareille occasion, ont toute influence, et la preuve, c'est que presque tout s'est fait par la présentation de M. de Manicamp à de Guiche, et de Guiche à Monsieur.

– Eh bien ! monseigneur, j'ignorais cela complètement, dit Raoul, et c'est une nouvelle que Votre Altesse me fait l'honneur de m'apprendre.

– Je veux bien vous croire, quoique ce soit incroyable, et d'ailleurs nous n'aurons pas longtemps à attendre : voici l'escadron volant qui s'avance, comme disait la bonne reine Catherine. Tudieu ! les jolis visages !

Une troupe de jeunes filles s'avançait en effet dans la salle sous la conduite de Mme de Navailles, et nous devons le dire à l'honneur de Manicamp, si en effet il avait pris à cette élection la part que lui accordait le prince de Condé, c'était un coup d'œil fait pour enchanter ceux qui, comme M. le prince, étaient appréciateurs de tous les genres de beauté. Une jeune femme blonde, qui pouvait avoir vingt à vingt et un ans, et dont les grands yeux bleus dégageaient en s'ouvrant des flammes éblouissantes, marchait la première et fut présentée la première.

– Mlle de Tonnay-Charente, dit à Monsieur la vieille Mme de Navailles.

Et Monsieur répéta en saluant Madame :

– Mlle de Tonnay-Charente.

– Ah ! ah ! celle-ci me paraît assez agréable, dit M. le prince en se retournant vers Raoul... Et d'une.

– En effet, dit Raoul, elle est jolie, quoiqu'elle ait l'air un peu hautain.

– Bah ! nous connaissons ces airs-là, vicomte ; dans trois mois elle sera apprivoisée ; mais regardez donc, voici encore une beauté.

– Tiens, dit Raoul, et une beauté de ma connaissance même.

– Mlle Aure de Montalais, dit Mme de Navailles.

Nom et prénom furent scrupuleusement répétés par Monsieur.

– Grand Dieu ! s'écria Raoul fixant des yeux effarés sur la porte d'entrée.

– Qu'y a-t-il ? demanda le prince, et serait-ce Mlle Aure de Montalais qui vous fait pousser un pareil *grand Dieu* ?

– Non, monseigneur, non, répondit Raoul tout pâle et tout tremblant.

– Alors si ce n'est Mlle Aure de Montalais, c'est cette charmante blonde qui la suit. De jolis yeux, ma foi ! un peu maigre, mais beaucoup de charme.

– Mlle de La Baume Le Blanc de La Vallière, dit Mme de Navailles.

À ce nom retentissant jusqu'au fond du cœur de Raoul, un nuage monta de sa poitrine à ses yeux.

De sorte qu'il ne vit plus rien et n'entendit plus rien ; de sorte que M. le prince, ne trouvant plus en lui qu'un écho muet à ses railleries, s'en alla voir de plus près les belles jeunes filles que son premier coup d'œil avait déjà détaillées.

– Louise ici ! Louise demoiselle d'honneur de Madame ! murmurait Raoul.

Et ses yeux, qui ne suffisaient pas à convaincre sa raison, erraient de Louise à Montalais.

Au reste, cette dernière s'était déjà défaite de sa timidité d'emprunt, timidité qui ne devait lui servir qu'au moment de la présentation et pour les révérences.

Mlle de Montalais, de son petit coin à elle, regardait avec assez d'assurance tous les assistants, et, ayant retrouvé Raoul, elle s'amusait de l'étonnement profond où sa présence et celle de son amie avaient jeté le pauvre amoureux.

Cet œil mutin, malicieux, railleur, que Raoul voulait éviter, et qu'il revenait interroger sans cesse, mettait Raoul au supplice.

Quant à Louise, soit timidité naturelle, soit toute autre raison dont Raoul ne pouvait se rendre compte, elle tenait constamment les yeux baissés, et, intimidée, éblouie, la respiration brève, elle se retirait le plus qu'elle pouvait à l'écart, impassible même aux coups de coude de Montalais.

Tout cela était pour Raoul une véritable énigme dont le pauvre vicomte eût donné bien des choses pour savoir le mot.

Mais nul n'était là pour le lui donner, pas même Malicorne, qui, un peu inquiet de se trouver avec tant de gentilshommes, et assez effaré des regards railleurs de Montalais, avait décrit un cercle, et peu à peu s'était allé placer à quelques pas de M. le prince, derrière le groupe des filles d'honneur, presque à la portée de la voix de Mlle Aure, planète autour de laquelle, humble satellite, il semblait graviter forcément.

En revenant à lui, Raoul crut reconnaître à sa gauche des voix connues.

C'était, en effet, de Wardes, de Guiche et le chevalier de Lorraine qui causaient ensemble.

Il est vrai qu'ils causaient si bas, qu'à peine si l'on entendait le souffle de leurs paroles dans la vaste salle.

Parler ainsi de sa place, du haut de sa taille, sans se pencher, sans regarder son interlocuteur, c'était un talent dont les nouveaux venus ne pouvaient atteindre du premier coup la sublimité. Aussi fallait-il une longue étude à ces causeries, qui, sans regards, sans ondulation de tête, semblaient la conversation d'un groupe de statues.

En effet, aux grands cercles du roi et des reines, tandis que Leurs Majestés parlaient et que tous paraissaient les écouter dans un religieux silence, il se tenait bon nombre de ces silencieux colloques dans lesquels l'adulation n'était point la note dominante.

Mais Raoul était un de ces habiles dans cette étude toute d'étiquette, et, au mouvement des lèvres, il eût pu souvent deviner le sens des paroles.

– Qu'est-ce que cette Montalais ? demandait de Wardes. Qu'est-ce que cette La Vallière ? Qu'est-ce que cette province qui nous arrive ?

– La Montalais, dit le chevalier de Lorraine, je la connais : c'est une bonne fille qui amusera la cour. La Vallière, c'est une charmante boiteuse.

– Peuh ! dit de Wardes.

– N'en faites pas fi, de Wardes ; il y a sur les boiteuses des axiomes latins très ingénieux et surtout fort caractéristiques.

– Messieurs, messieurs, dit de Guiche en regardant Raoul avec inquiétude, un peu de mesure, je vous prie.

Mais l'inquiétude du comte, en apparence du moins, était inopportune. Raoul avait gardé la contenance la plus ferme et la plus indifférente, quoiqu'il n'eût pas perdu un mot de ce qui venait de se dire. Il semblait tenir registre des insolences et des libertés des deux provocateurs pour régler avec eux son compte à l'occasion.

De Wardes devina sans doute cette pensée et continua :

– Quels sont les amants de ces demoiselles ?

– De la Montalais ? fit le chevalier.

– Oui, de la Montalais d'abord.

– Eh bien ! vous, moi, de Guiche, qui voudra, pardieu !

– Et de l'autre ?

– De Mlle de La Vallière ?

– Oui.

– Prenez garde, messieurs, s'écria de Guiche pour couper court à la réponse du chevalier ; prenez garde, Madame nous écoute.

Raoul enfonçait sa main jusqu'au poignet dans son justaucorps et ravageait sa poitrine et ses dentelles.

Mais justement cet acharnement qu'il voyait se dresser contre de pauvres femmes lui fit prendre une résolution sérieuse.

« Cette pauvre Louise, se dit-il à lui-même, n'est venue ici que dans un but honorable et sous une honorable protection ; mais il faut que je connaisse ce but ; il faut que je sache qui la protège. »

Et, imitant la manœuvre de Malicorne, il se dirigea vers le groupe des filles d'honneur.

Bientôt la présentation fut terminée. Le roi, qui n'avait cessé de regarder et d'admirer Madame, sortit alors de la salle de réception avec les deux reines.

Le chevalier de Lorraine reprit sa place à côté de Monsieur, et, tout en l'accompagnant, il lui glissa dans l'oreille quelques gouttes de ce poison qu'il avait amassé depuis une heure, en regardant de nouveaux visages et en soupçonnant quelques cœurs d'être heureux.

Le roi, en sortant, avait entraîné derrière lui une partie des assistants ; mais ceux qui, parmi les courtisans, faisaient profession d'indépendance ou de galanterie, commencèrent à s'approcher des dames.

M. le prince complimenta Mlle de Tonnay-Charente. Buckingham fit la cour à Mme de Chalais et à Mme de La Fayette, que déjà Madame avait distinguées et qu'elle aimait. Quant au comte de Guiche, abandonnant Monsieur depuis qu'il pouvait se rapprocher seul de Madame, il s'entretenait vivement avec Mme de Valentinois, sa sœur, et Mmes de Créquy et de Châtillon.

Au milieu de tous ces intérêts politiques ou amoureux, Malicorne voulait s'emparer de Montalais, mais celle-ci aimait bien mieux causer avec Raoul, ne fût-ce que pour jouir de toutes ses questions et de toutes ses surprises.

Raoul était allé droit à Mlle de La Vallière, et l'avait saluée avec le plus profond respect.

Ce que voyant, Louise rougit et balbutia ; mais Montalais s'empressa de venir à son secours.

– Eh bien ! dit-elle, nous voilà, monsieur le vicomte.

– Je vous vois bien, dit en souriant Raoul, et c'est justement sur votre présence que je viens vous demander une petite explication.

Malicorne s'approcha avec son plus charmant sourire.

– Éloignez-vous donc, monsieur Malicorne, dit Montalais. En vérité, vous êtes fort indiscret.

Malicorne se pinça les lèvres et fit deux pas en arrière sans dire un seul mot.

Seulement, son sourire changea d'expression, et, d'ouvert qu'il était, devint railleur.

– Vous voulez une explication, monsieur Raoul ? demanda Montalais.

– Certainement, la chose en vaut bien la peine, il me semble ; Mlle de la Vallière fille d'honneur de Madame !

– Pourquoi ne serait-elle pas fille d'honneur aussi bien que moi ? demanda Montalais.

– Recevez mes compliments, mesdemoiselles, dit Raoul, qui crut s'apercevoir qu'on ne voulait pas lui répondre directement.

– Vous dites cela d'un air fort complimenteur, monsieur le vicomte.

– Moi ?

– Dame ? j'en appelle à Louise.

– M. de Bragelonne pense peut-être que la place est au-dessus de ma condition, dit Louise en balbutiant.

– Oh ! non pas, mademoiselle, répliqua vivement Raoul ; vous savez très bien que tel n'est pas mon sentiment ; je ne m'étonnerais pas que vous occupassiez la place d'une reine, à plus forte raison celle-ci. La seule chose dont je m'étonne, c'est de l'avoir appris aujourd'hui seulement et par accident.

– Ah ! c'est vrai, répondit Montalais avec son étourderie ordinaire. Tu ne comprends rien à cela, et, en effet, tu n'y dois rien comprendre. M. de Bragelonne t'avait écrit quatre lettres, mais ta mère seule était restée à Blois ; il fallait éviter que ces lettres ne tombassent entre ses mains ; je les ai interceptées et renvoyées à M. Raoul, de sorte qu'il te croyait à Blois quand tu étais à Paris, et ne savait pas surtout que tu fusses montée en dignité.

– Eh quoi ! tu n'avais pas fait prévenir M. Raoul comme je t'en avais priée ? s'écria Louise.

– Bon ! pour qu'il fît de l'austérité, pour qu'il prononçât des maximes, pour qu'il défît ce que nous avions eu tant de peine à faire ? Ah ! non certes.

– Je suis donc bien sévère ? demanda Raoul.

– D'ailleurs, fit Montalais, cela me convenait ainsi. Je partais pour Paris, vous n'étiez pas là, Louise pleurait à chaudes larmes ; interprétez cela comme vous voudrez ; j'ai prié mon protecteur, celui qui m'avait fait obtenir mon brevet, d'en demander un pour Louise ; le brevet est venu. Louise est partie pour commander ses habits ; moi, je suis restée en arrière, attendu que j'avais les miens ; j'ai reçu vos lettres, je vous les ai renvoyées en y ajoutant un mot qui vous promettait une surprise. Votre surprise, mon cher monsieur, la voilà ; elle me paraît bonne, ne demandez pas autre chose. Allons, monsieur Malicorne, il est temps que nous laissions ces jeunes gens ensemble ; ils ont une foule de choses à se dire ; donnez-moi votre main : j'espère que voilà un grand honneur que l'on vous fait, monsieur Malicorne.

– Pardon, mademoiselle, dit Raoul en arrêtant la folle jeune fille et en donnant à ses paroles une intonation dont la gravité contrastait avec celles de Montalais ; pardon, mais pourrais-je savoir le nom de ce protecteur ? Car si l'on vous protège, vous, mademoiselle, et avec toutes sortes de raisons... – Raoul s'inclina – je ne vois pas les mêmes raisons pour que Mlle de La Vallière soit protégée.

– Mon Dieu ! monsieur Raoul, dit naïvement Louise, la chose est bien simple, et je ne vois pas pourquoi je ne vous le dirais pas moi-même... Mon protecteur, c'est M. Malicorne.

Raoul resta un instant stupéfait, se demandant si l'on se jouait de lui ; puis il se retourna pour interpeller Malicorne. Mais celui-ci était déjà loin, entraîné qu'il était par Montalais.

Mlle de La Vallière fit un mouvement pour suivre son amie ; mais Raoul la retint avec une douce autorité.

– Je vous en supplie, Louise, dit-il, un mot.

– Mais, monsieur Raoul, dit Louise toute rougissante, nous sommes seuls... Tout le monde est parti... On va s'inquiéter, nous chercher.

– Ne craignez rien, dit le jeune homme en souriant, nous ne sommes ni l'un ni l'autre des personnages assez importants pour que notre absence se remarque.

– Mais mon service, monsieur Raoul ?

– Tranquillisez-vous, mademoiselle, je connais les usages de la cour ; votre service ne doit commencer que demain ; il vous reste donc quelques minutes, pendant lesquelles vous pouvez me donner l'éclaircissement que je vais avoir l'honneur de vous demander.

– Comme vous êtes sérieux, monsieur Raoul ! dit Louise tout inquiète.

– C'est que la circonstance est sérieuse, mademoiselle. M'écoutez-vous ?

– Je vous écoute ; seulement, monsieur, je vous le répète, nous sommes bien seuls.

– Vous avez raison, dit Raoul.

Et, lui offrant la main, il conduisit la jeune fille dans la galerie voisine de la salle de réception, et dont les fenêtres donnaient sur la place.

Tout le monde se pressait à la fenêtre du milieu, qui avait un balcon extérieur d'où l'on pouvait voir dans tous leurs détails les lents préparatifs du départ.

Raoul ouvrit une des fenêtres latérales, et là, seul avec Mlle de La Vallière :

– Louise, dit-il, vous savez que, dès mon enfance, je vous ai chérie comme une sœur et que vous avez été la confidente de tous mes chagrins, la dépositaire de toutes mes espérances.

– Oui, répondit-elle bien bas, oui, monsieur Raoul, je sais cela.

– Vous aviez l'habitude, de votre côté, de me témoigner la même amitié, la même confiance ; pourquoi, en cette rencontre, n'avez-vous pas été mon amie ? pourquoi vous êtes-vous défiée de moi ?

La Vallière ne répondit point.

– J'ai cru que vous m'aimiez, dit Raoul, dont la voix devenait de plus en plus tremblante ; j'ai cru que vous aviez consenti à tous les plans faits en commun pour notre bonheur, alors que tous deux nous nous promenions dans les grandes allées de Cour-Cheverny et sous les peupliers de l'avenue qui conduit à Blois. Vous ne répondez pas, Louise ?

Il s'interrompit.

– Serait-ce, demanda-t-il en respirant à peine, que vous ne m'aimeriez plus ?

– Je ne dis point cela, répliqua tout bas Louise.

– Oh ! dites-le-moi bien, je vous en prie ; j'ai mis tout l'espoir de ma vie en vous, je vous ai choisie pour vos habitudes douces et simples. Ne vous laissez pas éblouir, Louise, à présent que vous voilà au milieu de la cour, où tout ce qui est pur se corrompt, où tout ce qui est jeune vieillit vite. Louise, fermez vos oreilles pour ne pas entendre les paroles, fermez vos yeux pour ne pas voir les exemples, fermez vos lèvres pour ne point respirer les souffles corrupteurs. Sans mensonges, sans détours, Louise, faut-il que je croie ces mots de Mlle de Montalais ? Louise, êtes-vous venue à Paris parce que je n'étais plus à Blois ?

La Vallière rougit et cacha son visage dans ses mains.

– Oui, n'est-ce pas, s'écria Raoul exalté, oui, c'est pour cela que vous êtes venue ? Oh ! je vous aime comme jamais je ne vous ai aimée ! Merci, Louise, de ce dévouement ; mais il faut que je prenne un parti pour vous mettre à couvert de toute insulte, pour vous garantir de toute tache. Louise, une fille d'honneur, à la cour d'une jeune princesse, en ce temps de mœurs faciles et d'inconstantes amours, une fille d'honneur est placée dans le centre des attaques sans aucune défense ; cette condition ne peut vous convenir : il faut que vous soyez mariée pour être respectée.

– Mariée ?

– Oui.

– Mon Dieu !

– Voici ma main, Louise, laissez-y tomber la vôtre.

– Mais votre père ?

– Mon père me laisse libre.

– Cependant...

– Je comprends ce scrupule, Louise ; je consulterai mon père.

– Oh ! monsieur Raoul, réfléchissez, attendez.

– Attendre, c'est impossible ; réfléchir, Louise, réfléchir, quand il s'agit de vous ! ce serait vous insulter ; votre main, chère Louise, je suis maître de moi ; mon père dira oui, je vous le promets ; votre main, ne me faites point attendre ainsi, répondez vite un mot, un seul, sinon je croirais que, pour vous changer à jamais, il a suffi d'un seul pas dans le palais, d'un seul souffle de la faveur, d'un seul sourire des reines, d'un seul regard du roi.

Raoul n'avait pas prononcé ce dernier mot que La Vallière était devenue pâle comme la mort, sans doute par la crainte qu'elle avait de voir s'exalter le jeune homme.

Aussi, par un mouvement rapide comme la pensée, jeta-t-elle ses deux mains dans celles de Raoul.

Puis elle s'enfuit sans ajouter une syllabe et disparut sans avoir regardé en arrière.

Raoul sentit son corps frissonner au contact de cette main.

Il reçut le serment, comme un serment solennel arraché par l'amour à la timidité virginale.

XLII

Le consentement d'Athos

Raoul était sorti du Palais-Royal avec des idées qui n'admettaient point de délais dans leur exécution.

Il monta donc à cheval dans la cour même et prit la route de Blois, tandis que s'accomplissaient, avec une grande allégresse des courtisans et une grande désolation de Guiche et de Buckingham, les noces de Monsieur et de la princesse d'Angleterre.

Raoul fit diligence ; en dix-huit heures il arriva à Blois.

Il avait préparé en route ses meilleurs arguments.

La fièvre aussi est un argument sans réplique, et Raoul avait la fièvre.

Athos était dans son cabinet, ajoutant quelques pages à ses mémoires, lorsque Raoul entra conduit par Grimaud.

Le clairvoyant gentilhomme n'eut besoin que d'un coup d'œil pour reconnaître quelque chose d'extraordinaire dans l'attitude de son fils.

– Vous me paraissez venir pour affaire de conséquence, dit-il en montrant un siège à Raoul après l'avoir embrassé.

– Oui, monsieur, répondit le jeune homme, et je vous supplie de me prêter cette bienveillante attention qui ne m'a jamais fait défaut.

– Parlez, Raoul.

– Monsieur, voici le fait dénué de tout préambule indigne d'un homme comme vous : Mlle de La Vallière est à Paris en qualité de fille d'honneur de Madame ; je me suis bien consulté, j'aime Mlle de La Vallière par-dessus tout, et il ne me convient pas de la laisser dans un poste où sa réputation, sa vertu peuvent être exposées ; je désire donc l'épouser, monsieur, et je viens vous demander votre consentement à ce mariage.

Athos avait gardé, pendant cette communication, un silence et une réserve absolus.

Raoul avait commencé son discours avec l'affectation du sang-froid, et il avait fini par laisser voir à chaque mot une émotion des plus manifestes.

Athos fixa sur Bragelonne un regard profond, voilé d'une certaine tristesse.

– Donc, vous avez bien réfléchi ? demanda-t-il.

– Oui, monsieur.

– Il me semblait vous avoir déjà dit mon sentiment à l'égard de cette alliance.

– Je le sais, monsieur, répondit Raoul bien bas ; mais vous avez répondu que si j'insistais...

– Et vous insistez ?

Bragelonne balbutia un oui presque inintelligible.

– Il faut, en effet, monsieur, continua tranquillement Athos, que votre passion soit bien forte, puisque, malgré ma répugnance pour cette union, vous persistez à la désirer.

Raoul passa sur son front une main tremblante, il essuyait ainsi la sueur qui l'inondait.

Athos le regarda, et la pitié descendit au fond de son cœur.

Il se leva.

– C'est bien, dit-il, mes sentiments personnels, à moi, ne signifient rien, puisqu'il s'agit des vôtres ; vous me requérez, je suis à vous. Au fait, voyons, que désirez-vous de moi ?

– Oh ! votre indulgence, monsieur, votre indulgence d'abord, dit Raoul en lui prenant les mains.

– Vous vous méprenez sur mes sentiments pour vous, Raoul ; il y a mieux que cela dans mon cœur, répliqua le comte.

Raoul baisa la main qu'il tenait, comme eût pu le faire l'amant le plus passionné.

– Allons, allons, reprit Athos ; dites, Raoul, me voilà prêt, que faut-il signer ?

– Oh ! rien, monsieur, rien ; seulement, il serait bon que vous prissiez la peine d'écrire au roi, et de demander pour moi à Sa Majesté, à laquelle j'appartiens, la permission d'épouser Mlle de La Vallière.

– Bien, vous avez là une bonne pensée, Raoul. En effet, après moi, ou plutôt avant moi, vous avez un maître ; ce maître, c'est le roi ; vous vous soumettez donc à une double épreuve, c'est loyal.

– Oh ! monsieur !

– Je vais sur-le-champ acquiescer à votre demande, Raoul.

Le comte s'approcha de la fenêtre ; et se penchant légèrement en dehors :

– Grimaud ! cria-t-il.

Grimaud montra sa tête à travers une tonnelle de jasmin qu'il émondait.

– Mes chevaux ! continua le comte.

– Que signifie cet ordre, monsieur ?

– Que nous partons dans deux heures.

– Pour où ?

– Pour Paris.

– Comment, pour Paris ! Vous venez à Paris ?

– Le roi n'est-il pas à Paris ?

– Sans doute.

– Eh bien ! ne faut-il pas que nous y allions, et avez-vous perdu le sens ?

– Mais, monsieur, dit Raoul presque effrayé de cette condescendance paternelle, je ne vous demande point un pareil dérangement, et une simple lettre...

– Raoul, vous vous méprenez sur mon importance ; il n'est point convenable qu'un simple gentilhomme comme moi écrive à son roi. Je veux et je dois parler à Sa Majesté. Je le ferai. Nous partirons ensemble, Raoul.

– Oh ! que de bontés, monsieur !

– Comment croyez-vous Sa Majesté disposée ?

– Pour moi, monsieur ?

– Oui.

– Oh ! parfaitement.

– Elle vous l'a dit ?

– De sa propre bouche.

– À quelle occasion ?

– Mais sur une recommandation de M. d'Artagnan, je crois, et à propos d'une affaire en Grève où j'ai eu le bonheur de tirer l'épée pour Sa Majesté. J'ai donc lieu de me croire, sans amour-propre, assez avancé dans l'esprit de Sa Majesté.

– Tant mieux !

– Mais, je vous en conjure, continua Raoul, ne gardez point avec moi ce sérieux et cette discrétion, ne me faites pas regretter d'avoir écouté un sentiment plus fort que tout.

– C'est la seconde fois que vous me le dites, Raoul, cela n'était point nécessaire ; vous voulez une formalité de consentement, je vous le donne, c'est acquis, n'en parlons plus. Venez voir mes nouvelles plantations, Raoul.

Le jeune homme savait qu'après l'expression d'une volonté du comte, il n'y avait plus de place pour la controverse.

Il baissa la tête et suivit son père au jardin.

Athos lui montra lentement les greffes, les pousses et les quinconces.

Cette tranquillité déconcertait de plus en plus Raoul ; l'amour qui remplissait son cœur lui semblait assez grand pour que le monde pût le contenir à peine. Comment le cœur d'Athos restait-il vide et fermé à cette influence ?

Aussi Bragelonne, rassemblant toutes ses forces, s'écria-t-il tout à coup :

– Monsieur, il est impossible que vous n'ayez pas quelque raison de repousser Mlle de La Vallière, elle est si bonne, si douce, si pure, que votre esprit, plein d'une suprême sagesse, devrait l'apprécier à sa valeur. Au nom du Ciel ! existe-t-il entre vous et sa famille quelque secrète inimitié, quelque haine héréditaire ?

– Voyez, Raoul, la belle planche de muguet, dit Athos, voyez comme l'ombre et l'humidité lui vont bien, cette ombre surtout des feuilles de sycomore, par l'échancrure desquelles filtre la chaleur et non la flamme du soleil.

Raoul s'arrêta, se mordit les lèvres ; puis, sentant le sang affluer à ses tempes :

– Monsieur, dit-il bravement, une explication, je vous en supplie ; vous ne pouvez oublier que votre fils est un homme.

– Alors, répondit Athos en se redressant avec sévérité, alors prouvez-moi que vous êtes un homme, car vous ne prouvez point que vous êtes un fils. Je vous priais d'attendre le moment d'une illustre alliance, je vous eusse trouvé une femme dans les premiers rangs de la riche noblesse ; je voulais que vous pussiez briller de ce double éclat que donnent la gloire et la fortune : vous avez la noblesse de la race.

– Monsieur, s'écria Raoul emporté par un premier mouvement, l'on m'a reproché l'autre jour de ne pas connaître ma mère.

Athos pâlit ; puis, fronçant le sourcil comme le dieu suprême de l'Antiquité :

– Il me tarde de savoir ce que vous avez répondu, monsieur, demanda-t-il majestueusement.

– Oh ! pardon... pardon !... murmura le jeune homme tombant du haut de son exaltation.

– Qu'avez-vous répondu, monsieur ? demanda le comte en frappant du pied.

— Monsieur, j'avais l'épée à la main, celui qui m'insultait était en garde, j'ai fait sauter son épée par-dessus une palissade, et je l'ai envoyé rejoindre son épée.

— Et pourquoi ne l'avez-vous pas tué ?

— Sa Majesté défend le duel, monsieur, et j'étais en ce moment ambassadeur de Sa Majesté.

— C'est bien, dit Athos, mais raison de plus pour que j'aille parler au roi.

— Qu'allez-vous lui demander, monsieur ?

— L'autorisation de tirer l'épée contre celui qui nous a fait cette offense.

— Monsieur, si je n'ai point agi comme je devais agir, pardonnez-moi, je vous en supplie.

— Qui vous a fait un reproche, Raoul ?

— Mais cette permission que vous voulez demander au roi.

— Raoul, je prierai Sa Majesté de signer à votre contrat de mariage.

— Monsieur...

— Mais à une condition...

— Avez-vous besoin de condition vis-à-vis de moi ? Ordonnez, monsieur, et j'obéirai.

— À la condition, continua Athos, que vous me direz le nom de celui qui a ainsi parlé de votre mère.

— Mais, monsieur, qu'avez-vous besoin de savoir ce nom ? C'est à moi que l'offense a été faite, et une fois la permission obtenue de Sa Majesté, c'est moi que la vengeance regarde.

— Son nom, monsieur ?

— Je ne souffrirai pas que vous vous exposiez.

— Me prenez-vous pour un don Diègue ? Son nom ?

— Vous l'exigez ?

— Je le veux.

— Le vicomte de Wardes.

— Ah ! dit tranquillement Athos, c'est bien, je le connais. Mais nos chevaux sont prêts, monsieur ; au lieu de partir dans deux heures, nous partirons tout de suite. À cheval, monsieur, à cheval !

XLIII

Monsieur est jaloux du duc de Buckingham

Tandis que M. le comte de La Fère s'acheminait vers Paris, accompagné de Raoul, le Palais-Royal était le théâtre d'une scène que Molière eût appelée une bonne comédie.

C'était quatre jours après son mariage ; Monsieur, après avoir déjeuné à la hâte, passa dans ses antichambres, les lèvres en moue, le sourcil froncé.

Le repas n'avait pas été gai. Madame s'était fait servir dans son appartement.

Monsieur avait donc déjeuné en petit comité.

Le chevalier de Lorraine et Manicamp assistaient seuls à ce déjeuner, qui avait duré trois quarts d'heure sans qu'un seul mot eut été prononcé.

Manicamp, moins avancé dans l'intimité de Son Altesse Royale que le chevalier de Lorraine, essayait vainement de lire dans les yeux du prince ce qui lui donnait cette mine si maussade.

Le chevalier de Lorraine, qui n'avait besoin de rien devenir, attendu qu'il savait tout, mangeait avec cet appétit extraordinaire que lui donnait le chagrin des autres, et jouissait à la fois du dépit de Monsieur et du trouble de Manicamp.

Il prenait plaisir à retenir à table, en continuant de manger, le prince impatient, qui brûlait du désir de lever le siège.

Parfois Monsieur se repentait de cet ascendant qu'il avait laissé prendre sur lui au chevalier de Lorraine, et qui exemptait celui-ci de toute étiquette.

Monsieur était dans un de ces moments-là ; mais il craignait le chevalier presque autant qu'il l'aimait, et se contentait de rager intérieurement.

De temps en temps, Monsieur levait les yeux au ciel, puis les abaissait sur les tranches de pâté que le chevalier attaquait ; puis enfin, n'osant éclater, il se livrait à une pantomime dont Arlequin se fût montré jaloux.

Enfin Monsieur n'y put tenir, et au fruit, se levant tout courroucé, comme nous l'avons dit, il laissa le chevalier de Lorraine achever son déjeuner comme il l'entendrait.

En voyant Monsieur se lever, Manicamp se leva tout roide, sa serviette à la main.

Monsieur courut plutôt qu'il ne marcha vers l'antichambre, et, trouvant un huissier, il le chargea d'un ordre à voix basse.

Puis, rebroussant chemin, pour ne pas passer par la salle à manger, il traversa ses cabinets, dans l'intention d'aller trouver la reine mère dans son oratoire, où elle se tenait habituellement.

Il pouvait être dix heures du matin.

Anne d'Autriche écrivait lorsque Monsieur entra.

La reine mère aimait beaucoup ce fils, qui était beau de visage et doux de caractère.

Monsieur, en effet, était plus tendre et, si l'on veut, plus efféminé que le roi.

Il avait pris sa mère par les petites sensibleries de femme, qui plaisent toujours aux femmes ; Anne d'Autriche, qui eût fort aimé avoir une fille, trouvait presque en ce fils les attentions, les petits soins et les mignardises d'un enfant de douze ans.

Ainsi, Monsieur employait tout le temps qu'il passait chez sa mère à admirer ses beaux bras, à lui donner des conseils sur ses pâtes et des recettes sur ses essences, où elle se montrait fort recherchée ; puis il lui baisait les mains et les yeux avec un enfantillage charmant, avait toujours quelque sucrerie à lui offrir, quelque ajustement nouveau à lui recommander.

Anne d'Autriche aimait le roi, ou plutôt la royauté dans son fils aîné : Louis XIV lui représentait la légitimité divine. Elle était reine mère avec le roi ; elle était mère seulement avec Philippe.

Et ce dernier savait que, de tous les abris, le sein d'une mère est le plus doux et le plus sûr.

Aussi, tout enfant, allait-il se réfugier là quand des orages s'étaient élevés entre son frère et lui ; souvent après les gourmades qui constituaient de sa part des crimes de lèse-majesté, après les combats à coups de poings et d'ongles, que le roi et son sujet très insoumis se livraient en chemise sur un lit contesté, ayant le valet de chambre La Porte pour tout juge du camp, Philippe, vainqueur, mais épouvanté de sa victoire, était allé demander du renfort à sa mère, ou du moins l'assurance d'un pardon que Louis XIV n'accordait que difficilement et à distance.

Anne avait réussi, par cette habitude d'intervention pacifique, à concilier tous les différends de ses fils et à participer par la même occasion à tous leurs secrets.

Le roi, un peu jaloux de cette sollicitude maternelle qui s'épandait surtout sur son frère, se sentait disposé envers Anne d'Autriche à plus de soumission et de prévenances qu'il n'était dans son caractère d'en avoir.

Anne d'Autriche avait surtout pratiqué ce système de politique envers la jeune reine.

Aussi régnait-elle presque despotiquement sur le ménage royal, et dressait-elle déjà toutes ses batteries pour régner avec le même absolutisme sur le ménage de son second fils.

Anne d'Autriche était presque fière lorsqu'elle voyait entrer chez elle une mine allongée, des joues pâles et des yeux rouges, comprenant qu'il s'agissait d'un secours à donner au plus faible ou au plus mutin.

Elle écrivait, disons-nous, lorsque Monsieur entra dans son oratoire, non pas les yeux rouges, non pas les joues pâles, mais inquiet, dépité, agacé.

Il baisa distraitement les bras de sa mère, et s'assit avant qu'elle lui en eût donné l'autorisation.

Avec les habitudes d'étiquette établies à la cour d'Anne d'Autriche, cet oubli des convenances était un signe d'égarement, de la part surtout de Philippe, qui pratiquait si volontiers l'adulation du respect.

Mais, s'il manquait si notoirement à tous ces principes, c'est que la cause en devait être grave.

– Qu'avez-vous, Philippe ? demanda Anne d'Autriche en se tournant vers son fils.

– Ah ! madame, bien des choses, murmura le prince d'un air dolent.

– Vous ressemblez, en effet, à un homme fort affairé, dit la reine en posant la plume dans l'écritoire.

Philippe fronça le sourcil, mais ne répondit point.

– Dans toutes les choses qui remplissent votre esprit, dit Anne d'Autriche, il doit cependant s'en trouver quelqu'une qui vous occupe plus que les autres ?

– Une, en effet, m'occupe plus que les autres, oui, madame.

– Je vous écoute.

Philippe ouvrit la bouche pour donner passage à tous les griefs qui se passaient dans son esprit et semblaient n'attendre qu'une issue pour s'exhaler.

Mais tout à coup il se tut, et tout ce qu'il avait sur le cœur se résuma par un soupir.

– Voyons, Philippe, voyons, de la fermeté, dit la reine mère. Une chose dont on se plaint, c'est presque toujours une personne qui gêne, n'est-ce pas ?

– Je ne dis point cela, madame.

– De qui voulez-vous parler ? Allons, allons, résumez-vous.

– Mais c'est qu'en vérité, madame, ce que j'aurais à dire est fort discret.

– Ah ! mon Dieu !

– Sans doute ; car, enfin, une femme...

– Ah ! vous voulez parler de Madame ? demanda la reine mère avec un vif sentiment de curiosité.

– De Madame ?

– De votre femme, enfin.

– Oui, oui, j'entends.

– Eh bien ! si c'est de Madame que vous voulez me parler, mon fils, ne vous gênez pas. Je suis votre mère, et Madame n'est pour moi qu'une étrangère. Cependant, comme elle est ma bru, ne doutez point que je n'écoute avec intérêt, ne fût-ce que pour vous, tout ce que vous m'en direz.

– Voyons, à votre tour, madame, dit Philippe, avouez-moi si vous n'avez pas remarqué quelque chose ?

– Quelque chose, Philippe ?... Vous avez des mots d'un vague effrayant... Quelque chose, et de quelle sorte est-ce quelque chose ?

– Madame est jolie, enfin.

– Mais oui.

– Cependant ce n'est point une beauté.

– Non ; mais, en grandissant, elle peut singulièrement embellir encore. Vous avez bien vu les changements que quelques années déjà ont apportés sur son visage. Eh bien ! elle se développera de plus en plus, elle n'a que seize ans. À quinze ans, moi aussi, j'étais fort maigre ; mais enfin, telle qu'elle est, Madame est jolie.

– Par conséquent, on peut l'avoir remarquée.

– Sans doute, on remarque une femme ordinaire, à plus forte raison une princesse.

– Elle a été bien élevée, n'est-ce pas, madame ?

– Madame Henriette, sa mère, est une femme un peu froide, un peu prétentieuse, mais une femme pleine de beaux sentiments. L'éducation de la jeune princesse peut avoir été négligée, mais, quant aux principes, je les crois bons ; telle était du moins mon opinion sur elle lors de son séjour en France ; depuis, elle est retournée en Angleterre, et je ne sais ce qui s'est passé.

– Que voulez-vous dire ?

– Eh ! mon Dieu, je veux dire que certaines têtes, un peu légères, sont facilement tournées par la prospérité.

– Eh bien ! madame, vous avez dit le mot ; je crois à la princesse une tête un peu légère, en effet.

– Il ne faudrait pas exagérer, Philippe : elle a de l'esprit et une certaine dose de coquetterie très naturelle chez une jeune femme ; mais, mon fils, chez les personnes de haute qualité ce défaut tourne à l'avantage d'une cour. Une princesse un peu coquette se fait ordinairement une cour brillante ; un sourire d'elle fait éclore partout le luxe, l'esprit et le courage même ; la noblesse se bat mieux pour un prince dont la femme est belle.

– Grand merci, madame, dit Philippe avec humeur ; en vérité, vous me faites là des peintures fort alarmantes, ma mère.

– En quoi ? demanda la reine avec une feinte naïveté.

– Vous savez, madame, dit dolemment Philippe, vous savez si j'ai eu de la répugnance à me marier.

– Ah ! mais, cette fois, vous m'alarmez. Vous avez donc un grief sérieux contre Madame ?

– Sérieux, je ne dis point cela.

– Alors ; quittez cette physionomie renversée. Si vous vous montrez ainsi chez vous, prenez-y garde, on vous prendra pour un mari fort malheureux.

– Au fait, répondit Philippe, je ne suis pas un mari satisfait, et je suis aise qu'on le sache.

– Philippe ! Philippe !

– Ma foi ! madame, je vous dirai franchement, je n'ai point compris la vie comme on me la fait.

– Expliquez-vous.

– Ma femme n'est point à moi, en vérité ; elle m'échappe en toute circonstance. Le matin, ce sont les visites, les correspondances, les toilettes ; le soir, ce sont les bals et les concerts.

– Vous êtes jaloux, Philippe !

– Moi ? Dieu m'en préserve ! À d'autres qu'à moi ce sot rôle de mari jaloux ; mais je suis contrarié.

– Philippe, ce sont toutes choses innocentes que vous reprochez là à votre femme, et tant que vous n'aurez rien de plus considérable...

– Écoutez donc, sans être coupable, une femme peut inquiéter ; il est de certaines fréquentations, de certaines préférences que les jeunes femmes affichent et qui suffisent pour faire donner parfois au diable les maris les moins jaloux.

– Ah ! nous y voilà, enfin ; ce n'est point sans peine. Les fréquentations, les préférences, bon ! Depuis une heure que nous battons la campagne, vous venez enfin d'aborder la véritable question.

– Eh bien ! oui...

– Ceci est plus sérieux. Madame aurait-elle donc de ces sortes de torts envers vous ?

– Précisément.

– Quoi ! votre femme, après quatre jours de mariage, vous préférerait quelqu'un, fréquenterait quelqu'un ? Prenez-y garde, Philippe, vous exagérez ses torts ; à force de vouloir prouver, on ne prouve rien.

Le prince, effarouché du sérieux de sa mère, voulut répondre, mais il ne put que balbutier quelques paroles inintelligibles.

– Voilà que vous reculez, dit Anne d'Autriche, j'aime mieux cela ; c'est une reconnaissance de vos torts.

– Non ! s'écria Philippe, non, je ne recule pas, et je vais le prouver. J'ai dit préférences, n'est-ce pas ? j'ai dit fréquentations, n'est-ce pas ? Eh bien ! écoutez.

Anne d'Autriche s'apprêta complaisamment à écouter avec ce plaisir de commère que la meilleure femme, que la meilleure mère, fût-elle reine, trouve toujours dans son immixtion à de petites querelles de ménage.

– Eh bien ! reprit Philippe, dites-moi une chose.

– Laquelle ?

– Pourquoi ma femme a-t-elle conservé une cour anglaise ? Dites !

Et Philippe se croisa les bras en regardant sa mère, comme s'il eût été convaincu qu'elle ne trouverait rien à répondre à ce reproche.

– Mais, reprit Anne d'Autriche, c'est tout simple, parce que les Anglais sont ses compatriotes, parce qu'ils ont dépensé beaucoup d'argent pour l'accompagner en France, et qu'il serait peu poli, peu politique même, de congédier brusquement une noblesse qui n'a reculé devant aucun dévouement, devant aucun sacrifice.

– Eh ! ma mère, le beau sacrifice, en vérité, que de se déranger d'un vilain pays pour venir dans une belle contrée, où l'on fait avec un écu plus d'effet qu'autre part avec quatre ! Le beau dévouement, n'est-ce pas, que de faire cent lieues pour accompagner une femme dont on est amoureux ?

– Amoureux, Philippe ? Songez-vous à ce que vous dites ?

– Parbleu !

– Et qui donc est amoureux de Madame ?

– Le beau duc de Buckingham... N'allez-vous pas aussi me défendre celui-là, ma mère ?

Anne d'Autriche rougit et sourit en même temps. Ce nom de duc de Buckingham lui rappelait à la fois de si doux et de si tristes souvenirs !

– Le duc de Buckingham ? murmura-t-elle.

– Oui, un de ces mignons de couchette, comme disait mon grand-père Henri IV.

– Les Buckingham sont loyaux et braves, dit courageusement Anne d'Autriche.

– Allons ! bien ; voilà ma mère qui défend contre moi le galant de ma femme ! s'écria Philippe tellement exaspéré que sa nature frêle en fut ébranlée jusqu'aux larmes.

– Mon fils ! mon fils ! s'écria Anne d'Autriche, l'expression n'est pas digne de vous. Votre femme n'a point de galant, et si elle en devait avoir un, ce ne serait pas M. de Buckingham : les gens de cette race, je vous le répète, sont loyaux et discrets ; l'hospitalité leur est sacrée.

– Eh ! madame ! s'écria Philippe, M. de Buckingham est un Anglais, et les Anglais respectent-ils si fort religieusement le bien des princes français ?

Anne rougit sous ses coiffes pour la seconde fois, et se retourna sous prétexte de tirer sa plume de l'écritoire ; mais, en réalité, pour cacher sa rougeur aux yeux de son fils.

– En vérité, Philippe, dit-elle, vous savez trouver des mots qui me confondent, et votre colère vous aveugle, comme elle m'épouvante ; réfléchissez, voyons !

– Madame, je n'ai pas besoin de réfléchir, je vois.

– Et que voyez-vous ?

– Je vois que M. de Buckingham ne quitte point ma femme. Il ose lui faire des présents, elle ose les accepter. Hier, elle parlait de sachets à la violette ; or, nos parfumeurs français, vous le savez bien, madame, vous qui en avez demandé tant de fois sans pouvoir en obtenir, or, nos parfumeurs français n'ont jamais pu trouver cette odeur. Eh bien ! le duc, lui aussi, avait sur lui un sachet à la violette. C'est donc de lui que venait celui de ma femme.

– En vérité, monsieur, dit Anne d'Autriche, vous bâtissez des pyramides sur des pointes d'aiguilles ; prenez garde. Quel mal, je vous le demande, y a-t-il à ce qu'un compatriote donne une recette d'essence nouvelle à sa compatriote ? Ces idées étranges, je vous le jure, me rappellent douloureusement votre père, qui m'a fait souvent souffrir avec injustice.

– Le père de M. de Buckingham était sans doute plus réservé, plus respectueux que son fils, dit étourdiment Philippe, sans voir qu'il touchait rudement au cœur de sa mère.

La reine pâlit et appuya une main crispée sur sa poitrine ; mais, se remettant promptement :

– Enfin, dit-elle, vous êtes venu ici dans une intention quelconque ?

– Sans doute.

– Alors, expliquez-vous.

– Je suis venu, madame, dans l'intention de me plaindre énergiquement, et pour vous prévenir que je n'endurerai rien de la part de M. de Buckingham.

– Vous n'endurerez rien ?

– Non.

– Que ferez-vous ?

– Je me plaindrai au roi.

– Et que voulez-vous que vous réponde le roi ?

– Eh bien ! dit Monsieur avec une expression de féroce fermeté qui faisait un étrange contraste avec la douceur habituelle de sa physionomie, eh bien ! je me ferai justice moi-même.

– Qu'appelez-vous vous faire justice vous-même ? demanda Anne d'Autriche avec un certain effroi.

– Je veux que M. de Buckingham quitte Madame ; je veux que M. de Buckingham quitte la France, et je lui ferai signifier ma volonté.

– Vous ne ferez rien signifier du tout, Philippe, dit la reine ; car si vous agissiez de la sorte, si vous violiez à ce point l'hospitalité, j'invoquerais contre vous la sévérité du roi.

– Vous me menacez, ma mère ! s'écria Philippe éploré ; vous me menacez quand je me plains !

– Non, je ne vous menace pas, je mets une digue à votre emportement. Je vous dis que prendre contre M. de Buckingham ou tout autre Anglais un moyen rigoureux, qu'employer même un procédé peu civil, c'est entraîner la France et l'Angleterre dans des divisions fort douloureuses. Quoi ! un prince, le frère du roi de France, ne saurait pas dissimuler une injure, même réelle, devant une nécessité politique !

Philippe fit un mouvement.

– D'ailleurs, continua la reine, l'injure n'est ni vraie ni possible, et il ne s'agit que d'une jalousie ridicule.

– Madame, je sais ce que je sais.

– Et moi, quelque chose que vous sachiez, je vous exhorte à la patience.

– Je ne suis point patient, madame.

La reine se leva pleine de roideur et de cérémonie glacée.

– Alors expliquez vos volontés, dit-elle.

– Je n'ai point de volonté, madame ; mais j'exprime des désirs. Si, de lui-même, M. de Buckingham ne s'écarte point de ma maison, je la lui interdirai.

– Ceci est une question dont nous référerons au roi, dit Anne d'Autriche le cœur gonflé, la voix émue.

– Mais, madame, s'écria Philippe en frappant ses mains l'une contre l'autre, soyez ma mère et non la reine, puisque je vous parle en fils ; entre M. de Buckingham et moi, c'est l'affaire d'un entretien de quatre minutes.

– C'est justement cet entretien que je vous interdis, monsieur, dit la reine reprenant son autorité ; ce n'est pas digne de vous.

– Eh bien ! soit ! je ne paraîtrai pas, mais j'intimerai mes volontés à Madame.

– Oh ! fit Anne d'Autriche avec la mélancolie du souvenir, ne tyrannisez jamais une femme, mon fils ; ne commandez jamais trop haut impérativement à la vôtre. Femme vaincue n'est pas toujours convaincue.

– Que faire alors ?... Je consulterai autour de moi.

– Oui, vos conseillers hypocrites, votre chevalier de Lorraine, votre de Wardes... Laissez-moi le soin de cette affaire, Philippe ; vous désirez que le duc de Buckingham s'éloigne, n'est-ce pas ?

– Au plus tôt, madame.

– Eh bien ! envoyez-moi le duc, mon fils ! Souriez-lui, ne témoignez rien à votre femme, au roi, à personne. Des conseils, n'en recevez que de moi. Hélas ! je sais ce que c'est qu'un ménage troublé par des conseillers.

– J'obéirai, ma mère.

– Et vous serez satisfait, Philippe. Trouvez-moi le duc.

– Oh ! ce ne sera point difficile.

– Où croyez-vous qu'il soit ?

– Pardieu ! à la porte de Madame, dont il attend le lever : c'est hors de doute.

– Bien ! fit Anne d'Autriche avec calme. Veuillez dire au duc que je le prie de me venir voir.

Philippe baisa la main de sa mère et partit à la recherche de M. de Buckingham.

XLIV

For ever !

Milord Buckingham, soumis à l'invitation de la reine mère, se présenta chez elle une demi-heure après le départ du duc d'Orléans.

Lorsque son nom fut prononcé par l'huissier, la reine, qui s'était accoudée sur sa table, la tête dans ses mains, se releva et reçut avec un sourire le salut plein de grâce et de respect que le duc lui adressait.

Anne d'Autriche était belle encore. On sait qu'à cet âge déjà avancé ses longs cheveux cendrés, ses belles mains, ses lèvres vermeilles faisaient encore l'admiration de tous ceux qui la voyaient.

En ce moment, tout entière à un souvenir qui remuait le passé dans son cœur, elle était aussi belle qu'aux jours de la jeunesse, alors que son palais s'ouvrait pour recevoir, jeune et passionné, le père de ce Buckingham, cet infortuné qui avait vécu pour elle, qui était mort en prononçant son nom.

Anne d'Autriche attacha donc sur Buckingham un regard si tendre, que l'on y découvrait à la fois la complaisance d'une affection maternelle et quelque chose de doux comme une coquetterie d'amante.

– Votre Majesté, dit Buckingham avec respect, a désiré me parler ?

– Oui, duc, répliqua la reine en anglais. Veuillez vous asseoir.

Cette faveur que faisait Anne d'Autriche au jeune homme, cette caresse de la langue du pays dont le duc était sevré depuis son séjour en France, remuèrent profondément son âme. Il devina sur-le-champ que la reine avait quelque chose à lui demander.

Après avoir donné les premiers moments à l'oppression insurmontable qu'elle avait ressentie, la reine reprit son air riant.

– Monsieur, dit-elle en français, comment trouvez-vous la France ?

– Un beau pays, madame, répliqua le duc.

– L'aviez-vous déjà vue ?

– Déjà une fois, oui, madame.

– Mais, comme tout bon Anglais, vous préférez l'Angleterre ?

– J'aime mieux ma patrie que la patrie d'un Français, répondit le duc ; mais si Votre Majesté me demande lequel des deux séjours je préfère, Londres ou Paris, je répondrai Paris.

Anne d'Autriche remarqua le ton plein de chaleur avec lequel ces paroles avaient été prononcées.

– Vous avez, m'a-t-on dit, milord, de beaux biens chez vous ; vous habitez un palais riche et ancien ?

– Le palais de mon père, répliqua Buckingham en baissant les yeux.

– Ce sont là des avantages précieux et des souvenirs, répliqua la reine en touchant malgré elle des souvenirs dont on ne se sépare pas volontiers.

– En effet, dit le duc subissant l'influence mélancolique de ce préambule, les gens de cœur rêvent autant par le passé ou par l'avenir que par le présent.

– C'est vrai, dit la reine à voix basse. Il en résulte, ajouta-t-elle, que vous, milord, qui êtes un homme de cœur... vous quitterez bientôt la France... pour vous renfermer dans vos richesses, dans vos reliques.

Buckingham leva la tête.

– Je ne crois pas, dit-il, madame.

– Comment ?

– Je pense, au contraire, que je quitterai l'Angleterre pour venir habiter la France.

Ce fut au tour d'Anne d'Autriche à manifester son étonnement.

– Quoi ! dit-elle, vous ne vous trouvez donc pas dans la faveur du nouveau roi ?

– Au contraire, madame, Sa Majesté m'honore d'une bienveillance sans bornes.

– Il ne se peut, dit la reine, que votre fortune soit diminuée ; on la disait considérable.

– Ma fortune, madame, n'a jamais été plus florissante.

– Il faut alors que ce soit quelque cause secrète ?

– Non, madame, dit vivement Buckingham, il n'est rien dans la cause de ma détermination qui soit secret. J'aime le séjour de France, j'aime une cour pleine de goût et de politesse ; j'aime enfin, madame, ces plaisirs un peu sérieux qui ne sont pas les plaisirs de mon pays et qu'on trouve en France.

Anne d'Autriche sourit avec finesse.

– Les plaisirs sérieux ! dit-elle ; avez-vous bien réfléchi, monsieur de Buckingham, à ce sérieux-là ?

Le duc balbutia.

– Il n'est pas de plaisir si sérieux, continua la reine, qui doive empêcher un homme de votre rang...

– Madame, interrompit le duc, Votre Majesté insiste beaucoup sur ce point, ce me semble.

– Vous trouvez, duc ?

– C'est, n'en déplaise à Votre Majesté, la deuxième fois qu'elle vante les attraits de l'Angleterre aux dépens du charme qu'on éprouve à vivre en France.

Anne d'Autriche s'approcha du jeune homme, et, posant sa belle main sur son épaule qui tressaillit au contact :

– Monsieur, dit-elle, croyez-moi, rien ne vaut le séjour du pays natal. Il m'est arrivé, à moi, bien souvent, de regretter l'Espagne. J'ai vécu longtemps, milord, bien longtemps pour une femme, et je vous avoue qu'il ne s'est point passé d'année que je n'aie regretté l'Espagne.

– Pas une année, madame ! dit froidement le jeune duc ; pas une de ces années où vous étiez reine de beauté, comme vous l'êtes encore, du reste ?

– Oh ! pas de flatterie, duc ; je suis une femme qui serait votre mère !

Elle mit, sur ces derniers mots, un accent, une douceur qui pénétrèrent le cœur de Buckingham.

– Oui, dit-elle, je serais votre mère, et voilà pourquoi je vous donne un bon conseil.

– Le conseil de m'en retourner à Londres ? s'écria-t-il.

– Oui, milord, dit-elle.

Le duc joignit les mains d'un air effrayé, qui ne pouvait manquer son effet sur cette femme disposée à des sentiments tendres par de tendres souvenirs.

– Il le faut, ajouta la reine.

– Comment ! s'écria-t-il encore, l'on me dit sérieusement qu'il faut que je parte, qu'il faut que je m'exile, qu'il faut que je me sauve !

– Que vous vous exiliez, avez-vous dit ? Ah ! milord, on croirait que la France est votre patrie.

– Madame, le pays des gens qui aiment, c'est le pays de ceux qu'ils aiment.

– Pas un mot de plus, milord, dit la reine, vous oubliez à qui vous parlez !

Buckingham se mit à deux genoux.

– Madame, madame, vous êtes une source d'esprit, de bonté, de clémence ; madame, vous n'êtes pas seulement la première de ce royaume par le rang, vous êtes la première du monde par les qualités qui vous font divine ; je n'ai rien dit, madame. Ai-je dit quelque chose à quoi vous puissiez me répondre une aussi cruelle parole ? Est-ce que je me suis trahi, madame ?

– Vous vous êtes trahi, dit la reine à voix basse.

– Je n'ai rien dit ! je ne sais rien !

– Vous oubliez que vous avez parlé, pensé devant une femme, et d'ailleurs...

– D'ailleurs, interrompit-il vivement, nul ne sait que vous m'écoutez.

– On le sait, au contraire, duc ; vous avez les défauts et les qualités de la jeunesse.

– On m'a trahi ! on m'a dénoncé !

– Qui cela ?

– Ceux qui déjà, au Havre, avaient, avec une infernale perspicacité, lu dans mon cœur à livre ouvert.

– Je ne sais de qui vous entendez parler.

– Mais M. de Bragelonne, par exemple.

– C'est un nom que je connais sans connaître celui qui le porte. Non, M. de Bragelonne n'a rien dit.

– Qui donc, alors ? Oh, madame, si quelqu'un avait eu l'audace de voir en moi ce que je n'y veux point voir moi-même...

– Que feriez-vous, duc ?

– Il est des secrets qui tuent ceux qui les trouvent.

– Celui qui a trouvé votre secret, fou que vous êtes, celui-là n'est pas tué encore ; il y a plus, vous ne le tuerez pas ; celui-là est armé de tous droits : c'est un mari, c'est un jaloux, c'est le second gentilhomme de France, c'est mon fils, le duc d'Orléans.

Le duc pâlit.

– Que vous êtes cruelle, madame ! dit-il.

– Vous voilà bien, Buckingham, dit Anne d'Autriche avec mélancolie, passant par tous les extrêmes et combattant les nuages, quand il vous serait si facile de demeurer en paix avec vous-même.

– Si nous guerroyons, madame ; nous mourrons sur le champ de bataille, répliqua doucement le jeune homme en se laissant aller au plus douloureux abattement.

Anne courut à lui et lui prit la main.

– Villiers, dit-elle en anglais avec une véhémence à laquelle nul n'eût pu résister, que demandez-vous ? À une mère, de sacrifier son fils ; à une reine, de consentir au déshonneur de sa maison ! Vous êtes un enfant, n'y pensez pas ! Quoi ! pour vous épargner une larme, je commettrais ces deux crimes, Villiers ? Vous parlez des morts ; les morts du moins furent respectueux et soumis ; les morts s'inclinaient devant un ordre d'exil ; ils emportaient leur désespoir comme une richesse en leur cœur, parce que le désespoir venait de la femme aimée, parce que la mort, ainsi trompeuse, était comme un don, comme une faveur.

Buckingham se leva les traits altérés, les mains sur le cœur.

– Vous avez raison, madame, dit-il ; mais ceux dont vous parlez avaient reçu l'ordre d'exil d'une bouche aimée ; on ne les chassait point : on les priait de partir, on ne riait pas d'eux.

– Non, l'on se souvenait ! murmura Anne d'Autriche. Mais qui vous dit qu'on vous chasse, qu'on vous exile ? Qui vous dit qu'on ne se souvienne pas de votre dévouement ? Je ne parle pour personne, Villiers, je parle pour moi, partez ! Rendez-moi ce service, faites-moi cette grâce ; que je doive cela encore à quelqu'un de votre nom.

– C'est donc pour vous, madame ?

– Pour moi seule.

– Il n'y aura derrière moi aucun homme qui rira, aucun prince qui dira : « J'ai voulu ! »

– Duc, écoutez-moi.

Et ici la figure auguste de la vieille reine prit une expression solennelle.

– Je vous jure que nul ici ne commande, si ce n'est moi ; je vous jure que non seulement personne ne rira, ne se vantera, mais que personne même ne manquera au devoir que votre rang impose. Comptez sur moi, duc, comme j'ai compté sur vous.

– Vous ne vous expliquez point, madame ; je suis ulcéré, je suis au désespoir ; la consolation, si douce et si complète qu'elle soit, ne me paraîtra pas suffisante.

– Ami, avez-vous connu votre mère ? répliqua la reine avec un caressant sourire.

– Oh ! bien peu, madame, mais je me rappelle que cette noble dame me couvrait de baisers et de pleurs quand je pleurais.

– Villiers ! murmura la reine en passant son bras au cou du jeune homme, je suis une mère pour vous, et, croyez-moi bien, jamais personne ne fera pleurer mon fils.

– Merci, madame, merci ! dit le jeune homme attendri et suffoquant d'émotion ; je sens qu'il y avait place encore dans mon cœur pour un sentiment plus doux, plus noble que l'amour.

La reine mère le regarda et lui serra la main.

– Allez, dit-elle.

– Quand faut-il que je parte ? ordonnez !

– Mettez le temps convenable, milord, reprit la reine ; vous partez, mais vous choisissez votre jour... Ainsi, au lieu de partir aujourd'hui, comme vous le désireriez sans doute ; demain, comme on s'y attendait, partez après-demain au soir ; seulement, annoncez dès aujourd'hui votre volonté.

– Ma volonté ? murmura le jeune homme.

– Oui, duc.

– Et... je ne reviendrai jamais en France ?

Anne d'Autriche réfléchit un moment, et s'absorba dans la douloureuse gravité de cette méditation.

– Il me sera doux, dit-elle, que vous reveniez le jour où j'irai dormir éternellement à Saint-Denis près du roi mon époux.

– Qui vous fit tant souffrir ! dit Buckingham.

– Qui était roi de France, répliqua la reine.

– Madame, vous êtes pleine de bonté, vous entrez dans la prospérité, vous nagez dans la joie ; de longues années vous sont promises.

– Eh bien ! vous viendrez tard alors, dit la reine en essayant de sourire.

– Je ne reviendrai pas, dit tristement Buckingham, moi qui suis jeune.

– Oh ! Dieu merci...

– La mort, madame, ne compte pas les années ; elle est impartiale ; on meurt quoique jeune, on vit quoique vieillard.

– Duc, pas de sombres idées ; je vais vous égayer. Venez dans deux ans. Je vois sur votre charmante figure que les idées qui vous font si lugubre aujourd'hui seront des idées décrépites avant six mois ; donc, elles seront mortes et oubliées dans le délai que je vous assigne.

– Je crois que vous me jugiez mieux tout à l'heure, madame, répliqua le jeune homme, quand vous disiez que, sur nous autres de la maison de Buckingham, le temps n'a pas de prise.

– Silence ! oh ! silence ! fit la reine en embrassant le duc sur le front avec une tendresse qu'elle ne put réprimer ; allez ! allez ! ne m'attendrissez point, ne vous oubliez plus ! Je suis la reine, vous êtes sujet du roi d'Angleterre ; le roi Charles vous attend ; adieu, Villiers ! *farewell,* Villiers !

– *For ever !* répliqua le jeune homme.

Et il s'enfuit en dévorant ses larmes.

Anne appuya ses mains sur son front ; puis, se regardant au miroir :

– On a beau dire, murmura-t-elle, la femme est toujours jeune ; on a toujours vingt ans dans quelque coin du cœur.

XLV

*Où sa Majesté Louis XIV ne trouve Mlle de La Vallière
ni assez riche, ni assez jolie pour un gentilhomme
du rang du vicomte de Bragelonne*

Raoul et le comte de La Fère arrivèrent à Paris le soir du jour où Buckingham avait eu cet entretien avec la reine mère.

À peine arrivé, le comte fit demander par Raoul une audience au roi.

Le roi avait passé une partie de la journée à regarder avec Madame et les dames de la cour des étoffes de Lyon dont il faisait présent à sa belle-sœur. Il y avait eu ensuite dîner à la cour, puis jeu, et, selon son habitude, le roi, quittant le jeu à huit heures, avait passé dans son cabinet pour travailler avec M. Colbert et M. Fouquet.

Raoul était dans l'antichambre au moment où les deux ministres sortirent, et le roi l'aperçut par la porte entrebâillée.

– Que veut M. de Bragelonne ? demanda-t-il.

Le jeune homme s'approcha.

– Sire, répliqua-t-il, une audience pour M. le comte de La Fère, qui arrive de Blois avec grand désir d'entretenir Votre Majesté.

– J'ai une heure avant le jeu et mon souper, dit le roi. M. de La Fère est-il prêt ?

– M. le comte est en bas, aux ordres de Votre Majesté.

– Qu'il monte.

Cinq minutes après, Athos entrait chez Louis XIV, accueilli par le maître avec cette gracieuse bienveillance que Louis, avec un tact au-dessus de son âge, réservait pour s'acquérir les hommes que l'on ne conquiert point avec des faveurs ordinaires.

– Comte, dit le roi, laissez-moi espérer que vous venez me demander quelque chose.

– Je ne le cacherai point à Votre Majesté, répliqua le comte ; je viens en effet solliciter.

– Voyons ! dit le roi d'un air joyeux.

– Ce n'est pas pour moi, sire.

– Tant pis ! mais enfin, pour votre protégé, comte, je ferai ce que vous me refusez de faire pour vous.

– Votre Majesté me console... Je viens parler au roi pour le vicomte de Bragelonne.

– Comte, c'est comme si vous parliez pour vous.

– Pas tout à fait, sire... Ce que je désire obtenir de vous, je ne le puis pour moi-même. Le vicomte pense à se marier.

– Il est jeune encore ; mais qu'importe... C'est un homme distingué, je lui veux trouver une femme.

– Il l'a trouvée, sire, et ne cherche que l'assentiment de Votre Majesté.

– Ah ! il ne s'agit que de signer un contrat de mariage ?

Athos s'inclina.

– A-t-il choisi sa fiancée riche et d'une qualité qui vous agrée ?

Athos hésita un moment.

– La fiancée est demoiselle, répliqua-t-il ; mais pour riche, elle ne l'est pas.

– C'est un mal auquel nous voyons remède.

– Votre Majesté me pénètre de reconnaissance ; toutefois, elle me permettra de lui faire une observation.

– Faites, comte.

– Votre Majesté semble annoncer l'intention de doter cette jeune fille ?

– Oui, certes.

– Et ma démarche au Louvre aurait eu ce résultat ? J'en serais chagrin, sire.

– Pas de fausse délicatesse, comte ; comment s'appelle la fiancée ?

– C'est, dit Athos froidement, Mlle de La Vallière de La Baume Le Blanc.

– Ah ! fit le roi en cherchant dans sa mémoire ; je connais ce nom ; un marquis de La Vallière...

– Oui, sire, c'est sa fille.

– Il est mort ?

– Oui, sire.

– Et la veuve s'est remariée à M. de Saint-Remy, maître d'hôtel de Madame douairière ?

– Votre Majesté est bien informée.

– C'est cela, c'est cela !... Il y a plus : la demoiselle est entrée dans les filles d'honneur de Madame la jeune.

– Votre Majesté sait mieux que moi toute l'histoire.

Le roi réfléchit encore, et regardant à la dérobée le visage assez soucieux d'Athos :

– Comte, dit-il, elle n'est pas fort jolie, cette demoiselle, il me semble ?

– Je ne sais trop, répondit Athos.

– Moi, je l'ai regardée : elle ne m'a point frappé.

– C'est un air de douceur et de modestie, mais peu de beauté, sire.

– De beaux cheveux blonds, cependant.

– Je crois que oui.

– Et d'assez beaux yeux bleus.

– C'est cela même.

– Donc, sous le rapport de la beauté, le parti est ordinaire. Passons à l'argent.

– Quinze à vingt mille livres de dot au plus, sire ; mais les amoureux sont désintéressés ; moi-même, je fais peu de cas de l'argent.

– Le superflu, voulez-vous dire ; mais le nécessaire, c'est urgent. Avec quinze mille livres de dot, sans apanages, une femme ne peut aborder la cour. Nous y suppléerons ; je veux faire cela pour Bragelonne.

Athos s'inclina. Le roi remarqua encore sa froideur.

– Passons de l'argent à la qualité, dit Louis XIV ; fille du marquis de La Vallière, c'est bien ; mais nous avons ce bon Saint-Remy qui gâte un peu la maison... par les femmes, je le sais, enfin cela gâte ; et vous, comte, vous tenez fort, je crois, à votre maison.

– Moi, sire, je ne tiens plus à rien du tout qu'à mon dévouement pour Votre Majesté.

Le roi s'arrêta encore.

– Tenez, dit-il, monsieur, vous me surprenez beaucoup depuis le commencement de votre entretien. Vous venez me faire une demande en mariage, et vous paraissez fort affligé de faire cette demande. Oh ! je me trompe rarement, tout jeune que je suis, car avec les uns, je mets mon amitié au service de l'intelligence ; avec les autres, je mets ma défiance que double la perspicacité. Je le répète, vous ne faites point cette demande de bon cœur.

– Eh bien ! sire, c'est vrai.

– Alors, je ne vous comprends point ; refusez.

– Non, sire : j'aime Bragelonne de tout mon amour ; il est épris de Mlle de La Vallière, il se forge des paradis pour l'avenir ; je ne suis pas de ceux qui veulent briser les illusions de la jeunesse. Ce mariage me déplaît, mais je supplie Votre Majesté d'y consentir au plus vite, et de faire ainsi le bonheur de Raoul.

– Voyons, voyons, comte, l'aime-t-elle ?

– Si Votre Majesté veut que je lui dise la vérité, je ne crois pas à l'amour de Mlle de La Vallière ; elle est jeune, elle est enfant, elle est enivrée ; le plaisir de voir la cour, l'honneur d'être au service de Madame, balanceront dans sa tête ce qu'elle pourrait avoir de tendresse dans le cœur, ce sera donc un mariage comme Votre Majesté en voit beaucoup à la cour ; mais Bragelonne le veut ; que cela soit ainsi.

– Vous ne ressemblez cependant pas à ces pères faciles qui se font esclaves de leurs enfants ? dit le roi.

– Sire, j'ai de la volonté contre les méchants, je n'en ai point contre les gens de cœur. Raoul souffre, il prend du chagrin ; son esprit, libre d'ordinaire, est devenu lourd et sombre ; je ne veux pas priver Votre Majesté des services qu'il peut rendre.

– Je vous comprends, dit le roi, et je comprends surtout votre cœur.

– Alors, répliqua le comte, je n'ai pas besoin de dire à Votre Majesté que mon but est de faire le bonheur de ces enfants ou plutôt de cet enfant.

– Et moi, je veux, comme vous, le bonheur de M. de Bragelonne.

– Je n'attends plus, sire, que la signature de Votre Majesté. Raoul aura l'honneur de se présenter devant vous, et recevra votre consentement.

– Vous vous trompez, comte, dit fermement le roi ; je viens de vous dire que je voulais le bonheur du vicomte ; aussi m'opposé-je en ce moment à son mariage.

– Mais, sire, s'écria Athos, Votre Majesté m'a promis...

– Non pas cela, comte ; je ne vous l'ai point promis, car cela est opposé à mes vues.

– Je comprends tout ce que l'initiative de Votre Majesté a de bienveillant et de généreux pour moi ; mais je prends la liberté de vous rappeler que j'ai pris l'engagement de venir en ambassadeur.

– Un ambassadeur, comte, demande souvent et n'obtient pas toujours.

– Ah ! sire, quel coup pour Bragelonne !

– Je donnerai le coup, je parlerai au vicomte.

– L'amour, sire, c'est une force irrésistible.

– On résiste à l'amour ; je vous le certifie, comte.

– Lorsqu'on a l'âme d'un roi, votre âme, sire.

– Ne vous inquiétez plus à ce sujet. J'ai des vues sur Bragelonne ; je ne dis pas qu'il n'épousera pas Mlle de La Vallière ; mais je ne veux point qu'il se marie si jeune ; je ne veux point qu'il épouse avant qu'il ait fait fortune, et lui, de son côté, mérite mes bonnes grâces, telles que je veux les lui donner. En un mot, je veux qu'on attende.

– Sire, encore une fois...

– Monsieur le comte, vous êtes venu, disiez-vous, me demander une faveur ?

– Oui, certes.

– Eh bien ! accordez-m'en une, ne parlons plus de cela. Il est possible qu'avant un long temps je fasse la guerre ; j'ai besoin de gentilshommes libres autour de moi. J'hésiterais à envoyer sous les balles et le canon un homme marié, un père de famille, j'hésiterais aussi, pour Bragelonne, à doter, sans raison majeure, une jeune fille inconnue, cela sèmerait de la jalousie dans ma noblesse.

Athos s'inclina et ne répondit rien.

– Est-ce tout ce qu'il vous importait de me demander ? ajouta Louis XIV.

– Tout absolument, sire, et je prends congé de Votre Majesté. Mais faut-il que je prévienne Raoul ?

– Épargnez-vous ce soin, épargnez-vous cette contrariété. Dites au vicomte que demain, à mon lever, je lui parlerai ; quant à ce soir, comte, vous êtes de mon jeu.

– Je suis en habit de voyage, sire.

– Un jour viendra, j'espère, où vous ne me quitterez pas. Avant peu, comte, la monarchie sera établie de façon à offrir une digne hospitalité à tous les hommes de votre mérite.

– Sire, pourvu qu'un roi soit grand dans le cœur de ses sujets, peu importe le palais qu'il habite, puisqu'il est adoré dans un temple.

En disant ces mots, Athos sortit du cabinet et retrouva Bragelonne qui l'attendait.

– Eh bien ! monsieur ? dit le jeune homme.

– Raoul, le roi est bien bon pour nous, peut-être pas dans le sens que vous croyez, mais il est bon et généreux pour notre maison.

– Monsieur, vous avez une mauvaise nouvelle à m'apprendre, fit le jeune homme en pâlissant.

– Le roi vous dira demain matin que ce n'est pas une mauvaise nouvelle.

– Mais enfin, monsieur, le roi n'a pas signé ?

– Le roi veut faire votre contrat lui-même, Raoul ; et il veut le faire si grand, que le temps lui manque. Prenez-vous-en à votre impatience bien plutôt qu'à la bonne volonté du roi.

Raoul, consterné, parce qu'il connaissait la franchise du comte et en même temps son habileté, demeura plongé dans une morne stupeur.

– Vous ne m'accompagnez pas chez moi ? dit Athos.

– Pardonnez-moi, monsieur, je vous suis, balbutia-t-il.

Et il descendit les degrés derrière Athos.

– Oh ! pendant que je suis ici, fit tout à coup ce dernier, ne pourrais-je voir M. d'Artagnan ?

– Voulez-vous que je vous mène à son appartement ? dit Bragelonne.

– Oui, certes.

– C'est dans l'autre escalier, alors.

Et ils changèrent de chemin ; mais, arrivés au palier de la grande galerie, Raoul aperçut un laquais à la livrée du comte de Guiche qui accourut aussitôt vers lui en entendant sa voix.

– Qu'y a-t-il ? dit Raoul.

– Ce billet, monsieur. M. le comte a su que vous étiez de retour, et il vous a écrit sur-le-champ ; je vous cherche depuis une heure.

Raoul se rapprocha d'Athos pour décacheter la lettre.

– Vous permettez, monsieur ? dit-il.

– Faites.

Cher Raoul, disait le comte de Guiche, *j'ai une affaire d'importance à traiter sans retard ; je sais que vous êtes arrivé ; venez vite.*

Il achevait à peine de lire, lorsque, débouchant de la galerie, un valet, à la livrée de Buckingham, reconnaissant Raoul, s'approcha de lui respectueusement.

– De la part de milord duc, dit-il.

– Ah ! s'écria Athos, je vois, Raoul, que vous êtes déjà en affaires comme un général d'armée ; je vous laisse, je trouverai seul M. d'Artagnan.

– Veuillez m'excuser, je vous prie, dit Raoul.

– Oui, oui, je vous excuse ; adieu, Raoul. Vous me retrouverez chez moi jusqu'à demain ; au jour, je pourrai partir pour Blois, à moins de contrordre.

– Monsieur, je vous présenterai demain mes respects.

Athos partit.

Raoul ouvrit la lettre de Buckingham.

Monsieur de Bragelonne, disait le duc, *vous êtes de tous les Français que j'ai vus celui qui me plaît le plus ; je vais avoir besoin de votre amitié. Il m'arrive certain message écrit en bon français. Je suis Anglais, moi, et j'ai peur de ne pas assez bien comprendre. La lettre est signée d'un bon nom, voilà tout ce que je sais. Serez-vous assez obligeant pour me venir voir, car j'apprends que vous êtes arrivé de Blois ?*

Votre dévoué,

VILLIERS, DUC DE BUCKINGHAM.

– Je vais trouver ton maître, dit Raoul au valet de Guiche en le congédiant. Et, dans une heure, je serai chez M. de Buckingham, ajouta-t-il en faisant de la main un signe au messager du duc.

FIN DU TOME DEUXIÈME

Collection Alexandre Dumas :

1 - Récits fantastiques
2 - Contes à dire dans une diligence
3 - Histoire d'un casse-noisette et autres contes
4 - La bouillie de la comtesse Berthe et autres contes
5 - Les drames de la mer
6 - Aventures de Lyderic, Un coup de feu et autres nouvelles
7 - Blanche de Beaulieu et autres histoires
8 - Le château d'Eppstein
9 - Le Comte de Monte-Cristo - Tome I et II
10 - Le Comte de Monte-Cristo - Tome III et IV
11 - Le Comte de Monte-Cristo - Tome V et VI
12 - Le fils du forçat
13 - Le maître d'armes
14 - Le chevalier d'Harmental - Tome I et II
15 - Le meneur de loups
16 - Les mille et un fantômes
17 - La tulipe noire
18 - Acté
19 - Ammalat-beg
20 - Amaury
21 - Ascanio - Tome I et II
22 - Aventures de John Davys - Tome I et II
23 - Le bâtard de Mauléon - Tome I, II et III
24 - Black
25 - La boule de neige suivi de La colombe
26 - Le capitaine Paul
27 - Le capitaine Pamphile
28 - Le capitaine Richard

29 - Catherine Blum
30 - Le chevalier de Maison-Rouge
31 - Conscience l'innocent
32 - La femme au collier de velours
33 - Les frères corses suivi de Gabriel Lambert
34 - Georges
35 - L'horoscope
36 - Jacquot sans Oreilles suivi de Jane
37 - Les mariages du père Olifus
38 - Mémoires d'une aveugle
39 - Monseigneur Gaston Phoebus suivi de Othon l'archer
40 - Pauline
41 - Un cadet de famille
42 - La princesse Flora suivi de Un courtisan
43 - Une fille du régent

La trilogie des Valois :

44 - La reine Margot - Tome I
45 - La reine Margot - Tome II
46 - La dame de Monsoreau - Tome I
47 - La dame de Monsoreau - Tome II
48 - La dame de Monsoreau - Tome III
49 - Les Quarante-Cinq - Tome I
50 - Les Quarante-Cinq - Tome II
51 - Les Quarante-Cinq - Tome III

La trilogie des mousquetaires :

52 - Les Trois Mousquetaires - Tome I
53 - Les Trois Mousquetaires - Tome II
54 - Les Trois Mousquetaires - Tome III
55 - Vingt ans après - Tome I et II
56 - Vingt ans après - Tome III et IV

57 - Le Vicomte de Bragelonne - Tome I
58 - Le Vicomte de Bragelonne - Tome II
59 - Le Vicomte de Bragelonne - Tome III
60 - Le Vicomte de Bragelonne - Tome IV
61 - Le Vicomte de Bragelonne - Tome V
62 - Le Vicomte de Bragelonne - Tome VI

© Éditions Ararauna (2022)

Printed in France by Amazon
Brétigny-sur-Orge, FR

16743535R00198